HERA LIND

Die Frau zwischen den Welten

Von Hera Lind sind im Diana Verlag bisher erschienen:
Die Champagner-Diät – Schleuderprogramm – Herzgesteuert – Die Erfolgsmasche – Der Mann, der wirklich liebte – Himmel und Hölle – Der Überraschungsmann – Wenn nur dein Lächeln bleibt – Männer sind wie Schuhe – Gefangen in Afrika – Verwechseljahre – Drachenkinder – Verwandt in alle Ewigkeit – Tausendundein Tag – Eine Handvoll Heldinnen – Die Frau, die zu sehr liebte – Kuckucksnest – Die Sehnsuchtsfalle – Drei Männer und kein Halleluja – Mein Mann, seine Frauen und ich – Der Prinz aus dem Paradies – Hinter den Türen – Die Frau, die frei sein wollte – Über alle Grenzen – Vergib uns unsere Schuld – Die Hölle war der Preis – Die Frau zwischen den Welten

HERA LIND

Die Frau zwischen den Welten

Roman nach einer wahren Geschichte

DIANA

Vorbemerkung

Dieses Buch erhebt keinen Faktizitätsanspruch. Es basiert zwar zum Teil auf wahren Begebenheiten und behandelt typisierte Personen, die es so oder so ähnlich gegeben haben könnte. Diese Urbilder wurden jedoch durch künstlerische Gestaltung des Stoffs und dessen Ein- und Unterordnung in den Gesamtorganismus dieses Kunstwerks gegenüber den im Text beschriebenen Abbildern so stark verselbstständigt, dass das Individuelle, Persönlich-Intime zugunsten des Allgemeinen, Zeichenhaften der Figuren objektiviert ist.

Für alle Leser erkennbar erschöpft sich der Text nicht in einer reportagehaften Schilderung von realen Personen und Ereignissen, sondern besitzt eine zweite Ebene hinter der realistischen Ebene. Es findet ein Spiel der Autorin mit der Verschränkung von Wahrheit und Fiktion statt. Sie lässt bewusst Grenzen verschwimmen.

MIX
Papier aus verantwortungsvollen Quellen
FSC® C014496

Penguin Random House Verlagsgruppe FSC® N001967

Originalausgabe 12/2020

in der Penguin Random House Verlagsgruppe GmbH,
Neumarkter Straße 28, 81673 München
Umschlaggestaltung: t.mutzenbach design, München
Umschlagmotive: © Shutterstock.com (lunamarina; Stokkete; vectorfusionart; Creative Travel Projects); © Lee Avison/Trevillion Images
Fotos der Autorin: © Erwin Schneider, Schneider-Press
Herstellung: Helga Schörnig
Satz: Leingärtner, Nabburg
Druck und Bindung: GGP Media GmbH, Pößneck
Printed in Germany

ISBN 978-3-453-29227-7
www.diana-verlag.de

Dieses Buch ist auch als E-Book lieferbar.

Für Ellas Tochter Alina

Manchmal muss man an Orte der Vergangenheit zurückkehren,
damit Frieden einkehren kann. Damit nimmt
man den Erinnerungen die Schärfe.
Ich wuchs in zwei Sprachen auf, lebte zwischen zwei Kulturen,
zwischen zwei verfeindeten Nationen, die bis heute
nach einer Aussöhnung suchen. Ich war fast mein
ganzes Leben lang zwischen den Welten.

(Ella Berner, 87)

Anmerkung des Verlages:
Einige Kapitel spielen in Hillemühl, einem Dorf im Lausitzer Gebirge in Nordböhmen. Bis 1918 gehörte es zu Österreich-Ungarn (Amtssprache deutsch), ab 1918 war es Teil der neu gegründeten Tschechoslowakei (Amtssprache tschechisch), ab 1939 gehörte es zum Deutschen Reich und wurde Sudetengau genannt (Amtssprache deutsch), seit 1945 zählt es zur Tschechoslowakischen Republik (Amtssprache tschechisch).

I

Hillemühl im Lausitzer Gebirge, Nordböhmen,
Deutsches Reich, seit 1939 Sudetengau,
Ende März 1945, 6 Wochen vor Kriegsende

Nebenan wackelte der kleine Ziegenstall. Das Vieh schrie und meckerte, dass ich mir die Ohren zuhalten musste. Irgendwas lag in der Luft, das mein Idyll im Haus meiner Großmutter bedrohte, das spürte ich. Auch die bucklige Tante Berta, genannt Bertl, die wegen ihrer Behinderung genauso klein war wie ich, hockte blass und verstört auf ihrem dreibeinigen Hocker in der rustikalen Wohnküche und hörte Radio.

»Was soll nur aus uns werden, vor allem aus dem Kind!«, murmelte sie.

Das Kind war ich. Elf Jahre alt und hier auf dem Land bei Großmutter und Tante Bertl in Sicherheit gebracht.

Großmutter Auguste, die nach der Ziege geschaut hatte, stand kopfschüttelnd in der Tür.

»Wenn der Krieg aus ist, werden uns die Tschechen an den Kragen gehen«, knurrte sie und wischte sich die Hände am Küchenhandtuch ab. »Wir Deutschen werden hier um unser Leben fürchten müssen!«

Erst jetzt schien mich Großmutter richtig zu bemerken.

»Oje, Ella, da bist du ja …« Sie trank einen Schluck Wasser und straffte sich. »Ich werde wieder nach der Ziege schauen, lange kann es nicht mehr dauern.«

»Tante Bertl, wieso müssen wir Deutschen jetzt um unser Leben fürchten?«

»Ach, Kleines, die Welt ist schon lange aus den Fugen geraten!« Tante Bertl sah mich aus ihren tief liegenden Augen traurig an. »Aber du bist jung, du hast dein Leben doch noch vor dir.«

»Aber wir Deutschen leben doch mit den Tschechen friedlich zusammen? Papa ist Tscheche, Mama Deutsche!« Ich schaute Tante Bertl fragend an. »Die können doch nicht plötzlich Feinde sein?«

»Ach Liebes!« Tante Bertl tätschelte mir den Kopf. »Es tut mir nur so leid um deine arme Mama, die in diesen wirren Zeiten ein Baby bekommt! Gut, dass sie nicht hier ist – wer weiß, ob wir nicht bald aus unserem Haus vertrieben werden!«

Ich verstand das alles nicht. In Großmutters beschaulichem Hillemühl sollte sich plötzlich alles ändern? Wieso waren die Deutschen plötzlich unbeliebt? Sie sollten aus Böhmen und Mähren vertrieben werden? Wohin denn nur? Heim ins Reich? Sudetenland war doch unser Reich! Das hatte der Herr Hitler doch laut genug im Radio herumgeschrien!

»Unsere Vorfahren leben doch schon lange hier! Schon seit sie vor knapp zweihundert Jahren unter Kaiserin Maria Theresia hier angesiedelt wurden, das habe ich im Geschichtsunterricht gelernt!«

»Geh der Großmutter helfen, Liebes!« Tante Bertl wollte nicht mehr darüber reden.

Ich tat wie geheißen und wartete unschlüssig vor dem Stall. Mit der bissigen Ziege war nicht zu spaßen, außer Großmutter durfte sich dem bockigen Tier niemand nähern, aber jetzt war sie völlig außer Rand und Band. Das Tier zerrte an dem Strick, mit dem es am Pflock angebunden war, zielte mit den Hörnern auf jeden, der sich ihr näherte, und stieß Töne aus, die ich einer Ziege nie zugetraut hätte.

»Ella!« Großmutter steckte den Kopf aus dem Stall. »Es ist so weit. Die Ziege bekommt Nachwuchs! Magst du zuschauen?«

Mein Herz polterte. »Ich trau mich nicht …«

Oh Gott! Machte meine Mama etwa gerade dasselbe durch? Jeden Moment sollte doch mein Geschwisterchen auf die Welt kommen!

Mama, Papa und ich wohnten eigentlich in Prag in einer geräumigen Wohnung unweit des Denis-Bahnhofs, aber der stand möglicherweise unter Beschuss, und die tschechische Schule war vermutlich längst geschlossen.

Deshalb hatte Papa meine hochschwangere Mama in ein nahe gelegenes tschechisches Dorf namens Zahořany verfrachtet, wo er ihr ein winziges Zimmerchen an der Durchgangsstraße gemietet hatte. Dort sollte Mama »in Ruhe« ihr Baby bekommen.

Irritiert stand ich da, wusste nicht, was ich tun sollte.

»Komm ruhig rein! Die Ziege hat etwas anderes zu tun, als dich zu beißen!« Großmutter winkte mich näher. Unter ihrem roten Kopftuch sahen ihre roten Wangen aus wie kleine verschrumpelte Äpfelchen. »Das ist deine Chance, eine Ziegengeburt mitzuerleben!«

Wollte ich das wirklich? Hätte ich gewusst, was mir in meinem jungen Leben bald noch alles bevorstehen würde, wäre das hier ein Klacks für mich gewesen! Aber ich wusste es nicht. Zum Glück.

An der Hand meiner lieben Großmutter Auguste stapfte ich tapfer in den kleinen Stall. Mit energischen Griffen band Großmutter mir eine Schürze um.

»So. Hier hinter dem Gitter bleibst du stehen. Ich reiche dir die Zicklein dann, und du trägst sie nacheinander vorsichtig in die Küche, einverstanden?«

Oh Gott, was war ich aufgeregt. Fasziniert beobachtete ich meine gebückte Großmutter und die sich windende Ziege, die in meinen Augen beide hochprofessionell ans Werk gingen. Mit geübten Griffen befreite Großmutter das schreiende Tier von drei zuckenden Wesen, die nacheinander ins Stroh plumpsten. Sie machten einen hilflosen, verstörten Eindruck. So war das also, wenn man auf die Welt kam!

»Hier, kleine Hebamme. Das Erste. Vorsichtig, es ist ganz glitschig.«

Respektvoll nahm ich mit meinen Kinderhänden das winzige Ding entgegen, dessen Augen noch verklebt waren, das aber schon mit seinen stangenähnlichen Beinchen strampelte. Es war überraschend leicht und zart, und mich durchströmte ein nie gekanntes Glücksgefühl. Es lebte! Und ich durfte es tragen!

Ehrfürchtig trug ich es in die Küche.

Tante Bertl drehte mit ihren knotigen Fingern das Radio ab. Sie hatte inzwischen eine Kiste mit Stroh ausgelegt und neben den aufgeheizten Ofen gestellt.

»Na bitte, kleine Ella! Das hat doch hervorragend geklappt.«

Nach kurzer Zeit zappelten drei kleine langbeinige Wesen in der Kiste herum, und Großmutter wusch sich lachend die Hände über dem Waschtrog. Auch Tante Bertls Augen lagen nicht mehr so tief in ihren Höhlen, sondern hatten einen warmen Glanz.

»Schau mal, Ella, die denken, du bist ihre Mama! Sie lecken dir die Hände!«

»Aber ihre Mama ist doch im Stall!«

»Wir bringen sie ihr gleich, sie muss sich noch ein bisschen ausruhen.« Großmutter nahm ein Bündel Stroh und machte sich daran, die feuchten Wesen trocken zu reiben.

Fasziniert sah ich zu, wie die drei Zicklein immer wieder versuchten, zum Stehen zu kommen. Doch ihre Beinchen waren so dünn, dass sie jedes Mal einknickten.

»Sie haben noch wenig Kraft, aber warte nur – bald springen sie herum!« Großmutter schenkte sich einen Kaffee ein und wärmte die rissigen Hände an der blauen Blechtasse. »Ella-Kind, das hast du großartig gemacht.«

Die Zeit bei meiner deutschen Großmutter war für mich, das Stadtkind aus Prag, wirklich das reinste Paradies gewesen. Mein um mich besorgter Papa hatte mich schon vor einem halben Jahr aus den Kriegswirren des hundert Kilometer entfernten Prag hierhergebracht, wo ich von den ganzen Irrungen und Spannungen der letzten Kriegsmonate nicht viel mitbekam.

Es war ein wunderschöner Winter gewesen, mit sehr viel Schnee. So viel weiße Pracht hatte ich in Prag noch nie gesehen, da waren die Straßen eher verharscht und schmutzig, wenn Autos, Pferdefuhrwerke und die Straßenbahn ein paarmal über den frisch gefallenen Schnee gerumpelt waren.

Aber hier, im weiß glitzernden Winterparadies im Sudetenland, war alles wie verzaubert und mit Puderzucker bestäubt. Riesige Baumstämme wurden von Waldarbeitern mit schnaubenden Kaltblütern, denen vor Anstrengung der Schaum vor dem Maul stand, von den Bergen heruntertransportiert und hinterließen tiefe Spuren im Schnee. Darin glitten wir Kinder jubelnd hinterher. Oft hielten wir uns sogar an den Enden der Baumstämme fest und ließen uns ziehen. Angst kannten wir nicht, und unsere Mütter und Großmütter hatten etwas anderes zu tun, als uns zu beaufsichtigen.

Ich durfte die deutsche Dorfschule besuchen, was ich unglaublich spannend fand! In Prag wäre ich unter normalen Umständen schon im ersten Schuljahr eines tschechischen Gymnasiums gewesen. Aber hier, in diesem mollig warmen Klassenzimmer, in dem wir unsere nassen Jacken am Bollerofen wärmten, saßen gleich vier Klassen auf abgewetzten Holzbänken im selben Raum. Ich konnte genug Deutsch, um dem Unterrichtsstoff mühelos zu folgen. Ich half sogar den i-Männchen mit dem ABC und dem kleinen Einmaleins. Und nach der Schule zogen wir alle zu Großmutters Gemischtwarenladen, wo ich meinen Mitschülern je eine lila Lakritzpastille aus dem bauchigen Glas spendieren durfte.

Eine Grundschule, eine Gaststätte mit Metzgerei, ein Sägewerk und der kleine Gemischtwarenladen meiner Großmutter – genau das war Hillemühl, das liebliche Fleckchen im Lausitzer Gebirge. Anders als in Prag lebten in diesem böhmischen Dorf fast nur Deutsche. So wie meine Mama Marie Kochel, die auch hier aufgewachsen war. Sie war eine sehr attraktive Frau und wurde von allen um ihre Lockenpracht beneidet. Mein Vater Jakob war wiederum Tscheche. Er hatte meine Mama bei einem Dorffest kennengelernt. Sie sang damals im Chor und war die Schönste von allen Mädchen, die unter der Linde Volkslieder zum Besten gaben und dazu tanzten. So erzählte es mir mein Vater immer wieder. Doch weil sie eine Deutsche war, wurde seine Liebe zu ihr von seiner sehr national eingestellten Familie nicht begrüßt. Trotzdem heiratete er seine Marie vom Fleck weg, die ihm nach Prag folgte. Dort arbeitete mein Vater als Prokurist in einer jüdischen Weinfirma. Er war extrem kurzsichtig. Deshalb beugte er sich mit seiner runden Nickelbrille stets tief über seine Akten. Im ersten Stock des Weinhandels schuftete er bis spät in die Nacht. Richard Stein, sein Arbeitgeber, vertraute ihm voll und ganz. Mein Papa war die optimale Besetzung für den Job, denn er sprach perfekt Tschechisch und Deutsch.

Mama hatte nach ihrer Heirat sofort Tschechisch gelernt, aber es war mehr so ein Umgangstschechisch und ihren deutschen Akzent konnte sie einfach nicht verstecken. Ich hingegen sprach neben Deutsch fließend Tschechisch, war ich doch in Prag geboren und auch dort eingeschult worden. Richard Stein nannte mich liebevoll »Springinsfeld«, weil ich so ein aufgewecktes Mädchen war. Wenn ich an sein Fenster im Erdgeschoss klopfte, legten der alte Mann und ich immer an der Scheibe die Hände aneinander. Das war unser Begrüßungsritual. Richard Stein liebte uns, wir gehörten mehr oder weniger zur Familie.

Als im März 1939 die deutschen Truppen in Prag einmarschierten, war die Lage in der jüdischen Firma extrem angespannt. Bald darauf gab Richard Stein meinen Eltern diverse Gegenstände zur Aufbewahrung. Es dauerte nicht lange, und der jüdische Unternehmer wurde abgeholt. Kurz danach erschienen einige deutsche Wehrmachtssoldaten und ein großer grauhaariger Mann in der Firma. Letzterer war der neue Chef, der sich als Hitlers Freund vorstellte und mit dem Parteibuch Nummer 6 prahlte – so lange war er schon Nationalsozialist. Ein Mann aus Linz, wie Mama mir später erzählte. Von nun an war der Betrieb »arisiert« und für Lieferungen an die Wehrmacht zuständig.

Im Frühjahr 1945, während ich gerade sorglos bei meinen Verwandten in Hillemühl weilte, wurde das mobile jüdische Vermögen, das Richard Stein hatte zurücklassen müssen, auf den Firmenlaster geladen. Zweimal wurde mit Bildern, Möbeln, Teppichen, Silber und teurem Porzellan nach Linz gefahren. Mein Papa, der Prokurist, musste den Fahrer bezahlen. Das sollte ihm noch zum Verhängnis werden. Doch von alldem ahnte ich zu diesem Zeitpunkt noch nichts. Woher sollte ich auch wissen, dass es mit Hass und Grausamkeit noch lange nicht vorbei war?

Ich wusste nur, dass ich ihn vermisste: Mein Papa trug uns

auf Händen. Und nun würde er bald auch noch ein Brüderchen oder Schwesterchen auf Händen tragen! War der Krieg erst einmal vorbei, würden wir hoffentlich wieder eine richtige Familie sein, das war mein sehnlichster Wunsch an diesen letzten Kriegstagen.

2

Hillemühl, 8. April 1945

»Ella-Kind! Gott sei Dank, dein kleiner Bruder Alex ist geboren!«

Großmutter wischte sich mit dem Zipfel ihrer Kittelschürze gerührt die Augen. In ihren vor Aufregung zitternden Händen hielt sie ein Telegramm, das ihr gerade der Postbote aus dem Nachbardorf mit dem Fahrrad gebracht hatte.

»Er ist noch ganz winzig, und deine Mama braucht dich jetzt!«

Verschreckt klammerte ich mich an die knotige Hand meiner Tante Bertl, die aus dem Radio immer neue Schreckensnachrichten hörte.

»Die arme Kleine«, flüsterte sie bedrückt. »Was soll nur werden! Die Tschechen werden uns Deutschen alles zurückzahlen, was Hitler und seine Bande ihnen angetan haben! Wo soll die arme Marie mit dem Baby nur hin? Und das arme Ella-Kind!

Ich hatte überhaupt keine Lust, von hier fortzugehen. Konnten die Eltern mit dem neuen Brüderchen nicht einfach hierherkommen? Hier war doch alles schön? Gerade hatte der Frühling in Hillemühl Einzug gehalten, und Großmutter werkelte unentwegt in unserem kleinen Vorgarten herum. Üppige gelbe Forsythien zierten unser schmuckes kleines Grundstück, und in den blitzblank geputzten Fenstern spiegelte sich die Sonne.

»Du musst jetzt ganz tapfer und vernünftig sein, hörst du?«

Großmutter schüttelte mich sanft an den Schultern. »Du musst jetzt zu deiner Mama. Wie gesagt, sie braucht dich. Und dein Brüderchen braucht dich auch!«

Dass man so auf mich zählte, erfüllte mich schon mit Stolz. »Holt der Papa mich ab?« Hoffnungsvoll blickte ich meine liebe Großmutter an.

»Das ist unmöglich! Der kommt nicht mehr über die Grenze.« Großmutter hatte ganz rote Flecken im Gesicht. »Die Tante Bertl bringt dich mit dem Zug nach Prag.«

»Aber in Prag ist es doch gefährlich, habt ihr gesagt? Ich kann doch nicht nach Hause zurück?«

Sie ging in die Hocke und hob mein Kinn. »Schau mich an, Ella. Was ich dir jetzt sage, ist ganz wichtig: Tante Bertl und du dürft kein Wort Deutsch sprechen! Weil ihr beide so klein seid, fallt ihr in dem überfüllten Zug hoffentlich nicht auf und könnt unbemerkt über die Grenze schlüpfen.«

»Und der Papa?«

»Der wartet in Prag an einem bestimmten Treffpunkt auf euch. Die Tante Bertl weiß Bescheid.«

Mit einem Blick auf meine Tante, die zusammengesunken auf ihrem Hocker saß, klammerte ich mich an sie.

»Aber Großmutter, ich habe Angst. Ich will lieber hierbleiben.«

»Das geht nicht, Liebes. Hier sind wir demnächst auch nicht mehr sicher!« Großmutter schnäuzte sich in ein großes weißes Taschentuch. »Du musst jetzt ganz stark sein!«

»Aber im Sommer komme ich wieder zurück und bringe die Mama, den Papa und mein Brüderchen mit!«, beschwor ich sie.

Nie werde ich den vielsagenden Blick vergessen, den Tante Bertl ihr kopfschüttelnd zuwarf. Und tatsächlich: Diesen Sommer sollte es nie geben. Auch das Haus und uns sollte es so nicht mehr geben …

»Ihr beiden schafft das schon!« Großmutter steckte das zerknüllte Taschentuch in ihren Jackenärmel. »Jammern bringt uns auch nicht weiter.« Sie legte das Telegramm auf den blank gescheuerten Küchentisch und stapfte in ihren Gummistiefeln wieder hinaus in den Garten.

»Weint die Oma?« Irritiert wirbelte ich zu meiner kleinen Tante herum, die in ihrer typisch krummen Haltung vor dem Radio hockte. »Tante Bertl, was passiert denn jetzt?«

Die kleine Tante war von der Natur zwar nicht mit einem gesunden Körper gesegnet, hatte aber ein goldenes Herz und war wie eine zweite Mutter zu mir.

»Wir müssen uns beeilen, kleine Ella. Packen wir schon mal dein Köfferchen.« Kurzbeinig hinkte sie in ihre Kammer, wobei sie ihre Atemnot kaum verbergen konnte. »Der Krieg wird bald vorbei sein«, flüsterte sie düster.

»Aber dann ist doch alles gut?«

»Ach, kleine Ella.« Sie seufzte und rückte ihr Korsett zurecht, das sich ihr immer in die Rippen bohrte. »Du musst jetzt ganz vernünftig sein und deiner Mama in Zahořany zur Hand gehen, hörst du? Und dich um dein kleines Brüderchen kümmern!«

»Aber natürlich!« Ich nickte eifrig. »Ich habe hier so viel im Haushalt gelernt, ich schaffe das!«

»Dann ist es gut.« Tante Bertl rang sich ein Lächeln ab und drückte mich mit ihren knochigen Armen an sich. »Ich werde mich um Großmutter kümmern und du dich um deine Mama, ist das ein Wort?«

Bereits am nächsten Tag standen wir in unseren schwarzen Mänteln eng aneinandergedrängt in dem völlig überfüllten Zug zur Grenze. Alle Menschen hatten diesen ängstlichen Ausdruck im Gesicht, den ich schon an Großmutter und Tante Bertl bemerkt hatte.

Plötzlich bremste der Zug und hielt quietschend auf freier Strecke.

»Bombenalarm«, brüllte jemand, und die panische Menge strömte zu den Ausgängen. »Springt in die Böschung, bringt euch in Sicherheit!«

Im Gewühl der schreienden Menschen, die bei der Notbremsung gegeneinander geschleudert worden waren, standen die kleine Tante Bertl und ich an der offenen Zugtür. Wir trauten uns nicht zu springen, denn die Böschung war zu tief. Bestimmt wären wir auf die Gleise geraten, wenn nicht hilfreiche Hände zugepackt und uns ins hohe Gras gehievt hätten.

»Los, schnell Kinder, krabbelt dort hinüber und versteckt euch unter dem Busch!«

Der Mann, der uns herausgehoben hatte, hielt uns beide für Kinder!

In Windeseile robbten Tante Bertl und ich zitternd unter ein Gebüsch, das kaum Schutz bot. »Komm her, Ella-Kind, schlüpf unter meinen Mantel!« Tante Bertl beugte sich schützend über mich. Das Herz hämmerte mir in der Brust, und ich war sicher, unser letztes Stündlein hatte geschlagen. Mit unfassbarem Lärm rasten die amerikanischen Düsenjäger über uns hinweg und warfen ihre Bomben ab. Am Horizont brannte die Stadt Aussig. Der Himmel färbte sich rot, das Pfeifen und Jaulen der Geschosse zerriss uns fast das Trommelfell.

»Tante Bertl, müssen wir jetzt sterben?«

»Nein, Ella, du musst doch dein Brüderchen noch kennenlernen! Mach die Augen zu und zähl bis hundert!«

»Nicht bewegen!«, schrie ein Mann. »Alles was rennt, ist sofort tot!«

Ich zählte mindestens bis tausend!

Die Lok stieß noch weißen Dampf aus, was die Piloten dieser Kampfflieger hoffentlich nicht auf uns aufmerksam machen würde.

Nach einer endlosen Zeit rappelten sich die Leute schluchzend und stöhnend wieder auf und schleppten sich zurück zum Zug. Einige Menschen blieben auch reglos liegen. Ich sah Gestalten mit verdrehten Augen, denen das Blut aus dem Mund lief. Zitternd folgte ich Tante Bertl.

»Kinder, hier rüber!«

Wieder waren es fremde hilfreiche Hände, die uns in den Waggon zurückhievten. Irgendwann ruckelte der Zug langsam wieder an. Wir »Kinder« starrten weiß wie die Wand ins Leere. Dass ich aus meinem friedlichen Hillemühl dermaßen abrupt in eine solche Kriegshölle geschleudert wurde, konnte ich nicht verarbeiten.

Quietschend hielt der Zug am Grenzübergang Leitmeritz. Auf den Bahnsteigen herrschte grenzenloses Chaos.

»Los, alle raus aus dem Zug, aber schnell!«

Bewaffnetes Militär polterte mit schweren Stiefeln durch die Abteile.

»Alle raus, Papiere vorzeigen, Taschen öffnen!«

Tante Bertls Miene war völlig versteinert. Wir hatten keine gültigen Papiere! Wir durften kein Wort sagen! Was sollten wir nur tun? Wo war nur mein Papa?

Wieder wurden wir »Kinder« von starken, unbekannten

Männerhänden aus dem Zug gehoben. Unmengen von Menschen schoben und drängten sich in beide Richtungen – »Heim ins Reich« oder ins Protektorat Böhmen und Mähren. Zivilisten, Soldaten, Gesunde und Verwundete. Ich sah blutige Verbände, Krücken, verstümmelte Arme und Beine. Ich hörte Schreien und Schluchzen, verzweifelte Rufe nach Angehörigen.

Ich hielt mir die Ohren zu und drückte mich an meine Tante Bertl, die wiederum unseren gemeinsamen kleinen Koffer an sich drückte.

»Wo wollen die nur alle hin?« Ich hing an ihrem Arm wie eine Klette.

»Pssst!« Schon hatte ich ihren schwarzen Handschuh auf dem Mund. »Kein Wort Deutsch!«

Sie legte meine kleine Hand auf den Kofferhenkel und schleifte mich mit wie ein Gepäckstück. Da vorn war der Schlagbaum! Die Grenze! Was für Papiere sollten wir denn zeigen? Wir hatten keine! Ob dahinter mein Papa stand? Ich konnte ihn nicht sehen!

Zielstrebig hängte sich Tante Bertl an einen Mann, der seine Familie bei sich hatte und eine Menge von Papieren bereithielt. Wir »Kinder« schlüpften im Pulk einfach mit hinter den Grenzschlagbaum.

Dann waren wir im Protektorat Böhmen und Mähren und rannten um unser Leben. Wieder bestiegen wir einen Zug, wieder tauchten wir im Gewühl unter. Wir wurden langsam Profis im Unsichtbarsein.

Am Bahnhof von Prag nahm uns mein geliebter Papa in Empfang. Unauffällig stand er hinter einer Litfaßsäule und stürzte erleichtert auf uns zu, als er uns in der Menge entdeckte. Er war besorgt, denn die Situation war in Prag für Deutsche bereits sehr brisant.

»Da seid ihr ja, Gott sei Dank!« Rasch schleuste er uns in den Bus, der uns nach Zahořany brachte, in das Dorf, in dem meine Mutter sich mit dem Baby versteckt hielt.

»Kein Wort Deutsch!«, sagte auch Papa, als wir immer noch unter Schock auf einer Bank nebeneinanderhockten. Tante Bertl schwieg, sichtlich verstört. Der Bus ratterte aus der Stadt hinaus und kämpfte sich mühsam über Schotterstraßen. Während in Prag fast alle Straßen asphaltiert waren, sah es hier auf dem Land ganz anders aus: Ärmlich und trist duckten sich die Gehöfte am Straßenrand, und tiefe Schlaglöcher ließen den Bus rumpeln und ächzen.

»Wie geht es dir, Kleines?«, richtete Papa schließlich das Wort auf Tschechisch an mich.

Die Leute im Bus waren zwar alle mit ihren eigenen Problemen beschäftigt, aber wenn jemand Deutsch gesprochen hätte, wären sie sicher hellhörig geworden. Damals begriff ich das noch nicht, aber die selbst ernannten Revolutionsgarden – bestehend aus wild gewordenen Jugendlichen, aber auch aus »ganz normalen« Bürgern mit roten Armbinden – hätten uns möglicherweise bespuckt und sogar geschlagen. Der Hass der Tschechen auf die Deutschen gärte schon während des Krieges und entlud sich nun in primitiven Übergriffen auf Unschuldige.

»Freust du dich schon auf dein Brüderchen?«, versuchte Papa mich abzulenken.

Ich nickte verwirrt. Gab es denn in all dem Horror noch so etwas wie ein lebendes kleines Brüderchen? Und wie es meiner armen Mama wohl ging?

Sie hatte das Baby ja nicht in einem Krankenhaus bekommen, sondern in einem fremden Dorf in einem Zimmer! Eine fremde tschechische Hebamme war bei ihr gewesen. Und Papa, zum Glück.

»Gleich, wir sind gleich da.«

Wir atmeten hörbar aus. Tante Bertl war am Rande der Erschöpfung. Jeder Schritt tat ihr weh, sie kam kaum zu Atem.

»Wie sieht er aus?«, fragte ich ungeduldig.

Um Papas Augen bildeten sich feine Lachfältchen. »Alex ist noch sooo klein!«

Papa zeigte es mir: nicht viel größer als eine Puppe!

Endlich stiegen wir in einem ärmlichen Dorf aus dem Bus. »Wir müssen noch vier Kilometer laufen!« Papa half uns beiden Kleinen die Stufen hinab. »Zahořany hat keine Busverbindung.«

Mamas Versteck sollte so abgelegen wie möglich sein.

Aufgeregt trippelte ich neben ihm her, während Tante Bertl beim Gehen schwankte wie ein Boot auf unruhiger See. Bei jedem Schritt musste sie ihr gesamtes Körpergewicht verlagern und konnte sich nur schaukelnd fortbewegen. Trotzdem lächelte sie mich aufmunternd an, als wir uns auf der Schotterstraße vorwärtskämpften.

»Wie komme ich nur wieder nach Hause?«, fragte sie Papa leise auf Deutsch.

Verängstigt schaute sie ihn von der Seite an.

»Wir müssen unbedingt eine Lösung finden, du musst so schnell wie möglich zurück«, gab Papa auf Deutsch zurück. »Pssst, da kommen Leute!«

Wie die Erwachsenen Tante Bertls Rückkehr nach Hillemühl letztlich regelten, entzieht sich meiner Kenntnis. Mein einziger Wunsch war, endlich wieder bei meiner Mama zu sein und den kleinen Alex in die Arme nehmen zu dürfen.

3

Hillemühl, Ende April/Anfang Mai 1945

Einige Wochen später wurden die Großmutter und Tante Bertl von tschechischen Revolutionsgarden aus dem Haus gejagt. Aus einem Haus, das meine Großeltern mit eigenen Händen gebaut hatten. Alles, auch Gemüsegarten und Gemischtwarenladen, den sie sich seit dem Ersten Weltkrieg in vielen Jahren hart erarbeitet hatten, war verloren.

Bereits im Oktober 1943 hatte der tschechische Präsident Edward Beneš aus seinem Londoner Exil in einer Rundfunkrede verkündet: »Den Deutschen wird mitleidlos und vervielfacht all das heimgezahlt werden, was sie in unseren Ländern seit 1939 begangen haben. Die ganze Nation wird sich an diesem Kampf beteiligen, es wird keinen Tschechoslowaken geben, der sich dieser Aufgabe entzieht, und kein Patriot wird es versäumen, gerechte Rache für die Leiden der Nation zu nehmen.«

Auch der Militärbefehlshaber der tschechischen Exilregierung Sergěj Ingr brüllte hasserfüllt im Radio: »Schlagt sie, tötet sie, lasst niemanden am Leben!«

Die Deutsche-Hasser plünderten und zerstörten Häuser in Hillemühl und vielen anderen böhmischen Dörfern. »Raubritter des 20. Jahrhunderts« nannten sie sich selbst. Dass man Millionen von unschuldigen Menschen in die Fremde jagte, wo sie dementsprechend verarmt nicht willkommen waren, wo sie gezwungen waren, Kartoffeln und Äpfel zu stehlen, um mit ihren Kindern nicht zu verhungern, das war den selbst ernannten tschechischen Revolutionsgarden egal. Junge Leute, meist aus dem Landesinnern, die in ihrer Kindheit und Jugend die Kriegsgräuel am eigenen Leib erlebt hatten, wollten nur eines: brutale

Rache. An allen Deutschen. Egal, ob alt, behindert oder jung und unschuldig.

Alle Deutschen, die schon seit Jahrhunderten auf tschechischem Gebiet siedelten und in ihren deutschen Dörfern lebten, wurden für die Verbrechen Hitlers und seiner Schergen mitverantwortlich gemacht. Die Deutschen mussten von nun an eine weiße Armbinde tragen wie vormals die Juden ihren Judenstern. Jetzt waren die Deutschen das Freiwild.

In Prag schlugen Passanten auf ihre deutschen Nachbarn ein. Ihnen wurden auf der Straße die Haare abgeschnitten, sie wurden bespuckt und gedemütigt. Zu Hunderttausenden wurden sie auf brutalste Weise vertrieben, die Frauen und Mädchen wahllos vergewaltigt. Viele unschuldige Deutsche wurden geschlagen, gefoltert und umgebracht.

Diese Tschechen waren eifrige Vollstrecker. Wie ich erst viel später durchschauen sollte, oft auch nur um die eigene Haut zu retten: Hatten sie zu Kriegszeiten durchaus noch zum eigenen Vorteil mit den Deutschen kollaboriert, wollten sie jetzt, wo sich das Blatt gewendet hatte, vor den russischen Besatzern als Opfer dastehen. Wer einen Deutschen verriet oder ans Messer lieferte, wer ihn ausraubte, schlug und verjagte, ja sogar wer einen Deutschen umbrachte, sammelte Pluspunkte.

Schon am 15. Mai, also wenige Wochen nachdem ich mein Kinderparadies Hillemühl verlassen hatte, kam der Befehl zur »Säuberung« und militärischen Besetzung des Sudetenlandes. Denn Präsident Beneš schrie auch:

»Unsere Deutschen müssen ins Reich weggehen, und sie werden in jedem Fall weggehen. Sie werden wegen ihrer eigenen großen moralischen Schuld, ihrer Vorkriegswirkung bei uns und ihrer ganzen Kriegspolitik gegen unseren Staat und unser Volk weggehen.«

Die Großmutter und Tante Bertl wurden in einen Schuppen

gesperrt, um dort auf ihre Vertreibung zu warten. Von dort aus musste meine deutsche Familie mit ansehen, wie all ihr Hab und Gut abtransportiert oder zerstört wurde. Sie hatte Hausarrest und durfte die winzige Behausung nur noch zum Wasserholen am Brunnen und zum Verrichten ihrer Notdurft auf dem Plumpsklo verlassen. Eine Tortur, die mein Großvater zum Glück nicht mehr miterleben musste. Nachdem er schwer versehrt aus dem Ersten Weltkrieg gekommen war, war er schon zu Anfang des Zweiten gestorben.

»Wir Deutschen werden hier um unser Leben fürchten müssen«, hatte Oma ahnungsvoll gesagt.

Aber wir hatten Glück, weil Papa Tscheche war: Papa und nun auch der kleine Alex hießen mit Nachnamen Vojan und Mama und ich dementsprechend mit der weiblichen Endung Vojanová. Das würde uns doch hoffentlich vor solchen Gräueln bewahren? Das war die Hoffnung, an die wir uns klammerten.

4

Zahořany, ein tschechisches Dorf bei Prag, Mai 1945

»Papa, was hat das zu bedeuten?« Angsterfüllt stand ich im Nachthemd am Fenster. Inzwischen war ich seit wenigen Wochen bei Mama und Alex in der angemieteten Kammer im Erdgeschoss eines ärmlichen Hauses an der Durchgangsstraße nach Prag. Es war als Altenteil für die Bauersleute gedacht und hatte einen eigenen Eingang. Zwei schmale Betten, ein Tisch, zwei Stühle und ein Ofen, mehr war nicht darin. Papa hatte es von einer Tschechin gemietet und ihr viel mehr Geld gegeben, als die schäbige Behausung eigentlich wert war. Mit den letzten Wein- und Sektreserven aus Richard Steins Firma hatte er sie zusätzlich bestochen, damit sie uns nicht an die Revolutionsgarden verriet. Das erfuhr ich alles erst sehr viel später.

Mama erholte sich nur langsam von der Geburt, und ich musste sämtliche Hausarbeiten verrichten. Das bedeutete, Wasser vom Brunnen zu holen, Alex' Windeln im Dorfbach zu waschen und die vier Kilometer ins Nachbardorf zu laufen, um die nötigsten Besorgungen zu machen.

An den Wochenenden kämpfte sich Papa mit dem Fahrrad zu uns in die dörfliche Abgeschiedenheit. Da konnte ich endlich aufatmen: Er war da und würde uns beschützen.

Und jetzt stand ich, vom Lärm aufgeweckt, am Fenster und war unendlich froh, nicht mit Mama und Alex allein zu sein. Was war da los?

Draußen auf der Straße legten aufgeregt schreiende Leute Baumstämme und Holzlatten quer über die Fahrbahn. Anscheinend versuchten sie, Barrikaden zu errichten. Frauen kreischten, rissen ihre Kinder an sich, rannten panisch in ihre Häuser, um gleich darauf mit Sack und Pack wieder daraus hervorzukommen und in die entgegengesetzte Richtung zu rennen.

Auch Papa war von dem Geschrei aufgewacht. Er musste erst seine Nickelbrille suchen. Nervös zwinkerte er mit den Augen. Mama saß verstört im Bett und presste den schlafenden Alex an sich.

Das Herz schlug mir bis zum Hals. Die Leute da draußen waren sowieso nicht nett zu uns, wir waren unerwünscht und gerade mal geduldet. Sie würden uns nicht helfen, egal was passieren würde!

Papa hatte seine Brille gefunden und sich in Windeseile angezogen. »Ich weiß nicht, Ella, bleib ganz ruhig. Ich gehe nachschauen.«

Vorsichtig öffnete er die knarrende Tür unserer Kammer zur Straße hinaus und peilte die Lage. Ich stand am Fenster wie ein zartes Vögelchen und wäre so gern davongeflogen, zurück zu Großmutter und Tante Bertl.

Doch unser Kontakt zu Hillemühl war schlagartig abgebrochen. Telefone standen nicht zur Verfügung, die Post funktionierte nicht, und keiner von uns wusste, wer wo war und wie es wem ging.

Hitler war seit drei Tagen tot, und die Welt war für uns mehr denn je aus den Fugen geraten.

Alles war sehr verwirrend für mich: Die fremden Menschen, die so ganz anders waren als die netten Leute in Hillemühl. Der zerknautschte Säugling Alex, der mehr schrie als schlief. Meine einst so starke Mama, die so erschöpft war, dass sie nun selbst auf Hilfe angewiesen war – das war schon mehr als ich verkraften konnte. Irgendwie hatten wir die Rollen getauscht: Fast war nun ich die Mutter und sie das Kind!

Papa!, flehte ich innerlich, lass uns hier nicht allein. Meine kleine Hand war schweißnass vor Angst und hinterließ einen Abdruck an der Scheibe

Da sah ich ihn zum Glück zurückkommen.

»Jakob, was ist da draußen los?« Mit angstgeweiteten Augen lehnte Mama an der feuchten Wand, den schlafenden Alex im Arm.

Ganz außer Atem nahm Vater die beschlagene Brille ab und rieb sich die Augen. Ratlosigkeit lag in seiner Stimme, gleichzeitig versuchte er die Fassung zu bewahren.

»Manche sagen, die russische Armee rückt an, andere glauben, es sind die Deutschen. Wer immer es auch ist: Wir müssen hier sofort weg!« Papa riss den kleinen Alex von Mamas Brust und gab ihn mir. »Hier, Ella, du bist jetzt für deinen Bruder verantwortlich.«

Mama weinte vor Angst, als Papa ihr aus dem Bett und in die Kleider half. Dann packte er das Bettzeug und ein paar Habseligkeiten, die er in Alex' Kinderwagen verstaute. Alles, was wir besaßen, passte dort hinein. »Los, lauft!«

Mit dem winzigen Alex im Arm kämpfte ich mich hinter meinen Eltern durch das Gewühl panisch flüchtender Menschen.

»Wohin?«, rief Papa auf Tschechisch einem Mann zu, der sich mit einer Mistgabel bewaffnet hatte.

»Am anderen Ende des Dorfes ist eine Scheune, versteckt am Waldrand«, rief der Mann zurück. Er hatte keine Zeit mehr für weitere Erklärungen. Hastig scheuchte er seine eigenen Töchter vor sich her, um sie in Sicherheit zu bringen.

Schon hörten wir aus der Ferne Donnergrollen. Waren es russische Panzer? Die Frauen und Mädchen stoben kreischend auf groben Schnürschuhen über die nasskalten Felder Richtung Waldrand.

Wir rannten einfach mit der Menge mit, und ich lief gebückt neben dem Kinderwagen und hielt mein Brüderchen mit beiden Händen fest. Es wäre sonst von dem kunstvollen Hochbau aus Lebensmitteln und Decken gekullert. Mama kämpfte sich unter Schmerzen an Papas Hand durch Dornen und Gestrüpp. Endlich erreichten wir den Waldrand und dahinter die besagte Scheune.

Inmitten fremder Leute, die uns feindselig anstarrten und angewidert das Wort »Deutsche« murmelten, saßen wir dort einen Tag und eine Nacht lang auf dem Fußboden. Vierundzwanzig lange Stunden hockten wir da und kamen uns vor wie Aussätzige.

Mama versuchte, unter all den bösen Blicken den kleinen Alex zu stillen, und ich hielt schützend den Zipfel der Bettdecke vor ihre Brust. Trotzdem vernahm ich deutlich die Wörter »deutsche Sau« und »kleiner Bastard«.

Was hatten wir diesen Menschen nur getan?

Ich verstand das alles nicht. Warum waren diese Leute so hässlich und gemein zu uns? Was hatten wir ihnen Böses getan? Meine Mama ganz bestimmt nicht, die war das liebste und sanftmütigste Wesen auf der Welt! Und der gerade erst vier Wochen alte Alex erst recht nicht. Papa gelang es, mit seiner Liebenswürdigkeit die Wogen auf Tschechisch zu glätten.

Als am nächsten Morgen immer noch keine Panzer gekommen waren, schleppten wir uns in unser Quartier zurück. Mama weinte, Alex weinte, und ich hätte am liebsten auch geweint.

»Deutsche Sau! Da kommt die deutsche Sau!«

Inzwischen war das Wasserholen am Brunnen der reinste Spießrutenlauf für mich. Die Dorfkinder warfen mit Steinen nach mir, während ich mich mit den schweren Kannen abmühte.

Seit unserer Nacht in der Scheune hatte sich im Dorf herumgesprochen, dass hier eine Deutsche mit ihren zwei Bastarden wohnte. Alle Radiosendungen verkündeten, dass Deutsche der letzte Abschaum und deshalb zu vernichten seien wie Ungeziefer! Selbst die kleinsten Dorfkinder waren vom Hass-Virus infiziert.

»Lasst mich in Ruhe, ich bin Tschechin!« In perfektem Tschechisch stellte ich mich mutig meinen Angreifern. »Ich komme aus Prag! Wenn das hier vorbei ist, gehe ich dort wieder zur Schule!«

»He, die kann wirklich Tschechisch!« – »Lasst sie in Ruhe! Sie ist eine von uns!«

Tatsächlich ließen sie die Steine fallen.

»Nur die Mutter ist Deutsche«, gab der Älteste den Ton an. »Das Mädchen kann nichts dafür.«

»Ist doch alles Dreckspack«, giftete ein Mädchen in meinem Alter. »Mein Vater hat gesagt, die Deutschen gehören alle mit der Mistgabel erschlagen oder im Brunnen ertränkt.« Sie drohte mir mit der Faust, und unwillkürlich zog ich den Kopf ein, während ich die schweren Kannen aus dem Wasser zog.

Diskutierend und ausspuckend zog die Meute ab.

Mit weichen Knien schleppte ich die beiden schweren Kannen nach Hause. Fließendes Wasser gab es in der winzigen Kammer leider nicht.

Plötzlich kreischten die Dorfkinder: »Die Russen! Die Russen kommen!«

War das ein neues Spiel, oder kamen sie wirklich?

»Ella«, flüsterte meine Mama. »Ich habe keine Milch mehr!« Der kleine Alex schrie wie am Spieß. Mamas Brüste waren leer und schlaff.

»Wie? Aber was machen wir denn jetzt?« Ich wollte mir die Ohren zuhalten!

»Lauf zur Vermieterin«, bat sie mich verzweifelt. »Sie soll einen Topf Milch rüberbringen! Papa wird sie bezahlen, wenn er wiederkommt!«

»Aber die Russen kommen, sagen die Kinder.«

Alex' Gesichtchen war ganz rot angelaufen, und er ballte zitternd die Fäuste. »Bitte, Ella! Ganz vorsichtig.«

Mit dem Mut einer fast Zwölfjährigen, die ihre Mutter und ihren Bruder schützen muss, klopfte ich an der benachbarten Tür, hinter der die nicht sehr nette Vermieterin wohnte.

»Das Baby braucht Milch, die Mama hat keine mehr …«, piepste ich verzweifelt.

»Schleich dich, du deutsche Göre!« Sie griff nach dem Besen.

»Bitte, Frau Poláková! Mein Papa bezahlt es auch! Er kommt am Wochenende wieder!«

»Verschwinde. Niemand soll mich mit einem deutschen Bastard sehen, die Russen kommen!«

Sie verscheuchte mich wie einen räudigen Hund.

Mit leeren Händen stand ich wieder vor unserer Tür, als ich erneut dieses Donnergrollen vernahm.

Die Kinder hatten recht gehabt! Es war kein Spiel! Diesmal kamen sie wirklich!

»Alex, hör auf zu schreien!« Mutter hielt dem kleinen Kerl verzweifelt den Mund zu, damit er einen Moment Ruhe gab.

Hufgeklapper drang von der Straße herein. Ich presste das Gesicht gegen die Scheibe. Unzählige Planwagen, von müden Pferden gezogen und von noch müderen Soldaten kutschiert, suchten in den umliegenden Wäldern nach einem Quartier.

Das Herz wollte mir schier zerspringen vor Angst, als der Oberbefehlshaber mit den vielen Orden auf der Brust auf dem größten Wagen direkt in unseren Hof fuhr.

Auch wenn ich zurückwich, wusste ich doch: Sie hatten mich gesehen. Mich, das schwarzlockige Mädchen mit den braunen Augen.

Obwohl ich keine Ahnung hatte, was »vergewaltigen« war, wusste ich doch, dass es etwas unsagbar Schreckliches war. Sie taten es mit Frauen. Vor allem mit wehrlosen, schwachen Frauen wie Mutter, mit jungen Mädchen wie mir. Das Wort hatte ich in letzter Zeit oft gehört.

Schwere Stiefel traten gegen die Haustür. Mein Herz setzte einen Schlag aus. Ich stand da ganz allein! Was sollte ich tun?

Russische Befehle wurden gebrüllt. Ich stemmte meinen kleinen Körper von innen gegen die Tür zu unserer Kammer. Nein, sie würden meine Mama nicht belästigen und auch mich nicht erwischen! Mit letzter Kraft versuchte ich, den Tisch vor die Tür zu schieben, aber er war zu schwer mit den Kochplatten, den Töpfen und der Wasserschüssel.

Die Vermieterin stürzte aus der Wohnung nebenan und schrie hasserfüllt: »Jetzt hast du sie angelockt mit deinen schwarzen Locken!«

»Nein, habe ich nicht. Ich wollte doch nur ...«

Wieder schwere Stiefeltritte gegen die Haustür. Als ich unsere Tür einen Spalt öffnete, sah ich, wie der Vermieterin der Angstschweiß in den Ausschnitt lief.

»Wir brauchen Quartier für den Kommandanten!« Ein russischer Soldat, behangen mit unzähligen goldenen Orden und noch mehr goldenen Uhren, trat erst die Haustür und dann unsere so weit auf, dass der Tisch krachend umfiel. Mich kleines Mädchen, das sich schon unter das Bett verkrochen hatte, beachtete er kein bisschen.

»Was ist los, Frau?«, herrschte er die Vermieterin an. »Was stehst du hier rum? Wem gehört das Haus?«

»Ähm ... mir.«

»Dann mach deine Wohnung frei. Dieses Zimmer hier ist zu klein! Und da ist Frau und Baby drin!« Mutter lehnte leichenblass an der Wand, Alex an sich gepresst. Selbst Alex hatte vor Schreck aufgehört zu schreien.

Der Vermieterin blieb nichts anderes übrig, als dem russischen Militär ihre gesamte Wohnung zur Verfügung zu stellen. Sie bezog ein noch kleineres Zimmer als unseres, eigentlich ein Abstellraum unter der Treppe.

Nun wohnte ausgerechnet die russische Militärkommandantur in unserem Haus, Tür an Tür mit uns. Und wir waren Deutsche! Was sie hoffentlich nie bemerken würden! Wir hörten die Soldaten reden und lachen, und wenn sie betrunken waren, fielen sie krachend gegen die Wand.

Stundenlang spähte ich angstvoll aus dem Fenster. Unser kleines Radio kündete von der Tschechischen Revolution! Nun war alles außer Rand und Band. Papa!, flehte ich innerlich. Bitte komm doch, wir schaffen das hier nicht mehr allein!

Endlich sah ich ihn mit seinen wehenden Knickerbockerhosen auf dem Fahrrad. Es war, als hätten Mama und ich eine Ewigkeit auf ihn gewartet. Er lehnte das Rad an die Hauswand, und schon riss ich erleichtert die Tür auf.

»Papa!«

Aufgeregt stürzte er zu uns in die kleine Stube.

»Ist euch was passiert?«

»Jakob, es ist nicht mehr auszuhalten!« Unter Tränen warf sich meine blasse Mama in seine Arme. Der kleine Alex war schon halb verhungert. »Ich habe keine Milch mehr, und die Vermieterin hilft uns nicht.«

»Das darf doch nicht wahr sein!« Verärgert raufte sich Vater die spärlichen Haare. »Ich habe der Poláková doch extra die dreifache Miete gegeben, damit sie sich um euch kümmert!«

»Seit die Russen da sind, tut sie so, als gäbe es uns nicht.« Mama sah ihn aus ihren großen traurigen Augen hilflos an. »Sie macht sich bei ihnen lieb Kind, damit ihr nichts passiert.«

»Na, die kriegt was zu hören!« Schon wollte Vater hinauseilen, um die Frau zur Rede zu stellen, als es bei uns klopfte. Nein, es klopfte nicht, es hämmerte. Schwere Stiefel traten gegen unsere Zimmertür. Auf Russisch wurde Einlass verlangt.

»Aufmachen! Militärkontrolle! *Dawai, dawai!*«

Mama und ich drückten uns verängstigt in die hinterste Ecke. Sie hatten Papa kommen hören, und jetzt würde es erst richtig Ärger geben!

Ich war bereit, mein Brüderchen mit Zähnen und Klauen zu verteidigen.

»Da drin!«, hörte ich die Vermieterin mit sich überschlagender Stimme kreischen. »Da wohnen Deutsche! Ich habe mit denen nichts zu tun!«

Frau Poláková stand sensationslüstern hinter dem russischen Trupp und zeigte mit dem Finger auf uns.

Wie Mäuse, vor deren Bau der Fuchs wütet, standen wir da. Und die schnatternde Gans Frau Poláková flatterte mit den Flügeln, um von sich abzulenken. »Ich habe mit denen nichts zu schaffen!«

Es waren drei Soldaten, alle bewaffnet. Einer mit einem Knüppel, die anderen beiden mit Pistolen. Der Anführer richtete seine Waffe auf uns.

Papa reagierte sehr überlegt. Er öffnete die Tür und bat die drei Russen mit freundlichen Gesten herein. Als die neugierige Vermieterin auch hereinkommen wollte, schlug er ihr die Tür vor der Nase zu. Die schmuddeligen Uniformen der Russen waren mit Orden überladen. Erst traute ich mich gar nicht, genau hinzusehen, aber dann stellte ich fest, dass einer kaum älter war als ich! Ein Vierzehnjähriger, der sich selbst ängstlich in die Ecke drückte. Er starrte Mama aus großen Augen an. Vielleicht sah er seine eigene Mutter in ihr und hatte schreckliches Heimweh?

Papa bot dem Kommandanten und dem anderen Erwachsenen sofort unsere Stühle und einen Sekt an. Auf Russisch machte er eine launige Bemerkung, die er wahrscheinlich irgendwo aufgeschnappt hatte. Die Soldaten entspannten sich zusehends. Außer einer verstörten Frau, einem winzigen Baby und einem ebenso verstörten, knapp zwölfjährigen Mädchen war hier nichts zu holen.

Papa zauberte die Flasche hervor, die er für Alex' Taufe mitgebracht hatte. »Na, meine Herren, dann würde ich erst mal sagen: *Nasdarovje!*« Er ließ den Korken knallen. Dieser flog mit einem satten Plopp gegen unser Fenster. Es knallte heftig.

Draußen standen die Dorfbewohner und drückten sich die Nasen platt.

»Die Deutschen! Sie haben die Deutschen erschossen!«

»Kommt und schaut! Die Deutschen sind tot.«

Schon kreischte auch Frau Poláková die sensationelle Nachricht über die Dorfstraße.

»Die Russen haben die Deutschen kaltgemacht! Recht geschieht ihnen!«

Vater öffnete das Fenster, und alle Köpfe stoben auseinander.

»Nee, geht mal nach Hause«, rief Vater gutmütig. »Hier wurde niemand erschossen. Wir feiern nur die russisch-tschechische Freundschaft!«

Nie werde ich vergessen, wie sich die Dorfbewohner enttäuscht zerstreuten.

Die Russen fragten Papa kurz aus, ob es hier wirklich Deutsche gebe, und Papa radebrechte freundlich zurück, dass er hier nur lauter Tschechen sehe. Hilfsbereit zeigte er unsere Pässe und Alex' Geburtsurkunde vor. Auf allen vier Dokumenten stand unser tschechischer Nachname. Zweimal Vojan und zweimal Vojanová.

Zum Glück! Mutter sagte kein Wort, Alex konnte noch nicht sprechen, und ich bestätigte Papas Aussage beflissen auf Tschechisch. »Wir sind eine tschechische Familie aus Prag!«

»Wie kann die Frau da draußen dann so einen Schwachsinn erfinden?«, wunderte sich der Russe.

»Ach, Frauen giften halt gern«, scherzte Papa, den erbärmlichen Zustand meiner Mama ignorierend.

»Wir beschützen euch«, beschied der Kommandant. »Und Ivan kann aufpassen auf Mädchen! Was, Kleiner?!« Er schüttelte den schmächtigen Knaben am Kragen, dass diesem Hören und

Sehen verging. Ivan, der geradezu schmachtend meine trotz ihrer Blässe immer noch schöne Mama anstarrte, wurde rot und nickte. Plötzlich mussten die Männer alle lachen.

»Wo habt ihr denn den Knaben her?«, fragte Papa und füllte die Gläser nach.

»Den haben wir elternlos am Straßenrand aufgelesen«, radebrechte der inzwischen leicht betrunkene, aber keinesfalls gewaltbereite Kommandant. »Da haben wir ihn mitgenommen, wir konnten ihn ja schlecht zwischen Leichenbergen und Trümmern zurücklassen.« Er haute dem schwächlichen Jungen auf die Schulter, dass der fast in die Knie ging. »Wir wurden hierher abkommandiert, der Krieg ist zu Ende! Chittler …« – er machte eine waagrechte Handbewegung vor seiner Kehle – »… Deutschführer kaputtsky!« Der Russe lachte so sehr, dass seine Blechabzeichen schepperten.

Papa lachte auch, obwohl ich ihm ansah, dass er nicht wirklich fröhlich war. Vor lauter Nervosität zwinkerte er ständig, was die Russen wohl für Übermut hielten.

Nach diesem feuchtfröhlichen Nachmittag zogen die Russen wieder in ihre Behausung nebenan, und tatsächlich ist Mama und mir nie etwas geschehen – im Gegenteil! Unsere neuen Nachbarn waren uns besser gesonnen als Frau Poláková. Der schmächtige Ivan klopfte dann und wann schüchtern an unsere Tür. Er bot Mama an, sie nach Moskau mitzunehmen. Übrigens hatte Papa der Vermieterin nach diesem Vorfall gründlich die Leviten gelesen. Von nun an musste ich nur mit einem Besenstil vor ihrem Fenster herumfuchteln, und schon stand ein gefüllter Milchkrug auf unserem Fensterbrett.

5

Zahořany, einige Tage später im Mai 1945

Und dann klopfte es schon wieder! Ängstlich starrten wir aus dem Fenster.

»Es ist Paul!« Vater öffnete erleichtert die Tür. »Paul, mein Freund! Was machst du denn hier?«

Paul Gutmann war Deutscher, der mit einer Jüdin verheiratet war. Wir hatten sie vor dem Krieg in Prag oft mit dem Fahrrad besucht, ich noch auf dem Kindersitz: Sie hatten im Stadtteil Veitsberg in ihrer bescheidenen Wohnung eine kleine Puppenwerkstatt gehabt. War das für mich ein Paradies gewesen! Während die Eltern sich bei Kaffee und Kuchen unterhielten, durfte ich damals ungestört in den Regalen stöbern, wo Puppenköpfe, -arme, -beine, Kleidchen und Schühchen ordentlich nebeneinanderlagen. Bei jedem Besuch waren neue Puppen fertig, und mit allen hatte ich spielen dürfen. Sie hatten auch einen Sohn, Peter Gutmann, der allerdings sieben Jahre älter war als ich. Ich kann mich nicht erinnern, dass er sich je mit mir beschäftigt hat, doch er war ein netter Junge, der sich an meinem kindlichen Spiel erfreute. Insofern glaubte ich zu träumen, als dieser Herr Gutmann aus meiner heilen Kindheit überraschend vor uns stand, auch wenn er inzwischen sichtlich gealtert war.

Er umarmte Vati etwas unbeholfen, wie Männer sich eben umarmen, die früher mal gemeinsam die Schulbank gedrückt haben. Dann gab er Mama einen flüchtigen Handkuss, und mich kniff er liebevoll in die Wange.

»Gott, Ella-Kind, was bist du groß geworden … aber auch so dünn!«

Papa legte den Arm um mich. »Sie musste von einem Tag auf

den anderen erwachsen werden.« Er berichtete seinem Schulfreund von den Dingen, die sich ereignet hatten.

»Meine Güte, so könnt ihr doch nicht hausen!« Herr Gutmann sah sich in unserem winzigen Zimmer um, in dem unsere wenigen Habseligkeiten durcheinanderlagen. »Wie kann man denn hier mit einem Säugling und einer heranwachsenden Tochter leben?«

Herr Gutmann drehte sich um die eigene Achse.

»Im Moment bleibt uns nichts anderes übrig.« Papa fegte die beiden Stühle frei. Ich hockte interessiert auf der Bettkante und starrte Herrn Gutmann an, der eine weiße Armbinde trug so wie seine Frau früher einen Judenstern. Ich erinnerte mich noch daran, wie Frau Gutmann immer die Handtasche gegen die Brust gedrückt hatte, damit man ihn nicht sah.

Paul Gutmann war nicht grundlos hier.

»Ihr seid hier nicht sicher! Ich beschwöre euch, kommt mit uns in den Westen! Wir haben auch einen Plan, irgendwie muss es gelingen! Peter und Judith packen schon zusammen. Sie haben mir befohlen, euch zu holen!«

Mein Herz begann zu rasen. Schon wieder weg? Aber wohin denn? Draußen tobte der Mob!

»Aber wo wollt ihr denn hin? Deutschland ist komplett zerbombt und zerstört!« Papa nahm die Brille ab und kaute nervös auf dem Bügel herum. Das tat er oft, wenn er sich auf etwas konzentrierte.

»Jakob!« Herr Gutmann spielte mit seinen Hosenspangen, die er klirrend auf und zu schnappen ließ. »Judith und Peter sind gerade erst aus Theresienstadt zurück! Meinst du, ich mache Spaß?«

»Was? Sie waren im KZ?« Papa schlug die Hände vors Gesicht. Der Junge auch?!«

»Ja, in den letzten Kriegswochen hat es sie noch erwischt. Man hat Judith und den Jungen lange verschont, aber dann wurden sie doch noch abgeholt.«

»Das tut mir so wahnsinnig leid, Paul!« Papa wischte sich über die Augen. »Wie geht es ihnen jetzt?«

»Sie haben überlebt.« Paul Gutmann vergrub die Hände in den Hosentaschen. Sein Kiefer mahlte. »Und jetzt sind nicht mehr sie als Juden, sondern ich bin als Deutscher gefährdet!« Er warf die Hände in die Luft. »Wir müssen die Tschechoslowakei unbedingt verlassen. Und ihr müsst mit! Marie ist Deutsche, eure Kinder sind Halbdeutsche!«

Umständlich setzte Papa die Brille wieder auf. Wegen der dicken Gläser wirkten seine Augen doppelt so groß. »Ihr steht unter Schock, Paul. Ich verstehe euch. Aber ist das nicht alles ein bisschen unüberlegt?«

Paul unterbrach ihn: »Jakob! Eine weiße Armbinde besagt: Dieser Mann darf geschlagen und getreten werden!« Er raufte sich verzweifelt die Haare. »Kaum ist der Krieg aus, dreht sich der Wind wieder zu unseren Ungunsten!« Er schüttelte vehement den Kopf. »Es muss einen Weg für uns geben, raus aus der Tschechoslowakei, egal wohin, und ihr müsst mitkommen! Ihr seid genauso Freiwild wie wir!«

»Aber Paul! Ich sehe keinen Grund zur Panik.« Papa räusperte sich. »Ich habe in Prag immer noch meine Stellung als Prokurist bei Stein und kann meine Familie auf diese Weise ganz gut versorgen. Ich bin Tscheche, mir passiert nichts, wir haben tschechische Pässe, und Marie ist mit den Kindern hier im Moment sicherer als auf der Flucht. Sie ist geschwächt, Alex unterernährt, die kriege ich nie heil über die Grenze. Ella passt gut auf sie und Klein-Alex auf.« Er zerzauste mir liebevoll das Haar.

»Jakob!« Paul Gutmann sprang auf und schüttelte Papa am

Arm. »Richard Stein und seine gesamte Familie waren im KZ und dürften längst tot sein! Was ist mit seinen Besitztümern passiert? Wenn du etwas davon weißt, kann das gegen dich ausgelegt werden! Du weißt ja, auf Kollaboration mit den Deutschen steht die Todesstrafe!«

Mein Herz raste. Was redete der Herr Gutmann denn da? Papa hatte sich doch nichts zuschulden kommen lassen?

»Aber ich habe doch nur meinen Job gemacht«, wiegelte Papa ab.

Paul Gutmann schlug mit der flachen Hand auf den Tisch. »Die haben Beweise gegen dich, Jakob! Du hast in deren Augen mit den Nazis zusammengearbeitet und die Juden geschädigt!«

»Nein, habe ich natürlich nicht, Paul, und das weißt du! Ich habe Richard Stein immer verehrt, wir gehörten sozusagen zur Familie. Sie haben uns vertraut!«

»Die drehen die Tatsachen doch so, wie es ihnen gerade in den Kram passt!« Paul Gutmanns Stimme wurde schrill. »Kapierst du das denn nicht?! Du hast bei diesem Werttransport nach Linz unterschrieben!«

»Weil ich es musste! Der Nazi-Mensch stand doch mit seinen bewaffneten Leuten daneben!«

»Aber das ist doch den tschechischen Revolutionsgarden egal!« Paul Gutmann schrie inzwischen so laut, dass ich den Kopf einzog.

»Schrei doch nicht so, Paul«, flehte Vater. »Nicht vor den Kindern!«

Paul Gutmann sprang von seinem Stuhl auf. »Leute, ihr steckt tiefer drin als ihr denkt!«

»Dieser Mann aus Linz hat Richard Steins Privatvermögen mit zwei Lastwagen abholen lassen«, gab Mama nun verstört zu bedenken. »Antiquitäten, Teppiche, Silber, kostbare Bilder, wertvolle Weine: Alles ging nach Linz, in die Lieblingsstadt von Hitler.«

»Das Kriegsende war abzusehen …« Paul Gutmann steckte die Hände zurück in die Hosentaschen und starrte aus dem Fenster. »Da wollten die Nazis noch schnell alle jüdischen Wertsachen in Sicherheit bringen.«

Vati nickte vielsagend. »Aber was sollte ich denn machen? Zweimal fuhr der tschechische Lkw-Fahrer, Herr Liska, nach Linz! Und ich als Prokurist der Firma, musste die Fahrt genehmigen und den Mann entlohnen.«

»Und seine Frau, die Hausmeisterin, hat alles mit angesehen. Die ist eh so ein Tratschweib«, fügte Mama besorgt hinzu.

»Sag ich doch! Das könnte euch zum Verhängnis werden.« Paul Gutmann sah wirklich sehr besorgt aus.

Ich verstand nur die Hälfte, spürte aber deutlich, dass wir in einer Zwickmühle steckten.

Erst hatte Papa für einen Juden gearbeitet und sich damit zu Nazi-Zeiten auf Messers Schneide begeben, dann hatte er nach der Arisierung von dessen Firma an Unrecht mitwirken müssen, das ihm jetzt in die Schuhe geschoben werden sollte.

»Jakob, was sollen wir nur tun? Lass uns doch mit den Gutmanns gehen!« Mutters Hände zitterten. Ich schaute verängstigt von einem zum anderen. Der kleine Alex spürte die Anspannung im Raum, und aus kläglichem Weinen wurde verzweifeltes Schreien.

»Paul, nichts wird so heiß gegessen, wie es gekocht wird«, versuchte Vater die Wogen zu glätten. »Ich finde es lobenswert, dass du dich extra herbemüht hast, dass du uns mitnehmen willst. Aber ich kann weder Marie noch den Säugling noch meine fast zwölfjährige Tochter mit ins Ungewisse nehmen. Überall treiben russische Soldaten ihr Unwesen und vergewaltigen die Frauen.

Und wenn es nicht die Russen sind, dann die tschechischen Revolutionsgarden. Wir haben hier noch den sichersten Unterschlupf. Nein, Paul, wir bleiben.«

Mir war schwindlig vor Angst. Ich verstand nur, dass es keine Lösung gab: Weggehen bedeutete etwas Grässliches und Bleiben auch. Ich schaute ratlos zwischen den Erwachsenen hin und her. Es war, als spielten sie ein Spiel, bei dem die Figuren beliebig ausgetauscht wurden, ein Spiel, bei dem es auf allen Seiten nur Verlierer gab.

Doch noch ließ Paul Gutmann nicht locker. Heftig rüttelte er an Vatis Schultern. »Jakob! Wieso steckst du den Kopf in den Sand? Hast du in Prag nicht selbst miterlebt, wie die Revolutionsgarden über die Deutschen herfallen? Du hast es doch mit eigenen Augen gesehen!«

»Ja, aber wir sind Tschechen.«

»Sie prügeln die Leute aus ihren Wohnungen und schlagen sie öffentlich halb tot, Männer, Frauen, Kinder – ganz egal!« Jetzt überschlug sich die Stimme von Paul Gutmann. »Hast du nicht mitbekommen, wie sie fünfzig Leute auf einen Todesmarsch geschickt haben? Die Züge, die angeblich für Frauen und Kinder am Bahnhof Bubny bereitstanden, konnten Prag nicht mehr verlassen!« Weinte er etwa? »Sie haben die deutschen Frauen und Kinder vierundzwanzig Stunden im Regen auf dem Bahnhof sitzen lassen, und als am frühen Morgen ein paar Dreizehnjährige aufstehen wollten, um für ihre Mütter und jüngeren Geschwister ein paar Äpfel von benachbarten Bäumen zu organisieren, wurden sie erst ausgepeitscht und dann vor den Augen ihrer Mütter erschossen!«

»Bitte Jakob! Nicht vor dem Kind!« Vati hielt mir die Ohren zu. Ich hatte aber alles genau mitbekommen. Schockiert starrte ich sie an. Ich war wie versteinert.

»Wir sitzen das aus«, entschied Papa. »Paul, ich danke dir, dass du dich herbemüht hast. Aber meine Entscheidung steht fest. Wir bleiben!«

6

Zahořany, kurz danach im Mai 1945

Wieder polterten schwere Stiefel auf der Treppe, wieder donnerten Tritte gegen unsere Zimmertür. Eng aneinandergekuschelt lagen wir zu viert im Bett und schreckten aus dem Schlaf.

»Jakob, was ist das?« Ängstlich klammerte sich meine arme Mama an Papa.

Tschechisch gebellte Befehle mischten sich unter die harschen Schläge. Holz splitterte. Jeden Moment würden sie die Tür eintreten!

»Jakob Vojan? Sofort aufmachen!«

»Die Revolutionsgarden!« Papa fuhr hoch. »Das muss ein Missverständnis sein! Ich kläre das. Wir sind Tschechen.«

Mama und ich krochen mit dem Baby vollends unter die Decke. Automatisch presste ich dem kleinen Alex die Hand auf den Mund, und wie durch ein Wunder hörte er auf zu schreien und begann, an meinem kleinen Finger zu saugen.

Diese jungen Männer wirkten wesentlich aggressiver und kompromissloser als die Russen. Ich konnte nur unter der Decke hervorspähen. Das waren also die Leute, vor denen Paul Gutmann sich so gefürchtet hatte!

»Meine Herren, beruhigen Sie sich, wir sind Tschechen!« Vati kramte geistesgegenwärtig unsere Ausweispapiere hervor und hielt sie ihnen mit zitternden Fingern entgegen.

Doch die jungen Männer waren voller Wut und Hass und nicht zu Diskussionen bereit. Sie hielten ihre Gewehre auf meinen armen Papa gerichtet.

»Jakob Vojan? Als Kollaborateur mit den Deutschen werden Sie zu Zwangsarbeit auf Gut Radlik abkommandiert. Sofort mitkommen!«

»Aber das muss ein Missverständnis sein …« Papa stand wehrlos in Unterhosen und barfuß da, suchte panisch nach seiner Brille. »Wir sind Tschechen, das habe ich doch schon erklärt.«

Papas Einwände wurden durch einen dumpfen Schlag mit dem Gewehrkolben erstickt. Entsetzt musste ich mit ansehen, wie seine runde Nickelbrille auf den Boden fiel, begleitet von Blutstropfen. Unter schweren Stiefeln zerbrach sie zu tausend Scherben.

»Halt's Maul, Nazi.«

Einer von ihnen riss die Decke weg, unter der wir wie zitternde Vögelchen im Nest hockten.

Er war jung, höchstens siebzehn, achtzehn. »Und du deutsche Sau …« – er zeigte auf meine Mutter, die schutzlos im Nachthemd auf dem Bett kauerte – »… hast Hausarrest. Jeder, der dich auf der Straße sieht, ist berechtigt, dich totzuschlagen. Dich und deine Bastarde!«

Ich konnte vor Angst nicht atmen. Bestimmt würden sie uns jetzt zu Brei schlagen. Andererseits hatten sie gesehen, wie wehrlos wir waren, und sie hatten das Baby bemerkt.

Der blutrünstige Mann mit der roten Armbinde packte Papa, der aus der Nase blutete. »Wird's bald, Deutschen-Freund!«

Ein anderer schrie: »Das Fahrrad und das Radio sind hiermit beschlagnahmt.«

Die Männer rissen das Radio, das Papa aus Prag mitgebracht hatte, an sich und nahmen auch sein Fahrrad, das draußen an der Hauswand lehnte.

Papa, inzwischen blind wie ein Maulwurf, hatte kaum Zeit, in seine Hose zu steigen und in sein Hemd zu schlüpfen. Sie schleiften ihn regelrecht aus der Tür, hinaus aus dem Haus. Mit dem Diebstahl von Radio und Fahrrad nahmen sie uns den letzten Kontakt zur Außenwelt.

Mama und ich lagen bestimmt noch Stunden wie erstarrt unter der Decke, das Baby an uns gepresst.

Papa war weg! Unser geliebter, zuverlässiger Papa, der immer die Ruhe bewahrt hatte!

Ich wurde das Bild nicht los, wie sie ihn wegschleiften, wie er sich vor Schmerzen krümmte und uns noch nicht mal mehr winken konnte.

Alles, wovor uns Paul Gutmann letzte Woche gewarnt hatte, war eingetroffen!

Ich konnte es nicht fassen. Papas Fehlentscheidung war unsere Schicksalsentscheidung.

Papa kam nicht mehr. Niemand sorgte für uns, wenn ich es nicht tat.

Die Kinder warfen zwar nicht mehr mit Steinen nach mir, behandelten mich aber wie Luft.

Keiner half mir, wenn ich mit meinen Besorgungen aus dem Nachbardorf über die staubige Schotterstraße wankte. Lebensmittelmarken bekamen wir nicht. Auch nicht für Alex, denn in ihren Augen war er ein deutscher Säugling.

»He, du! Bist du nicht die kleine Vojanová aus Prag?«

Eine Bauersfrau mit bunter Kittelschürze und Kopftuch kam gerade aus dem Postamt. »Du kannst von Glück reden, dass du nicht mehr dort bist! Meine Cousine wohnt neben der Weinhandlung Stein und hat beobachtet, wie die Hausmeisterin eure Wohnung geplündert hat. Sie hat die Frau gefragt, ob sie sich nicht schäme, ihr wart schließlich jahrelang Nachbarn und habt friedlich miteinander gelebt! Da hat die Frau Lisková wortwörtlich gesagt, deine Mutter und dein Bruder könnten froh sein, dass sie euch nicht erwischt hat. Sonst würden die deutsche Sau und der deutsche Bastard schon tot an den Kacheln kleben!«

Mein Herz setzte einen Schlag aus, die Zunge klebte mir am Gaumen.

Mutlos kämpfte ich mich weiter. Wie sollte ich das alles verarbeiten?

Die betrunkenen Russen, die neben uns wohnten, waren kurioserweise die Einzigen, die zu uns hielten. Alles, was über ihre angebliche Grausamkeit wehrlosen Frauen gegenüber erzählt wurde, traf auf sie nicht zu.

»He, komm mal her, Kleine!« Der Kommandant saß im Hof und verzehrte schmatzend Fleisch aus einer Konserve. Mein leerer Magen rumorte laut. Wann hatte ich das letzte Mal so etwas Köstliches wie Fleisch gegessen?

»Hier, nimm das deiner Mama mit!« Der russische Offizier reichte mir die angebrochene Dose.

In unserer Kammer machte sich Mama ausgehungert über die Fleischkonserve her, und auch ich stopfte hastig ein paar Bissen in mich hinein.

»Aber davon wird Alex nicht satt!«

Nachdem Vater abgeholt worden war, belieferte uns unsere Vermietern nicht mehr.

Wieder trippelte ich zu dem gutmütigen Russen hinunter, der inzwischen im sonnigen Hof eine Verdauungszigarette rauchte. »Habt ihr nicht auch noch etwas Milch für mein Brüderchen?«

»Milch?«, brüllte der Russe belustigt. »Das Einzige, was wir trinken, ist Wodka! Aber die Frau da drin hat Milch. Sie hat ja schließlich Kuh!«

Er donnerte gegen das Fenster der Vermieterin. »Was ist los, Frau? Lässt du das Baby da drüben verhungern?«

»Ich habe ja früher Milch rübergebracht. Aber wenn mich meine Leute jetzt dabei erwischen, prügeln sie mich tot!«

»Du Nachbarin! Du geben jeden Tag Milch dem Baby!«, befahl der Kommandant barsch, als sie mit hochrotem Gesicht am Fenster erschien, und drohte ihr mit dem Gewehrkolben.

»Dann kriege ich Ärger wegen Kollaboration mit einer Deutschen«, kreischte sie hysterisch.

Der Russe warf seine leere Feldflasche gegen ihre Scheibe. Sie konnte gerade noch rechtzeitig den Kopf einziehen. »Wenn ich sehe, dass Baby von schöne Frau verhungert, bist du so oder so tot.«

Und so blieb es noch eine Weile dabei, dass ich jeden Abend, nach Einbruch der Dunkelheit mit einem Besenstiel unauffällig vor ihrem Fenster wedelte. Widerwillig stellte sie blitzschnell wie früher einen Milchtopf auf das Fenstersims, den ich in Windeseile zu uns hereinholte.

7

Zahořany, 11. September 1945

»Alles Gute zum zwölften Geburtstag, mein großes Mädchen! Was hätte ich nur ohne dich gemacht.«

Mama zog mich lächelnd an sich und gab mir zwei zärtliche

Wangenküsschen. »Dieses Jahr kann ich dir gar nichts schenken, und das tut mir schrecklich leid.«

»Nicht weinen, Mama, nicht schon wieder weinen.« Ich lächelte tapfer. »Alex kann schon sitzen und Brei essen. Ich finde, wir haben richtig viel geschafft!«

»Danke, dass du für mich auf dem Amt warst und um einen Zahnarztbesuch für mich gebeten hast.« Ein Lächeln schlich sich auf ihr Gesicht. »Da gehen wir nämlich heute hin.«

Toll, dachte ich. Tolles Geburtstagsgeschenk. Ein Zahnarztbesuch.

Mama griff unter ihr Kopfkissen und zog einen amtlichen Schrieb darunter hervor. »Schau mal, was da steht, und übersetze es mir bitte.« Es war auf Tschechisch, mit Schreibmaschine geschrieben.

»Ausnahmegenehmigung und vorübergehende Aufhebung des Hausarrests«, las ich laut. »Für einen dringenden Zahnarztbesuch. Am 11.09.45 zwischen 14 und 18 Uhr ist es Frau Marie Vojanová gestattet, nach Jílové zu gehen. Diese Genehmigung gilt nur für diesen Zeitraum und nur für diese Wegstrecke.« Stempel, Siegel, Revolutionsgardisten-Unterschrift.

»Das ist ja genau der Weg, der an Gut Radlik vorbeiführt, wo Papa auf dem Feld arbeitet!«

»Ja, das stimmt. So ein Zufall, nicht wahr?«

Dass unser lieber Papa dort mit anderen politischen Gefangenen schuftete, war uns inzwischen bestätigt worden. Als Zwangsarbeiter musste er Mais ernten, und zwar von Hand, denn es gab keinerlei Geräte für Ackerbau und Viehzucht mehr.

»Wenn wir Glück haben, treffen wir ihn.« Mama machte sich schön, so gut es unter diesen Umständen eben ging, und brachte ihre Lockenpracht in Ordnung.

Was für ein Geburtstagsgeschenk! Jetzt begriff ich – ich

durfte meinen Papa sehen! Der Zahnarztbesuch war nur ein Vorwand.

Um Punkt zwei Uhr schoben wir Alex' Kinderwagen aus der schmalen Haustür. Der kleine Kerl schaute mit staunenden dunklen Augen, die er von Mama geerbt hatte, in diese leider so schrecklich verdorbene Welt.

Zu Gut Radlik gelangten wir durch ein größeres Waldstück. Unterwegs lockten Blaubeeren und pralle schwarze Brombeeren an dornigen Sträuchern, die wir eifrig pflückten. Mama war seit Monaten nicht mehr an der frischen Luft gewesen und saugte die würzige Waldluft gierig ein. »Die legen wir oben drauf, damit tarnen wir das Brot, das wir für Papa ergattert haben.« Die Russen hatten uns ein *Chléb* geschenkt!

Beflügelt von der Hoffnung, meinen Papa wiedersehen und beschenken zu dürfen, gelangten wir schließlich zum riesigen Maisfeld. Die dort schuftenden Männer waren ausgemergelt und sonnenverbrannt, sie hatten ausnahmslos blutige, aufgerissene Hände.

»Jakob Vojan?,« fragte ich schüchtern einen der Arbeiter.

»Der ist da hinten!«

Mit dem sperrigen Korbkinderwagen kämpften wir uns aufgeregt durch Ackerfurchen.

Tatsächlich! Da stand mein geliebter Papa, inmitten von anderen Arbeitssklaven und kämpfte mit Pflanzen, die fast doppelt so groß waren wie er selbst. Wie er ohne seine Brille überhaupt etwas erkennen konnte, war mir ein Rätsel.

»Papa!« Jubelnd warf ich mich ihm in die Arme.

Seit seiner Verhaftung Mitte Mai waren nun vier Monate vergangen, trotzdem erkannte ich ihn kaum wieder, so sehr hatte ihn die harte Arbeit im Freien verändert. Mein Papa roch sehr streng. Sein Gesicht war von schmutzigen Falten durchzogen.

»Ella, mein Mädchen! Ja, träum ich denn … Ich habe heute den ganzen Tag an dich gedacht. Alles Gute zum Geburtstag, meine Große!«

Unter Tränen bedeckte er mich mit Küssen.

»Es tut mir so leid, dass ich dir heute nichts schenken kann, aber du wirst sehen … Nächstes Jahr, zu deinem dreizehnten Lebensjahr gibt es eine umso größere Torte. Dann bist du schon eine junge Dame, und wir gehen beide tanzen.«

Ernst sagte ich: »Papa, du musst mir nie wieder etwas schenken, wenn du nur zu uns zurückkommst!«

»Das versprech ich dir. Bald ist alles wieder gut. Wir müssen nur ganz fest daran glauben.« Liebevoll ließ er meine dunklen Locken durch seine rissigen Finger gleiten.

»Ich kann es kaum glauben, dich hat ein Engel geschickt. Du bist ja noch viel hübscher geworden. Bald bist du so hübsch wie deine Mama …«

»Kannst du das überhaupt erkennen, so ganz ohne deine Brille?«, neckte ich ihn.

Da hatte sich Mama mit dem Kinderwagen zu uns durchgekämpft.

»Jakob!«

»Marie! Darfst du denn überhaupt …?«

Mama wedelte mit ihrer vorübergehenden Ausgangserlaubnis. »Zahnarztbesuch!«

Die Eltern fielen sich schluchzend in die Arme, während die anderen Zwangsarbeiter aufpassten, dass sie von keinem Aufseher erwischt wurden.

Als Papa dann noch den kleinen Alex in die Arme nahm, blieb kaum ein Auge trocken. »Mein Sohn«, stammelte Vater immer wieder fassungslos. »Du bist ja so groß geworden! Ein Wunder, dass du noch lebst …«

»Das haben wir alles unserer Ella zu verdanken.« Mamas Lächeln werde ich nie vergessen. »Ohne unsere tapfere große Tochter wären wir wohl verhungert.«

Auf einmal war ich so stolz wie noch nie in meinem Leben. Der Moment, als ich in Hillemühl die Lakritzpastillen verteilen durfte, war ein Klacks dagegen.

»Tadaaa!« Ich zauberte den Korb mit den Beeren und dem Brot hervor. »Für dich, Papa. Und für deine Kollegen natürlich.«

»Ich glaub es nicht! Leute, meine Tochter bringt mal eben ein ganzes Brot daher! So viel bekommen wir in einer Woche nicht zu essen!«

Ein ungeheures Glücksgefühl durchströmte mich. Wir waren alle wieder vereint, wenn auch nur für einen kurzen, innigen Augenblick.

»Achtung, Leute, der Aufseher! Es ist der Scharfe mit dem Stock!«

»Ihr müsst gehen! Aber schaut auf dem Rückweg noch mal vorbei!« Papa küsste uns eilig auf die Stirn und verschwand mitsamt dem Brotkorb im Gestrüpp.

Dass dies das letzte Mal war, dass ich ihn lebend sah, wusste ich in diesem Moment noch nicht.

Mit dem Kinderwagen holperten Mama und ich wieder über die Ackerfurchen davon.

Ob wir überhaupt noch beim Zahnarzt waren, weiß ich nicht mehr.

Auf dem Rückweg fehlte von Papa jede Spur.

Es hieß, die Revolutionsgarden aus Prag hätten ihn abgeholt.

8

Prag, Štěpánská-Straße, Anfang Oktober 1945

»Wer ist da?« Oben aus dem Fenster kam eine unfreundliche Frauenstimme. Das musste meine Tante Irma sein, Vaters Schwester. Zum Glück war sie zu Hause. Die Klingel gellte noch durchs Treppenhaus des bürgerlichen Altbaus unweit vom Wenzelsplatz. Rasch drückte ich die schwere Haustür auf und rannte atemlos die vielen Treppenstufen hinauf in den vierten Stock.

»Vojan/Vojanová« stand auf dem blank geputzten Messingschild. Sie hießen wie wir, es war die Familie meines Vaters.

Die Wohnungstür stand einen Spalt auf, und Tante Irma spähte mir misstrauisch entgegen. Sie hatte eine spitze Nase und weit auseinanderstehende graue Augen wie ein Raubvogel.

»Ich bin's, deine Nichte Ella!« Mein Herz raste nicht nur von den vielen Treppenstufen, sondern auch aus Angst. Aus Angst vor der Tante und dem, was da noch kommen würde.

Nachdem wir drei lange Wochen nichts von Papa gehört hatten, und auch seine Arbeitskollegen auf dem Feld nichts von ihm wussten, hatte mich meine immer verzweifelter werdende Mama heute früh angefleht, den Bus nach Prag zu nehmen und Papas Schwester um Beistand zu bitten. Wenn die Revolutionsgarden Papa geholt hatten, und er immer noch nicht wiederaufgetaucht war, dann saß er bestimmt irgendwo in einem Verhörraum oder Kerker und brauchte Hilfe! Tante Irma musste ihm dringend einen Rechtsanwalt besorgen oder wenigstens nach ihm suchen! Als Tschechin musste sie doch irgendwie herausfinden können, was mit ihrem Bruder geschehen war. Das konnte sie doch alles nicht kaltlassen!

Nach Mama, Alex und mir hatten weder sie noch meine tschechischen Großeltern mit einer Silbe gefragt. Es war ihnen völlig egal, wie es uns ging.

»Was willst du denn hier?«, herrschte mich die Tante an, ohne mich hereinzulassen.

»Bitte, Tante Irma, du musst uns helfen!«

»Ich muss gar nichts.«

»Wer ist da?«, hörte ich die Stimme meiner Großmutter.

»Das Balg von der Deutschen.«

Die dürre alte Frau war so ganz anders als meine fürsorgliche Großmutter aus Hillemühl, die eher rundlich war.

Vaters tschechische Verwandtschaft hatte noch nie ein nettes Wort zu mir gesagt, geschweige denn mir je ein Geschenk gemacht. Sie verabscheuten Mama und demnach auch ihre Brut. Alex hatten sie noch nie gesehen und mich höchstens ein- oder zweimal im Leben.

»Jakobs Tochter? Wie heißt sie noch?«

»Ella«, flüsterte ich verstört. »Ich bin doch eure Nichte und Enkelin! Papa ist verschwunden!«

Tante Irma zischte: »Los, komm schon rein!« Mit einem Seitenblick auf die anderen Wohnungstüren, hinter denen möglicherweise Nachbarn lauschten, zog sie mich in den dunklen Flur und schloss schleunigst die Tür.

Zaghaft betrat ich die Wohnung. Es roch abgestanden nach alten Möbeln und alten Leuten. Auf dem dunkelbraunen Parkett lag ein weinroter Perserteppich mit Fransen. Schwere dunkelbraune Samtvorhänge hingen vor schwarzen Kastenfenstern. In einem alten Bücherschrank mit zerbrochenen Scheiben befanden sich vergilbte Bücher. Ein ausgestopfter Hirsch über der Wohnzimmertür starrte mich mit Glasaugen an.

Ein Kleiderständer, an dem ein schwarzer Mantel hing, ließ

mich zusammenzucken. Er sah aus wie ein Mann, der mir auflauerte.

Draußen lag in Sichtweite der Wenzelsplatz, wo ich mit bangem Herzklopfen aus der Straßenbahn gestiegen war.

Menschen schlenderten über die breite Chaussee, standen vor dem Kino Schlange oder saßen Zeitung lesend draußen in den Cafés. Der Krieg war schon seit Monaten vorbei, und doch herrschte alles andere als Frieden.

»Tut mir leid, dass ich euch stören muss«, begann ich zaghaft das Gespräch mit meinen Verwandten. »Mama macht sich solche Sorgen. Papa ist verschwunden.«

»Na und?« Tante Irma musterte mich mit kalten Augen. »Was habe ich damit zu tun?«

Sie boten mir weder einen Stuhl noch etwas zu trinken an. Zitternd stand ich vor ihnen.

»Wir haben ihn vor drei Wochen auf dem Weg zum Zahnarzt noch auf dem Maisfeld gesehen, doch als wir zurückkamen, hieß es, Revolutionsgarden aus Prag hätten ihn abgeholt.«

»Das war ja nicht anders zu erwarten!« Großmutter schlug die Hände über dem Kopf zusammen. »Wenn er sich mit einer Deutschen einlässt, ist er doch selber schuld!«

»SIE ist schuld, Mutter, SIE«, keifte meine Tante Irma. »Diese Marie Kochel aus Hillemühl! Mit ihren schönen langen Haaren und ihren schwarzen Augen hat sie unseren Jakob verhext. Nie im Leben hätte er sich mit deutschem Pack eingelassen, wenn sie ihn nicht verführt hätte. – Da!«, sie zeigte auf mich. »Damit hat sie ihn erpresst. Sofort ein Balg hat sie ihm angedreht, das konnte ihr gar nicht schnell genug gehen.«

Wie gern hätte ich meine Mama verteidigt! Sie hatten ganz normal geheiratet, und ich war erst ein Jahr später zur Welt gekommen, aber das wollte ich jetzt nicht zur Diskussion stellen. Möglicherweise saß mein Papa in irgendeinem Foltergefängnis, und wir hatten keine Zeit zu verlieren.

»Erst zwanzig Jahre war sie und schon so durchtrieben«, giftete sie. »Und jetzt steht das Balg hier und will, dass wir ihren Vater suchen.«

»Ich bitte euch darum«, rang ich mir von den Lippen. »Tante Irma, du bist doch Tschechin, mit dir reden sie wenigstens.«

»Dann geh schon!« Die Großmutter machte eine energische Geste.

»Na los, nehmt die Straßenbahn. Geld hat sie bestimmt keines, also laden wir sie auch noch auf den Fahrschein ein. Die sind vom Stamme Nimm!«

Mit der schlecht gelaunten Tante Irma trabte ich wieder die Treppe hinunter. Unten am Wenzelsplatz kamen mir mehrere Mädchen in meinem Alter eingehakt und lachend entgegen. Für einen kurzen Moment sah ich mich zwischen ihnen – sorglos, übermütig und unternehmungslustig. Aber für mich gab es keine Unbeschwertheit.

Tante Irma schleppte mich von Amt zu Amt, und nirgendwo konnte oder wollte man uns eine Auskunft über den Verbleib meines Vaters geben. Es dämmerte schon, und ich konnte vor Angst und Erschöpfung kaum noch laufen.

»Fragen Sie mal in Ihrem Wohnbezirk nach. Wo habt ihr noch mal gewohnt, Kleine?«

»In Karlín.«

Dort auf dem Bürgeramt druckste die junge Frau mit der Armbinde der Revolutionsgarden so merkwürdig herum, als wüsste sie etwas über Vatis Verbleib oder auch wieder nicht. Sie war gerade mal achtzehn Jahre alt. »Tut mir leid. Ich darf nichts sagen. Und meine Vorgesetzte ist nicht da.«

»Aber Sie haben eben angedeutet, Sie wüssten, wo mein Bruder ist?« Tante Irma sank auf den einzigen Stuhl im kargen Amtszimmer.

»Da muss ich nachfragen.« Die junge Frau verließ den Raum und ließ uns lange warten. Tante Irma redete kein Wort mit mir.

Endlich kam sie zurück, und ich sah, wie ihre Augen hin und her zuckten. Sie konnte uns nicht ansehen.

»Jakob Vojan, sagten Sie? Gehen Sie mal ins Haus der Geheimpolizei in der Bartolomějská-Straße Nummer vier.«

Tante Irmas Augen wurden zu Schlitzen.

»Die VIER?« Im Volksmund hieß die Zentrale nur »Die Vier«, und das verhieß nichts Gutes. Hier sperrte man unliebsame Leute ein. Es reichte zu sagen: »Er war auf der Vier«, oder »Sie sitzt in der Vier!«, und man erstarrte vor Angst, ebenfalls mit diesem Gebäude nähere Bekanntschaft machen zu müssen.

In Prag war das eine Adresse des Schreckens und sollte es auch fünfundvierzig Jahre lang bleiben, bis zum Zusammenbruch der kommunistischen Diktatur.

Die genervte Tante riss ihre Handtasche vom Schreibtisch und stapfte grußlos aus dem Zimmer. Ich hauchte ahnungslos noch ein höfliches »Danke« hinterher.

Inzwischen war es dunkel geworden. Umso Furcht einflößender sah das Polizeigebäude aus, vor dem bewaffnete Männer standen. Tante Irma konnte sich ausweisen, und so wurden wir hineingelassen. Finstere Gänge, vergitterte Fenster und viele verschlossene Türen, hinter denen mal laute, mal leise Stimmen zu hören waren. Manchmal meinte ich, Schreie wahrzunehmen. Wieder warteten wir lange im Vorzimmer eines Büros, das so gruselig war wie der Vorraum zur Hölle.

Tante Irma redete die ganze Zeit kein Wort mit mir. Bestimmt gab sie mir die Schuld an diesem verhunzten Nachmittag.

Mein Magen meldete sich, und mein Gaumen war so ausgedörrt wie eine alte Schuhsohle.

Seit heute Morgen, als Mama mir noch liebevoll einen Wasserkakao gekocht und eine Kartoffel mit Salz zugesteckt hatte, hatte ich nichts mehr gegessen. Warum meine Tante Irma mir nicht wenigstens eine trockene Scheibe Brot oder ein Glas Wasser angeboten hatte, wo sie sich doch selbst ständig Traubenzucker in den Mund steckte, war mir unbegreiflich. Auch wenn sie keine Kinder hatte: Konnte man denn so hartherzig sein?

Endlich kam ein Mann herein. Er hielt eine Mütze in der Hand.

»Kennen Sie die?«

»Nein«, sagte Tante Irma und steckte schnell das Papier von ihrem Traubenzucker in die Handtasche. »Du vielleicht?«

Im Halbdunkel konnte ich die Mütze so schnell nicht erkennen, aber plötzlich sah ich Papa wieder auf dem Feld vor mir – er hatte genau diese Kappe aufgehabt! Ich schluckte mühsam.

»Das ist Papas Mütze!« Vor meinen Augen tanzten grelle Punkte. »Wo ist mein Papa?«

»Tja, der hat sich umgebracht. Schon am 11. September.«

Die Worte hallten in meinem Kopf nach, als hätte man mich unter Wasser gedrückt. Er sollte sich an meinem Geburtstag umgebracht haben? An meinem zwölften Geburtstag? Das konnte doch nicht sein! Wir hatten uns doch mittags um kurz nach zwei noch umarmt. Der Mann musste sich irren. Das hätte uns mein Papa nie angetan! Ein greller Ton schrillte mir in den Ohren.

Oder war es die Stimme meiner Tante, die jetzt hysterisch kreischte? »Mein Bruder Jakob! Mein armer Bruder hat sich umgebracht! Das musste ja so kommen!«

Mein Gehirn weigerte sich, diese Information aufzunehmen.

Der Mann, der nach wie vor die Mütze hielt, kratzte sich verlegen am Kopf.

»Ja, aus dem Fenster hat er sich gestürzt. Wollen Sie es sehen?«

Die Tante riss mich am Arm. »Ja, das soll die sich hier genau ansehen!«

Sie gab mir die Schuld daran, dass mein Papa sich aus dem Fenster gestürzt hatte?

Wir nahmen wenige Stufen, dann öffnete der Mann eine Tür zu einem Verhörraum, in dem ein merkwürdiger halbhoher Holzblock stand. Dass man Menschen darauf schnallte und auspeitschte, überstieg mein damaliges Vorstellungsvermögen. Erst in der Erinnerung, die immer wieder über mich hereinbrach, zeigte dieses Bild all seine grausamen Facetten.

Der Mann beachtete den von eingetrockneten Blutflecken gesprenkelten Holzblock nicht weiter und öffnete das Fenster, das zum Hinterhof hinausging. »Von hier ist er gesprungen. Wir wussten gar nicht, wer der Tote war! Gut, dass endlich mal jemand nach ihm fragt. Wie, sagten Sie, hat er geheißen?«

»Jakob Vojan«, erwiderte die Tante.

Ich hörte den Namen meines Vaters und konnte die Nachricht immer noch nicht fassen. Meine grauen Zellen arbeiteten wie in Zeitlupe. Doch eines erkannte ich genau: Das Fenster befand sich im Hochparterre, und selbst mit viel Pech war man bei einem Sprung in den Hof nicht tot, sondern hatte sich höchstens das Bein verstaucht oder schlimmstenfalls gebrochen.

»Wo ist mein Bruder?« Tante Irmas Stimme überschlug sich. »Ich möchte meinen toten Bruder sehen!«

In meinem Kopf drehte sich alles. Nein, bitte, alles nur nicht das! Meinen toten Papa sehen? Das konnte doch nicht ihr Ernst sein! Sie hatte doch alle Möglichkeiten, mir diesen Anblick zu ersparen. Aber ich wurde gar nicht beachtet.

Der Mann kratzte sich wieder ratlos am Kopf.

»Ja, da fahren Sie mal zum zentralen Prager Leichenschauhaus am Albertov. Wissen Sie, wo das ist?«

»Natürlich.« Tante Irma entriss ihm die Mütze und rauschte hocherhobenen Kopfes Richtung Ausgang. Wie ferngesteuert stolperte ich hinter ihr her. Kein Wort des Trostes kam der Tante über die Lippen, geschweige denn eine mitfühlende Geste. Sie tat so, als wäre ich gar nicht da. Nach einer erneuten Straßenbahnfahrt mit anschließendem Fußmarsch durch dunkle Straßen erreichten wir das Leichenschauhaus. Kaum hatten wir es betreten, schrak ich zurück: Ein riesiger Verwahrraum für Särge! Da wollte ich nicht hinein.

Ich weinte fürchterlich, aber die Tante herrschte mich an, ich solle mich gefälligst zusammenreißen. Ein Sarg reihte sich an den nächsten, und mein Herz wollte einfach nicht mehr weiterschlagen vor Angst. Bitte, lieber Gott, flehte ich, lass meinen Papa in keinem davon sein! Wenn er wirklich aus diesem Fenster gesprungen ist, hat er nur eine harmlose Verletzung. Vielleicht ist er ja irgendwo bei einem Freund untergetaucht? Vielleicht hat er Onkel Gutmann noch erwischt und ist längst im Westen? Bitte lieber Gott, mach, dass es so ist! Stumm flehte ich zu allen Heiligen. Alles versprach ich ihnen. Ich wollte noch viel hilfsbereiter und geduldiger mit Mama und Alex sein, ja sogar zu Tante Irma würde ich nett sein und ihr die Hände küssen, wenn nur mein Papa noch am Leben wäre!

»Sie suchen wen?« Ein überarbeiteter Bestatter tauchte auf. »Jakob Vojan? Nein, der ist hier nicht eingeliefert worden.«

Eine Woge der Erleichterung überrollte mich.

Danke lieber Gott!, stieß ich innerlich aus. Danke lieber Gott, ich wusste es, das kann einfach nicht sein. Die Beine versagten mir, und ich ließ mich auf einen schwarzen Sarg sinken.

Tante Irma redete weiter auf den Mann ein, und irgendwann hörte ich ihn sagen:

»Ich kann Ihnen nur einen unbekannten Leichnam anbieten, der vor längerer Zeit reingekommen ist. Keiner hat bisher nach ihm gefragt.«

Das klang so, als wollte er uns irgendeine Ware andrehen, die wir nicht bestellt hatten.

Nein, nein!, wehrte sich alles in mir. Ich will überhaupt keine Leiche sehen, auch keine unbekannte. Ich will jetzt ganz schnell weg von hier. Wohin ist mir egal.

Der Mann schritt geschäftig vor uns her, und erst jetzt bemerkte ich die stählernen Schubladen, die in die kalte Wand eingelassen waren. Überall hingen Zettel dran.

Der würde doch jetzt nicht …

Der wollte uns doch nicht …

Wieder setzte mein Gehirn komplett aus, und ich erstarrte vor Grauen, als der Mann eine dieser Schubladen aufzog, und uns eine nackte, entsetzlich zugerichtete Männerleiche entgegenglitt.

Ich kannte diese Füße! Ich kannte diese Knie! Auch wenn sie blau und grün waren – ich kannte diesen Körper! Auch wenn er mit unzähligen Striemen und Blutergüssen übersät war, ich kannte dieses … GESICHT?!

Nein, das konnte nicht mein Papa sein.

Und er war es doch!

Noch heute kann ich die aufgeplatzte Kopfhaut sehen, die sich über seiner Stirn wölbte und ihn noch mehr entstellte. Seine rechte Gesichtshälfte war nur noch Brei.

Was hatten sie nur mit ihm gemacht? Hatten sie ihn skalpiert?!

Meine Entsetzensschreie gellten durch die Leichenhalle, und ich hielt mir selbst die Ohren zu.

»Reiß dich zusammen!«, keifte die Tante wieder und schüttelte mich wie einen nassen Hund. »Was steht auf dem Totenschein?«

Der Mitarbeiter kramte den Totenschein hervor und las stoisch vor:

»Gebrochene Rippen, blutgefüllte Brusthöhle, zerrissene Lunge, Schädelfraktur, Hirnkontusion, Selbstmord durch Sprung aus dem Fenster.«

Erst viel später sollte ich erfahren, dass ein wild gewordener Schlägertrupp selbst ernannter Revolutionsgarden aus unserem Wohnviertel Vati von Gut Radlik abgeholt und ihn auf offener Straße zu Tode geprügelt hatte. Die Frau des Lkw-Fahrers, die Hausmeisterin Frau Lisková, hatte ihn doch tatsächlich verraten. Nur um von sich selbst und ihrem Mann abzulenken. Mein Papa wurde schon tot zur Prager Polizeizentrale geschleift, wo sie den leblosen Körper aus besagtem Fenster in den Hof warfen, um seinen Selbstmord vorzutäuschen.

Noch am selben Abend fuhren die Tante und ich mit der Straßenbahn zum Busbahnhof und von dort zurück Richtung Zahořany, wobei Tante Irma Vatis Mütze fest in der Hand hielt. Der Bus fuhr ja nur bis ins Nachbardorf, die restlichen vier Kilometer mussten wir im Dunkeln zurücklegen. Inzwischen war es bestimmt zwischen zehn und elf. Es war stockfinster, und Nebel hatte sich über die Stoppelfelder gelegt. Hinter jedem Busch und jedem Strauch sah ich böse Männer. Die ganze Zeit über wurde ich von Weinkrämpfen geschüttelt. Das soeben erlittene Trauma ließ sich nicht verarbeiten.

Als wir dann mit Vatis Mütze bei Mama vor der Tür standen, gellten ihre Schreie durchs Dorf. Nie werde ich diese grauenvolle Nacht vergessen. Sie schrie bis zum Morgengrauen, den kleinen Alex, Papas letztes Geschenk, an sich gepresst. Ich konnte ihr nicht ausweichen, denn ich teilte das Bett mit ihr. Tante Irma lag mit versteinertem Gesicht auf dem anderen und hielt sich die Ohren zu. Eine unfassbare Kälte herrschte zwischen den beiden Frauen. Kein Wort des Trostes, keinerlei Mitgefühl. Wir waren in Tante Irmas Augen nach wie vor nur deutsches Pack und jetzt auch noch schuld an Papas Tod. Und sie hatte den Schlamassel nun am Hals.

Einige Tage später nahm uns Tante Irma widerwillig im Bus mit nach Prag. Mama musste erst die Erlaubnis dafür bekommen, der Hausarrest musste aufgehoben werden. Wieder schickte man mich, das Kind, aufs Amt. An diese Fahrt kann ich mich nicht mehr erinnern.

Die Beerdigung meines lieben Papas auf dem Prager Friedhof Olšany war herzzerreißend. Auf seinem Sarg lag ein großer Strauß weißer Rosen, von Tante Irma und ihren Eltern bestellt. Auf den Bändern des riesigen Kranzes standen die Namen von uns Kindern: Alex und Ella. Der Name meiner Mutter stand nicht darauf.

Als Vater zu Grabe gelassen wurde, schrie meine Mutter wie ein angeschossenes Tier.

Tante Irma und ich hatten Mühe, sie daran zu hindern, gleich hinterherzuspringen. Mitsamt dem kleinen Alex auf dem Arm.

9

Prag, Štěpánská-Straße, Mitte Oktober 1945

»Und was soll jetzt aus ihr werden? Die Schule hat ja schon am 1. September wieder angefangen!« Tante Irma saß mit ihrem Lebensgefährten, Marek Dogan, den Großeltern und dem kleinen

Alex beim Abendessen an dem runden Tisch, der in ihrer düsteren Altbauwohnung unter dem Kronleuchter stand. Mama hatte ihn gedeckt und dann die Herrschaft bedient, bevor sie mit mir am Küchentisch die Reste von gestern essen durfte. Heute hatte Tante Irma einfach zwei Suppen zusammengeschüttet: eine Linsen- und eine Hühnersuppe. Dazu gab es den kalten Kaffee von heute Morgen und einen Kanten trockenes Brot. Ich spähte in den Salon.

Alex saß auf Tante Irmas Schoß, hieb mit seinen Speckhändchen vergnügt auf das Tischtuch und sperrte sein Schnäbelchen auf. Er wurde von ihr liebevoll gefüttert. Die kinderlose Tante tat so, als wäre er ihr Baby und Mama nur die Dienstmagd.

»Das gnädige Fräulein will ja nicht zu uns an den Tisch kommen!« Tante Irma entfuhr ein höhnisches Lachen. »Dann muss es eben mit der Deutschen am Katzentisch sitzen!«

Ja, das tat ich, aus Solidarität mit meiner armen Mama. Wir hatten eine winzige Kammer zugewiesen bekommen, in der vorher alte Koffer, Hutschachteln und staubige Vorhänge gelagert worden waren.

Tante Irma wurde einfach nicht sympathischer. Sie betrieb irgendwelche Geschäfte, die ich nicht durchschaute. Sie hortete handgefertigte Glaswaren, die sie an reiche Ausländer verkaufte. Wie ich später erfuhr, hatte sie jede Menge Schwarzgeld in der Schweiz. Jedenfalls war diese Familie reich … und kaltherzig.

Meine Mama dagegen hockte ganz in Schwarz in der Küche und starrte mit leerem Blick vor sich hin. Fast nie verließ sie mit ihrem Witwenschleier die Wohnung, und dann durfte sie auf keinen Fall sprechen. Schon morgens um sechs musste sie für alle das Frühstück machen, dann die Wohnung putzen, das Silber auf Hochglanz polieren, die Wäsche für alle waschen – und zwar per Hand –, um die nassen Wäscheberge anschließend auf den

Dachboden zu schleppen und dort aufzuhängen. Es galt, die Hemden und Blusen zu bügeln, zu kochen, den Tisch zu decken und das Essen zu servieren. Hatten sich die Herrschaften ins Wohnzimmer zurückgezogen, räumte sie die Küche auf. Für die Vojans war sie eine billige Dienstmagd vom Land und sollte ihnen noch dankbar dafür sein, dass man ihr und ihren deutschen Bastarden ein Dach über dem Kopf bot. Alex war ihr längst entrissen worden, aber mich konnten sie nicht brechen.

Mama war körperlich und seelisch am Ende ihrer Kräfte.

Nur am Sonntag durften wir den kleinen Alex im Kinderwagen bergauf zum Friedhof Olšany schieben, um Papas Grab zu besuchen. Dort kniete Mama dann auf dem feuchten Erdhügel, den weiße und gelbe Stiefmütterchen zierten, und weinte sich die Seele aus dem Leib. Ich stand völlig verstört daneben und schaukelte den Kinderwagen. Mein Leben war völlig aus den Fugen, was sollte nur aus mir werden?

Das fragten sich auch die tschechischen Verwandten, denen ich immer lästiger wurde.

»Fürs Gymnasium kann sie bestimmt nicht genug Tschechisch«, mutmaßte Herr Dogan, der in einem von Mama gebügelten und gestärkten Hemd Zeitung lesend am Fenster saß. »Mit ihrer Mutter spricht sie ja nur Deutsch, und mit uns weigert sie sich zu sprechen.«

»Undankbares Gör«, empörte sich Tante Irma. »Zimperliese obendrein!«

Unsere Vermieterin in Zahořany hatte uns doch tatsächlich aus Mitleid eine frisch geschlachtete Gans für den Leichenschmaus mitgegeben – sie hatte die grauenvollen Schreie meiner Mutter schließlich mit angehört. Und ich hatte mich geweigert, selbige mit der tschechischen Verwandtschaft zur Feier von Vaters Begräbnis zu verspeisen.

»Wieso redet ihr überhaupt von Gymnasium?«, empörte sich meine Großmutter Franziska Vojanová, eine verbitterte Frau mit herben Gesichtszügen. »Sie ist doch nur ein Mädchen!«

Kopfschüttelnd rührte sie sich drei Stück Zucker in den Tee. »Sie soll in der Fabrik arbeiten gehen und Geld für Kost und Logis verdienen, die sie hier ganz selbstverständlich in Anspruch nimmt.«

»Komm mal rüber, Kleine.« Der Großvater, der mich kaum beachtet hatte und wahrscheinlich nicht mal meinen Namen kannte, winkte mich mit der Pfeife zu sich.

Er legte mir die Zeitung vor: *»Svobodné Slovo.«*

»Was bedeutet das?«

»Freies Wort.«

»Na gut, dann lies mal den Leitartikel hier vor.«

Mit belegter Stimme leierte ich die Worte herunter, ohne sie zu verstehen. Hier entschied sich gerade meine Zukunft!

»Sie kann lesen«, wunderte sich der Großvater. »Und ganz ohne deutschen Akzent.«

»Also sollte sie doch noch ein Jahr zur Schule gehen«, beschied Tante Irma. Sie hatte inzwischen die Vormundschaft für uns Kinder übernommen. Ich hasste die Tante dafür, dass sie mich dazu gezwungen hatte, beim Vormundschaftsgericht auszusagen, ich wünsche mir das für Alex und mich. Ich hasste sie aus ganzem Herzen. Meine Mama war zu traumatisiert, um sich dagegen zur Wehr zu setzen. Sie war dieser Familie vollkommen ausgeliefert.

Ohne meine Mama überhaupt nur in diese Entscheidung einzubeziehen, wurde beschlossen, dass ich das fünfte Schuljahr in der Klosterschule »Notre Dame« in der Prager Neustadt besuchen sollte. Man nannte es auch »Kloster der heiligen Anna«, nach der Mutter der heiligen Maria, die den Altar der Kapelle zierte. Nicht dass meine tschechische Familie fromm gewesen wäre, aber die Schule lag in der Nähe und schien ihnen für mich angemessen.

Tante Irma schleppte mich ins Bekleidungsgeschäft im Erdgeschoss unseres Hauses und erstand für mich ein graues Kleid mit weißem Krägelchen, schmalem Gürtel und sechs stoffbezogenen Knöpfen auf der noch nicht vorhandenen Brust. Es war ein artiges, züchtiges Mädchenkleid. Dazu Kniestrümpfe und braune Schnürschuhe, die ich jeden Abend auf Hochglanz polieren musste. Nicht nur meine eigenen Schuhe musste ich putzen, sondern die der gesamten Familie. Kniend, auf einer Fußmatte unter der Treppe.

Am 15. November 1945, einen Tag nach dem Buß- und Bettag, wurde ich eingeschult.

»Und dass du mir kein Wort Deutsch sprichst«, zischte Tante Irma mich noch an, während sie mich den Hügel zur Klosterkirche hinauftrieb. »Reiß dich gefälligst zusammen, und mach uns keine Schande!«

Für mich eröffnete sich eine ganz neue Welt: Unsere Klasse, bestehend aus über vierzig Jungen und Mädchen, wurde von Nonnen geleitet, die eine strenge Tracht trugen. Über ihren bodenlangen schwarzen Gewändern trugen sie weiße ausladende Krägen, und auf dem Kopf hatten sie schwarze Schleier mit weißem Innenfutter, die ihnen bis über die Schulter fielen. Man sah weder Hals noch Haaransatz, und wenn sie ihre Hände in die weiten Ärmel ihrer Kutten gesteckt hatten, konnte man sie endgültig nicht mehr auseinanderhalten.

Meine Angst vor tschechischen Kindern war noch gegenwärtig. Ich fürchtete mich davor, im Eifer des Gefechts ein deutsches Wort zu benutzen. Einmal passierte es mir tatsächlich, dass mir das Wort »Lineal« statt *pravítko* herausrutschte. Ich spürte, wie mir das Blut in den Kopf schoss, und automatisch duckte ich mich aus Angst vor Schlägen. Aber Schwester Augustina, eine hübsche, liebenswerte, etwa zweiundzwanzigjährige Nonne, hatte mich ins Herz geschlossen und kümmerte sich rührend um mich.

»Lasst die kleine Ella erst mal ankommen, die hat Schlimmes durchgemacht!« Nach dem Unterricht blieb sie mit mir im leeren Klassenraum zurück und gab mir Nachhilfe in Russisch, denn ich war ja zweieinhalb Monate später als die anderen Kinder eingeschult worden, und Russisch war Pflichtfach.

»Magst du mir noch beim Schmücken des Altars in der Schulkapelle helfen, Ella?« Die junge Nonne spürte genau, dass ich nicht gern »nach Hause« ging. Auch wenn ich nichts darüber erzählte, hatte sie eine feine Antenne für meine verstörte Seele. Natürlich durfte ich niemals sagen, auf welche Weise mein armer Papa zu Tode gekommen war.

Tante Irma hatte mir eingeschärft, auf Nachfrage das Wort »Herzinfarkt« zu sagen.

Und das war schlimm genug: Ein einundvierzigjähriger Papa, der am Herzinfarkt gestorben war. Schwester Augustina hatte vollstes Verständnis für mich.

Während ich ihr die Blumen reichte, mit denen sie die Lourdes-Grotte im Schulhof schmückte, betrachtete ich ihre zarten feinen Hände, den linken Ringfinger mit Ehering.

»Wer ist denn dein Mann?«, fragte ich schüchtern. Vielleicht arbeitete er auch hier, als Hausmeister oder so?

»Jesus Christus.« Sie strahlte hinter ihren dicken Brillengläsern. »Wir sind alle Bräute Christi!«

»Ja, aber der ist ja genauso tot wie mein Papa?« Wie konnte sie darüber nur so glücklich sein? Meine Mama weinte sich jeden Tag die Augen aus.

»Aber nein, kleine Ella! Er ist immer da. Immer und überall. Schau nur, wie er da hängt am Kreuz, er ist aus Liebe für uns und unsere Sünden gestorben! Auch für dich, kleine Ella! Er will dich trösten und ist immer bei dir, genauso wie dein Papa, der jetzt bei ihm im Himmel ist. Ihn kannst du um alles bitten, auch um die Kraft, dein schweres Leben in der Štěpánská-Straße zu ertragen.« Sie kannte ja Tante Irma und ihren Umgang mit mir, den Rest konnte sie sich denken.

Mit wohligem Schauern betrachtete ich den lebensgroßen Leichnam aus Holz, der genauso von Wunden übersät war wie mein geliebter Papa – ein Bild, das ich immer vor Augen hatte, jede Minute meines Daseins und auch nachts in meinen Träumen.

Ich konnte mit niemandem darüber reden, auch nicht mit Schwester Augustina. Aber es tat mir unendlich gut, dass sie so liebevoll zu mir war und so viel Geduld mit mir hatte. Ihre weißen zarten Hände brachten mir auch Stricken, Häkeln und Sticken bei. Wir bestickten leinene weiße Altar- und Monstranztücher, und ich betete die fromme Gottesbraut an wie ein Lämmchen seine Hirtin.

Wenn sie dann in den Gottesdiensten mit ihrer Engelsstimme das »Ave Maria« von Schubert sang, oben auf der Orgeltribüne, begleitet von einer Mitschwester, die zu diesem Zweck die Hände aus den Ärmeln holen musste, war es um mich geschehen. Ich liebte Schwester Augustina und war überzeugt, dass mein Papa sie mir direkt aus dem Himmel geschickt hatte.

Um es ihr, aber auch der tschechischen Verwandtschaft in der Štěpánská-Straße zu beweisen, mauserte ich mich bald zur besten Schülerin der Klasse. Ich entwickelte einen Ehrgeiz wie noch nie und lernte wissbegierig alles, was dem Munde meiner geliebten Schwester Augustina entströmte. Ob es Kirchenlieder waren oder russische Vokabeln, Gebete oder Bibelverse, das heilige Evangelium oder das große Einmaleins: Ich lernte alles auswendig.

»Wissen ist Macht«, sagte Opa Vojan wohlwollend, als mein erstes Zeugnis ausschließlich aus Einsen bestand.

10

Prag, Štěpánská-Straße, 11. September 1946

Heute war mein dreizehnter Geburtstag. Keiner hatte davon Notiz genommen. Auch Mama nicht. Sie wollte nicht an Papas Todestag erinnert werden, der heute genau ein Jahr zurücklag.

Wie jeden Tag schob ich den sperrigen Kinderwagen vorbei an düsteren Stadthäusern, durch Schlaglöcher zu dem großen Park vor der Kirche am Karlsplatz, in dem ich meine Nachmittage verbrachte, allein, ohne Freunde. Heute fühlte ich mich ganz besonders verzweifelt, denn in der Nacht hatte Mama etwas Entsetzliches getan, über das ich weder sprechen noch nachdenken wollte. Jetzt weinte sie schon wieder den ganzen Tag in ihrer Kammer vor sich hin, wobei sie den Oberkörper vor und zurück wiegte und ins Leere starrte. Was sollte ich nur tun? Mama war nur noch ein Gespenst, mit Alex konnte man nicht reden, und die Verwandten beachteten mich nicht. Ich war der einsamste Mensch auf Erden!

Wie in Trance drückte ich jetzt die schwere Kirchentür von Sankt Ignatius am Karlsplatz auf und betrat rückwärts mit dem Kinderwagen das halbdunkle Gotteshaus.

Der anderthalbjährige pausbackige Alex kaute mit großen

staunenden Augen an seinem Fäustchen, während die Spätsommersonne durch die bunten Kirchenfenster fiel.

Ich war so fassungslos über die Geschehnisse der letzten Nacht, dass ich schluchzend auf einer der Kirchenbänke zusammenbrach. Ich schlug die Hände vors Gesicht und versuchte, mit Jesus Christus oder Papa oder beiden Kontakt aufzunehmen. »Hilfe, ich schaffe es nicht mehr allein! So helft mir doch, ihr Heiligen!«, flehte ich in meine gefalteten Hände hinein.

Ich fühlte mich ausgegrenzt wie noch nie. Alex durfte wenigstens nachts noch bei Mama in der Kammer sein, denn da wollte Tante Irma mit Herrn Dogan ihre Ruhe haben. Ich selbst schlief bei den Großeltern auf einem durchgesessenen Sofa am Fußende ihres Bettes, und wenn es nicht die unbequeme Liegefläche war, wegen der ich nicht schlafen konnte, dann das Schnarchen der beiden Alten. Aber heute Nacht waren da noch andere Geräusche gewesen, ein seltsames Scharren, so als zöge jemand einen Stuhl übers Parkett.

Ich konnte mich der Erinnerungen nicht erwehren. Wieder sah ich vor mir, wie ich barfuß im Nachthemd über den Flur geschlichen war, um nach Mama und Klein-Alex zu sehen. Zentimeterweise schob ich die Kammertür auf, und sofort schlug mir ein kalter Luftzug entgegen. Das Fenster stand sperrangelweit offen! Blitzschnell erfasste ich die Situation, gleichzeitig konnten meine Augen einfach nicht glauben, was sie da im Dunkeln zu sehen bekamen:

Mama stand im langen weißen Nachthemd, das sich gespenstisch im Wind wölbte, mit dem schlafenden Alex im Arm barfuß auf dem Fensterbrett. Davor stand der Stuhl. Sie wollte springen. Die Wohnung lag im vierten Stock! Ihr langes schwarzes Haar umflatterte ihren Kopf wie schwarze Vögel. Sie war wahnsinnig geworden!

»Mama, nein!«

Ich schrie auf und rannte zur ihr, entriss ihr Alex. Da kam sie zu sich, zurück ins Hier und Jetzt und überhäufte mich mit Schimpfworten, die ich noch nie aus ihrem Mund gehört hatte. Das war nicht mehr meine Mama! Das war eine seelisch schwer kranke Frau, die diese Welt für immer verlassen wollte. Sie wollte Alex der verhassten Schwägerin nicht länger überlassen, lieber nahm sie ihn mit in den Tod.

Aber ich! Ich war doch auch noch da. Hatte sie mich denn ganz vergessen? Seit anderthalb Jahren tat ich alles für sie und Alex, um sie vor der bösen Außenwelt zu beschützen! War ich ihr denn gar nichts mehr wert?

Bitterlich weinend ließ ich meiner Verzweiflung freien Lauf. Ich konnte mit niemandem darüber reden. Weder mit Schwester Augustina, denn Mama hätte ja eine Todsünde begangen, noch mit der tschechischen Verwandtschaft, die Mama sonst noch in eine Irrenanstalt stecken würden. Dann wären sie sie für immer los gewesen.

Von alldem nichts ahnend saß Klein-Alex neben mir im Kinderwagen und testete die beeindruckende Kirchenakustik, indem er sein kräftiges Stimmchen erschallen ließ und das Echo abwartete, das von den hohen Wänden widerhallte.

Das (und mein Weinen?) musste die Aufmerksamkeit eines Mannes erregt haben, der unbemerkt eingetreten war. Plötzlich stand er neben mir. Tröstend legte er mir eine Hand auf die bebende Schulter.

»He, Kleine, warum weinst du denn?«

Erschreckt zuckte ich zusammen. Ein fremder Mann. Mit Mantel und Hut. Den Hut hatte er abgenommen, so wie es in Kirchen üblich ist. Er reichte mir ein Taschentuch, das er aus seiner Manteltasche zog.

»Bah«, machte Alex begeistert und wedelte mit den Ärmchen.

»Bahahah!«, hallte es zurück.

»Kann ich dir irgendwie helfen?« Der Mann rutschte neben mich in die Bank und sah mich besorgt von der Seite an. »Wo ist denn deine Mutter?«

»Die ist zu Hause und auch sehr traurig!«

»Und dein Papa? Seid ihr zwei denn ganz alleine hier?«

»Mein Papa ist heute vor einem Jahr gestorben«, schluchzte ich. »Außerdem ist heute mein dreizehnter Geburtstag!«

»Oh Gott, das ist ja fürchterlich! Du armes Mädel!« Der Mann wusste nicht so recht, wie er mich trösten konnte. Erst wollte er den Arm um mich legen, ließ es dann aber sein.

»Andere Mädchen bekommen eine Torte und ein schönes Geschenk zu ihrem Dreizehnten.« Mitfühlend ruhte sein Blick auf mir. Er war vielleicht vierzig oder fünfzig Jahre alt. Vielleicht hatte er selbst eine Tochter? Seine väterlichen Worte lösten einen neuen Tränenstrom bei mir aus. »Genau das hat mein Papa vor einem Jahr auch zu mir gesagt: ›Nächstes Jahr gibt es eine umso größere Torte.‹ Er wollte mit mir tanzen gehen … und jetzt ist er tot!«

Schon wieder schüttelte es mich, und ich presste sein Taschentuch vor die Augen.

»Woran ist dein Papa denn gestorben?«

»Herzinfarkt«, nuschelte ich. Die Wahrheit durfte ich doch nicht sagen! Und das mit Mama heute Nacht doch auch nicht! Ich war das hilfloseste, verlassenste Mädchen auf der ganzen Welt!

Der Mann zog wieder etwas aus der Manteltasche, diesmal waren es zwei Geldscheine.

»Hier, Kleine. Kauf dir was Schönes dafür.« Ich schluckte und starrte tränenblind darauf. Es waren zweihundert Kronen, ein kleines Vermögen! Damit würde ich jetzt bis zum Ende des Monats mit der Straßenbahn zum Friedhof Olšany fahren können! Sieben Stationen schoben Mama und ich den Kinderwagen immer bergauf, weil wir das Fahrgeld nicht hatten. Jetzt hatten wir es!

Der Mann war schon aufgestanden und drückte mir noch einmal die Schulter. Ich wollte das Taschentuch zurückgeben, aber es war schon so nass geweint, dass er lächelnd abwinkte.

»Behalt es, junge Dame. Ich wünsche dir und deinem kleinen Brüderchen alles Gute.«

Er bekreuzigte sich Richtung Altar, machte einen Knicks und verließ mit hallenden Schritten das Gotteshaus.

Lange noch saß ich fassungslos in der Kirchenbank. War das der Engel gewesen, um den ich gefleht hatte? Ein fremder Mann, den mir mein Papa geschickt hatte? Mit einem Geschenk?

Auf wundersame Weise gestärkt verließ ich vollkommen aufgelöst die Kirche und schob Alex wieder zurück in die Štěpánská-Straße.

Aufgeregt schleppte ich den dicken Brocken die vier Etagen hinauf. Ich wollte Mama trösten. Papa hatte uns nicht vergessen, er hatte uns einen Engel geschickt!

Tante Irma stand schon in der Tür und nahm mir Alex ab. »Wo warst du denn so lange?«

»In der Kirche! Und …« Triumphierend hielt ich ihr die zweihundert Kronen unter die Nase. Ich wollte nur ein einziges Mal gelobt werden.

»Wo hast du das denn her?!« Sie riss mir Scheine aus der Hand.

»Ein Mann in der Kirche hat es mir geschenkt.« Sie sollte nicht denken, ich hätte es irgendwo gestohlen. »Außerdem habe ich heute Geburtstag, und der Fremde hat mir als Einziger ein Geschenk gemacht.«

Plötzlich gab sie mir eine schallende Ohrfeige. Ich wusste überhaupt nicht, wie mir geschah!

»Du hast mit einem Mann in der Kirche Unzucht getrieben?!«

»Aber nein … Was meinst du überhaupt? Ich habe geweint, und da hat er mir das Geld geschenkt!«

»Zweihundert Kronen?! Das glaubst du ja wohl selbst nicht! Ab in die Kammer! Was jetzt mit dir geschieht, werde ich noch mit deinen Großeltern besprechen!«

II

Kutná Hora, siebzig Kilometer südöstlich von Prag
1. September 1947

Noch ein Jahr musste ich mit diesen Unterstellungen meiner tschechischen Verwandtschaft leben. Es war gleichzeitig das letzte Jahr, in dem ich mit meiner Mutter und meinem kleinen Bruder zusammenwohnen sollte. Ein Tag war wie der andere. Nach der Schule schob ich Alex durch den Park, zu Hause putzte ich der gesamten Verwandtschaft die Schuhe, räumte die auf und sorgte dafür, dass alle Messingklinken stets auf Hochglanz poliert waren. Im Gegenzug hörte ich kein liebes Wort von den tschechischen Großeltern. Der Tod ihres Sohnes, also meines Vaters, wurde nicht nur meiner deutschen Mutter angelastet, sondern auch mir. Dabei konnte ich am allerwenigsten dafür.

Und nun brachte mich Tante Irma in die strengste Klosterschule des Landes, nach Kuttenberg, im Mittelalter die bedeutendste Bergbaustadt Böhmens. Über fünfhundert Jahre wurde in der Umgebung Silber abgebaut.

Wir fuhren mit dem Zug hin. Meine über alles geliebte Mama und den inzwischen zweieinhalbjährigen süßen Alex musste ich auf unbestimmte Zeit zurücklassen. Es brach mir das Herz zu wissen, dass Mama der tschechischen Familie nun ganz allein ausgeliefert war. Die Angst, sie könnte noch mal versuchen zu springen, schnürte mir die Kehle zu. Ich hasste diese Tante von Herzen, was bestimmt eine schwere Sünde war, aber ich konnte nicht anders. Was würde mich hier erwarten, hinter diesen dicken Klostermauern?

Tante Irma übergab mich einer streng dreinblickenden Nonne, die vors große schwere Tor trat, um mich mit meinem Köfferchen ohne jedes Lächeln in Empfang zu nehmen. »Sag deiner Tante Lebwohl, du wirst sie so schnell nicht wiedersehen.«

Das war auch nicht das, was ich wollte.

Das düstere Kloster lag wie ein Gefängnis vor mir. Das Mutterhaus dieses Ursulinen-Ordens war für seine erbarmungslose Erziehung bekannt. Obwohl meine tschechische Verwandtschaft nicht wirklich gläubig war, hatte man beschlossen, mich hierhin abzuschieben.

Das verlogene Gerücht über mich und den Unbekannten, der mir in der Kirche zweihundert Kronen geschenkt hatte, war mir vorausgeeilt. Aufgrund meiner »unsittlichen Lebensweise« durfte ich das Kloster nie allein verlassen. Einmal wöchentlich hatten die Klosterschülerinnen zwei Stunden Ausgang, dann liefen sie in Zweierreihen wohlgeordnet durch die Stadt, in scheußlich langen Röcken und hochgeschlossenen Blusen, vorn und hinten bewacht und von je einer Nonne begleitet. Die »braven« Schülerinnen konnten das Kloster auch manchmal allein verlassen, während ich hinter den dicken kalten Mauern der Baumeisterbrüder

Dientzenhofer bleiben musste. Mir traute man offensichtlich zu, dass ich meine Freizeit für unzüchtige Handlungen nutzen würde. Es war beschämend und demütigend ... und der denkbar schlechteste Ort, um meiner angeknacksten Seele wieder zu Stabilität zu verhelfen. Sinnlose Regeln und harte Strafen wechselten einander ab. Wieder fiel ich in ein tiefes schwarzes Loch, wieder wurde ich in eine fremde, unfreundliche Welt geworfen, in der eisige Kälte herrschte.

Die alte Nonne, die so gar nichts mit meiner geliebten Schwester Augustina gemein hatte, schritt mit ihrem schweren Schlüsselbund am Strickgürtel schweigend vor mir her. Schwere riesige Kruzifixe und dunkle Gemälde mit Kreuzigungsszenen und zu Tode gefolterten Märtyrern verfolgten mich.

In einem Schlafraum mit zwanzig Mädchen und einer diensthabenden Nonne hinterm Vorhang musste ich fortan meine Nächte verbringen. Reden war streng verboten und nächtliches Aufstehen auch. Schlaflos lag ich auf dem mir zugeteilten Bett und starrte an die Zimmerdecke.

Morgens um halb sechs wurden wir mit einem Gebet geweckt. Schlaftrunken taumelten wir Heranwachsenden alle gleichzeitig in den angrenzenden Waschraum, wo wir uns mit kaltem Wasser die Zähne putzen und das Gesicht waschen mussten. Wir waren in der Pubertät und stanken ständig nach Schweiß! Es gab keine Duschen und warmes Wasser nur samstags. Da bekamen wir den Paravent. Das Entblößen des Ober- oder gar Unterkörpers war nicht erlaubt. Frierend standen wir in der Schlange, bis wir an der Reihe waren. Nach dem Waschen und Anziehen schritten wir schweigend im Gänsemarsch in die barocke Klosterkirche, wo wir uns nicht in die Holzbänke setzen oder knien durften, da diese für die Nonnen und die Stadtbewohner reserviert waren. Wir Mädchen mussten eine ganze Stunde lang auf dem Steinboden knien, auch im Winter, wenn es in der Kirche den Gefrierpunkt erreicht hatte und uns die weißen Atemwölkchen beim Beten und Singen vor den Mündern standen.

Die Nonnen meinten, das Knien auf den kalten Steinen tue uns gut, ebenso wie das Waschen mit kaltem Wasser, es bringe uns nicht auf dumme Gedanken.

Der Messe, die vorn von einem Klosterbruder auf Lateinisch gehalten wurde, konnte ich nicht folgen. Zu sehr kämpfte ich mit Schwindel als Folge der schlaflosen Nächte. Angst, Scham und Schuldgefühle beherrschten mich. Ich war eine Sünderin, ich hatte meine Mutter und meinen Bruder im Stich gelassen, ich war nichts wert, ich hatte alles falsch gemacht und alles verloren. Ich hatte nichts und niemanden auf dieser Welt, und das hatte ich mir ganz allein zuzuschreiben.

Mechanisch tat ich, was die anderen Mädchen taten: aufstehen, beten, singen, niederknien, demütig den Kopf senken, die Hostie entgegennehmen, schweigen, büßen und jeden Samstag beichten. In zwei langen Schlangen standen wir vor den düsteren Beichtstühlen und warteten, bis wir an die Reihe kamen, dem nach Alkoholausdünstungen und Knoblauch riechenden alten Mann unsere Sünden ins Ohr zu raunen.

»Meine Tochter, was hast du mir zu sagen?«

»In Demut und Reue bekenne ich meine Sünden …«

Nach einer bestimmten Reihenfolge mussten wir Mädchen dann bekennen, dass wir die Nonnen nicht genug geehrt, auf dem Flur gewispert, beim Essen im Speisesaal gesprochen hatten, dass wir im Unterricht unaufmerksam gewesen waren und vielleicht sogar aus dem Fenster geschaut hatten.

Das fleischige Ohr des Gottesmannes lehnte rot und riesig am hölzernen Gitter.

»Und meine Tochter, hast du Unzucht getrieben?«

»Nein, Hochwürden.«

»Ganz sicher nicht?«

»Nein.«

»Auch nicht in Gedanken?«

»Ich glaube nicht.«

»Und wenn du schmutzige Gedanken hattest, was waren das für welche?« Das fleischige Ohr wurde am Gitter fast platt gedrückt, und ich konnte alle Haare darin einzeln zählen.

»Ich … Ich weiß nicht, Hochwürden«, flüsterte ich in den haarigen Urwald hinein.

Mein Gott, ich dachte dauernd an meinen zu Tode gefolterten Vater und an meine verzweifelte Mutter, wie sie mit Alex auf dem Fensterbrett stand. Ich verstand diesen heiligen Eifer nicht. Was wollte er denn hören?

»Dann bete zur Buße zehn Vaterunser und den schmerzensreichen Rosenkranz. Jesus hat für deine Sünden gelitten, bis in den Tod. Willst du, dass er deinetwegen immer noch weiterleidet?«

»Nein, Hochwürden! Ich werde mich bessern!«

Da richtete sich der alte Mann endlich wieder auf und machte ein Kreuzzeichen in die Luft. »Geh hin und sündige nicht mehr.« Dann leierte er auf Lateinisch seine Zauberworte herunter, die ihn kraft seines Priesteramts dazu bemächtigten, meine Schuld am grauenvollen Tod Jesu – und in meiner verstörten Wahrnehmung auch an dem meines eigenen Vaters – wenigstens für diesen Moment aufzuheben. Es war ein endloser Kreislauf. Am nächsten Samstag würde ich wieder etwas zu beichten haben und damit schuld an den Schmerzen des gepeinigten Jesus sein. Was der alte Mann im Beichtstuhl in meiner Seele anrichtete, ist mit Worten nicht zu beschreiben.

Nach der Frühmesse wurden wir Mädchen ins Refektorium zum Frühstück geführt, wo wir in langen Reihen auf hölzernen

Bänken saßen und schweigend unser Margarinebrot aßen, während eine Nonne am Tischende Gebete vorlas. Mit Vorliebe Mariengebete. Denn Maria war eine reine Jungfrau gewesen so wie die Nonnen auch.

Nach jeder kargen Mahlzeit, die uns mit hungrigem Magen zurückließ, mussten wir uns mit einem Knicks vor dem Kreuz bedanken, das an der Wand des Speisesaales hing. Dann ging es zum Unterricht hinter vergitterten Fenstern. Die Nonnen paukten uns ihren Stoff ein, und wer störte oder unaufmerksam war, wurde mit stundenlangem Stehen oder Knien an der Wand bestraft.

Nachmittags war Silentium im Studiensaal. Drei Stunden lang mussten wir schweigend die Hausaufgaben machen. Wer den Platz verließ oder auch nur die Nase ins Heft der Nachbarin steckte, wurde schon bestraft. Die Nonnen standen wie Feldwebel an den Enden der Tischreihen und beobachteten uns mit Adleraugen. Abends wurden vor und nach dem Essen ganze Rosenkränze heruntergeleiert.

Eine Nonne betete vor: »Gegrüßet seist du Maria, Mutter Gottes, der Herr ist mit dir. Du bist gebenedeit unter den Frauen, und gebenedeit ist die Frucht deines Leibes, Jesus, der für uns Blut geschwitzt hat.«

Nach zehnmal Blutschwitzen kam zehnmal »Der für uns gegeißelt worden ist.«

Dieses Szenario wurde abgelöst von zehnmal: »Der für uns mit Dornen gekrönt worden ist.« – »Der für uns das schwere Kreuz getragen hat.« – »Der für uns gekreuzigt worden ist.«

Daraufhin leierten alle anderen im Chor: »Heilige Mutter Gottes, bitte für uns, jetzt und in der Stunde unseres Todes, Amen.«

Kein Wunder, dass sich mein Herz, Hirn und Mund weigerten, diese Gebete andächtig mitzusprechen.

Eines Samstagsabends, als eine Ganzkörperwaschung vor dem Waschbecken, aber hinter einem Paravent anstand, kam ich meinem Bedürfnis nach, mir endlich mal wieder die Haare zu waschen. Vorgebeugt shampoonierte ich meine dunklen Locken, die ich von Mama geerbt hatte, und spülte sie unter Zeitdruck mit kaltem Wasser aus – schließlich warteten bereits jede Menge anderer Mädchen in der Schlange hinter mir. Anschließend musste ich sie gründlich durchkämmen, was nicht nur ziepte, sondern auch viel Zeit in Anspruch nahm. Als ich endlich einen Platz vor dem einzigen Spiegel ergattert hatte, fuhr die diensthabende Wachnonne hoch und schrie mich an: »Hör endlich auf, dich wie eine Kokotte zu benehmen!«

Meinen Ruf als oberflächliches Flittchen war ich auch nach einem halben Jahr im Kloster noch nicht los.

12

Prag/Kutná Hora, Februar 1948

Dieser Februar sollte als »Siegreicher Februar« in die Geschichte der Tschechoslowakei eingehen. Die kommunistische Partei organisierte Massendemonstrationen und schaffte so die Machtübernahme. In Prag versammelten sich Tausende von Bürgern, zu denen der kommunistische Führer, der spätere erste Arbeiterpräsident Klement Gottwald, vom Balkon eines Barockpalasts sprach – ein Bild, das noch Jahrzehnte danach die Schaufenster der verstaatlichten Geschäfte schmücken sollte: Klement Gottwald im Schneegestöber, mit einer Lammfellmütze auf dem Kopf, die ihm sein Politfreund, der spätere Außenminister Vlado

Clementis, aufgesetzt hatte, damit er sich während seiner Rede nicht erkältete. Als dieser Außenminister vier Jahre später des Verrats beschuldigt und gehängt wurde, hat ihn die Propagandaabteilung auf diesem Bild wegretuschiert. Nur seine Mütze auf Gottwalds Kopf blieb noch von ihm übrig. Alle Kommunisten, die in den Fünfzigerjahren von anderen Kommunisten gehängt worden waren, verunglimpfte man als »Intellektuelle« – eine Bezeichnung, die zum Schimpfwort wurde.

Wir Mädchen im Kloster bekamen von diesen Entwicklungen so gut wie nichts mit. Von Medien wurden wir ferngehalten, Zeitungen und Radio gab es nicht. Für uns galt nur das, was in der Bibel stand, und die Messtexte auf Lateinisch.

Seit einem halben Jahr hatte ich Alex und Mama nicht mehr gesehen. Aus einem Brief von ihr erfuhr ich, dass sie nicht mehr bei Tante Irma und den tschechischen Großeltern lebte.

Nach meiner Abschiebung ins Kloster hatte sie aufgegeben und Alex Tante Irma überlassen, um zu einem jüdischen Ehepaar zu ziehen, dem sie den Haushalt machte.

Mama war so geschwächt und geschädigt, dass die Dame, die das KZ überlebt hatte, sich im Grunde mehr um Mama kümmerte als umgekehrt.

Ich dagegen lebte im Kloster nach wie vor wie eine Gefangene. Jeder Schritt wurde beobachtet. Jeder Brief wurde geöffnet und gelesen und nach der Zensur oft nicht ausgehändigt, jedes Päckchen wurde durchwühlt. Bis auf den einen Brief von Mama bekam ich sowieso keine Post. Unsere kleinen Spinde im für jeden zugänglichen Flur waren nicht abschließbar. Keine von uns sollte auch nur den geringsten Besitz haben, von den genehmigten Kleidungs- und Wäschestücken sowie den Gebetbüchern einmal abgesehen.

Eines Tages gellte ein Schrei durch den Flur: »Wer hat meine Wurst gestohlen?«

»Sofort Ruhe«, zischte die Nonne, die uns beaufsichtigte. »Was ist hier los?«

»In dem Paket, das mir meine Mutter mitgegeben hat, war eine Wurst!« Elena, eine pausbäckige Mitschülerin mit rötlichen Locken, hielt anklagend das leere Paket hoch.

Sofort herrschte Totenstille im Schlafsaal. Wir Mädchen saßen oder standen mit gesenktem Kopf da. Sollte jemand die unaussprechliche Sünde eines dreisten Diebstahls begangen haben?

Eine Wurst war etwas so unvorstellbar Köstliches für unsere Mädchenmägen, so etwas bekamen wir nur noch selten zu Gesicht.

Die Nonne schaltete das Licht ein und ließ ihren Blick schweifen. Unschuldslämmer zupften an den auf Kante gefalteten Decken.

»Die Jana war es«, kreischte Elena plötzlich. »Die kaut ja noch!«

Alle Köpfe flogen zu Janas Bett herum. Die kleine Dicke mit den blonden kurzen Haaren saß tatsächlich mit einem so dämlich-glückseligen Gesichtsausdruck da, dass sie äußerst verdächtig wirkte.

Die Nonne eilte zu ihr und riss die Bettdecke weg.

Jana hatte die Hände auf den runden Bauch gelegt.

»Tut mir leid.« Sie grinste verlegen. »Die Wurst hat so verführerisch geduftet, da konnte ich einfach nicht anders.«

»Du gibst es also zu?« Die Nonne zerrte Jana bereits an den Haaren aus dem Bett.

»Ich bekenne mich schuldig. Eine hormonelle Fressattacke, tut mir wahnsinnig leid, Elena, ich ersetze sie dir.«

Da prasselten bereits die ersten Schläge auf das Mädchen herab. Rasend vor Wut hieb die Nonne auf sie ein. »Unser Herr Jesus hat vierzig Tage gefastet, und jetzt ist Fastenzeit …«

Starr vor Schreck beobachteten wir dieses grausame Spektakel. Selbst Elena hatte die Hände vor den Mund geschlagen und schüttelte immer wieder den Kopf: »Nicht doch, nicht doch, meine Mama schickt mir eine neue Wurst …«

Als die Nonne keine Kräfte mehr hatte, drückte sie eine Klingel, und es eilten weitere Nonnen herbei.

»Das sollst du büßen, du triebgesteuertes Wesen!«

Jana wurde von vier Nonnen nach nebenan gezerrt.

»Heult sie? Heult sie schon?«

»Nein, ich höre nur das Zischen der Schläge.«

»Sie heult nicht.«

»Das waren jetzt fünfzehn.«

»Sechzehn, siebzehn, achtzehn …« Bei zwanzig war Schluss. Das Sirren des Stocks hallte noch in meinem Kopf wider, als Jana von zwei Nonnen wieder in den Schlafsaal geschleift wurde.

Sie lächelte immer noch.

»Zeig her, zeig deine Striemen!«

Wir kletterten auf ihr Bett oder scharten uns darum herum.

Was wir zu sehen bekamen, waren blutige Striemen auf Janas nacktem Hintern, auf Oberschenkeln und Rücken.

Fast ein bisschen stolz weidete sie sich an unserem Entsetzen.

Sie nahm Elenas Hand: »Mein nächstes Paket gehört dir.« Sie leckte sich die Lippen und wischte sich trotzig über die Augen: »Die Wurst hat einfach so verdammt gut geschmeckt.«

Es wurde Ostern. Vom vielen Knien auf dem kalten Steinfußboden in der Fastenzeit hatten sich meine Knie entzündet.

»Ehrwürdige Mutter, darf ich bitte zum Arzt? Es tut so weh!«

»Stell dich nicht so an, Mädchen. Auch Petrus wollte nicht eine Stunde mit dem Herrn wachen! In der hochheiligen Osternacht willst du dich vor deinen Christenpflichten drücken? Alle

Mädchen knien, mit ein bisschen gutem Willen schaffst du das auch!«

Meine Schmerzen waren so unerträglich, dass ich mich traute, den Rock übers Knie zu heben. Da erschrak sie dann doch beim Anblick meiner angeschwollenen Gelenke. Sie waren nicht nur hässlich, wie man uns eingetrichtert hatte, sondern schwarzblau.

»Sofort auf die Krankenstation mit dir!«

Vier Wochen lang durfte ich nun den unsagbaren Luxus eines Zweibettzimmers genießen.

Mit meinen vierzehneinhalb Jahren hatte ich bereits Rheuma! Noch jahrelang sollte ich von rheumatischen Schmerzen geplagt werden, besonders bei Wetterwechsel.

In den ersten Tagen und Nächten genoss ich trotz meiner Schmerzen einfach nur die wunderbare Ruhe. Da ich Medikamente bekam, wirkten sich diese auch positiv auf meinen Schlaf aus. Zum ersten Mal seit Jahren schlief ich tief, fest und traumlos in einem schneeweiß bezogenen Bett, das ich ganz für mich alleine hatte.

Als die Ostertage vorbei waren, wollte die Oberin mich wieder im Klassenzimmer sehen.

Aber ich konnte mich immer noch nicht rühren!

»Ach, die kleine Kokotte will doch nur Beachtung! Die stellt sich bloß an!«

Die einzig liebenswerte Nonne, der ich in meiner gesamten Zeit im dortigen Kloster begegnet bin, war die Putzfrauen-Nonne. Sie kam täglich zum Saubermachen ins Krankenzimmer. Sie war eine ganz einfache Nonne, die keine große Mitgift ins Kloster eingebracht hatte.

Andere hingegen, wie auch die Mutter Oberin, stammten aus reichem Elternhaus und beglückten das Kloster nicht nur mit ihrer Anwesenheit, sondern zum Teil auch mit immensen

Reichtümern. Die Rang- und Hackordnung unter den Nonnen war bei jedem Wort, bei jeder Geste und jedem Blick zu spüren. Die christliche Nächstenliebe war nicht bei jeder Gottesbraut Programm.

Außer bei Schwester Agnes, meiner Putzfrauen-Nonne.

Jeden Tag schlich sie zwei-, dreimal zu mir herein, setzte sich zu mir ans Bett, strich mir auch schon mal über den Kopf oder über die Wange und erzählte mir, dass sie früher, als sie noch jung und hübsch war, schrecklich gern jemanden geheiratet hätte, der dann aber leider als Zwangsarbeiter nach Deutschland deportiert worden war. Und da sie keine Eltern und Geschwister mehr hatte und niemanden, der für sie sorgen konnte, war sie in stiller Demut in dieses Kloster eingetreten. Dankbar, ein Dach über dem Kopf und jeden Tag etwas zu essen zu haben.

Ich sah meine Mama in Schwester Agnes und fühlte mich plötzlich so sehr zu ihr hingezogen, dass ich es wagte, meinen Arm um sie zu legen und ihr einen Kuss auf die Wange zu drücken.

In dem Moment flog die Tür zum Krankenzimmer auf, und da stand die Oberin, lodernd vor Zorn.

»Was treibt ihr da?«

Wir stoben auseinander. »Nichts, ehrwürdige Mutter.« Die Putzfrauen-Nonne sank sofort auf die Knie und küsste den Ring der Oberin.

»Sofort in mein Büro.«

»Ja, ehrwürdige Mutter.«

»Und wir sprechen uns noch!« Mit dieser Drohung knallte sie die Tür zu.

Mit klopfendem Herzen verkroch ich mich unter dem schweren Linnen meiner Decke. Niemand kam, niemand schaute nach mir. Eisige Stille lastete auf der Krankenstation.

Was würde meiner lieben Schwester Agnes nun blühen? Durch meine Schuld, durch meine Schuld, durch meine übergroße Schuld! Ich hatte sie unsittlich berührt und ihr auch noch einen Judas-Kuss gegeben!

Ich schämte mich ganz fürchterlich.

Ich weiß nicht mehr, ob sich in den nächsten Tagen überhaupt noch jemand um mich kümmerte, aber als ich wieder laufen konnte, wurde ich ins sogenannte »Exekutionszimmer« bestellt.

Ich wusste, dass die Mädchen sich nebenan die Ohren platt drücken würden. Seit dem Wurst-Drama hatte es nichts Vergleichbares mehr gegeben.

Wie viele Bräute Gottes an diesem Tag des Jüngsten Gerichts im Exekutionszimmer waren, weiß ich nicht mehr. Meine liebe Schwester Agnes war nicht darunter. Vielleicht hatte man sie strafversetzt.

Die Nonnen ergötzten sich an meiner Angst, gleich auf die nackten Schenkel, aufs nackte Gesäß geschlagen zu werden, vor aller Augen. Sie ergötzten sich an meinem Zähneklappern und Zittern.

»Bereust du, was du getan hast?«

»Ja, Mutter Oberin, ich bereue es zutiefst!«

»Du hast eine Mitschwester in Versuchung geführt!«

»Es tut mir so leid, ehrwürdige Mutter!«

»Willst du den Herrn Jesus um Verzeihung bitten?«

»Ja, Mutter Oberin, das will ich!«

Ich schäme mich noch heute noch dafür, dass ich mich reuevoll auf die noch nicht verheilten Knie warf. Ich habe nie erfahren, was in den kranken, verblendeten Köpfen der Nonnen vor sich ging, dass sie es mir, der kranken Fünfzehnjährigen, so übel nahmen, dass ich meiner Pflegerin dankbar die Wange geküsst hatte. Vor jeder einzelnen Braut Christi musste ich einen tiefen Knicks machen und mich mit einem Kuss auf den Ehering entschuldigen.

»Du darfst jetzt gehen.«

Noch nie hatte ich mich so gedemütigt gefühlt. Wenn ich wenigstens eine Wurst gestohlen und mir mal so richtig den Bauch vollgeschlagen hätte! Aber dazu fehlte mir der Mut. Schamgebeugt schlich ich zurück in den Gemeinschaftsschlafsaal.

13

Kutná Hora, Mitte Juni 1948

»Pssst! Elena!«

»Ja, Ella, was ist los?« Elena, die gerade vor ihrem Spind stand, um ein Heft oder Buch herauszuholen, spähte verstohlen zu mir herüber. Wir durften nicht reden, es war gerade Silentium.

»Du hast doch am Wochenende Ausgang!«

»Ja! Aber wenn wir weiter flüstern, ist der gestrichen!«

Ich schlich zu ihr und flüsterte ihr ins Ohr:

»Tu mir einen Gefallen, ja? Nimm nach dem Unterricht meine Schultasche mit raus und stell sie einfach vor dem Schultor auf den Bürgersteig.«

Elena war eine Externe, die in der Nähe des Klosters wohnte. Am Wochenende durfte sie zu ihren Eltern.

»Willst du etwa türmen?« Elena erstarrte. »Das traust du dich im Leben nicht!«

Oh doch. Ich würde hier sonst noch zugrunde gehen.

»Ich halt's hier nicht mehr aus. Seit Schwester Agnes nicht mehr da ist …«

Auch wenn sie mich am Ende doch nicht geschlagen hatten, die verschiedenen Formen der Erniedrigung, die ich schon bei Tante Irma zur Genüge erfahren musste, hatten mich zermürbt.

»Also gut, ich mach's!« Elena schlüpfte wieder auf ihren Platz, und ich tat, als hätte ich mir nur schnell die Schuhe zugebunden.

Ausgerechnet die verprügelte Jana, die unser Gespräch zufällig mit angehört hatte, lieh mir bereitwillig hundert Kronen: »Wenn du türmen willst, brauchst du eine Fahrkarte. Du willst doch nach Prag oder?«

Ja, zu meiner Mama. Zu Tante Irma sicher nicht!

Jana drückte mir unauffällig das Geld in die Hand. »Sonst haben sie dich schneller wieder eingefangen, als du gucken kannst.«

Eigentlich hatte ich mich nachts durchs Walddickicht schlagen wollen, aber eine Bahnfahrt nach Prag war deutlich verlockender. Ich stopfte nur das Nötigste in meine Schultasche und meine Fotos und Briefe.

In einem günstigen Augenblick, als Elena mit meiner Schultasche bereits durchs Tor nach draußen verschwunden war, schlüpfte ich ungesehen hinterher. Die Aufsichtsnonne stand gerade mit dem Rücken zur Tür, um Jana zurechtzuweisen, die als Ablenkungsmanöver ein Stolpern und Hinfallen vorgetäuscht hatte. Das Letzte, was ich von meiner hilfsbereiten Mitschülerin sah, war ein aufgeschürftes Knie. Danke, Jana, ich habe dir das nie vergessen.

»Elena, warte!«

Aufgeregt rannte ich hinter ihr her. »Danke für die Tasche!«

»Ich habe dich nicht gesehen, Ella. Der Bahnhof ist in diese Richtung. Viel Glück!«

Elena stapfte in die andere Richtung, wo ihre Eltern wohnten. Panisch sah ich mich um. Wegen meiner Inhaftierung hinter Klostermauern kannte ich mich in der mittelalterlichen Stadt überhaupt nicht aus. Aus diesem Grund wirkte sie dunkel und bedrohlich auf mich. Ich stolperte über das Kopfsteinpflaster und drückte mich immer wieder in Hauseingänge oder Einfahrten, sobald ich Schritte hinter mir hörte.

So hatte ich schon bald die Orientierung verloren und rannte wie ein verzweifeltes Kaninchen im Kreis herum. Verdammt, hier war ich doch schon gewesen!

»Zum Bahnhof?«, keuchte ich verzweifelt. Ein Bierkutscher entlud gerade Fässer.

»Da lang, kleines Fräulein!«

Aber da kam ich doch gerade her!

Wie von Furien gehetzt rannte ich zum wiederholten Mal durch die schmale Gasse, vorbei an schäbigen Häuserfronten. Aus jedem Fenster fühlte ich mich beobachtet. Ein paar Kinder spielten Fußball mit einem verbeulten Pappkarton.

»Zum Bahnhof?«, japste ich panisch.

»Na da! Du stehst doch schon davor!«

»Das ist eine aus dem Kloster«, lästerte einer der größeren Jungen in einem zerrissenen Hemd und kurzer Hose. »Guckt euch nur ihre altjüngferlichen Klamotten an! Die sehen doch alle aus wie Vogelscheuchen.«

»Haust du ab, oder was?«, brüllte mir einer hinterher. Noch lauter, du Idiot!

Ich rannte so schnell ich konnte.

Da! Hinter dem alten Bahnhofsgebäude schnaufte ein Zug und schickte sich gerade an, den Bahnhof zu verlassen. Der war meine Rettung, schnell rein! Unter dem schrillen Pfiff des Bahnhofsvorstehers sprang ich in letzter Sekunde auf die Plattform des Ungetüms, riss die Durchgangstüren auf und stolperte ins Innere des Zuges. Schwer atmend ließ ich mich auf eine freie Holzbank in der dritten Klasse fallen.

»Wohin so eilig, kleines Fräulein? Wartet der Freund auf uns, hm?« Der Schaffner musterte mich halb amüsiert, halb besorgt.

»Nach Prag«, stammelte ich, nach Luft ringend. Und hielt ihm Janas Hundertkronenschein hin.

»Aber da fahren Sie ja genau in die falsche Richtung!«

Verzweifelt sah ich ihn an.

»Na, da passen Sie mal auf.« Der Schaffner stellte mir eine Fahrkarte nach Prag aus und lochte sie mit seiner Kneifzange. »An der nächsten Haltestelle steigen Sie aus, dann gehen Sie über die Gleise und warten in dem Wartehäuschen auf den nächsten Zug nach Prag. Der kommt …« – er schaute auf seine Armbanduhr, eine Kostbarkeit, die ich nicht besaß – »in genau zwanzig Minuten.«

Also kletterte ich im nächsten Dorf aus dem Waggon und stieg wenig später in den richtigen Zug nach Prag ein. Dort zog ich zur Sicherheit die schmutzigen Vorhänge zu, als wir wieder in den Bahnhof von Kutná Hora einfuhren.

Vorsichtig spähte ich durch den Spalt: Draußen auf dem Bahnsteig herrschte hektisches Treiben. Heerscharen von Nonnen flatterten wie Krähen über den Bahnsteig und suchten nach mir! Meine Hände waren nass vor Angstschweiß, als sich der Zug schließlich knirschend und unendlich langsam wieder in Bewegung setzte. Keine der Nonnen war auf die Idee gekommen, einmal im Zug nachzuschauen! Meine Orientierungslosigkeit von vorhin war also meine Rettung gewesen!

Ich konnte mein Glück kaum fassen, als ich zwei Stunden später am Prager Bahnhof ausstieg. Hungrig stapfte ich durch die Straßen der geliebten Heimatstadt, die ich ein knappes Jahr nicht gesehen hatte. Mein Herz zog sich sehnsüchtig zusammen. Hier hatte ich mal mit Papa und Mama gewohnt! Und hier war auch mein kleiner süßer Alex! Ob er mich überhaupt noch kannte?

Natürlich machte ich mich nicht auf den Weg in die Štěpánská-Straße, denn Tante Irma wäre die Letzte gewesen, der ich hätte begegnen wollen, sondern fragte mich bis zur Adresse des jüdischen Ehepaars durch, dem Mama den Haushalt machte. Es war bereits später Nachmittag, als ich dort bei Familie Cramer in Vinohrady an der Haustür läutete.

Mama öffnete, schließlich war sie das Hausmädchen. Ungläubiges Erstaunen breitete sich auf ihrem Gesicht aus.

»Ella?«

»Mama!« Ich flog ihr in die Arme, schmiegte mich an sie und sog ihren vertrauten Duft ein.

»Bist du etwa weggelaufen?« Sie hielt mich eine Armlänge von sich ab und schaute mich prüfend an.

»Mama, ich konnte nicht mehr! Es war die Hölle!«

»Aber du weißt, dass ich nicht das Sorgerecht für dich habe?« Ich sah, wie ihre Gehirnzellen fieberhaft arbeiteten. »Wenn du dich nicht abgemeldet hast, kriege ich Ärger!«

»Mama, ich flehe dich an …«

»Komm rein, mein Mädchen!« Ihr besorgter Gesichtsausdruck wich mütterlicher Wärme. »Du siehst ganz verhungert aus! Gott, bist du gewachsen!«

Frau Cramer, die jüdische Dame, die Theresienstadt überlebt hatte, saß mit ihrem Mann in der Küche. »Marie, die ist dir ja wie aus dem Gesicht geschnitten! So eine kleine Schönheit! Du hast so oft von ihr gesprochen, und jetzt steht sie hier!«

»Schwänzt du etwa die Schule?«, fragte der Mann.

Unter Tränen erzählte ich von den Züchtigungen und Demütigungen. »Mama, bitte lass mich bei dir bleiben! Ich halte es dort nicht mehr aus!«

»Darf sie bleiben?«, fragte Mama schüchtern.

»Ihr müsst erst die rechtliche Situation klären«, meinte Herr Cramer.

»Erschreck das arme Mädchen doch nicht so, lass sie erst mal zu sich kommen!«, sagte Frau Cramer freundlich. »Wir haben noch Essen von heute Mittag!« Herzlich hießen mich beide willkommen.

Ich hatte kaum meinen Teller geleert, als Mama mich auch schon drängte, mit ihr zu einem Anwalt zu gehen.

»Das kann ich nicht so auf sich beruhen lassen, Ella. Tante Irma hat mir schon für Alex das Sorgerecht entzogen. Sie wartet nur darauf, dass ich mich der Kindesentführung schuldig mache. Für dich besteht ja weiterhin Schulpflicht, und du hast mir ja erzählt, dass die Nonnen schon Himmel und Hölle in Bewegung gesetzt haben, um dich zu finden.«

Mir wollte das nur schwer in den Kopf. Meine eigene Mama durfte mich nicht aufnehmen, ja würde sich sogar einer Straftat schuldig machen? Wie schlecht war denn diese Welt?

Schon zog ich mir die Jacke wieder an und band mir die Schuhe zu. »Und, wird dieser Anwalt uns helfen? Ich gehe um keinen Preis zurück in diese Klosterhölle!«

»Ich habe einen Anwalt, der mich, glaube ich, sehr mag …« Über Mamas Gesicht huschte ein zaghaftes Lächeln. Das hatte ich lange nicht mehr bei ihr gesehen. »Der hat mir einen tschechischen Pass besorgt, sodass ich wenigstens in Alex' Nähe bleiben darf, und der wird mir auch mit dir helfen.«

Als wir kurz darauf in der Straßenbahn saßen, erzählte sie mir leise, was sich inzwischen alles zugetragen hatte.

Hätte Mama keinen tschechischen Pass gehabt, wäre sie wohl wie alle Deutschen »heim ins Reich« vertrieben worden und hätte Alex und mich nie wiedergesehen. So weit reichte Tante Irmas Niedertracht!

Nachdem sich der Anwalt meine Schilderungen tief betroffen angehört hatte, griff er zu seinem schwarzen großen Telefon mit der Drehwählscheibe und rief die gefürchtete Mutter Oberin in Kutná Hora an.

Ich presste die Fäuste vor den Mund und machte mich ganz klein, als ich ihre kalte, herrische Stimme hörte.

»Ja, wir haben schon die Polizei benachrichtigt. Sie ist ein abgängiger Zögling, und wir wissen um ihren schlechten Ruf. Es ist Freitag, 18 Uhr, und wenn sie bis 20 Uhr nicht wieder aufgetaucht ist, wird eine Großfahndung eingeleitet. Außerdem haben wir natürlich die Erziehungsberechtigte, Frau Irma Vojanová, verständigt. Sie will Klage einreichen.«

Mutter legte beruhigend die Hand auf meine. Wie unendlich gut mir das tat!

»Mutter Oberin, das lassen Sie mal schön bleiben. In meiner Funktion als Anwalt von Fräulein Ella Vojanová und in Anbetracht der politischen Entwicklungen teile ich Ihnen mit, dass ich von einer Klage wegen seelischen und körperlichen Missbrauchs absehe, wenn Sie die Sache auf sich beruhen lassen und meiner Mandantin ihr Zeugnis schicken. Sie wird nach den Sommerferien wieder hier in Prag zur Schule gehen.«

Ich traute meinen Ohren nicht!

Bis zum Ende des Schuljahres durfte ich tatsächlich bei Mamas großzügigen Arbeitgebern wohnen, ihr zur Hand gehen und einfach nur zu Kräften kommen.

In ihrem schmalen Bett aneinandergekuschelt, schilderten Mama und ich uns in ihrer Dienstbotenkammer unser Schicksal.

»Ach, mein armes Mädchen!« Mama nahm mich immer wieder in den Arm. »Was hast du alles für Alex und mich getan, und wie wenig habe ich es dir gedankt! Aber was sollte ich machen? Ich komme gegen Tante Irma einfach nicht an. Sie hat Alex inzwischen komplett vereinnahmt.« Auch sie weinte immer wieder. »Sie lässt mich überhaupt nicht mehr an ihn ran. Er ist jetzt über drei und kennt mich gar nicht mehr. Sie redet nur noch Tschechisch mit ihm und lässt ihn spüren, dass Deutschsein schlecht und böse ist.«

»Mama, ich werde für dich kämpfen«, versprach ich ihr. »Wenn ich nur bei dir bleiben darf.«

14

Prag, Sommer 1948

Unwiderruflich hielt der Kommunismus sowjetischer Prägung in Prag Einzug. Schon im März hatte die Serie der Hinrichtungen mit dem vorgetäuschten Selbstmord des damaligen Außenministers Jan Masaryk begonnen. Der Tote lag im Schlafanzug im Hof des von ihm geleiteten Außenministeriums. Das Badezimmerfenster seiner Dienstwohnung im dritten Stock stand offen. Und damit begannen die Fragen: War der Mann gesprungen? Gestoßen worden? Oder in panischer Flucht gestürzt? Bis heute ist dieser Sachverhalt nicht aufgeklärt.

Die neuen politischen Machthaber etablierten sich. Einige Minister der Nachkriegsregierung flüchteten ins Ausland, Tausende kamen ins Gefängnis, Fabriken und Geschäfte wurden verstaatlicht. Ministerpräsident Beneš wurde abgesetzt, Klement Gottwald erhob sich zum neuen Staatspräsidenten. Sein stalinistisches Regime war absolut kompromisslos und grausam gegen alle politischen Gegner. Zwischen 1948 und 1954 wurden aus politischen Gründen hundertachtundsiebzig Menschen hingerichtet. Weitere starben in Arbeitslagern und Uranminen oder wurden ohne jeden Prozess von der Geheimpolizei ermordet. Außerdem ging Klement Gottwald rigoros gegen religiöse Institutionen vor. Klöster wurden enteignet und konfisziert. Jetzt fuhren Arbeiter zur Erholung dorthin. In den sakralen Hallen waren Dutzende von Krankenhausbetten aufgestellt worden, die kirchlichen Würdenträger hatte man vertrieben. So kam es, dass ich eines Tages meine Putzfrauen-Nonne Schwester Agnes in der Straßenbahn traf: Sie war Schaffnerin geworden!

Auch meine neue Schule im Kloster der Franziskanerinnen im Stadtteil Vinohrady, wo ich nun den Luxus eines Dreibettzimmers mit Burgblick genoss, wurde in eine sozialistische Gesamtschule umgewandelt. Sie bekam einen weltlichen Direktor, und junge unerfahrene Lehrkräfte, die kaum mit der Ausbildung fertig waren, lösten die Nonnen ab.

Wir ehemaligen Klosterschülerinnen genossen einen ziemlichen Wissensvorsprung. Unsere Ausbildung war hart, aber vortrefflich gewesen. Jetzt kamen zum ersten Mal männliche Schüler hinzu, und unser Hühnerstall wurde gründlich aufgemischt. Die ersten Jungpioniere liefen mit roten Halstüchern herum, und statt des Morgengebets wurden kommunistische Parolen gebrüllt. Ich war nach wie vor eine brave Schülerin, die sich auch diesem System wieder anpasste. Was blieb mir auch anderes übrig? Ich war ein fünfzehnjähriges Mädchen und dazu erzogen worden, nichts zu hinterfragen und alles so hinzunehmen, wie die Machthaber es von sich gaben. Stets wurde neu gewürfelt, stets gab es neue Spielregeln. Wer die verletzte, bekam ernste Probleme. Die Spielregeln wurden einfach vorgegeben – erst vom Nationalsozialismus, dann von der Kirche und jetzt vom Kommunismus.

Unsere neue Bibel war jetzt der Leninismus, und Marx,

Engels, Lenin und Stalin waren unsere neuen Vorbilder. Die Menschenmassen schrien hysterisch auf Kundgebungen unter den neuen Heiligenbildern, und die tschechoslowakische Arbeiterklasse verfiel dem Machtrausch.

Über andere verfügen zu können, musste ein aufregendes Abenteuer sein, das zu Maßlosigkeit führte. Aus Arbeitermilizionären wurde eine privilegierte Kaste.

Die Farbe Rot; fünfzackige Sterne, rote Nelken und unendlich viele rote Transparente mit kämpferischen Phrasen sollten die nächsten vierzig Jahre prägen. Etwas Großartiges sollte entstehen, eine Regierung der nationalen Einheitsfront unter der Führung der kommunistischen Partei.

Doch ich wollte vor allem leben, jung sein dürfen und wenigstens am Wochenende bei meiner Mutter sein.

15

Prag, Frühjahr 1950

Im Frühjahr 1950 geschah für mich ein kleines Wunder.

»Genossin Vojanová!«

»Jawohl, Genossin Lehrerin?!«

»Du kannst doch kochen.«

»Jawohl, Genossin Lehrerin!«

»Komm mal mit.« Die Klassenlehrerin schritt energisch vor mir durch den Schulflur, aus dem sämtliche Heiligenbilder und Kreuze entfernt worden waren. Die ehemalige Kapelle war heute ein schmuckloser Versammlungsraum.

»Der Genosse Schuldirektor Pavlik hat nach dir gefragt.«

Sofort bekam ich Herzrasen. Ich hatte meine Mutter extra von sämtlichen Elternabenden und Elternsprechstunden ferngehalten, damit ihr deutscher Akzent uns nicht verriet. Ganz allein hatte ich mich bis in diese Abschlussklasse durchgeschlagen, und meine Noten waren exzellent. Was konnte er nur von mir wollen? Was hatte ich ausgefressen?

Die Klassenlehrerin klopfte ans Direktionszimmer und meldete, auf der Schwelle stehend, mit sozialistischem Gruß:

»Die Genossin Vojanová aus der 9 B wäre jetzt da.«

»Danke, Genossin. Sie können gehen.«

Nervös stand ich vor dem grauhaarigen Direktor, der längere Zeit krankgeschrieben gewesen war. Hepatitis, hatte es geheißen. Er sah wirklich ledrig-gelb aus.

»Du bereitest mir ab sofort jeden Mittag ein leichtes, bekömmliches, fleischloses Essen aus frischen Zutaten zu. Die holst du dir aus der Schulküche. Die Köchin dort weiß Bescheid. Kriegst du das hin?«

»Selbstverständlich, Genosse Direktor.« Ich stand stramm und zupfte unauffällig an meiner roten Bluse, die korrekt im Rock mit Gürtel steckte. Welche Ehre!

»Aber was wird aus meinem Unterricht in den letzten zwei Stunden?«

»Gestrichen. Du bist gut genug, Genossin Vojanová. Wenn du mir täglich meine Diätkost zubereitest, soll es dein Schaden nicht sein. Die Kantinenkost vertrage ich nicht.«

Er mochte mich! Ich stand in seiner Gunst! Mehr noch, er vertraute mir sein Leben an!

Mit Feuereifer stürzte ich mich in meine ehrenvolle Aufgabe und schnippelte und köchelte Seite an Seite mit der Schulköchin. Die hatte mir auf Geheiß des Direktors eine eigene Arbeitsfläche und einen eigenen Herd freigeräumt. Sogar ein eigenes Kühlschrankfach bekam ich, weil ich die Leib- und Magenköchin des Genossen Direktors war! Mit vor Stolz glühenden Wangen gab ich mein Bestes.

Von nun an kam der Direktor in den Genuss meiner *bramboračka*, einer schmackhaften Kartoffelsuppe, und anderer einfacher Gerichte, die ich von Oma in Hillemühl und natürlich auch von Mama gelernt hatte. Seit dem Krieg hatten wir ständig mit dem wenigen, das da war, improvisiert. Jeden Mittag um Punkt zwölf servierte ich dem kränklichen Genossen Direktor in seinem Büro sein Mittagessen. Außerdem stellte ich immer noch ein Glas Wasser und eine kleine Blume in einer winzigen Vase mit aufs Tablett. Der Klostergarten wurde sowieso nicht mehr gepflegt, dort konnte ich also hemmungslos wildern.

Der Direktor war entzückt vom Anblick meiner Speisen, von meinem Anblick wahrscheinlich auch. Nachdem er die vorgeschriebenen Kilos wieder zugenommen hatte, seine Hautfarbe wieder rosa schimmerte, und das Schuljahr sich ohnehin dem Ende näherte, blickte er mich wohlwollend an.

»Was hast du denn für Zukunftspläne, Genossin Vojanová?«

»Ich weiß nicht, Genosse Direktor. Darüber habe ich mir noch keine Gedanken gemacht.«

Unauffällig trocknete ich mir die schweißnassen Hände an meinem Rock. Sollte er mir die Chance auf Weiterbildung geben wollen? Der Tag, an dem ich für den Rest meines Lebens in einer Fabrik am Fließband stehen würde, rückte mit dem Pflichtschulabschluss immer näher. Tante Irma, die das Erbe meines Vaters verwaltete, würde mich im Leben nicht studieren lassen. Das stand nur ihrem Augapfel Alex zu.

Der Direktor musterte mich nachdenklich. Ich spürte, dass er mir helfen wollte.

»Nun, um eine Berufsausbildung antreten zu können, musst

du zuerst in den Tschechoslowakischen Jugendverband eintreten und die vorgeschriebenen Sitzungen absolvieren, damit ich deine Mitgliedschaft in deiner persönlichen Akte vermerken kann.«

Oje. Das würde Jahre dauern, bis ich diese Sitzungen absolviert haben würde! Meine Unterlippe begann zu zittern, und ich schluckte tapfer einen dicken Kloß hinunter.

Der Direktor sah mich über seine Brille hinweg fast mitleidig an.

»Tja, Mädchen, so sind die Vorschriften.«

»Jawohl, Herr Genosse Direktor.« Ich betrachtete meine blank geputzten Schuhspitzen.

Er trommelte mit den Fingern auf seinem Schreibtisch, bückte sich einer plötzlichen Eingebung folgend und zog eine Schublade auf.

»Ach was, das überspringen wir jetzt einfach.« Verschmitzt lächelnd zog er eine Handvoll Formulare hervor und trug meinen Namen ein, womit er meinen eifrigen Einsatz für die Allgemeinheit in den letzten Jahren bestätigte. Dann versah er das Ganze noch penibel mit Datum und Unterschrift. Peng!, knallte er seinen Stempel darauf.

»So. Das gibst du der Genossin Klassenlehrerin.«

»Tatsächlich? Ich meine, ich habe nicht wirklich …«

»Du hast deinen kranken Schuldirektor wieder aufgepäppelt und dieser kommunistischen Ausbildungsstätte damit einen großen Dienst erwiesen.« Er zwinkerte mir vertraulich zu. »Und damit dein Soll am sozialistischen Aufbau der Tschechoslowakei erfüllt.«

Ich traute mich nicht zurückzuzwinkern und starrte schnell wieder auf meine braunen Schnürschuhe. Hieß das etwa … Bedeutete das etwa …?

»Das berechtigt dich, auf eine weiterführende Schule zu

gehen.« Er drückte mir die Formulare in die Hand. »Ich habe Einfluss auf die Auswahl der Stipendiaten, und keine erscheint mir würdiger als du, Genossin Bramboračka.« Er nannte mich Fräulein Kartoffelsuppe!

Ich biss mir auf die Lippen vor Freude und spürte, wie mir das Blut in die Wangen schoss. Ein Stipendium! Ich durfte weiter an diese Schule gehen! Ungläubig strahlte ich ihn an. »Aber was … Ich meine, welche Richtung soll ich einschlagen?«

»Nächstes Schuljahr wird hier ein Ausbildungszweig für angehende Lehrerinnen eingerichtet. Das ist noch gar nicht offiziell bekannt, aber das wär doch was für dich, Genossin Vojanová!«

Ich nickte begeistert. Lehrerin, ja, das wäre ein Traum!

Er stand auf, kam um seinen Schreibtisch herum und drückte mir väterlich beide Schultern.

»Häng es noch nicht an die große Glocke, Mädchen. Du musst natürlich eine Aufnahmeprüfung bestehen, aber ich bin sicher, du schaffst das. Deine Noten sind exzellent, und deine Kochkünste auch.« Er lächelte herzlich. »Ich wünsche dir viel Glück, Genossin Vojanová. Du und deine *bramboračka*: Ihr seid schon was Besonderes.«

Es folgten vier Jahre Ausbildung in Grundschulpädagogik, die wirklich erstklassig war. Aber der übrige Unterricht war eine Katastrophe. Vierzig junge Genossinnen wurden von streng linientreuen Lehrern unterrichtet. Thema war die neue sozialistische Weltordnung und deren enorme Erfolge. Eine Wahnsinnskette von Lügen nahm ihren Lauf. Es ist unglaublich, wie erfinderisch Menschen sein können, wenn es darum geht, die Wahrheit zu verdrehen, um sie an die eigenen Überzeugungen anzupassen.

Der erste kommunistische Arbeiterpräsident Klement Gottwald, der zusammen mit muskelbepackten, Hammer und Sichel schwingenden Arbeitern auch unser Klassenzimmer zierte, sah in Wirklichkeit kalt lächelnd zu, wie Regimekritiker in Schauprozessen verurteilt und gehängt wurden.

Die erste Frau, die in diesem Land »aus politischen Gründen« gehängt wurde, hieß Milada Horáková und war die Mutter meiner Tanzstunden-Mitschülerin Jana.

Die Politikerin, Freiheitskämpferin und Frauenrechtlerin musste für ihre moralische Standfestigkeit ihr Leben lassen. Die mutige Frau, die sich schon während des Zweiten Weltkrieges im antifaschistischen Widerstand engagiert hatte und deswegen bereits 1940 ins KZ Theresienstadt gekommen war, setzte sich zehn Jahre später erneut für soziale Gerechtigkeit ein, obwohl sie ahnte, dass die Gefahr aus dem Osten immer größer wurde. Stalin degradierte die tschechischen Politiker zu reinen Marionetten und damit zu Todesschergen. Die Juristin, Politikerin und Mutter leistete dennoch antikommunistischen Widerstand und wurde am Morgen des 27. Juni 1950 im Pankrác-Gefängnis in Prag erhängt.

Wenn wir junge Paare an ihrer Tochter, Fräulein Jana Horáková, vorbeitanzten, wurden unsere Blicke zu Eis. Aus Angst mied man nicht nur dieses Thema, sondern auch sie. Wäre man mit ihr ins Gespräch gekommen, ja hätte man ihr sein Beileid ausgesprochen, hätte man schon etwas Falsches gesagt und wäre hinterher noch von der Geheimpolizei zum Verhör zitiert worden. Es ging ums Überleben in einem politischen System, das stets unberechenbar und deshalb lebensgefährlich war. Politisch Andersdenkenden wurden die absurdesten Vergehen unterstellt, und oft genug bekannten die von Nachbarn oder Kollegen denunzierten Opfer unter Folter Dinge, die sie nie gesagt, geschweige denn getan hatten. Dann sahen sie keinen anderen Ausweg, als einer öffentlichen Hinrichtung zuvorzukommen und sich selbst umzubringen.

Als die Mütter zweier weiterer Kolleginnen Selbstmord begingen – die eine sprang vor die Straßenbahn, die andere steckte den Kopf in den Gasofen –, überkam mich wieder das stille Grauen. Sofort musste ich an den Selbstmordversuch meiner Mutter und den vorgetäuschten Selbstmord meines Vaters denken. Und nach wie vor konnte ich mit niemandem darüber sprechen.

Unsere Mädchenklasse war nach außen hin ein Kollektiv der neuen, sozialistischen Generation. Bei den obligatorischen Mai-Umzügen feierten wir singend, klatschend und tanzend den neuen Idealmenschen. Kaum war das Tausendjährige Reich untergegangen, lobte man die Unvergänglichkeit der Sowjetunion.

Als zukünftige Erzieherinnen durften wir kein anderes Bild abgeben. Keine von uns traute sich, ehrlich ihre Meinung zu sagen, kritische Fragen zu stellen oder Aufsätze ohne die erwünschte sozialistische Färbung zu schreiben. Jede Einzelne hatte geheuchelte Floskeln parat, und lange wusste ich nicht, welcher Schulkameradin ich trauen konnte.

Erst nach etwa einem Jahr hatte ich vorsichtig herausgefunden, mit welchen Mädchen »gut Kirschen essen« war. In kleinem Kreis trafen wir uns auch privat und redeten, wie uns der Schnabel gewachsen war; den übrigen Mitschülerinnen und natürlich den Lehrern, speziell unserem neuen politischen Direktor, dem Genossen Hubalek, spielten wir konsequente Linientreue vor. Bald wurde diese Gespaltenheit zur Normalität. Bespitzelungen und Anstiftung zur Denunziation waren Bestandteil unseres Unterrichts.

»Genossin Vojanová! Was liest du da unter der Bank?«

Der politische Direktor stürzte dermaßen zielsicher auf mich zu, dass mir sofort klar war: Eine meiner Mitschülerinnen hatte mich bei ihm angeschwärzt.

Ich erstarrte augenblicklich zu Stein. Tatsächlich hatte ich kurz vor einer wichtigen Prüfung unter der Bank in einem pädagogischen Lehrbuch geblättert, obwohl gerade Sozialismus und Kommunismus gelehrt wurde. Meine Hände zitterten, und ich legte sie sofort artig auf die Bank.

»Tut mir leid, Genosse Hubalek …« Blitzartig ließ ich es verschwinden. »Es kommt nicht wieder vor.«

»Sie haben sich gefälligst auf die Erlangung des Abzeichens zu konzentrieren, das zu Ehren des von Deutschen ermordeten Widerstandskämpfers, Genosse Julius Fučík, an Ihrer Bluse getragen werden muss, bevor Sie sich Lehrerin schimpfen dürfen!« Der Genosse hatte einen hochroten Kopf und schrie mich vor der versammelten Klasse an: »Glauben Sie ja nicht, dass Sie diesen Schulabschluss schon in der Tasche haben! Wie sind Sie überhaupt in diese Klasse gekommen?«

Keine der Mitschülerinnen regte sich, es herrschte Totenstille im Klassenzimmer. Welche mich wohl verraten hatte?

»Verlassen Sie sofort das Zimmer und melden Sie sich beim pädagogischen Direktor, Genosse Pavlik! Das wird noch ein Nachspiel haben!«

Der politische Direktor hatte herausgefunden, dass ich eine halbe Deutsche war. Auch wenn er das niemals offen aussprach: Allein schon deswegen hatte er einen Groll gegen mich.

Bedrückt schleppte ich mich zum pädagogischen Direktor und beichtete ihm mein »Vergehen«.

»Genossin Bramboračka, was machen Sie denn für Sachen!« Seit wir Lehramtsanwärterinnen waren, wurden wir gesiezt und entweder mit »Genossin« oder, in privateren Momenten, mit »Fräulein« angesprochen. Kopfschüttelnd stand er auf, legte mir den Arm um die Schulter und ging mit mir durch den Schulhof, wo wir vor neugierigen Blicken geschützt bei den Mülltonnen stehen blieben. »Wir haben Sie hier mit Ach und Krach reingekriegt, weil Sie ja wirklich fleißig und klug sind, aber Sie müssen sich schon an die Spielregeln halten. Wenn Marxismus und Leninismus unterrichtet wird, lesen wir kein noch so wertvolles pädagogisches Buch.«

»Es tut mir so unendlich leid, es war nur für einen ganz kurzen Moment …«

»Mädel.« Er atmete tief durch. »Ich kann Ihr Verhalten bei meinem Kollegen Hubalek nicht entschuldigen. Ich kann Ihnen nur raten, dem Kollegen bis Ende des Schuljahres nicht mehr unter die Augen zu kommen.«

»Ja, fliege ich denn jetzt von der Schule?« Verzweifelt starrte ich meinen Förderer an. »Ohne das Fučík-Abzeichen werde ich doch nicht zur Prüfung zugelassen?«

Er überlegte sichtlich, wie weit er sich für mich aus dem Fenster lehnen konnte, ohne selbst Schaden zu nehmen. Dann sagte er leise:

»Ich habe ein Vögelchen zwitschern hören …« – hier nahm er seine runde Nickelbrille ab und hielt sie prüfend ins Licht – »… dass der eifrige Genosse Hubalek demnächst ins Kultusministerium weggelobt wird. Solch großartige Köpfe gehören unbedingt an die Spitze unseres Bildungssystems, nicht wahr?!«

Er setzte seine Brille wieder auf. »Wann kochen Sie mir denn wieder mal Ihre köstliche *bramboračka*? Ich fühle mich schon wieder so magenschleimhautgereizt …« Er sandte mir einen Seitenblick, den ich nicht deuten konnte. »Das wäre ein triftiger Grund, Sie bis auf Weiteres vom politischen Unterricht beim zukünftigen Genossen Kultusminister zu befreien.«

Ich liebte diesen Mann, und meine Kartoffelsuppe wurde immer besser. Tatsächlich durfte ich an der Schule bleiben und das letzte Jahr vor dem Abitur antreten.

Immer wenn der politische Direktor im Hause war, wurde ich von meinen Mitschülerinnen vorher gewarnt. Wir sollten uns nie wieder begegnen.

16

Prag, Februar 1951

»Meine Damen, bitte stellen Sie sich nach rechts, meine Herren, bitte auf die linke Seite. Ich lege jetzt einen langsamen Walzer auf, und jeder Herr fordert eine Dame auf. Die Herren beginnen mit links vor, die Damen mit rechts rück.«

Einschmeichelnde Musik ertönte vom altmodischen Plattenspieler, den der Tanzlehrer noch mit der Kurbel angeleiert hatte, und mein Herz klopfte doppelt so schnell wie der Walzertakt. Erwartungsvoll stand ich, knapp achtzehn Jahre alt, zwischen meinen kichernden Freundinnen.

Verlegen eilte mein Blick auf die andere Seite des Saales. Die jungen Männer trugen dunkle Anzüge, weißes Hemd und Fliege. Hoffentlich würde es der dicke Rothaarige nicht schaffen, mich aufzufordern, er starrte mich schon die ganze Zeit so begehrlich an! Meine Augen huschten weiter. So mancher Jüngling überspielte seine Nervosität mit betonter Lässigkeit. Der eine mit den dunklen Locken gefiel mir ganz besonders!

In meinem weißen ärmellosen Kleid mit dem weit schwingenden Petticoat fühlte ich mich wunderschön! Wenn ich doch nur den Mut hätte, dem Jungen, der es mir besonders angetan hatte, in die Augen zu blicken! Verschämt schaute ich zu Boden.

»Also meine Herren, fordern Sie jetzt eine Dame auf!«

Wenn es einen Gott gab, woran ich zu dieser Zeit schon nicht mehr so richtig glaubte, hatte er mein Flehen erhört: Vor mir stand der bildschöne, hochgewachsene Lockenkopf mit den übermütig blitzenden Augen: »Darf ich bitten?«

Verlegen strahlte ich ihn an. Zart legte ich ihm wie vorgeschrieben die Hand auf die Schulter und fühlte zu meinem Entzücken die seine fest auf meinem Rücken. Seine andere lag warm und fest in meiner vor Aufregung klammen Hand, und als er dann auch noch korrekt im Takt tanzte, war es endgültig um mich geschehen. Wie auf Wolken schwebten wir dahin, während andere Paare sich ungeschickt auf die Füße traten oder wie übereifrige Waldarbeiter durch den Raum trampelten.

»Bitte mit Rhythmusgefühl, meine Damen und Herren!« Der Tanzlehrer klatschte verzweifelt in die Hände. »Schauen Sie sich dieses Paar hier an! Das hat den Bogen raus!«

Meinte der UNS? Oh Gott, mir wurde schwindelig vor Glück!

»Ich würde sagen, wir passen zusammen!« Der gut aussehende Tänzer mit den geheimnisvollen Augen flüsterte mir ins Ohr: »Ich heiße übrigens Pavel. Pavel Gregor. Abiturient.«

Verlegen lächelnd verriet ich ihm meinen Namen: »Ella Vojanová. Ich besuche die pädagogische Schule.«

»Schlau bist du also auch noch …« Er lachte, und in seinen Wangen bildeten sich Grübchen. »Angehende Lehrerin … Bei dir kann ich bestimmt auch noch was lernen.«

Er roch auch gut. Und wie zielbewusst er seine Schritte setzte! Nur fliegen konnte schöner sein! Ich fühlte mich so leicht wie eine Feder. Ein bisschen versuchten wir wohl alle, in eine bessere Welt zu entschweben, die nichts mit dem Grauen und der Gewalt unseres bisherigen Lebens zu tun hatte.

Als wir in der Pause mit den anderen flirtenden Pärchen

zusammenstanden, traute ich mich zu fragen, was er denn beruflich so vorhabe.

»Ich würde liebend gern Medizin studieren.« Er ließ die Möglichkeitsform im Raum stehen. Schon eine Rückfrage war gefährlich, sodass ich nur fragend die Augenbrauen hochzog.

»Mein Vater ist Dr. Filip Gregor, ein sehr bekannter Scheidungsanwalt. Sagt dir der Name was?«

Ich zuckte belustigt mit den Schultern. »Nein? Wieso sollte er? Meine Eltern haben sich nie scheiden lassen, und ich selbst bin noch nicht in die Verlegenheit geraten, geheiratet zu werden!«

Er lachte und gab mir einen zärtlichen Nasenstüber.

»Auf den Mund gefallen bist du nicht, was?«

Eigentlich war ich schrecklich schüchtern, aber dieser junge Mann ließ mich zur Hochform auflaufen. Ich war doch tatsächlich schlagfertig gewesen!

Lässig stand er da, eine Hand in der Hosentasche. Er sah wirklich sehr gut aus in seinem perfekt sitzenden Anzug, richtig reif und weltmännisch. Darin unterschied er sich deutlich von den anderen in ihren teilweise viel zu großen Anzügen. Vielleicht gehörten sie in Wahrheit den Vätern? Wer hatte in diesen Zeiten schon das Geld für einen neuen Anzug mitsamt Hemd und Fliege?

»Erzähl mir von deinem Vater, Pavel. Er ist also ein berühmter Scheidungsanwalt, und das bedeutet …?« Ich schluckte.

Pavel senkte die Stimme und zog mich in eine Ecke. Das hier sollte niemand mit anhören.

»Mein Vater ist nach dem Militärputsch vor drei Jahren in Konflikt mit den neuen Machthabern geraten. Er hat damals als Abgeordneter einer antikommunistischen Partei fürs Parlament kandidiert.« Etwas Verletzliches stahl sich in Pavels Blick. »Danach saß er erst mal zwei Jahre im Gefängnis.«

»Oh, das tut mir leid. Und deine Mutter …?«

»Wie gesagt, mein Vater ist der beste Scheidungsanwalt der Stadt«, versuchte Pavel einen flotten Spruch. »Seit meine Mutter von ihm geschieden wurde, lebt sie in einer Nervenheilanstalt.«

Ich starrte ihn an. »Du machst Witze, oder?«

»Nein. Und jetzt zu deiner unausgesprochenen Frage, warum man mich nicht Medizin studieren lassen wird: Als Sohn eines Strafgefangenen habe ich trotz bestandener Aufnahmeprüfungen keinen Studienplatz erhalten.«

»Das tut mir wirklich leid …« Ich wiederholte mich. Insgeheim malte ich mir aus, ihm irgendwann von meinem Schicksal zu erzählen. In dieser Hinsicht schienen wir schon mal gut zusammenzupassen. Politischer Gegenwind hatte uns zwar bisher stark entgegengepustet, aber nicht umgehauen. Wir standen immerhin hier. Und hielten uns sanft an den Händen.

Ich schmachtete den charmanten jungen Mann an. Dass er das Zeug für ein Medizinstudium hatte, davon war ich fest überzeugt.

»Und was wirst du jetzt machen?« Schüchtern sah ich ihn von der Seite an.

»Sie haben mir einen Platz im Kohlebergwerk Kladno bei Prag zugewiesen.«

»Oje, das ist eine sehr schmutzige und staubige Angelegenheit …«

»Ich habe mich sogar freiwillig dafür gemeldet, in der Hoffnung, eines Tages doch noch Medizin studieren zu dürfen. Du weißt ja: Wer sich ums sozialistische Vaterland verdient machen will, muss erst mal in die Hände spucken.«

Beim Gedanken an meine vielen Ferieneinsätze in Fabriken und bei der Hopfenernte, bei denen auch ich meine sozialistische

Gesinnung immer wieder unter Beweis hatte stellen müssen, konnte ich nur nicken.

»Ich habe auch schon allerhand Erfahrung auf diesem Gebiet gesammelt.« Ich zählte an den Fingern auf: »Hilfsarbeiten in einer Kinderwagenfabrik, Fräs- und Bohrerarbeiten in der Škoda-Motorenfabrik.« Ich verschwieg die schmierigen Arbeiter, die uns Mädchen unter fiesem Gelächter die ersten pornografischen Zeichnungen gezeigt hatten. »Der schönste Einsatz war allerdings der, als ich mit meinen Freundinnen einen Sommer lang Heidelbeeren im Wald sammeln war.« Jetzt strahlte ich über das ganze Gesicht. »Wir haben in einem winzigen Gartenhäuschen geschlafen, ganz in der Nähe von einem See, an dem es von Schnaken nur so wimmelte. Aber nach unserem Pflichtdienst haben wir stundenlange Badeorgien veranstaltet. Mit Sand haben wir unsere von den Heidelbeeren ganz blauen Hände sauber gerubbelt, und wenn es dunkel wurde, fielen wir todmüde, aber glücklich auf unsere Pritschen.« Ich hatte mich lange nicht mehr so temperamentvoll erzählen hören und spürte seinen intensiven Blick. Es knisterte zwischen uns.

»Die schöne Ella im Badeanzug ... Das kann ich mir lebhaft vorstellen.«

»Pavel!« Ich wurde rot bis unter die Haarwurzeln.

Zum Glück klatschte der Tanzlehrer wieder in die Hände: »Meine Damen und Herren, bitte wieder um Aufstellung: die Herren links, die Damen rechts. Wir beginnen jetzt mit dem Grundschritt für einen Foxtrott!«

Zu meinem Entsetzen hörte ich den Tanzlehrer rufen: »Die Herren fordern jetzt bitte eine andere Dame auf!«

Aber Pavel hielt sich nicht an die Spielregeln. Er ließ mich gar nicht erst los, sondern schob mich erneut auf die Tanzfläche, hielt mich fest in seinen Armen und trotzte dem erstaunten Blick des Tanzlehrers, indem er ihm fest in die Augen schaute: »Diese hier und keine andere!«

Nachdem wir in der zweiten Halbzeit noch einen Quickstepp und einen Foxtrott getanzt hatten, fragte mich der schöne Pavel, ob ich ihn am Wochenende besuchen wolle.

»Ja, gern«, hauchte ich schockverliebt.

Sonst verbrachte ich die Wochenenden bei Mama, aber jetzt, mit knapp achtzehn …

»Ich zeige dir unsere ehemalige Villa, oben auf dem Barrandov-Berg«

»Ehemalige …?«

»Wir mussten leider aus unserer Vierzehnzimmervilla ausziehen. Du weißt schon. Wegen meines alten Herrn.«

Pavel versuchte, seinen lässigen Ton beizubehalten, obwohl ihm das Schicksal fast den Schneid abgekauft hatte. »Das Anwaltsbüro meines Vaters neben dem Kaufhaus Kotva wurde zwangsweise geschlossen. Jetzt haben wir das Vergnügen, in einer von der Geheimpolizei zugewiesenen Altbauwohnung in der Petřínská-Straße leben zu dürfen. Da wohnt zwar schon eine Familie, aber auf uns vier kommt es da auch nicht mehr an.«

»Wieso vier? Ich dachte, deine Mutter ist im Irr… äh, in der psychiatrischen Klinik?«

Pavel half mir in den Mantel, und wir liefen die breite Treppe hinunter. »Ich habe noch einen Bruder. Mein Vater hat inzwischen neu geheiratet: Saskia. Ziemlich schräg, die Frau. Aber mein alter Herr ist ihr komplett verfallen. Er hat sie übrigens gleich zweimal geheiratet.«

»Wen? Deine Mutter?« Verwirrt trippelte ich neben ihm her.

»Nein. Seine zweite Frau. Also seine zweite und gleichzeitig dritte.« Das schien mir ja eine turbulente Familie zu sein!

»Und siehst du deine Mutter noch?«

»Nein. Mein Vater hat das Sorgerecht für meinen Bruder und mich. Logisch, so als guter Scheidungsanwalt.« Er versuchte, nach wie vor heiter zu klingen, doch ich hörte seine Verletzlichkeit heraus.

»Oh.« Ich biss mir auf die Lippen. Inzwischen standen wir wieder draußen auf dem Bürgersteig. Eine Straßenbahn ratterte vorbei, und die anderen Tanzschüler verloren sich im Gewühl.

»Mit Saskia kann ich aber nichts anfangen, die ist dumm, faul und verschwenderisch.« Pavel vergrub die Hände in den Hosentaschen.

»Und dennoch hat dein Vater sie gleich zweimal geheiratet?« Irritiert sah ich ihn an.

»Du wirst sie kennenlernen. – Gehen wir ein Stück.« Schulter an Schulter schlenderten wir los. Ich schaute verstohlen zur Seite. Wir spiegelten uns in den Schaufensterscheiben: ein schönes Paar!

»Saskia hat nach und nach diverse Besitztümer meines Vaters zu Antiquitätenhändlern getragen.« Mein neuer Schwarm schüttelte den Kopf und verbesserte sich: »Tragen lassen. Meine Stiefmutter trägt nichts selbst, außer Pelzmäntel und Schmuck.«

Mir entfuhr ein ungläubiges Lachen. Ja, er war wirklich witzig. Ein bisschen zynisch vielleicht, aber er hatte Humor.

»In den Prager Kaffeehäusern spielt sie jeden Tag acht Stunden Bridge«, fuhr er fort. »Meist steht sie nicht vor Mittag auf, trinkt Unmengen türkischen Kaffee und tut im Haushalt nur das Allernötigste.«

»Aber dein Vater liebt sie?« Wir blieben stehen. Andere Passanten hasteten an uns vorbei.

»Du wirst es nicht glauben! Kurz nach dem Krieg hat sie ihn verlassen und ist mit einem amerikanischen Soldaten durchgebrannt.« Er zog mich weiter, die Fußgängerampel war inzwischen auf Grün gesprungen.

Wieder so eine fantastische Anekdote! Ich musste schmunzeln. Der war ja unterhaltsam!

»Als der sie dann irgendwo in Frankreich sitzen ließ, hat er sie zurückgeholt und ein zweites Mal geheiratet!«

Pavel schenkte mir sein entzückendes Grinsen und überquerte mit mir die belebte Kreuzung. »Beide Hochzeitsbilder hingen bei ihnen im Schlafzimmer. In der neuen Wohnung hängen sie über der Flurtür. Einmal in Weiß und einmal in Greige.«

»Greige?«

»Das ist die Farbe der vergangenen Jungfräulichkeit.« Frech bleckte er die Zähne.

»Oh«, sagte ich, verwirrt ob so einer pikanten Familiengeschichte. »Interessante Zustände sind das bei euch.«

Er warf mir einen Blick zu, den ich nicht so recht deuten konnte: Einerseits kam mir dieser vom Schicksal gebeutelte junge Mann liebenswert und intelligent vor, andererseits auch irgendwie verloren, in mir regte sich sofort der Sorgetrieb. Vor allem aber fand ich diesen Pavel witzig und originell. Mit dem würde ich mich bestimmt nicht langweilen! Ich fühlte mich magnetisch zu ihm hingezogen.

Während er mich zu meinem Internat zurückbegleitete, erzählte Pavel weiter. Dadurch dass sein Vater vor dem Dritten Reich so viele Scheidungen erfolgreich durchgedrückt hatte, war er schon vor dem Krieg zu erstaunlich viel Geld gekommen: Daher auch die Villa mit den vierzehn Zimmern, Schwimmbad und Hausmeisterehepaar. Und diese Villa wollte Pavel mir am Wochenende zeigen?!

17

Prag, 1. März 1951

Unser erster Spaziergang am Wochenende nach der Tanzstunde führte Pavel und mich tatsächlich auf den Barrandov-Berg. Er wollte die Villa, in der er fünfzehn Jahre seines jungen Lebens verbracht hatte, wenigstens noch von außen sehen. Wie spannend! Mein Herz klopfte, als er mich den Hügel hinaufzog, immer tiefer ins vornehme Villenviertel hinein und bis zum imposanten Anwesen. Hier hatte mein Schwarm also gelebt? Daher war er so selbstbewusst!

»Ich bin beeindruckt.« Keuchend standen wir im Schatten ausladender Fichten vor dem meterhohen Zaun, der eine dichte Hecke umgab. Ich stellte mich auf die Zehenspitzen, um etwas mehr von der Luxusvilla sehen zu können. Die Fenster waren hell erleuchtet. »Wer wohnt da jetzt?«

»Irgendein hohes Tier der geheimen Staatspolizei.« Pavel hatte ganz beiläufig den Arm um mich gelegt, und ich spürte ein angenehmes Kribbeln in mir aufsteigen wie Sprudel in einer Flasche. Nicht nur weil dieser bildschöne, junge Mann mich so selbstverständlich umarmte, sondern auch weil wir bei einem Mitglied der Geheimpolizei über den Zaun spähten. Hoffentlich kamen nicht gleich mehrere bissige Hunde oder gar bewaffnete Leibwächter zum Zaun, um uns zu verhaften!

»Da, die rechten drei Fenster, siehst du die?« Pavel nahm mich bei der Taille und hob mich ein Stückchen hoch.

»Meinst du die, wo gerade ein Hausmädchen das Essen aufträgt?« Ich biss mir auf die Lippen vor Aufregung.

»Ja. Das ist das Esszimmer. Und die zwei schwach beleuchteten Fenster daneben gehören zur Bibliothek.«

»Aha.« Das Kribbeln wurde immer intensiver. Ich kam mir vor wie in einem Detektivfilm.

»Soll ich dir eine pikante Geschichte über meinen Vater erzählen?« Pavel strich mir übers Haar, das ich für diesen Anlass frisch gewaschen und auf Hochglanz gebürstet hatte.

»Natürlich! Ich will alles wissen!« Scheu lächelte ich Pavel an. Mein erster Verehrer! Oder sogar schon ... Freund? Er lehnte sich an den Stamm der Fichte und zog mich an sich.

»Mein Vater Filip hatte schon immer Geliebte, musst du wissen. Meist die Damen, die er bei der Scheidung vertrat. Meine Mutter ist daran völlig verzweifelt. Du weißt ja, wo sie schließlich gelandet ist.«

Ich schluckte. Sich vorzustellen, mein geliebter Vati hätte meine Mutti jemals betrogen ... nicht auszudenken! Warum musste diese große Liebe an seinem Tod zerbrechen, während andere sich gegenseitig fertigmachten?

»Mein Bruder und ich haben immer an der Tür zur Bibliothek gelauscht, wo mein Vater die Damen ... äh ... beriet.«

»Pavel, ich ...« Auf einmal wurde mir kalt, und ich zog meine Jacke enger.

»Lange war es verdächtig still, und auf einmal schrie eine Dame da drinnen: »Filip, du bist kein Mensch, du bist ein Gott!«

Pavel schlug sich auf die Schenkel und lachte, so laut es hier auf unserem Wachposten möglich war. »Diesen Spruch haben mein Bruder und ich zu jeder passenden und unpassenden Gelegenheit zitiert!« Er verstellte die Stimme und jaulte in hohen Oktaven: »›Filip, du bist kein Mensch, du bist ein Gott!‹ Hahaha, wie lustig ist das denn!«

»Und damit neckt ihr ihn?« Das fand ich ganz schön respektlos. Andererseits hatte der Vater sich ja auch nicht gerade wie ein Gentleman benommen.

»Ständig! Mein Vater schämt sich kein bisschen dafür – er findet sich selber göttlich!« Auf einmal wurde seine Miene wieder ernst. »Aber die zwei Jahre, die er im Gefängnis saß, haben ihn echt mitgenommen. So was schüttelt niemand einfach so ab.«

Da hatte ich das Gefühl, ihm auch etwas erzählen zu können.

»Meine Tante Franziska, die Schwester meiner Mutter, war auch ein Jahr im Gefängnis, und ich habe sie dort als kleines Mädchen besucht! Das war ganz schön gruselig.«

Er hielt mich auf Armeslänge von sich ab. »Wie das?«

Ohne dass es mir bewusst wurde, glitten wir am Stamm der Fichte hinunter und setzten uns, eng aneinandergeschmiegt, auf den Boden.

»Tante Franziska wohnte damals noch bei meiner Großmutter und meiner anderen Tante Bertl in Hillemühl. Ich war damals sieben Jahre alt und lebte mit meinen Eltern in Prag.«

»Hillemühl? Das klingt so … deutsch?«

Ich erklärte es ihm. »Hillemühl war damals deutsch. Es war Krieg. Meine Tante Franziska hörte mit einer Freundin heimlich BBC, was streng verboten war. Irgendjemand hat sie dann verpfiffen.«

»Schöne Scheiße«, murmelte Pavel dicht an meinem Haar. »Eine mutige Frau, deine Tante.«

»Die Freundin und sie wurden vom Fleck weg verhaftet und kamen in Böhmisch-Leipa, heute Česká Lípa, in den Knast. Und dorthin hat mich meine Oma mitgenommen.«

»Warum hat sie dich als kleines Kind dahin mitgeschleppt?«

»Wegen einer Tafel Schokolade«, ließ ich die Bombe platzen. Den Stolz in meiner Stimme konnte ich nicht ganz verhehlen. Nicht nur Pavel hatte spannende Geschichten auf Lager!

»Meine Oma hat mir auf dem Weg ins Gefängnis eingetrichtert: »Du musste Tante Franziska die Schokolade heimlich zustecken! Wenn sie dich umarmt, lässt du die Tafel einfach in ihre Schürze fallen!«

»Und? Hast du's gemacht?« Pavels Augen leuchteten im Halbdunkel. Es war so romantisch, und ich wollte ihm unbedingt auch ein bisschen imponieren.

»Ich wusste als kleines Kind ja nicht, wie gefährlich die ganze Aktion war. Meine Tante Franziska musste damals in der Gefängniswäscherei arbeiten. Als sie uns zwischen zwei Wärterinnen auf dem Gang entgegenkam, hab ich mich von meiner Oma losgerissen, bin auf sie zugerannt und hab sie umarmt.«

»Respekt!«, sagte Pavel. »Nicht nur die Tante war mutig, sondern auch die kleine Ella.«

Das wärmte meine Seele, und mein Herz machte einen nervösen Hopser.

»Die Wärterinnen konnten gar nicht so schnell schauen, wie ich die Schokolade unter ihre auf dem Rücken gebundene Schürzenschleife gesteckt habe. Darauf bin ich heute noch stolz.« Schüchtern strahlte ich ihn an.

Er gab mir einen zärtlichen Nasenstüber. »In dir steckt ja eine richtige Rebellin!«

»Findest du?« Geschmeichelt lehnte ich mich an ihn. Inzwischen hatte ich ganz kalte Hände, doch er nahm sie in seine und wärmte sie.

»Und was ist aus deiner Tante Franziska geworden?«

»Sie lebt mit ihrem Mann, Onkel Gustav, der als Glaskugler in Haida, jetzt Nový Bor, arbeitet. Trotz des Gefängnisaufenthalts ist sie nach dem Krieg nicht rehabilitiert worden.« Fast wütend rieb ich mir die Nase. »Sie hat sich wie viele andere zweimal auf der falschen Seite wiedergefunden: erst als Nazi-Gegnerin im

Nazi-Regime und dann als Deutsche während der Tschechischen Revolution!«

»Und beide Male hatte sie die Arschkarte«, drückte es Pavel deutlich derber aus. »Das tut mir wahnsinnig leid, Kleines.« Pavel sah mich liebevoll an. Aller Zynismus war aus seinem Gesicht gewichen. »Du zitterst ja vor Kälte!« Pavel sprang wieder auf und zog mich mit hoch. »Lass uns von hier verschwinden. Nicht dass wir auch noch verhaftet werden.«

Langsam schlenderten wir den Hügel wieder hinunter. Wie selbstverständlich hatte Pavel seinen Arm um mich gelegt.

»Wie ging es mit der rebellischen Tante weiter? Rumgezärtelt werden sie mit ihr nicht haben, die Revolutionsgarden?«

»Meine Tante Franziska durfte nach dem Krieg in der Öffentlichkeit nicht mehr Deutsch sprechen. Sie arbeitet jetzt als Waldarbeiterin, und Onkel Gustav, der früher eine eigene Werkstatt hatte, muss nun im Glaskuglerkombinat arbeiten.«

»Das ist auch eine sehr harte Arbeit.« Pavel beschleunigte seine Schritte. »Ich hab mal in so einem Kombinat gearbeitet: Die Männer lassen stundenlang eiskaltes Wasser über die Unterarme laufen und halten dabei kiloschwere Glasware, die sie zu prächtig verzierten Vasen schleifen. Wenn sie schlapp machen, geht das Glas kaputt.«

»Ja, ich weiß.«

»Und was ist mit deiner Mutter?«

Ich erzählte ihm die ganze Tante-Irma-Geschichte, und dass meine arme Mama ihren Alex an sie verloren hatte. »Erst hat sie für ein sehr nettes jüdisches Ehepaar gearbeitet, und vor Kurzem ist sie zu ihrer Schwester Franziska und Onkel Gustav, von denen ich dir gerade erzählt habe, nach Nový Bor gezogen.«

Deshalb war ich auch so dankbar, dass Pavel das Wochenende mit mir verbrachte! Nach Haida alias Nový Bor konnte ich höchstens einmal im Monat fahren, ich hatte sonst nicht das Fahrgeld dafür.

Aber jetzt hatte ich etwas ganz Wunderbares: Ich hatte einen Freund!

Bald darauf lernte ich in der völlig überfüllten Wohnung der Familie Gregor nicht nur den exzentrischen Vater kennen, der gern lautstark lateinische und griechische Texte deklamierte – wahrscheinlich in Ermangelung feuriger Plädoyers vor Gericht –, sondern auch die egozentrische Stiefmutter Saskia, die nachmittags die Wohnung verließ, um mindestens acht Stunden lang Bridge zu spielen.

Wir schilderten Filip Gregor die Angelegenheit mit Alex und Tante Irma, und er war sofort Feuer und Flamme. »Du bist doch inzwischen volljährig, Ella. Lass dir von deiner Mutter eine Vollmacht geben. Ich helfe euch dabei, Alex zurückzubekommen! Ich besitze zwar keine Anwaltslizenz mehr, habe aber noch sämtliche Tricks drauf.« Unternehmungslustig rieb er sich die Hände.

»Wirklich? Das würden Sie für uns tun?«

»Für die Freundin meines Sohnes tue ich alles.«

Es waren stürmische Zeiten, in denen sich der politische Wind schneller drehte, als man hinterherkam. Wie Blätter wurden wir umhergewirbelt, Pavel und ich, immer auf der Suche nach Halt. Kein Wunder, dass wir uns zusammentaten. Im Nu waren wir ein Paar.

18

Prag, 6. März 1953

Ein Jahrhundertmörder, der dreißig Jahre Schreckensherrschaft und eine auf den Kopf gestellte Ideologie verkörperte, war tot: Stalin war an den Folgen seines übermäßigen Alkoholkonsums gestorben oder vergiftet worden – die Gerüchteküche brodelte wie verrückt. Aber nach außen hin wurde natürlich mit großem Respekt und würdevoll getrauert.

»Achtung! Dies ist eine Durchsage an alle Lehrer und Schüler! Sie werden aufgerufen, den Trauerflor anzulegen, der beim Ausgang zum Schulhof verteilt wird! Unser hochgeschätzter Genosse Stalin ist in der vergangenen Nacht den Folgen eines Schlaganfalls erlegen. Aller Ruhm der Welt wird auf ewig Stalin heißen! Lasst uns den Ewig-Lebenden hochpreisen!«

Nach dieser unfassbaren Nachricht standen wir mit versteinerten Mienen hinter unseren Bänken und trappelten dann in geschlossenen Reihen in den Versammlungsraum, in dem wir den »Führer der Sowjetunion« stundenlang betrauern mussten.

Einige Schulkolleginnen weinten, Eva Malková bekam sogar einen richtigen Heulkrampf. Wir wussten genau, dass einem so ein Verhalten Pluspunkte einbrachte. Und richtig: Sie sollte später ins Kultusministerium befördert werden. Wir anderen aus unserem verschworenen Freundinnenkreis setzten zwar ernste Mienen auf, trauerten aber in Wirklichkeit kein bisschen.

Dass der russische Diktator, der zwanzig Millionen Menschenleben auf dem Gewissen hatte und Tausende Unschuldige foltern ließ, unter anderem alle jüdischen Ärzte Moskaus, von denen er sich schon lange bedroht gefühlt hatte – also dass dieser »Unsterbliche« nun als Vierundsiebzigjähriger doch noch gestorben war, war, wenn überhaupt, ein Grund zu staunen. Als wir später Gelegenheit hatten, in privatem Rahmen darüber zu sprechen, hörte sich das schon ganz anders an:

»Leute, wir betrauern den unsterblichen Genossen Stalin, macht mal 'ne Flasche Wein auf!«

»Prost Mädels! Wir haben schon lange keinen Führer mehr betrauert!«

»Leider gibt's nur Billigwein und nicht den von Stalin bevorzugten georgischen Tropfen, den er sich jeden Abend in rauen Mengen ins Heimkino seiner Datscha in Kunzewo bestellt hat.«

»Moment mal, hast du soeben das Wort Heimkino gesagt?«

»Amerikanische Komödien, Western, Walt Disney ... Ja, stellt euch vor, während die Moskauer Ärzte-Elite in den Folterkammern des Geheimdienstes schmachtete, amüsierten sich der Geheimdienstchef Beria und die Politbüromitglieder Chruschtschow, Malenkow und Bulganin über Micky Mouse und Donald Duck!«

»Der Kinobesuch mit anschließendem Saufgelage war aber für die Genossen rund um Stalin Pflicht! Keiner durfte sich drücken oder auch nur einschlafen. Wer nicht bis vier Uhr früh durchhielt, wurde auch gern mal vom Gastgeber erschossen.«

»Was ist denn nun genau passiert? Die Leute reden von Schlaganfall, aber wie war sein Tod wirklich?«

»Die Genossen sollen sich am frühen Morgen verabschiedet haben. Dann haben die Leibwächter wie immer vor Stalins Schlafzimmer Wache gehalten. Als er gegen zwölf Uhr mittags immer noch nicht aufgetaucht ist, wurden sie nervös.«

»Sie trauten sich aber nicht, sein Zimmer zu betreten, denn wenn Stalin mit einem Kater aufwachte, konnte es durchaus vorkommen, dass er den Störenfried erschoss.«

»Deshalb hat sich der erste Leibwächter auch erst gegen 22 Uhr ins Schlafzimmer gewagt, wo er Stalin in kurzer Schlafanzughose und Unterhemd in seinem eigenen Urin liegen sah. Neben ihm auf dem Teppich befanden sich eine *Prawda* und seine Uhr, die um 6 Uhr 30 desselben Morgens stehen geblieben war.«

»In dieser Nacht war dann irgendwie niemand telefonisch zu erreichen, am allerwenigsten Geheimdienstchef Beria, ohne dessen Erlaubnis allerdings kein Arzt zu Stalin gelassen werden durfte.«

»Es gehen ja Gerüchte um, dass Beria Stalin Gift ins Essen getan hat.«

»Ja, das sind aber nur Gerüchte. Stalin war ein notorischer Säufer und litt schon lange an Arterienverkalkung, Magenbluten, einer Trinkerleber und erhöhtem Blutdruck.«

»Jedenfalls muss der Tyrann drei Tage und Nächte im Sterben gelegen haben. Seine Lippen wurden schwarz, und er lag in seinen Exkrementen.«

»Er ist seiner eigenen Schreckensherrschaft zum Opfer gefallen: Wegen seiner unberechenbaren Launen hatten alle, angefangen von seinen engsten Verbündeten über seine Kinder bis hin zu den Leibwachen, solche Angst vor ihm, dass keiner nach ihm schauen wollte.«

»Und jetzt ist im Rundfunk in Trauerreden vom ›großen Leuchtturm der Menschheit‹ die Rede!«

»Ich weiß auch noch was: ›Jener Mann, der auch unser Stern auf dem Weg nach vorne war, und auch die Sonne, die auf diesen Weg strahlte.‹«

»Der Mann, der als das Herz und der Kopf aller unserer Sehnsüchte galt!«

»›Der Mann, dessen bloßer Name Liebe, Ergebenheit und Vertrauen in das große Werk des Aufbaus des Sozialismus bedeutete!‹«

»Ganz so als wäre er ein Heiliger gewesen.«

»Stellt euch vor, die armen jüdischen Ärzte wurden in ihren Folterzellen gefragt, welchen Kollegen sie ›für einen schwer kranken Onkel‹ empfehlen könnten. Sie konnten aber niemanden empfehlen, da sie allesamt im Kerker geschmachtet haben.«

»Schließlich sollen elf unerfahrene Landärzte gekommen sein, die es vor lauter Angst nicht mal schafften, dem sterbenden Stalin das Unterhemd auszuziehen. Einer soll versucht haben, ihm das Gebiss rauszunehmen. Er hat so sehr gezittert, dass es auf die Erde fiel und zerbrach.«

»Also, wenn ihr mich fragt: Stalin starb den Tod, den er verdient hat.«

»Mädels, das sagen wir aber nicht laut. – Prost allerseits!«

»Spätestens ab morgen ist Schluss mit Alkohol!«

»Wegen Staatstrauer wird absolutes Alkoholverbot herrschen. Also versteckt mal lieber die leeren Weinflaschen und erdreistet euch nicht, morgen einen Kater zu haben.«

»Hoffentlich verpetzt uns niemand!«

»Wir sollten lieber in der Schule verbreiten, dass wir eine würdige Trauerfeier gehalten haben! Das bringt uns bestimmt Pluspunkte ein, so wie der Eva Malková!«

Wie gesagt, diese Worte sind so nie gefallen, da wir nicht informiert waren. Tatsache ist, dass wir uns heimlich freuten, dass dieses Monster endlich tot war.

Am nächsten Tag ertönte folgende Durchsage in der Schule:

»Genossinnen und Genossen Lehrer und Schüler! Eine neue Ära wird in unserem Lande anbrechen. Zunächst übernimmt Nikita Chruschtschow als Staatssekretär die Leitung der Sowjetunion. Unser Staatsekretär Genosse Klement Gottwald ordnet strengste Staatstrauer an.«

Im Radio wurden Chopin, Beethoven, Tschaikowski und Dvořák oder der Trauermarsch »Unsterbliche Opfer« gespielt.

An allen öffentlichen Gebäuden wurden schwarze Flaggen gehisst. In den Theatern und Kinos gab es keine Vorstellungen, und auf dem Wenzelsplatz fand eine Trauerfeier statt, die wir Schülerinnen natürlich geschlossen besuchen sollten.

Der Schullautsprecher gab auch bekannt:

»Ganz besonders verdient gemacht haben sich zwölf Mädchen aus der 8 B, die gestern im privaten Kreis eine würdige Trauerfeier für den verstorbenen Führer Stalin abgehalten haben. Nehmt sie euch zum Beispiel! Diese Schülerinnen beweisen den nötigen Respekt und die richtige Gesinnung. Die Schulleitung bedankt sich für den Trauerakt im Rahmen ihrer Freizeit.«

Dass wir in Wirklichkeit ein feuchtfröhliches Fest gefeiert hatten, war wie durch ein Wunder nicht durchgedrungen. Diesmal hatten wir wirklich unverschämtes Glück gehabt.

Es dauerte gerade mal neun Tage, und es wurde erneut getrauert. Nachdem Stalin gestorben war, folgte ihm unser selbst ernannter Staatspräsident Klement Gottwald ins Jenseits – wenige Tage nach seiner Rückkehr aus Moskau, wo er noch an den Begräbnisfeierlichkeiten teilgenommen hatte. Anscheinend ging es ihm schon vor seiner Abreise nicht gut, auch er war dem Alkohol verfallen und litt noch dazu an Syphilis.

Jetzt lag er aufgebahrt in der Prager Burg. Ich weiß das, weil wir angehenden Lehrerinnen ebenfalls verpflichtet waren, ihm die letzte Ehre zu erweisen.

Wie viele tschechische Bürger mussten wir respektvoll am Toten vorbeidefilieren. Damit wir unseren Unterricht nicht versäumten, standen wir bereits um drei Uhr früh auf, um uns ab vier in die Schlange derer einzureihen, die ebenfalls von Gottwald

Abschied nehmen wollten. Der Andrang war riesig, und ich sah, wie literweise Krokodilstränen vergossen wurden. Überall standen bewaffnete Soldaten, aber auch Pressefotografen, die das Massentrauern beobachteten.

Später sollte der einbalsamierte Gottwald bis 1962 in einem gläsernen Sarg ausgestellt werden, in einem Mausoleum auf dem Vítkov-Berg.

Ich war neunzehn Jahre alt und schwer verliebt, als ich mich vor der Leiche dieses Mannes verbeugte. Insgeheim hatte ich ganz andere Sorgen: Man hatte meinen geliebten Pavel zum Militär eingezogen und über fünfhundert Kilometer weit weg geschickt. Wann würde ich ihn wiedersehen?

19

Prag, Mai 1953

»Genossin Vojanová! Bitte überlegen Sie sich das noch mal! Wollen Sie wirklich ein Jahr vor dem Abitur schon heiraten? Sie sind doch erst neunzehn und Ihr Auserwählter auch!«

Mein pädagogischer Direktor, der mir wirklich wohlgesonnen war, hatte mich wieder mal auf dem Gang zur Seite genommen. »Sie haben doch ein Stipendium und einen Platz im Internat. Lassen Sie sich doch wenigstens noch ein Jahr Zeit! Oder ist da etwa was unterwegs?« Sein besorgter Blick huschte zu meiner gertenschlanken Taille. Unwillkürlich musste ich lächeln. In dieser Hinsicht konnte ich ihn beruhigen.

»Genosse Direktor, ich weiß Ihre Fürsorge sehr zu schätzen, und bin Ihnen auch sehr dankbar für alles, aber ich kann einfach nicht anders. Mein zukünftiger Mann, also Pavel, ist zum Militär einberufen worden und dient jetzt in Levice, an der ungarischen Grenze.«

»Oha.« Der Direktor rieb sich die Nase. »Die Südostslowakei ist aber weit weg von Prag.«

Es war uns beiden bewusst, dass man meinen Pavel absichtlich so weit weg stationiert hatte, weil sein Vater der kommunistischen Partei ein Dorn im Auge war. Pavel sollte einfach kein Bein auf die Erde bekommen. Deswegen durfte er ja auch nicht Medizin studieren. Man ließ an Pavel die Wut auf Filip, meinen zukünftigen Schwiegervater, aus, auch wenn man das so nie gesagt hätte.

»Und Sie haben diesen Mann wirklich so gern, Fräulein Bramboračka?« Sein trauriges Lächeln ging in schelmisches Grinsen über.

»Ich liebe ihn«, sagte ich scheu. Wie sich das anhörte! Liebte ich ihn denn wirklich?

»Wie oft können Sie sich denn derzeit sehen?« Am liebsten hätte der Direktor wohl den Arm um mich gelegt, ließ es unter diesen Umständen aber lieber bleiben.

»Höchstens zweimal im Jahr!« Vertrauensvoll schaute ich zu meinem Förderer auf. »Er darf seine Einheit nicht verlassen, und ich habe kein Geld für die lange Zugreise!«

»›Es waren zwei Königskinder, … sie konnten zusammen nicht kommen‹«, zitierte der Genosse aus einer alten Volksballade und sah mich mitfühlend an: »Und da bleibt Ihnen nichts anderes übrig, als zu heiraten.«

»Ja.« Fest blickte ich ihm in die Augen.

»Liebe Ella!« Der pädagogische Direktor nahm mich besorgt bei den Schultern. »Sie heiraten einen Mann ohne Ausbildung, ohne Wohnung und ohne Geld. Einen zwanzigjährigen

Burschen, den Sie kaum kennen. Sind Sie sich seiner Liebe wirklich sicher?«

Mich überzog eine Gänsehaut. Wann hatte sich das letzte Mal jemand so ehrlich und aufrichtig für mich interessiert?

Ich presste die Lippen zusammen und nickte.

Ach, wie sehr mir mein Vater doch fehlte in diesem Moment! Auch meine Mutter konnte mich in dieser Hinsicht nicht beraten. Sie kannte Pavel und seine Familie nicht, jetzt wo sie bei Tante Franziska und Onkel Gustav in Haida lebte. Ich sehnte mich so sehr nach einem Menschen, der zu mir gehörte! Für die Hochzeit würde mein Pavel fast eine Woche freibekommen! Auch wenn zwei Tage für die Zugreise draufgingen, blieben uns immerhin noch vier. Und das Beste: Alex würde zur Hochzeit kommen, die in Haida alias Nový Bor stattfinden sollte. Auf diese Weise würde Mama Alex endlich wiedersehen! Das alles hatte mein zukünftiger Schwiegervater schon im Vorfeld ausgeheckt. Zu so einer Familienfeier musste Tante Irma den Jungen einfach rausrücken. Ach, was freute ich mich für Mama, dass sie mit ihrem geliebten Sohn, wenn auch nur kurz, wieder vereint werden würde! Allein schon deswegen wollte ich Pavel heiraten!

An die lebenslangen Konsequenzen einer solchen Eheschließung dachte ich in diesem Moment nicht.

In einer plötzlichen Aufwallung von Sehnsucht nach Geborgenheit entwand ich mich sanft den Händen des Direktors, wirbelte zu ihm herum und sagte im Brustton der Überzeugung:

»Das wird der glücklichste Tag meines Lebens!«

Unsere Hochzeit fand bei Tante Franziska und Onkel Gustav in bescheidenem Rahmen statt. In der kleinen Kirche ließen wir uns sogar kirchlich trauen!

Glücklich schwebte ich an Pavels Arm Richtung Altar.

Von Pavels Seite kam nur sein Vater – Saskia machte sich nicht die Mühe, mit zu uns aufs Land zu fahren.

Unfassbar, dass mein Schwiegervater als politischer Gefangener über zwei Jahre lang im Arbeitslager Jáchymov Uran abgebaut hatte! Heute, an meinem Hochzeitstag, erschien er galant und gut gekleidet, als wäre ihm das alles nie passiert.

Er sprach mit Mama, Tante Franziska und Onkel Gustav fehlerfrei Deutsch. Sein welliges grau meliertes Haar war immer noch üppig, sein strahlendes Lächeln charmant und sein tadellos sitzender Anzug maßgeschneidert.

Meine Verwandten aus Haida (weil ich es so gewohnt war, benutzten wir familienintern den alten Namen) wirkten dagegen fast ein bisschen schlicht, aber nicht minder herzlich. Auch für sie war es ein großer Tag, und sie waren unfassbar stolz auf mich!

Und während uns der Priester segnete und vom Hohelied der Liebe sprach, wirbelten mir die Gedanken nur so im Kopf herum: Endlich war die Familie nach langen Jahren der Vertreibung und Zwangsenteignung für kurze Zeit wieder vereint!

Das, was Großmutter und Tante Bertl in Hillemühl erlebt hatten, hatten auch Onkel Gustav und Tante Franziska in Haida, jetzt Nový Bor, durchgemacht. Schon vor dem Krieg hatten sie sich ein Haus gekauft, in dem Onkel Gustav sich seine Werkstatt einrichtete. Tante Franziska hatte Haus und Garten in ein blühendes Schmuckstück verwandelt, als es vor dem Krieg von den Revolutionsgarden beschlagnahmt wurde. Die beiden bekamen ein ausgeplündertes, halb verfallenes Fachwerkhaus in unmittelbarer Nachbarschaft zugewiesen. Während Onkel Gustav und Tante Franziska wieder von vorn anfingen, mussten sie jeden Tag mit ansehen, wie ihr einstiges Eigentum vor ihren Augen verwahrloste. Wo früher Blumenstauden und Obstbäume geblüht hatten, wucherten die Brennnesseln jetzt bis unters Fenster. Die Scheiben zerbarsten, der Balkon wurde morsch, und die Regenrinne brach ab. Überall lagen kaputte, heruntergefallene Dachschindeln, morsche Bretter vom umgestürzten Zaun, und der Schimmel fraß sich durch ihr ehemaliges Zuhause.

Doch sie ließen sich nicht unterkriegen, hörten nicht auf, an das Gute zu glauben, und wollten nur auf ihrem kleinen Grund und Boden gemeinsam alt werden. Wie zwei fleißige Ameisen rappelten sie sich wieder auf und trugen Hölzchen und Stöckchen zusammen. Nach etwa zwei Jahren zogen die Revolutionsgarden ab. Ihr ehemaliges Haus stand leer, niemand erhob Anspruch darauf. Obwohl sie das Fachwerkhaus inzwischen halbwegs bewohnbar gemacht hatten, zog es sie mit aller Macht zu ihrem ursprünglichen Haus. Sie fingen an, Reparaturen vorzunehmen, es wieder zu streichen. Tante Franziska nähte neue Gardinen, und Onkel Gustav zimmerte eine neue Treppe. Tante Franziska ackerte im Garten. Im Sommer 1953 blühten wieder Hunderte von Blumen vor dem Haus, auch Kirschbaum und Apfelbaum standen wieder in vollem Grün.

Und das war der Moment, in dem sie sich die Ehre gaben, mir, ihrer Nichte Ella, und meinem Bräutigam Pavel Gregor, die Hochzeit auszurichten.

»Sie dürfen die Braut jetzt küssen.«

Der freundliche Geistliche riss mich aus meinen Gedanken. Ich war so glücklich! Ich trug ein hellblaues Kostüm, das ich später noch für andere Zwecke würde benutzen können, und einen weißen Schleier. Den hob Pavel ganz sanft und küsste mich mitten auf den Mund.

Während Mama und Tante Franziska sich verstohlen die Augen wischten, klatschte mein Schwiegervater begeistert Beifall.

Mein kleiner Bruder Alex, der bis jetzt gefremdelt hatte, begann auch zu klatschen. Obwohl das in der Kirche eher unüblich war, mussten alle lachen.

Da war das Eis endgültig gebrochen. Es war wirklich der schönste Tag meines bisherigen Lebens! Lachend schritten wir zu brausenden Orgelklängen in den strahlenden Sonnenschein.

Wie es damals üblich war, feierten wir danach zu Hause. Geld für ein Gasthaus hätte niemand von uns gehabt, aber eine pompöse Feier vermissten wir auch nicht. Im Garten von Tante Franziska ließen wir uns glücklich auf Holzbänken nieder.

Onkel Gustav hatte extra noch eine Schaukel gebaut und in den Lindenbaum gehängt: für Alex, den sie ja kaum kannten!

Filip Gregors Plan war tatsächlich aufgegangen: Mutig hatte ich ein paar Tage vor meiner Hochzeit an Tante Irmas Wohnungstür geklingelt, während Mama sich ängstlich im dunklen Treppenhaus herumdrückte. Sie war ja damals Dienstmagd in der Familie gewesen und immer noch total eingeschüchtert. Als Tante Irma öffnete und uns sah, wollte sie die Tür sofort wieder zuknallen. Aber ich ließ mich nicht wegschicken und auch nicht mehr einschüchtern.

»Tante Irma, ich bin jetzt volljährig, und da ich heiraten werde, benötige ich meine Geburtsurkunde und meine Papiere. Bitte lass mich rein.«

Alex steckte neugierig den Kopf aus dem Kinderzimmer: »Tante Irma, wer sind die?«

»Geh in dein Zimmer!«, herrschte sie ihn an. »Die kennen wir nicht!«

»Oh doch, die kennst du!« Blitzschnell schob ich den Fuß in den Türspalt und stieß Tante Irma zur Seite. »Das ist deine Mama, und ich bin deine Schwester!«

»Verwirre mir den Jungen nicht!«

Tante Irma war so empört, dass sie mir noch im Flur eine schallende Ohrfeige gab – vor Alex und Mutter!

»Was erlaubst du dir, du unverschämtes Gör?«, keifte sie auf Tschechisch.

Aber weiter kam sie nicht. Im Affekt schlug ich mit größter Wut zurück: Peng! Volltreffer! Das hatte gesessen. Ich rieb mir heimlich die Hand.

»Was erlaubst DU dir«!, brüllte ich auf Tschechisch zurück. »Verwirre DU den Jungen nicht, du verlogene alte Hexe!«

Tante Irmas strenger Dutt löste sich, graue Strähnen hingen ihr ins Gesicht, ihr Gebiss war verrutscht, und sie musste es hinter vorgehaltener Hand wieder in Position bringen.

Die Schrecksekunde nutzte ich, um Mutter in die Wohnung zu ziehen. Und während sich die verdutzte Tante noch die Wange rieb, stürmte ich mit Mama ins Wohnzimmer. Hier saß die inzwischen uralte Großmutter in einem Lehnstuhl und starrte ins Leere, von Großvater fehlte jede Spur.

Onkel Dogan lag dämmernd auf dem Sofa, eine Zeitung über dem Gesicht. Offensichtlich waren alle so schwerhörig oder dement geworden, dass sie von dem Gerangel im Flur nichts mitbekommen hatten.

»So. Alle mal herhören!« Ich zeigte auf Mutter, die vor Angst schlotterte. »Eure ehemalige Dienstmagd ist hier!« Mit der flachen Hand schlug ich vehement auf den Tisch. »Ich verlange die sofortige Herausgabe aller Papiere, die Mama, mich und Alex betreffen. Wir haben einen Anwalt eingeschaltet, der das erschlichene Sorgerecht überprüft und für rechtswidrig befunden hat. Darüber bekommt ihr noch schriftlich Bescheid. Mama hat inzwischen die tschechische Staatsbürgerschaft und einen festen Wohnsitz, sodass sie das Sorgerecht für ihren eigenen Sohn beantragt hat. Ja, da schaut ihr!«

Onkel Dogan hatte sich mittlerweile die Zeitung vom Gesicht gezogen und war in seine Pantoffeln geschlüpft. Die Oma fragte ratlos, wer diese Leute seien, und Tante Irma lehnte zitternd vor Empörung am Türrahmen.

»Marek, so prügle es doch aus der Wohnung, dieses deutsche Gesocks!«

Ich hatte allerdings inzwischen zum Kaminschüreisen gegriffen. Wie ich zu diesen ungeahnten Kräften kam, wusste ich selbst nicht so recht. Ich wusste nur, dass Mama in diesem Haushalt lange genug gelitten hatte. Und dass Alex zu meiner Hochzeit kommen würde!

Onkel Dogan hatte jedenfalls nicht genug Mumm dazu. Vielleicht hatte er auch noch einen letzten Rest Rechtsempfinden. Statt Tante Irma Folge zu leisten, schlurfte er ins Arbeitszimmer und kam bald darauf mit den gewünschten Unterlagen zurück. Meine und Mamas Papiere, die acht Jahre lang in Onkel Dogans Schreibtischschublade geschlummert hatten, befanden sich endlich wieder in meinem Besitz.

Das muss man sich mal vorstellen: Er war weder mit uns verwandt noch verschwägert, er war einfach nur Tante Irmas Lebensgefährte, und ER verfügte acht Jahre lang über unsere alles entscheidenden Dokumente!

»Aber Alex' Geburtsurkunde bleibt hier!«, keifte Tante Irma.

Welche Frechheit! In Anwesenheit von Mama, die Alex unter grauenvollsten Umständen acht Jahre zuvor in Zahořany geboren hatte, wagte sie, das zu fordern!

Alex begriff, dass er im Mittelpunkt stand und schien das spannende Duell zu genießen.

»Wir nehmen ihn jetzt zu meiner Hochzeit mit nach Haida!« Ich ging in die Hocke und sah meinem Bruder in die dunklen Augen. »Alex, möchtest du das?«

Der brav seitengescheitelte Junge mit dem bildhübschen Gesicht nickte begeistert.

»Dann zieh dir was Schickes an!« Ich gab ihm einen Kuss auf die Stirn und schob ihn in sein Zimmer.

Zu Tante Irma sagte ich:

»Wir bringen ihn am Montag zurück. Schließlich muss er in die Schule.«

Als junge Lehrerin wusste ich genau, wie weit ich gehen konnte.

Unter Tante Irmas Gezeter verließen wir bald darauf zu dritt das ungeliebte Haus.

Was für ein ungewohntes Gefühl, nach fast acht Jahren wieder vereint zu sein! Und was für ein Triumph gegenüber Tante Irma! Alex' Kinderhand in meiner fühlte sich dennoch fremd an.

Kurz darauf saßen wir im Zug nach Haida beziehungsweise Nový Bor. Während die Landschaft draußen an uns vorbeiglitt, musterte ich Mutter und den ihr so ähnlich sehenden Sohn. Die beiden fremdelten sichtlich, und Alex schaute lieber aus dem Fenster, als den Blick seiner Mutter zu erwidern.

Und nun saßen wir hier, im Garten von Tante Franziska und Onkel Gustav. Alex saß etwas lustlos auf der Schaukel und baumelte mit den Beinen. Tante Irma hatte ihm bestimmt verboten, sich schmutzig zu machen, und Onkel Gustav bemühte sich, den verwöhnten Stadtbuben bei Laune zu halten. Auf Deutsch sprach er Alex an:

»Gefällt es dir bei uns auf dem Land, mein Junge?«

»Ich weiß nicht … « Alex antwortete auf Tschechisch. Es war feinstes Prager Tschechisch, ohne deutschen Akzent oder gar Hillemühler Dialekt. »Ich bin so was hier …« – er machte eine weit ausholende Geste – »… nicht gewöhnt.«

Tante Franziska hatte die selbst gebackene Torte auf den wackeligen Gartentisch gestellt und alles mit unfassbar viel Liebe dekoriert. Aber ja, mit den Augen eines altklugen Stadtkinds betrachtet, war das alles etwas … improvisiert. Und das fröhliche deutsche Geschnatter möglicherweise ungewohnt.

»Komm Junge, ich zeig dir meine alte Glaskuglerwerkstatt.«

Es war rührend, wie Onkel Gustav sich um den Jungen kümmerte! Der ließ sich schon fast gnädig mitziehen. Unauffällig folgte ich den beiden.

»Wieso hast du so eklig dicke Schwielen am Ellbogen? Onkel Dogan in Prag hat Ärmelschoner«, hörte ich Alex mit seiner hellen Stimme etwas besserwisserisch sagen. Immerhin sprach er jetzt Deutsch, denn das konnte er sehr wohl! Als Kleinkind hatte er ja noch mit Mama zusammengelebt.

»Hier, Junge, ich zeig's dir.«

In der Werkstatt warf Onkel Gustav lautstark die Schleifräder an, und sofort unterbrach ein höllischer Lärm den sonntäglichen Frieden. Er durfte ja eigentlich nicht mehr in seiner eigenen Werkstatt arbeiten, sondern nur noch im staatlichen Kombinat, aber für Alex tat er es ausnahmsweise.

»Gustav, muss das sein!«, schrie Tante Franziska von draußen. »Wir verstehen hier unser eigenes Wort nicht mehr! Außerdem wollen wir doch jetzt Kuchen essen.«

»Schau, Junge, das Glaskugeln ist eine Künstlerarbeit, da geht es um Millimeter. Hier, willst du mal halten?«

Alex krempelte andächtig die Ärmel hoch und griff mit seinen Kinderhänden nach dem schweren Glasklumpen.

»Ist der schwer!«

»Schau, und mit viel Kraft muss jetzt das Rohglas an den Schleifstein gehalten werden, siehst du, so ….« Die Sehnen an Onkel Gustavs Armen traten hervor. Wieder kreischte die

Schleifmaschine fürchterlich, und Alex hielt sich die Ohren zu. »So können wir ein Muster hineinschleifen«, schrie Onkel Gustav gegen den Lärm an. »Wünsch dir eins. Was möchtest du? Sollen wir für deine Tante Irma ein schönes Motiv reinschleifen?«

»Tante Irma hat schon genug schöne Gläser. Die sind alle viel schöner als die hier!«

Lachend hielt Onkel Gustav den Schleifstein wieder an. »Nix für dich, was, Junge?«

»Das ist aber 'ne blöde Arbeit!« Alex krempelte sich den Hemdsärmel wieder runter. »Mein Onkel Dogan und meine Tante Irma arbeiten hier!«

Er tippte sich an die Stirn, um zu zeigen, dass sie mit dem Kopf arbeiteten. »Die machen kluge Bankgeschäfte!«

Dass ihnen diese noch zum Verhängnis werden sollten, konnte zu diesem Zeitpunkt noch niemand von uns wissen. Auch Tante Irma würde für zwei Jahre in den Knast wandern.

Schließlich genossen wir Tante Franziskas köstliche Torte, aber auch daran hatte Alex etwas auszusetzen: »Wieso sind da so grobe Stücke drin? Und wieso schmeckt das so sauer?«

»Weil es eine Apfeltorte ist. Schau, Alex, vom eigenen Apfelbaum!«

Wie gut, dass wir einen hatten! Wollte man im Dorf ein Kilo Äpfel kaufen, mussten ein Kilo halb verfaulte Karotten oder Zwiebeln dazugekauft werden. Was diese Torte Tante Franziska an Arbeit und Zeit gekostet hatte, konnte mein kleiner Bruder natürlich nicht wissen. Aber ich würde es ihm gleich erklären:

»Zucker ist bei uns Mangelware, weißt du.«

»Mangelware? Was ist das?«

»So nennt man Waren, die ganz schwer zu bekommen sind.«

Damit wollte ich erreichen, dass er unsere Lebensumstände begriff, aber er zuckte nur desinteressiert mit den Schultern.

Jetzt beschlich mich leiser Zorn. Hier im Grenzgebiet war die Versorgung mit Lebensmitteln katastrophal, alles war Mangelware. Mangel regierte den Alltag!

Milch und Butter gab es nur dienstags und freitags, Eier hatten wir zum Glück selbst. Für die Butter war Tante Franziska extra ins Dorf gelaufen, um unverrichteter Dinge wieder zurückzukehren: Im Schaufenster gähnten ihr Regale entgegen, die mit Sauerkrautdosen dekoriert worden waren.

»Fast hätten wir eine Sauerkrauttorte gehabt«, versuchte ich einen Scherz.

»Haha, sehr witzig.«

Diesen für einen Achtjährigen untypischen, säuertöpfischen Gesichtsausdruck konnte sich Alex nur von Tante Irma abgeschaut haben. Ach, wie tat mir mein Bruder leid! Aber noch mehr meine Mama.

Die betrachtete sehnsüchtig ihren Sohn und merkte natürlich auch, was dem kleinen Prinzen hier alles nicht passte.

Pavel spürte die negativen Schwingungen ebenfalls.

»Was willst du denn mal werden, wenn du groß bist?«, fragte er seinen kleinen Schwager auf Tschechisch.

»Tante Irma sagt, ich kann alles werden. Arzt oder Richter oder Architekt.«

Das musste auch meinen Pavel schmerzlich treffen. »Und was kaufst du dir, wenn du erst mal Arzt oder Richter bist?«

»Pavel, bitte ...« Ich legte ihm die Hand auf den Arm, aber er nahm und küsste sie. »Lass mich doch mit meinem Schwager ein anständiges Männergespräch führen!«

»Ja, mit dir kann man wenigstens richtig reden.« Alex kippelte auf seinem Stuhl vor und zurück.

»Was möchtest du haben?«, fragte nun auch Mama.

Da spürte ich, dass sie ihm jeden Wunsch erfüllen würde, der jetzt über seine Lippen kam.

»Ein Auto«, sagte Alex triumphierend. Er wusste genau, dass das völlig außerhalb von Mamas Möglichkeiten lag.

20

Prag, Sommer 1953

Nach Stalins Tod änderte sich mal wieder alles. Sein Nachfolger, Nikita Chruschtschow, leitete die Entstalinisierung ein. Dessen Personenkult verblasste. Hatten anfangs noch Tausende seinen im Mausoleum neben Lenin aufgebahrten Leichnam laut beweint, wurde dieser wieder entfernt. In Prag wurden als Erstes die Straßen umbenannt. Je nach Besatzung oder Ideologie kam es erneut dazu: Es gibt Straßen in Prag, deren Name viermal geändert worden ist.

Denkmäler wiederum konnte man nicht umbenennen, sondern nur abreißen. Das größte Prager Denkmal im Beton-Kunststil befand sich im Letná-Park über dem Moldauufer. Dieses Stalin-Denkmal sollte einige Jahre später in Etappen gesprengt werden. Da so viele in Stein gemeißelte Arbeiter und Bauern hinter dem »Unsterblichen« die Fäuste reckten, nannten wir das Denkmal spöttisch *Kamenná fronta na maso*, was so viel heißt wie »Steinernes Anstehen beim Schlachter« – eine Anspielung auf die Mangelware Fleisch.

In meinem nun folgenden Schulpraktikum verbrachten die Kinder und ich ganze Wochen damit, alle politisch nicht mehr aktuellen Sätze in den Lehrbüchern zu schwärzen. Das machte den i-Männchen großen Spaß, und viele lernten auf diese Weise lesen. Denn was gibt es Spannenderes, als etwas in Erfahrung zu bringen, das eigentlich verboten ist?

Nach seiner Rückkehr aus der Südostslowakei bezogen mein frisch Angetrauter und ich ein düsteres Dachgeschosszimmer ohne fließend Wasser im Stadtteil Košíře. Es maß knapp fünfundzwanzig Quadratmeter und hatte auch noch schräge Wände. Unter der einen Schräge hatte mir Pavel zwei Kochplatten installiert, unter der anderen stand unser schmales Bett. An der einen Längsseite stapelten sich unsere wenigen Anziehsachen in einem selbst gezimmerten Regal, an der anderen standen unsere Waschutensilien. Das Wasser mussten wir bei unserer Vermieterin holen, und wenn die nicht da war oder schlechte Laune hatte, stieg ich in den Keller, wo sich die Waschküche befand. Das Abwasser wurde im Eimer im gemeinsamen Klo entsorgt. Wir hausten mehr als dass wir wohnten.

Pavel, frisch vom Militärdienst entlassen, sah zwar strahlend schön aus und beglückte mich mit seinem athletischen, durchtrainierten Körper, aber verdienen tat er keine einzige Krone. Wie befürchtet war inzwischen auch sein dritter Versuch, als Medizinstudent zugelassen zu werden, gescheitert. Diesmal hieß es in der Ablehnung, er habe zwar die Aufnahmeprüfung bestanden, aber es gebe nicht genügend Studienplätze.

»Liebling, wir müssen fürs Erste von deinem Lehrerinnengehalt leben!« Er strahlte mich verliebt an. »Ich bin ja so stolz auf meine kluge schöne Frau!«

»Aber was willst du jetzt tun?«

»Abgesehen davon, dass ich dich auf Händen trage?« Sofort demonstrierte er es mir, indem er mich zur Matratze trug. »Na ja, ich werde mich um einen Job bemühen.«

Zuerst bemühte sich Pavel aber um etwas Naheliegendes, im wahrsten Sinne des Wortes. Und ich genoss seine Liebe und Zärtlichkeit. Wir hatten uns so nacheinander gesehnt!

Bald darauf lag Pavel, der schönste Mann Prags, neben mir auf der Matratze und spielte versonnen mit meinen Haaren. Ich hatte kurz vorher noch vierzig Klassenarbeiten korrigiert, die winzige Küche aufgeräumt und das Geschirr vom Abendessen verstaut. Der Eimer mit Abwasser stand schon an der Tür.

»Weißt du, Ella, es gibt schöne Frauen, kluge Frauen, fleißige Frauen, häusliche Frauen und willige Frauen.«

Das sollte vermutlich ein Kompliment werden.

»Ein Mann kann schon froh sein, wenn seine Frau eine oder zwei dieser Eigenschaften hat.«

Er drehte sich auf die Seite und strahlte mich an: »Aber meine Frau besitzt alle fünf Eigenschaften auf einmal. Ich bin der glücklichste Mann der Welt!« Ich genoss seine Worte und hätte am liebsten geschnurrt. Da hatte ich es geschafft, mit einundzwanzig Jahren meinen Traummann, meinen Traumjob und auch noch eine kleine Wohnung mein Eigen zu nennen! Andere junge Leute wohnten noch lange bei ihren Eltern. Wir waren zu zweit! Wir waren verliebt! Wir waren jung! Wir hatten vollstes Vertrauen zueinander und dachten positiv. Der Rest zählte nicht.

»Also, Pavel. An welchen Job hast du denn da gedacht?« Die Vernunft siegte bei mir bereits wieder. »Wird dein Vater dich finanziell unterstützen?«

»Nein.« Pavel sprang jäh von der Matratze auf, wobei er sich den Kopf an der Dachschräge stieß und erst mal laut fluchte. »Verdammt! Ich werde mich nie an diesen Hühnerstall gewöhnen!«

»Wieso unterstützt dein Vater dich nicht?« Ich krabbelte nun auch von der Matte und suchte meine Klamotten zusammen, die im Eifer des Gefechts irgendwo am Boden gelandet waren.

»Ich war neulich da und habe mit ihm und Saskia zu Mittag gegessen.« Pavel schlüpfte in seine Hose. »Nach dem Essen meinte Saskia, sie wären keine Almosenküche, ich müsste das Essen bezahlen.«

Verständnislos schüttelte ich den Kopf. »Aber du bist ihr Sohn!«

»Stiefsohn. Und mein Vater, der feige Opportunist, hat für sie Partei ergriffen. Für die feine Dame, die jeden Tag acht Stunden Karten spielt und dabei türkischen Mokka trinkt, ist Geld da, aber nicht für mich.«

»Na ja, die Zeiten sind hart, und die denken bestimmt, wir können uns selbst ernähren …«

Endlich hatte ich mein Kleid wieder zugeknöpft.

»Ich werde nie wieder mit meinem Vater reden!«

»Aber Pavel …«

Und das tat er die nächsten zehn Jahre tatsächlich nicht mehr. Wenn man Pavel gekränkt hatte, war es vorbei. Das wusste ich zu diesem Zeitpunkt nur noch nicht.

»Das schaffen wir auch ohne die!« Pavel sprang auf und umarmte mich stürmisch.

»Ella, ich habe einen Traum.«

Dabei sah er mich so entwaffnend an, dass ich ihm auf der Stelle jeden Traum erfüllen wollte. Ich sog jedes Wort von seinen Lippen, genau wie Mutter das bei Alex getan hatte.

»Und der wäre?«

»Ein Auto.«

Nun fühlte ich mich erst recht in Tante Franziskas Garten zurückversetzt.

»Pavel, sehr witzig! Du bist nicht acht. Du weißt doch, dass wir ständig am Rande der Armutsgrenze leben. Du musst jetzt wirklich jeden Job nehmen, den du kriegen kannst!«

Das tat Pavel auch. Bald arbeitete er in einem körperlich sehr anstrengenden Job im Straßenbau. Trotzdem hörte er nicht auf, von einem eigenen Auto zu träumen.

»Ella, es muss ein Skoda sein. Du glaubst gar nicht, wie sehr ich mich nach so einem Stück Freiheit sehne!« Er kramte ein Schwarz-Weiß-Foto von seinem Traumauto hervor. »Der hier wäre gebraucht zu haben. Schau nur, sieht er nicht fantastisch aus?«

Ich betrachtete das rundliche Auto mit der breiten Schnauze, das aussah, als würde es zähnefletschend grinsen.

»Pavel, natürlich verstehe ich dich, aber … Wir können uns kaum die Miete für diese Bruchbude hier leisten, und ansonsten geht mein Lehrerinnengehalt für Essen und Kleidung drauf.«

»Ella, Schatz!« Er nahm meine Hände. »Wir werden sparsam sein. Wir drehen jede Krone dreimal um. Wir ernähren uns von Brot und Margarine. Du kannst wunderbar nähen und stopfen, wir brauchen keine neuen Kleider! Ich schwöre dir, ich werde dich auf Händen tragen, wenn du mich nur auf mein Traumauto sparen lässt.«

Wie er da vor mir stand, mit glühenden Augen und dieser Begeisterung, wurde ich schwach. Er hatte doch nur noch mich.

»In Ordnung«, hörte ich mich sagen. »Wir sparen ab sofort auf den Skoda.«

Die Heftigkeit, mit der Pavel mich daraufhin abküsste, entschädigte mich für alle einsamen Tage und Nächte meines bisherigen Lebens. Ich hatte diesen geliebten Menschen glücklich gemacht!

Von nun an legten wir seinen Lohn von der Schufterei im Straßenbau zur Seite und lebten ausschließlich von meinem Lehrerinnengehalt. Von allem leisteten wir uns nur das Allernötigste. Kein Urlaub, kein Restaurant-, Theater- oder Konzertbesuch, das war für mich junge Frau schon ein großer Verzicht.

Nur samstags gönnten wir uns ab und zu einen Kinobesuch. Ansonsten trafen wir uns mit Freunden im Park und liehen uns gegenseitig Bücher aus. Die lasen wir in unserer spärlichen Freizeit im Schein der Stehlampe, unter der wir Rücken an Rücken auf dem Fußboden saßen. Und im Winter leisteten wir uns den Besuch zweier beliebter Bälle im Repräsentationshaus, dem prächtigsten Jugendstilgebäude von Prag. Dort fand traditionsgemäß der Ball der Mediziner und Juristen statt. Wir tanzten leidenschaftlich gern und gut, auch wenn Pavel tapfer schlucken musste, eigentlich nicht dazuzugehören. Viele seiner Freunde hatten studieren dürfen und durften sich jetzt mit Doktortiteln schmücken. Ihre Frauen trugen teure Kleider. Ich hatte immer etwas Selbstgenähtes an, fühlte mich aber trotzdem schön. Trotz aller Einschränkungen war ich glücklich. Ich liebte meinen Pavel. Und er mich. Was wollten wir mehr?

21

Prag, Ende August 1953

Mama wohnte schon zwei Jahre bei Tante Franziska und Onkel Gustav und machte ihnen den Haushalt. Sie hatte wieder eine Heimat und Daseinsberechtigung.

Das Einzige, was ich der innerlich tief verwundeten Frau, die inzwischen zweiundvierzig war, noch schenken konnte, war ihr Kind, und darum hatte ich gekämpft wie eine Löwin – am Ende mit Erfolg.

Es war nicht einfach, den Jungen für seine eigene Mutter und mich zu erwärmen. Wir hatten Alex nicht nur zur Hochzeit, sondern auch in den Sommerferien in Haida gehabt, aber schnell war das anfangs fröhliche Treffen wieder so geendet, dass er hochnäsige Bemerkungen über die Einfachheit des Landlebens, über das unzureichende Tschechisch von Mutter und Tante Franziska oder über nicht vorhandene Spielsachen gemacht hatte. Mutter war stumm in Tränen ausgebrochen und hatte sich verletzt zurückgezogen. Andererseits konnte der Junge auch nicht aus seiner Haut: Tante Irma hatte ihm eingetrichtert, dass in Prag alles besser, Deutsch eine blöde Sprache und Mutter ein schlechter Mensch war. Deshalb hatte ich mir den Burschen am Ende der Sommerferien geschnappt und kurzerhand mit zu mir in die winzige Dachbodenwohnung genommen. Schließlich hatte ich eine vierjährige Pädagogikausbildung genossen und wusste mit schwierigen Kindern umzugehen. Es war ein glühend heißer Augusttag, Pavel schuftete wie immer seine zehn Stunden beim Straßenbau. Ich wollte die Gunst der Stunde nutzen, und Alex mal einiges über Mama erzählen.

»So, Bruderherz. Jetzt reden wir zwei Tacheles.«

Ich stellte ihm ein Glas Wasser hin, das er ignorierte. Bockig und mit verschränkten Armen hockte der Bengel bei mir auf der Matratze. Ich sah ihm fest in die Augen: »Auch wenn du es nicht hören willst: Du bist nicht Tante Irmas Sohn, du bist Mamas Sohn.«

»Mir doch egal.«

»Das kann dir nicht egal sein, Bruderherz.« Ich hockte im Schneidersitz vor ihm auf dem Fußboden und holte tief Luft. »Mama musste dich damals bei Tante Irma lassen, weil sie keinen Wohnungsberechtigungsschein und kein Geld hatte. Sie durfte nicht arbeiten und hatte damals keine andere Möglichkeit. Du kannst dir gar nicht vorstellen, wie weh ihr das getan hat!«

»Na und?«

»Aber Alex! Du bist schon neun, du kannst das schon verstehen! Ich unterrichte Kinder in deinem Alter, und ich weiß, was man ihnen zumuten kann.«

»Mir doch egal!«

Bei jedem »Mir doch egal« verschränkte er die Arme noch fester über seiner Knabenbrust.

»Hör zu, Alex.« Ich schüttelte ihn sanft am Oberarm. »Deine Mama hat dich vom ersten Augenblick an geliebt, beschützt und verteidigt. Nur durch den schrecklichen Tod von Papa war sie gezwungen, Tante Irmas Hilfe anzunehmen – und wehe, du sagst jetzt noch mal mir doch egal!«

Alex starrte mich mit zusammengezogenen Brauen böse an.

»Sie ist schuld an Papas Tod!«

Ich schüttelte ihn. »Bist du verrückt? Wer sagt das?«

»Tante Irma. Und Oma. Und Onkel Dogan. Als Deutsche hätte sie ihn nicht heiraten dürfen.« Er warf die Hände in die Luft: »Warum hat sie keinen Deutschen geheiratet? Der hätte doch viel besser zu ihr gepasst!«

Mir blieb die Spucke weg!

»Aber das ist völliger Quatsch! Papa hat lange mit seinen Eltern und seiner Schwester in einem Nachbardorf von Hillemühl, also auf deutschsprachigem Gebiet, gelebt, bevor die Familie nach Prag zurückging! Wenn die Großeltern und Tante Irma die Deutschen so hassen, warum sind sie dann damals freiwillig ins Grenzgebiet gezogen, wo fast nur Deutsche leben?«

»Weiß ich doch nicht!«

»Und außerdem: Wenn sie ihn nicht geheiratet hätte, wären wir beide gar nicht auf der Welt, Alex!«

»Mir doch egal.«

Aufgebracht sprang ich auf. »Jetzt hör mal zu, du verwöhntes Bürschchen!« Ich ließ mich neben ihn auf die Matratze fallen und nahm seine Hand. »Was die mit dir in der Štěpánská-Straße gemacht haben, das nennt man Gehirnwäsche!«

»Von wegen Wäsche!« Er rümpfte die Nase. »Pavel und du habt ja noch nicht mal ein Badezimmer.« Er hielt sich die Nase zu. »Genau wie die Verwandtschaft da draußen in Haida! Wenn ich nur an das stinkende Plumpsklo von denen denke!« Ja, das passte zu dem Bild von uns »dreckigen Deutschen«, das sie ihm eingetrichtert hatten.

»Das ist alles nicht wichtig, weil du von uns geliebt wirst, Alex! Du bist einer von uns!«

»Bin ich nicht! Ich bin Tscheche.«

»Du gehörst zu Mama! Die Zeiten haben sich geändert, und Mama hat vor dem Richter Recht bekommen!«, triumphierte ich.

Alex' Augen füllten sich mit Tränen, bockig wischte er sie mit dem Hemdzipfel weg. Er trug immer weiße Hemden und machte sich nie schmutzig. Sein Tschechisch war perfekt, aber altbacken, und in seinem Zimmer saß er oft stundenlang allein über seiner Briefmarkensammlung und seinen Zinnsoldaten.

Plötzlich tat er mir wieder leid: Er war ein einsamer kleiner Kämpfer zwischen den Fronten. Er sollte doch toben, mit anderen Kindern raufen, im Dreck spielen, auf Bäume klettern und verdammt noch mal fluchen dürfen so wie die meisten Kinder, die in meiner Klasse waren!

Theoretisch hätte ich Alex' Lehrerin sein können, aber die feinen Herrschaften wohnten natürlich in einem anderen Stadtteil. Ich erhob mich und drückte das Kreuz durch.

»Alex. Ich mache uns jetzt einen Pfannkuchen. Den magst du doch? Und mit vollem Bauch redet es sich viel besser.«

»Es gibt nichts zu reden.«

»Hier hast du ein Buch. *Der Struwwelpeter.*« Lächelnd reichte ich es ihm. »Das hat mir schon unsere Großmutter in Hillemühl vorgelesen. Kennst du das?«

»Nein. Interessiert mich auch nicht.«

»Schau trotzdem mal rein, Alex. Es wird dir gefallen. Ich geh nur schnell in den Keller und hole Wasser.« Ich griff zu den Kannen und ließ Alex kurz allein.

Der arme Kerl sollte sich erst mal sammeln. Es wurde höchste Zeit, dass er dem schädlichen Einfluss von Tante Irma entzogen wurde. Doch vorher musste ich ihm so schonend wie möglich beibringen, dass er in Kürze in Haida zur Schule gehen würde. Einer plötzlichen Eingebung folgend beschloss ich, heute Abend mit ihm etwas ganz Schönes zu unternehmen. Wir konnten ins Kino gehen! Als ich kurz darauf mit den gefüllten Wasserkannen nach oben gekeucht kam, war nur noch eine kleine Mulde in der Matratze. Und darin lag *Der Struwwelpeter*. Alex war weg.

»Verdammt!« Ich wirbelte herum und schlug mir die Hände vor den Mund. Seine Schuhe standen noch vor der Wohnungstür. »Er wird doch nicht aus dem Fenster gesprungen sein?« In panischer Vorahnung spähte ich hinunter. Meine Augen huschten in jeden Winkel des verwahrlosten Hinterhofs. Was war das da unten? Ein Kinderkörper? Oder nur ein Lumpen unter einem Busch?

»Oh Gott, wenn er sich was angetan hat …«

Zitternd vor Angst raste ich das Treppenhaus wieder runter.

»Alex! Alex!« Ich flitzte über den Hof, Entwarnung, dann auf die Straße.

»Entschuldigung, haben Sie einen kleinen Jungen gesehen?«

»Nein, Fräulein, passen Sie doch besser auf!«

»Hallo? Sie vielleicht? Einen kleinen Jungen, etwa so groß … Er hat nur Socken an!«

»Nein. Gehen Sie doch zur Polizei und fragen Sie da!«

Ich lief bis zum einsamen kleinen Platz mit dem Brunnen,

zum Spielplatz am Ende des Parks … keine Spur von Alex. Er konnte doch gar nicht weit gekommen sein? Ich war doch nur fünf Minuten weg gewesen!

Da vorne war die Tramhaltestelle. Niemand stand da. Das bedeutete, dass gerade eine Bahn gefahren war! Aber er würde doch nicht auf Socken und ohne Geld …?

Verdammt! Ich musste erst Geld holen, um telefonieren zu können. Weitere kostbare Minuten verstrichen. Wieder keuchte ich das Treppenhaus hinauf und wieder hinunter. In Panik eilte ich zur nächsten Telefonzelle. Hastig suchte ich nach Kleingeld und wählte dann mit zitternden Fingern Tante Irmas Nummer.

An ihrer süßlich verstellten Stimme merkte ich sofort, was Sache war.

»Tante Irma, ist Alex bei dir?!«

»Wieso fragst du, Frau ausgebildete Lehrerin?« Jedes Wort zog sie künstlich in die Länge.

»Weil er aus meiner Wohnung weggelaufen ist!«

»Tja, warum wohl.«

»Tante Irma! Ist er bei dir?«

»Er ist soeben angekommen. Verstört und verzweifelt. Ohne Jacke und ohne Schuhe, halb verhungert. Den seht ihr so schnell nicht wieder.«

Ich knallte den Hörer auf die Gabel.

UND OB!

Mein nächster Weg führte mich augenblicklich in die Štěpánská-Straße. Voller Zorn ließ ich den eisernen Klopfer in Form eines Löwenkopfes gegen die Wohnungstür donnern.

»Tante Irma, ich würde dir raten, die Tür zu öffnen, sonst hole ich die Polizei!«

Mit einem grauen Auge spähte sie durch den Spalt, den sie vorher mit einer Kette gesichert hatte.

»Wir haben nichts zu besprechen.«

»Oh doch!«, rief ich erzürnt. »Mutter wurde laut richterlichem Beschluss das Sorgerecht für ihren Sohn zugesprochen – und ob dir das passt oder nicht, ich hole ihn jetzt wieder ab.«

»Er will aber nicht!«

»Das ist in diesem Falle nicht von Belang. Er gehört zu seiner Mutter.«

Als ich den richterlichen Bescheid aus der Handtasche kramte und ihn ihr unter die Nase hielt, konnte sie nicht anders, als mir die Türe zu öffnen.

Ein kleinlauter Alex hockte bockig in seinem Zimmer und schob Zinnsoldaten hin und her.

»Alex.« Ich kniete mich vor ihn und legte ihm zwei Finger unters Kinn. »Es geht jetzt nicht mehr darum, ob dir das gefällt oder nicht: Ein Richter hat es so ENTSCHIEDEN.«

In Anwesenheit von Tante Irma traute er sich nicht, sein obligatorisches »Mir doch egal« auszustoßen. Tränenüberströmt packte er seine Sachen und ging anstandslos mit. Ich konnte seinen Schmerz durchaus verstehen.

»Das wird Konsequenzen haben!«, schrie Tante Irma zornentbrannt hinter uns her.

Pünktlich zum ersten September lieferte ich Mutters Sohn bei ihr ab, und von nun an ging er in Haida zur Schule, ob es ihm passte oder nicht.

Kurz darauf kam Tante Irma wegen ihrer Schiebereien ins Gefängnis. Ihr Schwarzgeld wurde natürlich konfisziert. Das Bleikristallgeschäft, das sie unrechtmäßig mit Amerikanern und Schweizern betrieb, wurde verstaatlicht.

Großmutter kam in ein sozialistisches Altersheim, Großvater war schon gestorben. Und Onkel Dogan suchte das Weite.

22

Prag, Sommer 1958

»Ella! Schau aus dem Fenster!«

Pavel war in unser winziges Dachzimmer hinaufgestürmt, in dem wir nun schon seit fünf Jahren zusammenlebten. Eigentlich lebten wir gar nicht richtig zusammen, denn Pavel arbeitete bis zu zehn Stunden täglich auf dem Bau. Nebenher ließ er sich zum Fahrlehrer ausbilden. Ich dagegen unterrichtete von Montag bis Samstag meine Viertklässler, um anschließend noch Nachhilfe zu geben, an den obligatorischen kommunistischen Partei-Versammlungen und Kundgebungen teilzunehmen, in Heimarbeit zu stricken und an den Sonntagen meine Mutter und Alex in Haida zu besuchen. Dafür nahm ich den Zug und musste zweimal umsteigen. Also, wann sah ich Pavel eigentlich noch? Jedenfalls lange genug, um …

»Ella! Da steht er!«, riss er mich aus meinen Gedanken. Mein Mann wirbelte mich herum und stellte mich vor dem Dachfenster ab. Man musste sich auf die Zehenspitzen stellen, es mühsam hochstemmen und mit einer rostigen Eisenstange sichern, damit es nicht wieder zufiel.

»Da steht wer?«

»Der Skoda! Ich hab ihn! Ella, wir haben es geschafft!«

»Oh Pavel, das ist ja großartig!« Ich fiel meinem Mann um den Hals. »Pavel, ich gratuliere dir!«

In Wahrheit stieg ein ganz merkwürdiges Gefühl in mir auf. Ein so unfassbar teures Auto. Ausgerechnet jetzt, zu diesem denkbar ungünstigsten Zeitpunkt! Ich schluckte und betrachtete verlegen meine Schuhspitzen.

»Ja, freust du dich denn gar nicht? Das ist jetzt aber nicht fair!«

Das war wirklich nicht fair. Aber er konnte ja nicht ahnen, dass …

»Pavel?«

»Was ist? Sag bloß, er gefällt dir nicht. Ich dachte, das Auto ist unser gemeinsamer Traum, unser Schlüssel zur Freiheit. Fünf Jahre lang haben wir uns den Arsch abgespart …«

Ich legte ihm den Zeigefinger auf die Lippen. »Pavel! Darf ich jetzt auch mal was sagen?«

»Nein, dich lass ich nicht fahren.« Eine Härte stahl sich in seine Augen. »Das Auto ist mir heilig, alles kannst du von mir verlangen, aber das Lenkrad kriegst du nie in die Hand.«

»Pavel?!« Ich blitzte ihn an. »Ich freue mich, dass sich dein größter Wunsch erfüllt hat. Aber es gibt Wichtigeres als ein Auto.«

»Wie kannst du so was sagen?« Argwöhnisch starrte er mich an. »Du weißt, dass mir nichts wichtiger ist auf der Welt … außer dir natürlich«, fügte er hastig hinzu.

Ich schaute ihn vielsagend an.

»Du bist …? Du bist doch nicht …?« In seinen Augen stand die nackte Angst.

»Doch, Pavel, ich bin schwanger.«

Einen Moment lang herrschte Stille, und ich sah, wie Pavels Gehirnzellen fieberhaft arbeiteten. Doch dann hatte er sich wieder unter Kontrolle, riss mich an sich, schwenkte mich herum und jubelte: »Hurra, wir werden Eltern!«

Er stürmte zur Dachluke und brüllte hinaus: »Ich werde Vater! Habt ihr das gehört? Ich werde VATER!«

Dann nahm er mich bei der Hand und stürmte mit mir die Treppen hinunter. In konnte kaum mithalten in meinen weißen Sommerschläppchen und der gepunkteten Dreiviertelhose.

Glückstrahlend verfrachtete er mich in sein funkelnagelneues

Auto – nein, es war ja gebraucht, aber teurer als ein Neues, nicht umsonst war ein Kraftfahrzeug die begehrteste Mangelware! Neuwagen waren einzig und allein Prominenten vorbehalten.

»Vorsicht!«

Ich wusste nicht, ob das mir galt, seiner schwangeren Frau, oder dem auf Hochglanz polierten Kunstledersitz.

»Schau, hier ist die Kupplung, und das ist die Gangschaltung. Wenn man den Zündschlüssel dreht, muss man sie ganz vorsichtig kommen lassen und dann Schulterblick, Blinker und jetzt Gas!«

Der Fahrlehrer war ihm eindeutig anzumerken. Unsere erste Probefahrt ging durch die sommerliche Vorstadt. Pavel hatte sein Fenster runtergedreht, ließ seinen Lockenschopf im Wind flattern und rief jedem zu, der es hören wollte oder nicht: »Ich werde Vater!«

Lachend hielt auch ich den Kopf zum Fenster hinaus. Warmer Wind streichelte mein Gesicht. Pavel bretterte die schmale Straße zur Burg hinauf und ließ den Motor so richtig aufheulen. Mein geliebtes Prag lag uns mit all seinen Kuppeln, Türmen, Brücken, Denkmälern und kackenden Tauben zu Füßen. Das Leben war schön.

23

Prag, 1959

»Pavel, kann es sein, dass es weit über vierzehn Jahre nach Kriegsende wirklich nur ein einziges Modell in der ganzen Tschechoslowakei zu kaufen gibt?«

Mit dem Kinderwagen streiften wir durchs verstaatlichte Möbelkaufhaus, in dem lauter identische, lieblos zusammengezimmerte Schränke, Tische, Stühle und Betten standen.

»Ist die gnädige Frau etwa nicht zufrieden?« Pavel stieß mich spielerisch in die Seite. »Es gibt sie doch in Eiche hell und Eiche dunkel!«

»Na toll.« Wir entschieden uns für Eiche hell.

Pavel war nun siebenundzwanzig Jahre alt und der schönste und charmanteste Fahrlehrer, den Prag je gesehen hatte. Die Fahrschüler, besonders die Fahrschülerinnen, standen bei ihm Schlange. Von seinem ersten Geld, das er NICHT in den Skoda gesteckt hatte, der natürlich ständig aufgebockt, gewartet, geputzt und was weiß ich noch werden musste, leisteten wir uns nun einen Schrank und ein Babybett.

Pavel hielt mit Kennerblick ein Maßband ans Gitterbettchen: »Das passt auf den Zentimeter zwischen Schrank und Dachschräge! Allerdings kann ich da nur auf allen vieren hinkrabbeln! Überhaupt kenne ich mich mit dem ganzen Wickelgedöns nicht aus, das musst du schon machen!«

»Natürlich! Ich bin doch ihre Mama!«

Unsere kleine Alina war ein bezauberndes und zum Glück gesundes Mädchen. Ein bisschen erinnerte sie mich an Alex, als der noch ein Baby war. Mit ihren dunklen Augen und schwarzen Härchen lag sie zufrieden in ihrem Körbchen und umklammerte mit ihren winzigen Händchen den Finger ihres schockverliebten Papas. Weil sie besagtem Körbchen entwachsen war, wuchtete Pavel jetzt besagtes Kinderbettchen unters Dach. Für eine Kommode war kein Platz, sodass ich die Kleine in gebückter Haltung auf dem Küchentisch wickelte. Darauf befanden sich nun neben den zwei Kochplatten auch noch Windeln, Babywäsche und Milchfläschchen. Es war ein bisschen so wie in Zahořany. Mit

Kind wurde es noch beengter, und ich verstand Pavel, dass er morgens froh war, die Schuhschachtel, in der wir hausten, verlassen zu können. Sein Auto gab ihm das Gefühl von Freiheit, und der Umgang mit seinen jungen Fahrschülern, die ihn anhimmelten, das Gefühl von Macht und Männlichkeit.

Nach sechs Wochen Mutterschutz musste ich wieder in den Schuldienst zurück. Ich hatte inzwischen eine neue fünfte Klasse übernommen, die aus zweiundvierzig Schülern bestand.

Wie in der Tschechoslowakei üblich, musste ich mein Töchterchen morgens spätestens um halb sieben gefüttert und komplett entkleidet durch eine Luke der Krippentante reichen – was bei winterlichen Temperaturen nicht nur bei den Kindern zu Schreikrämpfen führte!

Dann standen wir gestressten Mamas noch im Dunkeln in einem Vorraum der Kinderkrippe, rissen unseren schreienden Würmern die Sachen vom Leib und gaben die zappelnden Nackedeis ab. Alles war minutiös getaktet. Drinnen bekamen alle Babys einheitliche Krippenkleidung angezogen und wurden wie Pakete erst mal in eine Art Käfig gelegt, wo sie sich gegenseitig frustriert anschrien. Das war ein grauenvoller Anblick für mich, und mein Mutterherz zog sich schmerzhaft zusammen! Anschließend eilten wir jungen Mütter, wie staatlich verordnet, sofort zu unseren Arbeitsplätzen.

Pavel war mir da keine Hilfe. Oft kam er erst nach Hause, wenn ich schon schlief, und morgens eilte er nach einem hastigen Frühstück im Stehen wieder weg.

Wie ich das als junge, »alleinerziehende« Mutter und Lehrerin einer Klasse mit zum Teil schwer erziehbaren Kindern jahrelang geschafft habe, ist mir heute noch ein Rätsel.

Nach dem Unterricht galt es, sozialistische Aktivitäten mit den Schülern zu unternehmen und auf regelmäßigen Schulversammlungen mit Kollegen und teilweise auch Elternverbänden stets selbstkritisch eigenes Fehlverhalten zu reflektieren. Alles, was nicht hundertprozentig im Sinne des Sozialismus abgelaufen war, wurde entweder von anderen moniert, oder man machte es prophylaktisch lieber selbst. War das Aufsatzthema auch sozialistisch genug gestellt worden?

Wenn ich nachmittags um fünf im Schweinsgalopp von der Straßenbahnhaltestelle zur Babykrippe eilte – oft sprang ich schon vom Trittbrett, als sie noch fuhr –, wurde mir mein Kind oft recht ungehalten durch die Luke gereicht: Ich war wieder mal die Letzte. Egal ob Alina schrie oder schlief, ich musste sie in dem schäbigen Vorraum wieder anziehen. Dann galt es, mit dem Kinderwagen vor den verschiedenen Geschäften Schlange zu stehen, um noch etwas Essbares zu ergattern. Frische Vitamine in Form von Obst oder Gemüse gab es höchst selten oder gar nicht.

Völlig erschöpft schleppte ich dann mein Kind mitsamt den Einkäufen nach oben in die Dachwohnung, wo ich ein ungemachtes Bett und Pavels Klamotten auf dem Boden vorfand. Hatte ich mein Baby endlich gefüttert, gewaschen und frisch gewickelt in sein Gitterbettchen gelegt, fing ich an, die Windeln auszukochen und oben im Dachboden aufzuhängen. Danach hatte ich endlich Zeit, Klassenarbeiten zu korrigieren und den Unterricht für den nächsten Tag vorzubereiten. Wenn Pavel oft erst nach Mitternacht zu mir auf die Matratze kam, schlief ich oft wie ein Stein. Aber meist wachte Alina davon auf und fing an zu weinen, was zur Folge hatte, dass Pavel sich fluchend den Kopf an der Dachschräge stieß: »Ich gehe lieber noch auf ein Bier.«

Meine Kräfte schwanden dahin wie Sand in einer Sanduhr.

»Na, Frau Gregorová? War wieder 'ne heftige Nacht heute, was? Passen Sie auf, fallen Sie nicht, ich habe gerade frisch gebohnert!«

Unsere Nachbarin von unten, Frau Slavová, eine Frau um die sechzig mit strenger Dutt-Frisur und grau karierter Küchenschürze über Kleid und Strickjacke, wienerte gerade auf Knien das Treppenhaus. Es war sechs Uhr morgens, als ich mit Kind und Schultasche über die glatten Stufen nach unten balancierte.

»Die arme Kleine, kriegt Zähne, was?«

Sie schob ihren schmutzigen Wassereimer zur Seite, stemmte sich hoch und musterte uns voll Mitleid.

»Sie sehen ja aus wie ausgespuckt, meine Liebe! Bekommen Sie überhaupt noch Schlaf?«

»Es tut mir leid, Frau Slavová, bestimmt haben Sie Alina schreien gehört.« Mir schossen die Tränen in die Augen. Ich war einfach fix und fertig.

»Kommen Sie mal rein zu mir.« Sie schloss ihre Wohnungstür auf und schob mich mit Sack und Pack in ihre gute Stube. Es roch nach frischem Kaffee. Bei ihr war es nicht viel größer als bei uns, aber ohne Dachschrägen. Ein Schlafsofa stand an der Wand, das sie bereits ordentlich gemacht hatte. Ich sank auf die braunweiß gemusterte Wolldecke.

»Jetzt trinken Sie erst mal einen Schluck.« Mütterlich nahm sie mir das Baby ab und reichte mir eine bauchige Tasse Milchkaffee. »Ich habe ordentlich Honig reingerührt, Sie fallen mir ja jeden Moment vom Stängel!«

»Danke, Frau Slavová, aber ich habe keine Zeit. Ich muss spätestens um halb sieben bei der Kinderkrippe sein.«

Bei dem Stichwort begann Alina wieder jämmerlich zu weinen. Mein Trommelfell flatterte. Der ganze Lärm in der Schule, das Geschrei von Alina, gepaart mit ständigem Schlafmangel und Stress hatten mich mürbe gemacht. Mir schossen die Tränen in die Augen.

»Ich mache Ihnen einen Vorschlag, Frau Gregorová. Sie lassen die Kleine bei mir.« Frau Slavová steckte Alina ihren Schnuller in den Mund und wiegte sie an ihrem ausladenden Busen. Augenblicklich war Alina still. Mit ihrem Schürzenzipfel wischte ihr die gute Frau die Rotznase ab.

Ich musste einfach weinen. »Wie, nur heute oder … ?«

»Na, solange bis sie in die Schule kommt!« Frau Slavová strahlte mich an. »Mein Mann ist tot, mein Junge besucht mich gar nicht mehr, und ich kann ein bisschen Gesellschaft gebrauchen! Und wenn Ihr Töchterchen tagsüber genug Liebe bekommt, schläft es vielleicht nachts durch – dann haben wir alle was davon?!«

Ich konnte mein Glück kaum fassen! »Aber nur gegen Bezahlung!«

»Meinetwegen«, brummte sie. »Meine Witwenrente reicht weder zum Leben noch zum Sterben!« Ich fiel ihr spontan um den Hals und hätte dabei fast Kaffee auf ihre selbst gehäkelte Spitzentischdecke verschüttet.

»Nun laufen Sie schon! Ihre Schüler warten!«

Ich drückte meinem süßen Baby noch einen Kuss auf die Stirn und hetzte los.

»Lieb sein, Alina!«

»Das Kissen und die Windeln können Sie hierlassen!« Frau Slavová lachte ihr breites, herzliches Lachen. »Wir Frauen müssen zusammenhalten«, brummte sie, während sie die Wohnungstür hinter mir etwas lauter als nötig ins Schloss fallen ließ. Sie hatte wohl mitbekommen, dass Pavel erst im Morgengrauen wieder nach Hause gekommen war.

24

Prag, Sommer 1961

»Na, meine Damen? Was sagt ihr? Der Papi hat heute frei!«

Pavel stand an diesem heißen Augustsonntag bestens gelaunt im Hof und polierte seinen Skoda. Er sah fantastisch aus in seinen kurzen Hosen, die seine braun gebrannten, muskulösen Beine freigaben, und in seinem weißen kurzärmligen Hemd, unter dem die Muskeln spielten.

»Wohin soll der Ausflug gehen?«

»Wirklich?« Überrascht hielt ich inne. Gerade wollte ich mit der zweijährigen Alina rüber in den Park gehen, wo sie hoffentlich spielen würde, während ich Klassenarbeiten korrigierte.

»Heute wird nicht gearbeitet!« Pavel nahm mir meine Tasche ab und warf sie in den Kofferraum. »Heute gehen wir baden! Was haltet ihr vom Slapystausee, wo das Badewasser noch einigermaßen sauber ist?« Mein Mann rieb sich vergnügt die Hände, und auf meinen fragenden Blick hin beeilte er sich hinzuzufügen: »Ich kenne die Stelle von meinen Fahrstunden! Da üben wir immer rückwärts einparken.«

»Soso. Rückwärts einparken«, hörte ich Frau Slavová von oben am geöffneten Fenster murmeln.

Ich gab nichts darauf.

»Sollen wir die Nachbarin mitnehmen?«, flüsterte ich Pavel zu. »Die kommt sonst nie raus.«

»Verschon mich!« Er packte Alina und setzte sie auf den Rücksitz. »Aber nichts schmutzig machen!«

Alina klatschte voller Vorfreude in die Händchen.

»Baden! Plantschen, Alina! Warte, ich hole dir schnell ein paar Sachen zum Wechseln!«

Voller Vorfreude sprang ich die Treppen wieder rauf in die Wohnung und fand nach einigem Wühlen auch meinen gepunkteten Badeanzug. Wie hatte Pavel bei unserem Kennenlernen gesagt? Er könne sich lebhaft vorstellen, wie ich im Badeanzug aussehe?! Das konnte er haben! Rasch steckte ich noch ein paar Handtücher ein und schmierte auf die Schnelle ein paar Brote. Jetzt noch die Wolldecke vom Bett gerissen, und dann war alles bereit für ein Picknick. Komisch, was machte denn das lange blonde Haar darauf? Mit spitzen Fingern entsorgte ich es durchs offene Fenster. Es wollte so gar nicht wegfliegen, sondern verfing sich in der Dachrinne.

»Frau Slavová! Wir fahren zur Moldau-Talsperre zum Baden!«

»Na dann mal viel Spaß!« Kopfschüttelnd schaute sie hinter mir her, die ich mit fliegenden Füßen erneut die Treppen hinunterraste.

»So, fertig, wir können!« Glückselig saß ich kurz darauf auf dem Beifahrersitz des auf Hochglanz gebrachten Autos. Auch von innen: alles tadellos. Es roch nach Reinigungsmittel. Singend fuhren wir durch die herrliche Sommerlandschaft.

An der Talsperre breitete ich erst mal die Picknickdecke aus, setzte Alina ihr Sonnenmützchen auf und schlüpfte in meinen gepunkteten Badeanzug. Pavel hielt mir schützend das Handtuch um den Leib, denn wir waren natürlich nicht die Einzigen, die auf die Idee gekommen waren, hier schwimmen zu gehen.

»Immer noch eine Traumfigur«, lobte Pavel, während er übers Handtuch hinwegspähte. »Nirgendwo Schwangerschaftsstreifen und kein bisschen Speck an den Hüften.«

»Pavel!« Ich schlug lachend nach ihm. »Was sollen denn die Leute denken? Guck weg!«

Wir saßen entspannt auf der Decke, aßen die Brote und

beobachteten Alina, die mit Eimerchen und Schaufel auf Entdeckungsreise ging. »Vorsicht, da vorn wird es gleich tief!«

Schon sprang ich auf und bekam sie noch an ihrem Spielhöschen zu fassen.

»Ella, entspann dich. Ich pass auf sie auf. Lass du mal deinen Traumkörper zu Wasser.«

Vor den vielen anderen Familien und jungen Frauen, die sich hier in der Nähe sonnten, spielte Pavel den perfekten Vater. Fürsorglich cremte er seine niedliche kleine Tochter ein und spielte dann mit ihr.

Aufatmend ließ ich mich ins erfrischende Wasser des gestauten Moldau-Arms gleiten. Ah, war das eine Wohltat! Mit weit ausholenden Bewegungen schwamm ich, bis mir die Puste ausging. Dann legte ich mich auf den Rücken und schaute zu Pavel und Alina hinüber, die bereits mit einigen Leuten ins Gespräch gekommen waren.

Ich strampelte mit den Beinen und winkte. »Juhu! Hier bin ich!«

Doch weder Pavel noch Alina nahmen Notiz von mir.

Sie hätten doch ruhig mal nach mir schauen können! Immerhin war ich ganz schön weit rausgeschwommen, da schaute man doch als Ehemann, oder etwa nicht?

»Juhu! Hier!« Ich strampelte so fest ich konnte. Keine Reaktion.

Ich hätte um mein Leben schreien, ja ertrinken können, und sie hätten es nicht gemerkt.

Enttäuscht schwamm ich zurück. Pavel plauderte angeregt mit einer jungen Frau, während ihre Freundin sich um Alina kümmerte. Eine Fremde saß auf unserer Decke und spielte mit ihr!

»Danke, ich bin jetzt wieder da.« Mein Lächeln fiel möglicherweise etwas schmal aus, als ich zu Pavel zurück auf unsere Decke kam. »Wieso hast du nicht auf Alina aufgepasst?«

»Hab ich doch!«

»Nein, hast du nicht! Du hast bei einer Blonden auf der Decke gesessen, während eine Fremde auf unserer Decke war!«

»Jetzt stell dich doch nicht so an!« Pavel wurde richtig wütend. »Das ist eine Fahrschülerin von mir, wir haben uns zufällig hier getroffen. Man wird ja noch Hallo sagen dürfen!«

»Und dabei das Kind aus den Augen lassen?«

»Also wirklich, Ella. Bist du etwa eifersüchtig?«

War ich das? Ich war auf jeden Fall sehr verletzt.

Blitzartig kam mir das blonde Haar von heute Morgen wieder in den Sinn, das so gar nicht hatte wegfliegen wollen – auch nicht aus meiner Erinnerung.

»Da war ein blondes Haar auf unserer Wolldecke!« Schwups, waren mir die Worte auch schon aus dem Mund geschossen. Ich hatte es doch gar nicht sagen wollen! Das war ja ein ganz hässlicher Vorwurf.

»Ja, weil ich die Wolldecke öfter im Auto habe! Ich bringe den Fahrschülern und Fahrschülerinnen nämlich das Reifenwechseln bei. Dabei liegen die auf der Decke. Logisch, oder?« Pavel sprang auf, riss sich das Hemd vom Leib und rannte in seiner roten Badehose ins Wasser.

Ach verdammt! Das war doch eine ganz plausible Erklärung. Jetzt schämte ich mich. Mutlos ließ ich mich auf die Decke zurücksinken. Jetzt hatte ich ihn verärgert! Und das völlig umsonst. Heute war doch unser freier Familiensonntag! Wir hätten es so schön haben können! Bedrückt spielte ich mit Alina im Sand herum. Hoffentlich beruhigte sich Pavel schnell wieder.

Ich sprang auf und winkte mit beiden Armen. Er sollte wissen, dass es mir leidtat. Mit kräftigen Zügen kraulte er jedoch ohne sich umzuschauen immer weiter, bis er aus meinem Blickfeld verschwand.

Ach Pavel, komm, es ist doch gut jetzt.

Mein Blick fiel auf die Decke der beiden Fahrschülerinnen, die der Grund für unsere Auseinandersetzung gewesen waren. Doch jetzt saß nur noch eine da.

Mist. Jetzt hatte ich denen auch noch die Stimmung verdorben. Ich hätte natürlich mit der jungen Frau neben mir reden können, die mit Alina gespielt hatte, aber dazu war ich zu stolz.

Die Sonne stand schon tief am Himmel, die Mittagszeit war längst vorbei. Alina lag inzwischen schlafend unter dem Handtuch, das ich über sie gebreitet hatte. Nervös lief ich am Ufer auf und ab.

Wo blieb er nur? Er war jetzt schon über zwei Stunden weg! Wahrscheinlich wollte er seine Kräfte messen und war bis ans andere Ufer geschwommen. Das waren sicherlich zweitausend Meter. Ganz schön waghalsig, es gab doch Strömungen hier!

Warum kam er nicht zurück? Langsam leerte sich der Badestrand. Alina wachte auf und hatte Hunger.

Ich starrte aufs Wasser und betete, dass meinem Mann nichts passiert war. So lange konnte doch kein Mensch schwimmen?! Brauchte er Hilfe? Hatte er es ans andere Ufer geschafft? Er hatte doch nichts dabei als seine rote Badehose!

Die Sonne stand schon schräg, und unser Ufer lag bereits im Schatten. Mir war kühl geworden, als er als schwarzer Punkt im rötlich schimmernden Wasser der Moldau wieder auftauchte. Immer näher schwamm er heran, mit wesentlich langsameren Bewegungen als vor Stunden. Endlich stieg er erschöpft aus dem Stausee.

»Pavel, um Gottes willen! Wo warst du denn so lange?« Mit einem Handtuch rannte ich ihm entgegen und rubbelte ihn ab. Alina und ich waren richtig durchgefroren.

Er nahm sein Töchterchen auf den Arm und küsste es ab.

»Ja, der Papa hat dich schon schrecklich vermisst. Hattest du Spaß, meine Kleine? Oh, du hast ja ganz kalte Händchen! Hat die Mama dich nicht richtig angezogen?«

»Ich habe sie in die Wolldecke gewickelt«, sagte ich spitz.

»Der Papa hatte jedenfalls einen tollen Tag.« Er tat so, als wäre alles in bester Ordnung.

»Pavel! Ich hab mir entsetzliche Sorgen gemacht, und wir frieren hier wie die Schneider!«

»Sei doch nicht albern, Ella.« Pavel schlüpfte wieder in sein Hemd und knöpfte es zu. »Ich hatte einfach Lust, mich am anderen Ufer zu sonnen! Dort scheint die Sonne zwei Stunden länger.«

Fassungslos starrte ich ihn an. Das verschlug mir wirklich die Sprache.

25

Prag, auf dem Bau, Sommer 1963

»Ella, du blutest ja! Was ist denn los mit dir?«

Pavel kam pfeifend mit einem Brett auf den Schultern um die Ecke. Kopfschüttelnd blieb er vor mir stehen. Ich hatte mir mit dem Hammer auf den Daumen gehauen!

Wir mussten in unserer Freizeit dreihundert unbezahlte Brigadestunden ableisten, weil wir eine Betriebswohnung beantragt hatten.

»Reiß dich doch mal zusammen, Ella! Wer eine Wohnung mit fließend Wasser und eigenem Bad haben will, der muss dem Staat erst mal seine sozialistische Gesinnung beweisen!«

Pavel schleppte weiter pfeifend Bretter durch den Rohbau. Hier und da zwinkerte er anderen jungen Frauen zu, die ebenfalls ihren »freiwilligen« Dienst auf dieser Baustelle absolvierten.

Während Pavel diese harte Arbeit gewöhnt war, kämpfte ich mit den Tränen: Dreihundert unbezahlte Arbeitsstunden auf dem Bau! In meiner knapp bemessenen Freizeit! Das bedeutete, dass die inzwischen vierjährige Alina auch am Samstagnachmittag und sonntags bei Frau Slavová war. Mit viel Liebe und pädagogischem Geschick verwöhnte die alte Frau meine Tochter, und ich hatte schreckliche Angst, dass Alina mir eines Tages genauso abhandenkommen könnte wie Alex meiner Mutter! Wann hatte ich denn noch Zeit für sie?«

»Ella? Heulst du etwa?« Pavel musterte mich verständnislos. Er sah wieder umwerfend gut aus, braun gebrannt und durchtrainiert.

»Es tut echt weh!«

»Ach, du bist aber auch ungeschickt!« Pavel zog ein Taschentuch aus seiner Hosentasche und presste es mir auf den blutenden Daumennagel.

»Au!«

»Ella, da müssen wir jetzt durch. Denk einfach an diese neue Betriebswohnung im Stadtteil Pankrác! Was meinst du, wie viele Leute dafür Schlange stehen!« Er nahm meinen blutenden Finger in den Mund und saugte daran. Autsch! Ich wäre lieber zum Arzt gegangen!

»Wenn ich nicht so gute Beziehungen hätte, würden wir die nie bekommen!«, murmelte Pavel. »Geht's jetzt wieder? Die anderen beobachten uns schon.«

»Ja, es geht.«

Während mein Mann wieder pfeifend das Brett schulterte, und ihm die jungen Frauen, die mit sozialistischem Eifer die

Wand verputzten, glühende Blicke zuwarfen, spürte ich, wie mich aller Mut verließ. War es das alles wirklich noch wert?

Fast wünschte ich mir den schwierigen Anfang unseres Zusammenlebens zurück: Da gehörte Pavel wenigstens noch mir. Da liebte er mich wenigstens noch. Da hatten wir noch kein Kind, wegen dem ich ständig ein schlechtes Gewissen hatte.

Was für absurde Gefühle! Wurde ich etwa depressiv?

Tapfer hämmerte ich weiter, versuchte, den pulsierenden Schmerz im Daumen zu ignorieren. Meine Gedanken schweiften nach Haida zu Mutter, Tante Franziska und Alex. Letzterer war auch kein Anlass zur Freude: Inzwischen spielte er Mutter und Tante Franziska gegeneinander aus, hielt immer zu derjenigen, die ihm jeden Wunsch von den Augen ablas. Ihm fehlte einfach die Vaterfigur. Denn wieder war etwas unfassbar Trauriges passiert: Onkel Gustav war gestorben! Letztes Weihnachten hatten wir noch mit der ganzen Familie bei ihm gefeiert. Der tapfere Mann, der noch nicht mal sechzig war, verschwieg, dass er aus dem After blutete. Er wollte uns die Feiertage nicht verderben. Erst im neuen Jahr war er zum Arzt gegangen, und der hatte ihn sofort ins nächste Krankenhaus geschickt: Darmkrebs im Endstadium. Nach einer erfolglosen Operation verstarb Onkel Gustav an einer Lungenembolie. Sein überraschender Tod nahm mich immer noch schwer mit.

Er hatte mir viel bedeutet, in seiner Güte und Fürsorglichkeit war er wie ein Vater für mich gewesen, eine zweite Heimat, auch wenn ich dort nur die Ferien verbrachte. Onkel Gustav hatte auch die kleine Alina geliebt, die ich immer wieder in den Ferien nach Haida brachte. Rührend hatte er sich um sie gekümmert – ganz anders als Pavel, der nie Zeit für uns hatte. Ach Onkel Gustav! Wieder schossen mir Tränen in die Augen, während ich weiterhin rostige Nägel aus den Wänden klopfte. Wieder sah ich

Onkel Gustavs Beerdigung vor mir: Von weither waren die Menschen gekommen, zu Fuß oder mit dem Fahrrad hatten sie sich durch den Schnee gekämpft, um Onkel Gustav die letzte Ehre zu erweisen. Eine Blaskapelle spielte deutsche Volkslieder, und es blieb kein Auge trocken. Tante Franziska, Mutter und ich, mit Alina an der Hand, waren tief erschüttert. Nur Alex stand abseits und bewunderte das einzige Auto, das vor dem Friedhof stand.

Jemand ließ einen Zementsack neben mir fallen, und ich zuckte zusammen. Mir war, als würde ich Tag für Tag von einer immer schwereren Last zu Boden gedrückt. Kraftlos holte ich mit dem Hammer aus.

So verging Monat um Monat.

Auch in der Schule hatte ich mit Widrigkeiten zu kämpfen.

»So, liebe Kinder, ich habe euch eine Magnolie gemalt, mit Wurzeln, Blättern, Blüte und Kelch. Sie ist etwas ganz Besonderes, weil sie nicht von Bienen, sondern von Käfern bestäubt … Was ist denn nun schon wieder los?«

Gerade hatte ich den Kindern meiner Klasse 3 b den Rücken zugekehrt und mit bunter Kreide sorgfältig die Abbildung auf der Tafel ergänzt, als das Geschrei und Gerangel schon wieder losging. Selten verging ein Schultag ohne blutige Schlägereien.

Die unruhige Klasse, bestehend aus vierundvierzig Kindern, trampelte täglich auf meinen Nerven herum. Viele Eltern hatten keine Zeit, sich um ihre Kinder zu kümmern. Sie waren zum Teil verwahrlost, viele schlecht bis gar nicht erzogen. Der zehnjährige Kulka war mein persönlicher Albtraum. Er war zweimal sitzen geblieben und terrorisierte jetzt die ganze Klasse.

»Genossin Lehrerin, der Kulka hat mir aufs Heft gespuckt!«

Ich wirbelte herum. »Was machst du denn da, Kulka!«

Der Rotzlöffel grinste mich nur frech an und machte eine anzügliche Bemerkung.

Die anderen Kinder beobachteten die Szene sehr genau. Würde ich mir das gefallen lassen? Wie weit würde Kulka gehen, wenn ich ihm keine Grenzen setzte?

»Kulka, möchtest du, dass man dir aufs Heft spuckt?« Ich nahm das eklige Heft und hielt es ihm direkt vors Gesicht. Die Kinder machten »Bäh« und »Igitt!« und wendeten sich angewidert ab.

Anstelle einer Antwort spuckte mir Kulka auf die Schuhe. Manche Kinder hielten die Luft an, andere lachten. Eine Mischung aus wohligem Grusel und Sensationslust breitete sich im Klassenzimmer aus. Es roch sehr streng. Ich hätte gern die Fenster geöffnet, wollte aber nicht, dass die anderen Lehrer und die strenge Direktorin den Lärm in meiner Klasse mitbekamen.

Mir ging es schon lange nicht gut. Der Alltag zermürbte mich zusehends. Obwohl wir inzwischen nach neun langen Jahren im winzigen Dachverhau in die neue Zweizimmerwohnung gezogen waren, hatte sich mein Leben nicht wirklich verbessert. Alina konnte nun nicht mehr bei Frau Slavová sein, und Pavel glänzte wie üblich durch Abwesenheit. Alina besuchte einen staatlichen Ganztagskindergarten, der Schulweg war nun weiter als je zuvor. Anders als Pavel mir das vor Jahren hoch und heilig versprochen hatte, fuhr er mich weder zur Schule noch zum Kindergarten. Stattdessen fuhr er in Skiurlaub, und zwar ohne uns!

»Mit euch beiden kann ich im Riesengebirge wirklich nichts anfangen«, hatte er abgewinkt, als ich schüchtern meine Wünsche angemeldet hatte. Ich war wirklich erholungsreif! In meinem ganzen Leben hatte ich noch keinen Urlaub gemacht, in den Ferien Brigadestunden abgeleistet – und nun wollte Pavel allein losziehen?

»Du kannst nicht Ski fahren, und Alina ist noch zu klein. Das wäre ja rausgeschmissenes Geld.«

So kam es, dass Alina und ich wieder nach Haida fuhren, während Pavel sich auf den Skipisten vergnügte. Und das mit Sicherheit nicht allein!

Mein Selbstbewusstsein war angeknackst, meine Seele schwer in Mitleidenschaft gezogen. Mit meinen dreißig Jahren fühlte ich mich alt und verbraucht und sah überhaupt keinen Hoffnungsschimmer mehr am Horizont.

Kulka, der präpotente Rotzlöffel fegte nun auch noch sämtliche Bücher, Hefte und Stifte von der Bank.

»Heb das auf, Kulka!«

Er lachte mich aus und feixte. »Heb doch selber auf.«

Mir fehlten die Worte. Ich hatte Angst, in meinem Zorn etwas Falsches zu sagen oder gar zu tun. Das Schlagen von Kindern war strengstens verboten. Um nicht vor den Kindern in Tränen auszubrechen, murmelte ich etwas von »schnell auf die Toilette müssen« und verließ hastig den Raum.

Draußen lehnte ich mich erschöpft an die Wand und rang nach Luft. Ich schaffte das nicht mehr! Was sollte ich nur tun? Die hiesige Direktorin war als extrem Linientreue gefürchtet, ihr Mann war Mitglied der Parteizentrale. Von ihr hatte ich noch nie ein aufmunterndes Wort oder eine verständnisvolle Geste erfahren. An sie konnte ich mich genauso wenig wenden wie an meine Kollegen. Mir liefen die Tränen der Erschöpfung und Verzweiflung nur so über die Wangen. Wenn doch wenigstens zu Hause ein liebevoller Partner auf mich gewartet hätte! Aber Pavel meinte stets, ich solle meine schulischen Probleme nicht in die Wohnung tragen.

Im Klassenzimmer war schon wieder heftiger Tumult ausgebrochen. Ich stürmte hinein.

»Genossin Lehrerin! Guck mal, was der Kulka gemacht hat!«

Ich traute meinen Augen nicht.

Mein sorgfältig angefertigtes Tafelbild war mit einem triefend nassen Schwamm völlig verwischt worden. Kulka stand feixend davor.

»So, Kulka. Das reicht.« Im Affekt packte ich den unverschämten Flegel und verpasste ihm eine schallende Ohrfeige. Auch wenn die Klasse spontan Beifall klatschte: Das war ein grober Verstoß gegen die pädagogischen Richtlinien gewesen.

»Au! Das sag ich der Genossin Direktorin!«, heulte Kulka.

»Das sag ich ihr schon selbst!«

Mit dem Klassenbuch in der Hand verließ ich im Laufschritt den Raum. Wie von der Tarantel gestochen rannte ich durch den Flur, dann die Treppe hinauf und klopfte ans gefürchtete Direktionszimmer. Mein Herz raste, und ich sah mich am Ende meiner Schullaufbahn.

»Genossin Direktorin, ich muss eine Selbstanzeige machen! Ich habe einen Schüler geschlagen.« Wieder brach ich in Tränen aus.

»Kulka?« Ahnungsvoll blickte mich die strenge Frau an.

»Genossin Direktorin! Er hat mich bis aufs Äußerste gereizt!«

Statt über mich herzufallen und mir mit Schulverweis zu drohen, kam sie auf mich zu und drückte mich erst mal auf einen Stuhl. Sie reichte mir ein Taschentuch und ein Glas Wasser:

»Kulka muss in ein Heim für schwer Erziehbare. Sie sind nicht die Einzige, die mit ihm nicht zurande kommt!« Schon griff sie zum Telefon und leitete entsprechende Maßnahmen ein.

Ich brach auf ihrem Stuhl zusammen und bekam einen regelrechten Weinkrampf. All das Elend – der angebliche Selbstmord meines Vaters, ein Trauma, das mich täglich begleitete, plus die Trauer um Onkel Gustav, plus Pavels Liebesentzug, plus mein

Stress als »alleinerziehende« Mutter und Lehrerin, das war einfach zu viel. Ich hatte einen handfesten Nervenzusammenbruch und konnte gar nicht mehr aufhören zu weinen.

»Gehen Sie zum Arzt und lassen Sie sich krankschreiben. Sie sind eine gute Lehrerin, aber jetzt sind Sie am Ende. Wir werden einen Ersatzlehrer in Ihre Klasse schicken.«

Die Direktorin begleitete mich zurück in die Klasse und verabreichte Kulka mehrere sanfte Ohrfeigen. Es waren keine wirklichen Schläge, eher ein Symbol dafür, dass auch sie ganz und gar nicht einverstanden mit seinem Verhalten war. Die anderen Kinder wagten kaum zu atmen.

Doch leider sollte mir die Krankschreibung keine echte Verschnaufpause gönnen. Mit ihr nahm die Katastrophe erst recht ihren Lauf …

26

Prag, 2. Mai 1964

»So. Meine Frau kommt jetzt also in die Irrenanstalt.« Widerwillig hatte Pavel unser gemeinsames Kind und mich auf den Rücksitz seines Skodas verfrachtet. »Jetzt muss ich meine Frau in die Klapse bringen. Und was soll ich nur den Leuten sagen?«

Ich zuckte mit den Schultern. Am liebsten hätte ich mit Alex' Worten geantwortet: »Mir doch egal!«

Der Arzt hatte mich auf unbestimmte Zeit krankgeschrieben. Auf eigenen Wunsch nahm ich eine Therapie in einer berühmten Prager psychiatrischen Klinik in Anspruch. Ich wollte nur noch schlafen!

Aber jetzt waren wir erst mal unterwegs nach Haida, wo ich meine fünfjährige Alina zwangsläufig lassen musste. Zum Glück ging sie noch nicht zur Schule. Ich brauchte jetzt dringend Zeit für mich.

Ich war seelisch und körperlich ein Wrack, ich wollte so nicht weiterleben.

An einer Tankstelle am Stadtrand von Prag hielt Pavel an. Wollte er uns Proviant kaufen? Das hatte er sonst nie getan. Obwohl er das Benzin sonst immer günstig über die Straßenbaufirma kaufte, tankte er voll. Mich wunderte das erst nicht besonders, ich hatte wirklich andere Sorgen, aber dann riss er die Tür auf, streckte die Hand aus und sagte: »Achtundvierzig Kronen.«

»Bitte?«

Völlig apathisch saß ich mit dem Kind auf dem Rücksitz und starrte ins Leere.

»Achtundvierzig Kronen! Zwanzig Liter musste ich tanken, für eine Sonderfahrt nach Haida, weil die gnädige Frau das so will. Das zahlt mir meine Firma nicht!«

Wie paralysiert kramte ich in meiner Handtasche und reichte ihm meine Geldbörse. Ich musste den Transport unseres gemeinsamen Kindes zu seiner Großmutter bezahlen! Mit dem Auto, für das ich mir jahrelang jeden Krümel vom Munde abgespart hatte. Damals hatte er mir das Blaue vom Himmel versprochen, wenn er nur dieses Auto bekäme! Wieder schnürte sich mir die Kehle zu, und mir fehlten die Worte.

Schweigend fuhren wir weiter, ein verstörtes, verängstigtes Kind im Arm. Alina spürte die Spannungen zwischen Pavel und mir schon seit geraumer Zeit. Bei den nach wie vor engen Wohnverhältnissen hörte sie jedes böse Wort, jeden hässlichen Unterton.

Mama freute sich auf ihre Enkelin, zu der sie eine innigere

Beziehung hatte als zu Alex, und ich gönnte den beiden eine friedliche Zeit auf dem Land.

Auf der Rückfahrt sprachen Pavel und ich kein Wort.

Mein Weg führte nun nach Bohnice. Im Volksmund galt das als Synonym für »Irrenanstalt«. In dieser psychiatrischen Klinik war schon Pavels Mutter Vilma gewesen, während Pavels Vater mit Saskia eine Affäre begann. Dunkle Ahnungen beschlichen mich. Aber ich war so kraft- und willenlos, dass ich mir darüber keine Gedanken machen wollte und konnte.

»Soll ich dich noch reinbringen, oder schaffst du das allein?« Pavel sah mich teilnahmslos an.

»Danke, ich schaffe es wie immer ohne dich.«

Als Pavel mich vor dem riesigen Areal aus dem 19. Jahrhundert absetzte, stand nichts als Verachtung in seinem Blick. »Gepäck hast du ja nicht viel. Ich fahr dann mal.«

Er ließ mich auf dem Bürgersteig stehen und knatterte mit seinem Skoda davon.

Apathisch betrat ich das Gebäude. Es war die sogenannte »offene« Abteilung, in die ich mich auf eigenen Wunsch begab. Hier sollte ich mindestens sechs Monate bleiben, möglicherweise sogar ein Jahr. Mir war alles egal. Ich wollte nur noch meine Ruhe haben.

Unzählige Pavillons mit vergitterten Fenstern umringten einen ehemals herrschaftlichen Park, in dem es bereits grünte und blühte. Die Vögel zwitscherten, und überall luden Bänke zum Verweilen ein. Menschen in Bademänteln oder Schlafanzügen flanierten in Gespräche oder auch Selbstgespräche vertieft über die Alleen und Wege. Diese Stätte machte einen entspannten Eindruck, und hier wollte ich sein.

»Genossin Gregorová, da sind Sie ja!« Ein junger Arzt mit blondem Bürstenschnitt kam mit wehendem Kittel auf mich zugeeilt. »Mein Name ist Dr. Roman Stosch. Ich bin Ihr behandelnder Psychiater. Kommen Sie, hier entlang!«

Er wies mir freundlich den Weg über lange Flure und Gänge, die nach Desinfizierungsmitteln rochen.

Ich versuchte ein schwaches Lächeln.

Er ließ seinen Blicke wohlwollend über meine Erscheinung gleiten. »Ich bin Psychoanalytiker und arbeite unter anderem nach der Methode von C. G. Jung. Sie wirken leer und erschöpft«. Er öffnete die Tür zu einem riesigen Gemeinschaftsschlafsaal, der mich an meine Klosterschule erinnerte.

»Hier sind Sie gut aufgehoben.« Er zog einen Vorhang zwischen zwei Betten zu: »Kommen Sie erst mal in Ruhe an.«

Ich wollte nur schlafen, schlafen, schlafen. Und nicht mehr weinen.

Die Patienten der psychiatrischen Abteilung waren überwiegend traurige oder depressive Menschen, manche waren suizidgefährdet oder nach einem Suizidversuch eingeliefert worden. Viele waren Opfer des politischen Systems. Sie konnten dem Druck, den Erpressungen oder Bespitzelungen nicht mehr standhalten. Hier wurden sie in einen gnädigen Dämmerschlaf versetzt. Manche zog man auf diese Weise einfach aus dem Verkehr.

Obwohl ich einen »Passierschein« besaß und jederzeit hätte nach Hause gehen können, schlief ich lieber in einem Schlafsaal mit zwanzig Fremden. Tagsüber gesellte ich mich im Gemeinschaftsraum zu den anderen Patientinnen und Patienten, die meist apathisch dasaßen und Löcher in die Luft starrten. Jemand betätigte den Plattenspieler, und zum hundertsten Mal ertönte dasselbe »Ave Maria« von einer polnischen Schallplatte. Ich konnte gar nicht genug davon bekommen, erinnerte mich die Stimme der Sängerin doch an meine geliebte Schwester Augustina.

Wenn die Krankenschwestern den Patienten ihre Medikamente verabreichten, kam eine merkwürdige Stimmung auf. Manche wurden noch apathischer, manche dagegen euphorisch und hyperaktiv.

Die Schwestern verteilten auch manchmal Farben, Pinsel und Leinwände. Dann wurden die Patienten aufgefordert, im Waschraum Bilder zu malen. Manche kleisterten im Medikamentenrausch sämtliche Fliesen voll. Anschließend mussten die Putzfrauen die Wände mühsam wieder sauber schrubben, mit Terpentin und Scheuerpulver.

»Genossin Gregorová, bitte kommen Sie doch zum Gruppengespräch. Oder möchten Sie lieber ein Einzelgespräch wahrnehmen?«

Mein junger Psychiater, Dr. Roman Stosch, hatte bisher noch nicht viel aus mir herausgeholt. Bei der Gruppentherapie hielt ich mich im Hintergrund. Ich hatte noch nicht mal die Kraft, den anderen zuzuhören. Ihre Sorgen und Probleme konnte ich mir jetzt nicht auch noch aufladen. Und im Einzelgespräch hatte ich bisher höchstens Symptome preisgegeben, nicht aber deren Ursachen: Schlafstörungen, Appetitlosigkeit, hämmernde Kopfschmerzen, Übelkeit, Antriebslosigkeit und Dauertrauer.

Valium war damals der neueste Schlager und noch unbezahlbar. Ich durfte es haben. Es versetzte mich in gnädige Apathie und rosarote Träume.

»Ja, aber was hat sich denn in letzter Zeit zugetragen?« Dr. Stosch sah mich mit seinen stahlblauen Augen durchdringend an. Er war ungefähr in meinem Alter und wirklich gut aussehend, bald fasste ich Vertrauen zu ihm. Irgendwann berichtete ich ihm von Kulka, bei dem mir die Hand ausgerutscht war, von meinem Stress als »alleinerziehende« Mutter und schließlich auch von Pavel, der mich so schnöde im Stich ließ.

»Er bleibt nachts weg, er fährt ohne uns in Urlaub, am Wochenende muss er Fahrstunden geben, und an der Wolldecke, die er immer mit im Auto hat, sind oft blonde Haare ...«

»Sie glauben also, dass er Sie betrügt?«

»Ich habe keine Beweise. Aber ich spüre das doch! Es gibt tausend kleine Hinweise, aber er streitet alles ab, erklärt mich für manisch eifersüchtig und verrückt!« Ich warf die Hände in die Luft und lachte über mich selbst. »Deshalb bin ich ja wohl hier!«

»Na gut, liebe Genossin Gregorová, heute möchte ich einen Intelligenztest mit Ihnen machen. Das ist reine Routine, also bitte nicht erschrecken.«

Dr. Roman Stosch legte mir ein paar Bild- und Schrifttests vor, die ich trotz wochenlanger Dauermedikation mit Valium mit einem IQ von hundertzwölf bestand.

»Na also!« Der Arzt legte anerkennend den Arm um mich. Als ich mich aus seiner Umarmung löste, sagte er kopfschüttelnd: »Ihnen ist der Sinn für Sinnlichkeit wohl gänzlich abhandengekommen.«

Als ich meinem Mann bei einem seiner Besuche von diesem Intelligenztest erzählte, war er sehr interessiert. Weil wir einander nicht mehr viel zu sagen hatten, ließ ich mich bereitwillig über die kniffligen Aufgaben ausfragen.

Kurz darauf meldete sich Pavel in der psychiatrischen Klinik ebenfalls für einen Intelligenztest an. Er hatte einfach Spaß daran, sich mit mir zu messen.

»Ich habe ihn mit einem IQ von hundertfünfunddreißig bestanden«, triumphierte er anschließend. »Ich bin also wesentlich klüger als du.«

»Aber du hast doch denselben Test gemacht wie ich?«

»Natürlich. Sonst kann man unseren IQ ja nicht vergleichen!«

»Wieso hat dir Dr. Stosch denn keine anderen Fragen gegeben?

Er musste doch davon ausgehen, dass ich dir schon alle Antworten verraten habe!«

»Pah!« Pavel grinste. »Das habe ich dem natürlich nicht auf die Nase gebunden.«

»Aber dann gilt der Test doch gar nicht?«

»Natürlich gilt der. Steht alles schon in den Akten. Mein IQ ist um 23 Punkte höher als deiner.« Pavel schüttelte mitleidig den Kopf. »Du bist nicht nur frigide, eifersüchtig und humorlos, du bist auch noch eine schlechte Verliererin.« Mit diesen Worten beendete er seinen Besuch. Ich sollte ihn lange nicht mehr wiedersehen.

27

Prag, Juli 1964

»Liebe Frau Gregorová ...« Wieder einmal hatte ich, sehr zum Neid meiner Mitpatientinnen, eine Einzelsitzung beim blonden blauäugigen Dr. Stosch zugeteilt bekommen.

»Vielleicht ist es wirklich besser, wenn Sie versuchen, mit anderen Männern Freundschaft zu schließen?« Dr. Stosch war ganz nahe an mich herangerückt und sah mir tief in die Augen.

»Wie bitte?«

»Na ja, bei Ihrem guten Aussehen wäre das doch gar kein Problem ...« Dr. Stosch strich mir über die Wange, ließ die Hand aber diesmal weiter bis zu meinem Hals gleiten, fast bis zum Ausschnitt meines Kleides.

»Schauen Sie, kein Mann möchte eine frigide Frau, und ich denke, Sie sind auch hier, um Entspannungstechniken zu lernen.«

Verwirrt schloss ich die Augen.

»Lass dich einfach fallen, Ella. Denk an nichts. Spür nur in dich hinein. Du bist jung, du bist schön, du bist eine so liebenswerte und liebesbedürftige Frau …«

»Aber ich bin verheiratet, und das wissen Sie.« Warum duzte er mich auf einmal?

»Dein Mann ist jetzt nicht hier. Jetzt sind nur wir beide hier.«

Es war schon Abend. Hatte der Arzt unsere Sitzung absichtlich auf den letztmöglichen Termin gelegt? Er hatte Nachtdienst. Mein Mund war staubtrocken. Wie ein Kaninchen stellte ich mich tot.

»Ella, du musst lernen, dich zu entspannen. Sonst wird das nie was. Warum legst du dich nicht auf das Sofa?«

Ich erstarrte. War das jetzt noch dienstlich oder schon privat?

Er führte mich zielstrebig hinüber. »Laut Wilhelm Reich ist das eine bewährte Methode. Wer seine Triebe unterdrückt, wird krank.«

Auf dem Sofa hörte er nicht auf, mich zu streicheln.

Seit drei Monaten war ich nun schon seine Patientin, und natürlich spürte ich, dass er sich ganz besonders um mich bemühte. Möglicherweise hatte er sich auch ein bisschen in mich verliebt? In die scheue, zurückhaltende Patientin mit den traurigen Augen, die anders als viele eben nicht um Beachtung bettelte. Vielleicht hatte auch das einen Eroberungsinstinkt ausgelöst?

»Lass dich fallen, Ella. Vertrau mir!«

Seine Hände, die mir eben noch sanft die Schultern massiert hatten, wanderten jetzt wie zufällig über meine Brüste und schoben sich unter mein leichtes Kleid. Oh Gott, was machte er da? Es fühlte sich gut an, war aber doch bestimmt nicht richtig?

»Fühlst du was, Ella? Oder ist alles in dir abgestorben?«

»Nein, ich fühle was.«

»Ist es angenehm?«

»Ja, aber ich sollte …«

Behutsam legte er mir die Hand auf den Mund.

»Du bist hier in einer anderen Welt, Ella. Was innerhalb dieser Mauern geschieht, bleibt innerhalb dieser Mauern.«

Plötzlich spürte ich Dr. Stoschs Lippen auf meinem Mund. Ganz weich und zärtlich küsste er mich. Oh Gott, es fühlte sich wunderbar an, so zärtlich und liebevoll, aber er war doch mein Arzt, und da …

Innerlich verkrampfte ich mich, mein Herz raste wie eine Dampflok trotz des vielen Valiums.

»Ella, ist das denn nicht schön? Ich versuche doch nur, natürliche weibliche Regungen in dir auszulösen.« Seine Hand war unter mein Kleid gewandert und arbeitete sich zielstrebig an meinem Oberschenkel empor.

»Spreiz die Beine!« Mit der anderen Hand begann er, mein Kleid aufzuknöpfen. »Na bitte. Du bist eine ganz normale, empfindsame Frau.«

Ich war wie umnebelt, alles war mir schon lange egal – und was er da tat, eigentlich auch.

Ohne jede Vorwarnung drang er in mich ein. Er hielt meine Hände fest und presste die Lippen auf meinen Mund. Mit schnellen heftigen Stößen verschaffte er sich Erleichterung. Als er seine Hose hochzog und seinen Arztkittel in Ordnung brachte, wendete er mir den Rücken zu, ging dann zum Waschbecken und reinigte sich die Hände, als sei das ein ganz normaler Teil seiner Behandlung gewesen. Apathisch lag ich auf dem Sofa. Etwas Feuchtes rann an meinen Beinen herunter. Hatte er mich vergewaltigt? Oder war das alles mit meiner Zustimmung passiert? Ich war ja erwachsen, und ich war freiwillig hier. Ich hatte mich nicht gewehrt oder?

Der Arzt trocknete sich die Hände ab, warf einen prüfenden Blick in den Spiegel und wandte sich zum Gehen. Doch vorher sagte er noch förmlich: »Ich lasse Sie jetzt noch ein bisschen entspannen und das Erlebte verarbeiten. Wenn Sie gehen, machen Sie bitte das Licht aus.«

Es war eine milde Sommernacht, und der Mond stand milchig am Himmel. Die Grillen zirpten, es roch nach frisch gemähtem Gras.

»Na, Genossin Gregorová? Machen wir noch einen schönen Abendspaziergang?«, rief mir der Pförtner freundlich hinterher.

Was sollte ich tun? Wohin sollte ich mich wenden? Wem konnte ich noch vertrauen?

Wenn ich auch noch so benebelt war und noch so viel Watte im Kopf hatte: Mein Fluchtreflex war stärker. Hier konnte ich nicht bleiben!

Irgendwann saß ich tränenüberströmt in der Straßenbahn, ohne zu wissen, wohin ich überhaupt wollte.

Die Fahrgäste stießen sich gegenseitig in die Rippen und starrten mich an. Mein Kleid war zerknittert, mein Gesicht verweint. Aber niemand sprach mich an oder bot mir seine Hilfe an. Ich war dankbar dafür. Eine verzweifelte junge Frau, die soeben von ihrem eigenen Arzt vergewaltigt worden ist, war nichts, worüber man sich austauschte. Lieber hätte ich mir die Zunge abgebissen, als laut auszusprechen, was ich noch nicht mal zu denken wagte – im Gegenteil. Ich gab mir selbst die Schuld daran. Ich hatte mich doch mindestens verführen lassen, wenn nicht sogar ihn selbst verführt! Ich hätte mich schließlich wehren können, oder?

Der Vorwurf Tante Irmas, ich hätte den fremden Mann in der Kirche verführt, lastete immer noch auf meiner Seele! Ebenso wie der Vorwurf der Oberin, ich hätte die Putzfrauen-Nonne,

Schwester Agnes, verführt! Anscheinend war ich die lebende Schlange und gehörte des Paradieses verwiesen!

Solch wirren Gedanken nachhängend, ließ ich mich von der Straßenbahn durch die Prager Nacht schaukeln. Als ich irgendwann aus dem Fenster schaute, durchzuckte mich eine vage Erinnerung: Hier wohnte doch meine Freundin Milena! Milena, mit der ich die Pädagogikausbildung gemacht hatte. Sie war eine der Aufrechten gewesen! Meines Wissens nach hatte sie doch Egon, einen praktischen Arzt, geheiratet. Ich wäre damals zu gern zu ihrer Hochzeit gekommen, hatte mir aber weder ein passendes Kleid noch die Zugfahrt in ihr Heimatdorf leisten können. Wie von Geisterhand gelenkt sprang ich aus der Straßenbahn. Hoffentlich wohnte sie noch hier, hier musste es doch irgendwo sein. Ich eilte zwischen den düsteren Wohnblocks hindurch. Mit der Straßenbeleuchtung war es in den Sechzigerjahren in solchen Vororten noch nicht weither.

Mit schlafwandlerischer Sicherheit fand ich trotzdem ihren Hauseingang und sogar ihr Klingelschild.

»Bor/Borová« stand darauf. Milena hieß ja jetzt Borová mit Nachnamen!

Obwohl es schon nach zehn war, klingelte ich Sturm. Der Türöffner summte. Eine verstrubbelte Milena stand im Schlafanzug rauchend im Treppenhaus.

»Ella? Bist du das? Du siehst ja total fertig aus!«

Erleichtert sank ich ihr in die Arme.

»Komm erst mal rein …« Besorgt zog sie mich in ihre Wohnung.

»Pssst!«, mahnte sie. »Die Kinder schlafen schon, und Egon hat Nachtdienst! Du hast Glück, uns anzutreffen, wir wollen morgen früh für einen Monat in die Beskiden! Egon hat dort eine Urlaubsvertretung übernommen.«

Sie bugsierte mich in ihre heimelige Küche und machte mir Tee.

Nach und nach brach aus mir raus, was in letzter Zeit alles so passiert war. Schluchzend und immer wieder mir selbst die Schuld gebend schilderte ich ihr eine Zusammenfassung meines jämmerlichen Lebens, in dem ich anscheinend alles falsch gemacht hatte.

»Dein Pavel betrügt dich? Er war doch deine große Liebe! Meine Güte, was hast du von dem schönen Lockenkopf geschwärmt.«

»Ich kann es nicht beweisen. Er meint, ich wär paranoid und manisch eifersüchtig ...«

»Moment! Du hast ein Kind gehauen, bist daraufhin krankgeschrieben worden, hast dich in die Klapse einliefern lassen ... und Pavel hat nichts unternommen, um dich da schnellstmöglich wieder rauszuholen?«

»Im Gegenteil! Er will, dass ich mindestens ein Jahr darin ausharre! Dann werde ich Frührentnerin, und er ist finanziell auf der sicheren Seite!«

»Na, das nenne ich wirklich große Liebe!« Milena rauchte nervös und blies dicke Rauchschwaden an den groß gemusterten Küchenvorhang, hinter dem die Kinder schliefen. »Und jetzt hat dich auch noch dein Psychiater verge...« Sie sprach das schreckliche Wort nicht aus.

»Ich weiß es nicht! Er hat mit mir geschlafen, ob das einvernehmlich war oder nicht, kann ich nicht sagen. Ich stehe seit Monaten unter starken Medikamenten!«

Ich war nur noch ein schluchzendes Bündel Elend, Milena erkannte mich kaum noch wieder. Tröstend zog sie mich in die Arme und wiegte mich hin und her.

So fand Egon uns vor, als er am frühen Morgen von der Nachtschicht kam. Ich kannte ihn nur vom Sehen, und mir war das Ganze entsetzlich peinlich.

»Das Auto ist startklar«, hatte er schon im Flur gerufen. »Nimm die Kinder und das Gepäck, und los geht's! – Oh! Wir haben Besuch?!«

Er gab mir die Hand. Als Mediziner erkannte er meinen erbärmlichen Zustand sofort.

Während die beiden kleinen Kinder, Leni und Jan, bereits voller Vorfreude auf die Reise in der Küche herumsprangen, fasste Milena meine Situation kurz zusammen.

»Ihr Arzt hat sie …« Mit einem Seitenblick auf die Kinder schenkte sie ihm nur einen vielsagenden Blick.

»Ich weiß nicht, ob er mich … hat«, sah ich mich wieder genötigt, zu sagen. »Aber es kam zum …«

»Ihr hattet einvernehmlichen …?«

»Sie steht seit Monaten unter starken Beruhigungsmitteln. In der tollen Klinik gibt es Valium aufs Haus!«

»Dem werde ich das Handwerk legen!« Schon sprang Egon auf. »Und du kommst mit!« Er zeigte auf mich. »Als Zeugin!«

»Nicht doch, Egon, dazu habe ich nicht die Kraft. Außerdem wollt ihr doch in die Beskiden fahren …«

»Als Erstes will ich diesen Kollegen suspendieren lassen, etwas anderes kann ich mit meinem Gewissen nicht vereinbaren. Nachher macht das Schwein das noch mit den anderen Patientinnen!«

Davon war allerdings auszugehen.

Trotzdem – ich konnte einfach nicht tun, was er von mir verlangte. Weinend flehte ich ihn an, mich nicht so bloßzustellen und einen Skandal in der Klinik anzuzetteln.

»Ich kann nicht mehr, ich bin am Ende meiner Kräfte, das halte ich einfach nicht durch! Und ich kann es doch auch nicht wirklich beweisen! Ich will einfach nur da weg!«

Milena sah mich nachdenklich an. »Egon, dann stell ihr

doch einfach ein Attest aus, dass sie nicht in diese Anstalt gehört!«

Das war die beste Idee, die meine Freundin je gehabt hatte! »Ja bitte!« Ich rüttelte an Egons Schulter. »Ich will da einfach nur weg!«, wiederholte ich.

»Ja und wo willst du dann hin? Wie ich deiner Geschichte entnommen habe, willst du ja auch nicht zu deinem Göttergatten zurück.«

»Nein«, heulte ich schon wieder verzweifelt los. »Oh Gott, ich habe keine Ahnung wo ich hinsoll. Meiner Mutter und Tante Franziska will ich auch nicht zur Last fallen. Die hüten mir schon Alina und haben den schwierigen Alex …«

Milena fuhr zu mir herum.

»Ella, wir nehmen dich einfach mit.«

Ich schnäuzte mich zum hundertsten Mal in mein schon völlig durchnässtes Taschentuch.

»Aber das geht doch nicht …«

»Und wie das geht! Egon! Sag du doch auch mal was!«

»Wir nehmen sie mit in die Beskiden«, sagte Egon. »Und ihre Tochter auch.«

Bald darauf saß ich mit der Familie Bor im Auto. Zuallererst ging es nichtsdestotrotz zur Klinik. Ich protestierte, doch Egon gebot mir zu schweigen. »Wir können dich doch nicht einfach so entführen!« Irgendwie kam mir das bekannt vor … und ich verstummte. Egon musste sich auf den Straßenverkehr konzentrieren, der frühmorgendliche Berufsverkehr hatte eingesetzt.

Kurz darauf marschierte er ins Büro von Dr. Roman Stosch. Mit Milena und den Kindern wartete ich wie ein Häuflein Elend vor der Tür.

Dahinter hörte ich die beiden Ärzte wild diskutieren.

»Die Patienten fantasieren oft, und Frau Gregorová ist in einem Zustand, der …«

»Sie gehört hier nicht hin! Fertig, Schluss! Ich nehme sie jetzt mit!«

Kurz darauf ging ich mitsamt meinem Köfferchen wieder nach draußen – und einem Attest, das besagte, dass ich diese Klinik gegen den Rat des behandelnden Arztes auf eigenen Wunsch und auf eigene Gefahr verließ, ihn somit jeder Verantwortung enthob.

28

Haida, Ende Juli 1964

»Mama! Was machst du denn hier?!«

Alina hüpfte von der Schaukel, die Onkel Gustav damals für Alex an den Apfelbaum gehängt hatte, und rannte mir ungläubig entgegen. In ihrer kleinen Spielschürze sah sie glücklicherweise anders aus als ich: rotwangig, lebensfroh und gesund.

Vor meinem inneren Auge sah ich mich als Sechsjährige in Hillemühl von der Schaukel springen und meiner eigenen Mutter entgegenlaufen.

»Alina! Liebling!« Ich ging in die Hocke und umarmte meinen kleinen Wildfang. »Du bist ja schon wieder so gewachsen!«

»Wer sind denn diese Leute?«

»Das sind Freunde von mir, und ich hatte solche Sehnsucht nach dir, dass wir einfach hergekommen sind.«

»Geht es dir denn wieder besser, Mami?«

»Wenn ich dich bei mir habe, ganz bestimmt.«

Die anderen zwängten sich mit steifen Gliedern aus dem Kleinwagen und atmeten erst mal tief durch. »Gott, diese gute Luft! Das ist ein Unterschied zu Prag, was, Kinder?«

»Na, so eine ländliche Idylle! Dieses Haus ist wunderschön! So gepflegt und von Blumen umgeben. Daran erkennt man die Deutschen in dieser Gegend!« Milena lachte und reichte Alina herzlich die Hand. »Schön hast du es hier!«

Haida war Zuhause, Heimat und Geborgenheit. Wie hatte ich es vermisst!

»Wo ist Alex?«

»Onkel Alex ist beim Militär. Und am Wochenende bei seiner Freundin. Die ist Russin und heißt Olga. Die beiden trinken immer ganz viel Wodka.«

»Aha?« Das waren ja Neuigkeiten!

Am liebsten hätte ich gefragt: »Wo ist Onkel Gustav?«, so sehr vermisste ich ihn.

Ganze drei Monate hatte ich mein Kind nicht gesehen, aber die Landluft hatte mein Stadtkind aufblühen lassen.

Aufgeregt brachte Alina ein Katzenkind: »Schau mal, Mama, das ist letzte Woche erst geboren worden, und ich durfte zuschauen!« Na, das waren ja Parallelen!

»Oma«, schrie sie aufgeregt. »Guck mal, wer hier ist!«

Mama kam in einer geblümten Küchenschürze aus dem Haus gerannt: »Ella! Mein Gott, was haben sie mit dir gemacht! Du bist ja nur noch Haut und Knochen … und so blass! Kind, du siehst unendlich traurig aus!« Wir umarmten uns lange und fest. Schließlich löste ich mich von ihr:

»Darf ich vorstellen, Mama? Das sind Milena, Egon und die Kinder Jan und Leni.«

Die Kinder rannten bereits mit Alina zum Stall, wo die Kätzchen lagen. Während sich Milena und Egon die Beine vertraten, deckten Mama und ich den Tisch im Garten. In der Küche machte ich ihr gegenüber ein paar Andeutungen – natürlich ohne auf den sexuellen Übergriff meines Arztes einzugehen. Das konnte ich Mama unmöglich sagen.

»Weißt du, in der Klinik waren lauter traurige und irre Gestalten, das hat mir auf Dauer nicht gutgetan.«

»Bleib doch hier, Kind.« Mamas dunkle Augen ruhten besorgt auf mir. »Du kannst Alex' Zimmer haben, er ist seit drei Monaten beim Militär.«

Ihre Augen wurden schon wieder feucht.

»Wie geht es denn mit Alex?« Ich stellte ein paar Teller und Tassen aufs Tablett und lehnte mich gegen die Küchenanrichte. »Du hast mir ja erzählt, dass er immer noch nicht von Tante Irma losgekommen ist. Nach ihrem Gefängnisaufenthalt ist sie wieder hier aufgetaucht?«

»Ach, Kind!« Mama seufzte tief. »Tante Irma hat die Lehrerin einfach mit Geschenken bestochen und Alex einfach aus der Schule abgeholt!«

Sie wischte vehement über die Anrichte, als wollte sie Tante Irma aus unserem Leben ausradieren.

»Geschenke!« Verärgert strich ich mir eine Strähne aus dem Gesicht. »Damit hat sie seinen Charakter von klein auf gründlich verdorben!«

»Alex spielt uns gegeneinander aus …« Mutter drehte sich abrupt von mir weg, und ich merkte, wie sie mit den Tränen kämpfte. »Er weiß genau, dass Franziska und ich ihm all das nicht bieten können. Also ist er immer brav mit Tante Irma mitgegangen, um sie sich warmzuhalten.«

»Oh Mama, er ist einfach so bestechlich.«

»Ich hatte in den letzten Jahren ständig Ärger mit seinen Lehrern. Anfangs war ja noch Onkel Gustav da, aber nach seinem

Tod ist uns Alex nur noch auf der Nase herumgetanzt. So sehr ich mich damals gefreut habe, als mir das Sorgerecht zugesprochen wurde ...« – Mama musste sich die Nase putzen – »... so erleichtert war ich, dass er jetzt zum Militär gekommen ist. Sein Benehmen war manchmal nicht mehr auszuhalten.«

»Ach Mama ...« Was sollte ich sagen? Ich fand keine tröstenden Worte. Mama hatte alles gegeben für Alex, ihr ganzes Leben war auf ihn ausgerichtet. Aber Alex wusste: Bei Tante Irma war etwas zu holen, bei Mama nicht. Das ließ er Mama spüren. Man hätte ihn mal gründlich übers Knie legen sollen!, dachte ich, aber natürlich sagte ich das nicht laut. Alex war Mamas Augenstern und würde es immer bleiben.

»Wie geht es denn nach dem Militär mit Alex weiter?« Liebevoll sah ich sie an.

»Das steht noch in den Sternen.« Mama straffte sich und widmete sich wieder der Zubereitung eines einfachen Essens, um unsere Gäste bewirten zu können.

»Ein Mädel hat er jedenfalls schon, eine schlichte Achtzehnjährige aus Russland.« Wieder wischte sie sich verstohlen die Augen. Anscheinend auch kein Volltreffer.

Das mit dem Wodka verschwieg ich Mama lieber.

Ich nahm sie in den Arm, konnte ihr aber keinerlei Fröhlichkeit spenden. Dafür war ich selbst total am Boden. Meine Reserven waren komplett verbraucht. Mama löste sich aus meiner Umarmung und sah mich besorgt an.

»Aber jetzt zu dir, Ella. Was ist los, warum bleibst du nicht hier? Tante Franziska und ich päppeln dich wieder auf!« Sie reichte mir beide Hände. Wie gern hätte ich Zuflucht bei ihr gesucht, mich unter ihre Fittiche nehmen lassen! Doch ich wusste, dass Pavel mich als Erstes hier suchen würde, und ich musste unbedingt Abstand von ihm gewinnen und Klarheit über meine und Alinas Zukunft bekommen. Wie aussichtslos doch alles war! Ich weinte schon wieder, in Mamas Armen.

Es klopfte sanft an der Küchentür.

»Frau Vojanová, machen Sie sich keine Sorgen, wir kümmern uns um Ihre Tochter.«

Milena fragte, ob sie etwas helfen könne. »Wir müssen nämlich bald los, wenn wir noch im Hellen ankommen wollen.« Schon wieder war ich auf der Flucht! Wie trostlos war doch mein Leben, und wie sehr hatte ich auf allen Ebenen versagt!

Nach einer kurzen Erfrischung im Garten starteten wir. Die Kinder bettelten, ein Kätzchen mitnehmen zu dürfen, und wir versprachen, auf dem Rückweg noch mal vorbeizukommen. Mama und Tante Franziska winkten mit ihren Taschentüchern, bis wir mit unserem vollgepackten Auto um die Ecke verschwunden waren.

29

In den Beskiden, August 1964

Einen ganzen Monat lebten wir in dem winzigen Zweckbau am Waldrand, den man Egon für seine Urlaubsvertretung zugewiesen hatte. Dass er nicht nur seine Familie, sondern auch noch zwei Fremde mitbringen würde, hatte der Landarzt, der ihm diese Bleibe vermittelt hatte, ja nicht ahnen können. Umrahmt von dicht bewaldeten Hügeln lag unsere schlichte Unterkunft am Rande des Dorfes, in dem Egon praktizierte. Die schlesischen Beskiden erstreckten sich ungefähr fünfundzwanzig Kilometer südlich von Friedek – ein Ort, der schon bald eine wichtige

Rolle in meinem Leben spielen sollte, aber das konnte ich zu diesem Zeitpunkt noch nicht ahnen.

Es ging sehr spartanisch zu in unserer Einraumhütte, aber ich konnte ab und zu wieder lachen. Die drei Kinder verstanden sich prächtig und tobten in diesem ungewöhnlich milden Spätsommer fast nur draußen herum. Alina, die in den letzten Monaten mit Mama und Tante Franziska ja nur Deutsch gesprochen hatte, fand sich augenblicklich wieder im Tschechischen zurecht. Wenn ich aus dem Fenster schaute, konnte ich zusehen, wie sie mit den beiden Bor-Kindern über Baumstämme und moosbewachsene Steine kletterte. Sie sammelten Beeren, Stöcke und all das Zeug, das Kinder in diesem Alter komplett begeistert.

Milena und ich kümmerten uns um den Haushalt, während Egon seine Hausbesuche machte. Meine lebensfrohe Freundin war mir eine riesige Stütze. »Es ist ein bisschen so wie in einer gruseligen Sekte«, sagte sie grinsend, während wir draußen Holz für den Ofen sammelten. »Zwei Ehefrauen, drei Kinder, ein Leben abgeschieden von der Welt, und gleich kommt unser Herr Gebieter zurück …«

Sie war stets gut gelaunt, sang gern laut und falsch und erzählte verrückte Geschichten aus ihrem Leben. Schon während unserer Pädagogikausbildung hatte ich mich an ihrer warmen, herzlichen, fröhlichen Art gewärmt. Sie war immer zu Streichen aufgelegt und gab nichts auf das sozialistische Einheitsgerede.

Egon hingegen war ein ernsthafter Mann, der mit seiner Meinung ebenfalls nicht hinter dem Berg hielt. Von seinen Hausbesuchen brachte er fast immer Naturalien mit: Eier, Milch und selbst gebackenes Brot. Wenn er uns sonntags auf Ausflüge in die Berge mitnahm, wollte er nichts davon wissen, dass ich mich am Benzingeld beteiligte.

»Spinnst du? Wer macht denn so was, eine arbeitslose Lehrerin um Benzingeld anschnorren!« Na ja, ich kannte da schon jemanden.

Diese großzügige Freundschaft war meine Erlösung. Diesen Menschen war es zu verdanken, dass ich langsam wieder Kraft schöpfte, mit meinem Kind zusammen sein konnte, keine traurigen Gestalten mehr um mich sah und endlich etwas Selbstbewusstsein zurückgewann.

Wenn die Kinder abends auf ihren Luftmatratzen schliefen, saßen Milena, Egon und ich noch draußen am Feuer.

Einmal kam das Thema darauf, dass Pavel Benzingeld von mir verlangt hatte für den Transport unserer Tochter nach Haida. Und das, nachdem ich jahrelang jede Krone für sein Auto zur Seite gelegt hatte.

»Ella, dieser Mann ist ein Egoist und Blender.« Milena trank Bier aus der Flasche. »Der sieht zwar toll aus mit seinen gestählten Muskeln und ist immer schön braun gebrannt, aber mal ehrlich: Was liebst du eigentlich an ihm?«

Ich zuckte mit den Schultern und starrte in die Flammen. »Ich weiß nicht … Er hat mir damals so imponiert mit seinem Selbstbewusstsein. Ich weiß noch, wie wir vor der Villa seiner Eltern standen, vierzehn Zimmer … Und wie er mir von seinem Vater erzählt hat, der mit einer Mandantin in der Bibliothek zugange war, die rief: ›Filip, du bist kein Mensch, du bist ein Gott!‹«

Milena lachte schallend und wischte sich den Bierschaum vom von Mund, aber Egon schüttelte nur den Kopf. »Genau dafür hält sich dein Pavel auch. Der glaubt auch, dass er ein Gott ist. Aber er ist keiner. Dass er nicht Medizin studieren konnte, tut mir aufrichtig leid. Aber sein Charakter lässt doch tief blicken. Er hat jahrelang von deinem Geld gelebt. Und dann wollte er dich ein ganzes Jahr in dieser Klinik verrotten lassen, nur damit du als Frührentnerin anerkannt wirst und er sich wieder an dir bereichern kann? Wer weiß, was der noch alles im Schilde führt, mithilfe seines Vaters. Der arbeitet doch mit allen Tricks!«

Ich wandte ein, dass Pavel jahrelang nicht mehr mit seinem Vater geredet hatte, weil dieser ihm ein Mittagessen in Rechnung stellen wollte.

»Ja, und er stellt dir Auto- und Benzinkosten in Rechnung! Der Apfel fällt nicht weit vom Stamm.«

»Aber jetzt reden sie wieder miteinander ...«

»Natürlich«, schnaufte Milena und leerte ihre Bierflasche. »Jetzt, wo Pavel einen Verbündeten braucht ... Vielleicht plant er ja schon längst die Scheidung? Was, wenn er den Psychiater auf dich angesetzt hat? Nur um dir eine Affäre nachzuweisen, damit er dir später keinerlei Unterhalt zahlen muss?«

Ich wurde ganz still. Sollte da tatsächlich etwas dran sein?

»Wer weiß, ob ich ohne euch jemals wieder aus dieser Klinik rausgekommen wäre.« Ich musste an Pavels Mutter Vilma denken, die in derselben Klinik gewesen war. Ihr war es nicht gelungen, sie aus eigener Kraft zu verlassen. Mich fröstelte.

»Er hätte die ganze Zeit über von deiner Rente prima gelebt.«

Ich schüttelte stumm den Kopf.

Egon sah mich ernsthaft an: »Ella, du musst ihm zuvorkommen. Du musst unbedingt die Scheidung einreichen, und zwar so schnell wie möglich. Und dir wieder eine Arbeit suchen. Er darf keine Macht mehr über dich haben.«

»Merkst du denn nicht, dass er dich total manipuliert?«, setzte Milena nach.

»Ich weiß nicht, ich bin noch nicht so weit. Ich kann doch Alina nicht den Vater nehmen!«

»Was für ein Vater ist er denn? Du meinst, besser ein schlechter Vater als gar kein Vater?«

»Ich weiß doch, wie das ist, ohne Vater aufzuwachsen! Und Pavel kann auch ein wirklich netter Mensch sein.« Noch immer wollte ich ihn verteidigen, den Mann, den ich einmal so geliebt hatte.

»Solche Menschen sind immer nett, solange sie etwas von dir wollen. Und danach schicken sie dich in die Hölle.« Milena holte eine zweite Flasche Bier.

Egon gab ihr recht: »Milena nimmt kein Blatt vor den Mund, aber dafür sind Freunde da. Wenn du ihm nicht zuvorkommst, wird er dir irgendwann noch das Sorgerecht für Alina nehmen. Es reicht, dass er vor Gericht behauptet, du wärst instabil, könntest dein Kind nicht erziehen und wärst nicht fähig, ein normales Leben zu leben …«

»Aber ich bin doch freiwillig in die Klinik gegangen!«

»Die drehen dir das Wort doch im Munde um. Und dein Psychiater wird auf keinen Fall für dich aussagen. Der will seinen eigenen Arsch retten.« Milena malte Gänsefüßchen in die Luft: »Psychisch Kranke verletzt ihre Aufsichtspflichten gegenüber der minderjährigen Tochter, verweigert die Ehepflichten gegenüber ihrem Mann und hat weder festen Wohnsitz noch einen festen Arbeitsplatz! Nach monatelangem Aufenthalt in der Psychiatrie ist sie einfach aus der Klinik abgehauen und versteckt sich mit dem Kind im Wald. Die kann keine gute Mutter sein!«

Mir sank das Herz in die Hose. »Ihr macht mir Angst!«

»Ella, du musst dem Feind ins Auge blicken. Wir sind immer für dich da, aber den Scheidungsantrag musst du schon selbst stellen.«

30

Prag, Januar 1965

»Du hast WAS gemacht?« Die Stimme meines Mannes war schneidend, und seine Augen kalt.

»Ich habe die Scheidung eingereicht, Pavel.« Mit festem Blick stand ich meinem Mann gegenüber. Ich hatte lange gebraucht, aber jetzt war es so weit

Als ich im September mit neuem Selbstbewusstsein, das ich nicht der psychiatrischen Klinik, wohl aber meinen Freunden Milena und Egon verdankte, nach Hause zurückkehrte, hatte ich Kondome in einer Hose meines Mannes gefunden und ihn zur Rede gestellt:

»Pavel, wie lange willst du denn noch leugnen, dass du mich betrügst?« Mit blitzenden Augen sah ich ihn an.

»Na schön, Ella. Du willst es ja nicht anders: Ja, ich treibe es mit anderen Frauen, und zwar schon lange, weil du eine frigide Frau bist. Und genau das habe ich auch deinem Psychiater gesagt: Da kann man ja gleich einen Eisblock umarmen!«

Er zählte an den Fingern auf, mit welchen Frauen er mich schon betrogen hatte. Es schien ihm regelrecht Freude zu bereiten. Wie ich bei dieser Gelegenheit erfuhr, erwartete eine der Geliebten gerade ein Kind.

»Und da bist du auch noch stolz drauf?«

Er schrie mich an, dass er sich gar nicht sicher sei, überhaupt der Vater zu sein, denn diese Frau sei im Gegensatz zu mir kein Kind von Traurigkeit!

Wir waren einander auf Gedeih und Verderb ausgeliefert in der kleinen Wohnung, und wegen der großen Wohnungsnot konnte ich nirgendwo anders hin. Die nächsten Wochen und

Monate waren die reinste Hölle, und unsere Auseinandersetzungen wurden immer heftiger.

Bis ein Streit ganz besonders ausartete. Wie sich herausstellte, hatten meine Freunde Milena und Egon in allem recht gehabt: Mein Mann hatte sich damals tatsächlich mit Dr. Roman Stosch verbündet. Schon der Intelligenztest war ein Versuch gewesen, mich auszuschalten. Ich war schwer erschüttert und schritt endlich zur Tat. Doch wer echt schlecht verlieren konnte, war Pavel.

»Du hast die Scheidung eingereicht? Du glaubst doch nicht im Ernst, dass ich hier ausziehe? Das wirst du bereuen!« Wutschnaubend prügelte Pavel auf mich ein. »Das wirst du bereuen, du dumme Kuh! Ich mach dich fix und fertig!«

Ich war so überrascht, dass ich gegen die Tischkante knallte. Blut quoll mir aus der Nase und tropfte auf den Teppich. Er drückte meinen Kopf auf die Tischplatte. »Das wagst du nicht, du mieses Stück Dreck! Du wirst mich noch kennenlernen!«

Alina saß verschüchtert in der Ecke und hielt sich die Ohren zu. »Vati!«, wimmerte sie mit angstgeweiteten Augen. »Bitte schlag die Mami nicht tot!« Sie schlang die Arme um meine Beine und versuchte, mich aus der misslichen Lage zu befreien. »Lass die Mami los, bitte Vati!«

»Und du hältst dich da raus, junges Fräulein! Das fehlte noch, dass ihr Weibsbilder euch gegen mich verbündet!«

Gleich darauf verabreichte er mir noch ein paar kräftige Ohrfeigen. »So. Das wird dir eine Warnung sein! Du reichst NICHT die Scheidung ein. Du NICHT!«

Damit stürmte er aus der Wohnung.

Weinend und bibbernd saßen Alina und ich eng umschlungen auf dem Teppich und versuchten, uns gegenseitig zu trösten. Wir wischten den Tisch und den Teppich sauber. Wie sollte ich das meinem kleinen Mädchen nur erklären? Wir hatten beide keine Worte. Schließlich schlief sie in meinen Armen auf dem Sofa ein.

Am nächsten Morgen – ich hatte Alina mit Sonnenbrille zu ihrem Kindergarten gebracht und sie angefleht, dort nichts von unseren Familienquerelen zu erzählen – stand Pavel mit einem Blumenstrauß vor der Tür. Er hatte tiefe Ringe unter den Augen und war unrasiert.

Als er mein blaues Veilchen sah, brach er reumütig in Tränen aus.

»Ella! Es tut mir schrecklich leid! Ich weiß nicht, wie das passieren konnte!«

Mit feuchten Augen flehte er mich um Verzeihung an.

»Ich will dich doch nicht verlieren! Du und Alina, ihr seid doch alles, was ich habe!« Er warf sich aufs Sofa, auf dem ich die Nacht mit Alina verbracht hatte. Seine Schultern bebten. »Ich habe die ganze Nacht kein Auge zugetan, Ella. Ich habe mich so geschämt. Noch nie im Leben habe ich eine Frau geschlagen. Wozu hast du mich nur gebracht?!«

Erwartete er jetzt, dass ich ihn tröstete?

Er zupfte an mir wie ein quengelndes Kind. So nach dem Motto: »Ella, ich weine! Du hast mich zum Weinen gebracht, Ella! Beachte mich! Tröste mich!«

Ich bügelte die am Vortag ausgewaschene Bluse. Meine Finger zitterten. Das war einfach nicht auszuhalten!

»Gib uns noch eine Chance, Ella. Bitte zieh die Scheidung zurück!«

Ich hielt mit dem Bügeln inne. »Manche Scheidungen sind schwer, manche nur schwierig. Aber wem erzähle ich das? Als Sohn eines Scheidungsanwalts kennst du dich ja damit bestens aus. Alles, was ich will, ist Frieden. Das sind wir unserer Tochter schuldig, Pavel.«

»Wir schulden ihr ein intaktes Elternhaus!« Er schlug auf das Sofakissen.

Ich zog den Stecker des Bügeleisens aus der Steckdose, weil ich es plötzlich als Gefahrenquelle sah. Schnell räumte ich es weg.

»Wir kriegen das hin. Lass uns fair und freundschaftlich auseinandergehen.«

»Wie stellst du dir das vor? Auseinandergehen?« Pavel war schon wieder aufgesprungen. »Bei dieser beschissenen Wohnungsnot? Glaub ja nicht, dass ich zu meinem Vater und Saskia ziehe!«

Ratlos sah ich ihn an. »Du willst doch nicht hier wohnen bleiben, nachdem du mich vor den Augen unseres Kindes geschlagen hast?«

»Und ob ich das will.« Er schlug mit der Faust auf den Tisch: »Wir haben für diese verdammte Wohnung dreihundert Brigadestunden abgeleistet, und nur weil mir einmal die Hand ausgerutscht ist, willst du jetzt alles zerstören, was wir uns mühsam aufgebaut haben?«

Ich traute meinen Ohren nicht. »ICH will alles zerstören?«

»Siehst du, jetzt fängst du schon wieder an zu streiten!« Er nahm meine Hand und küsste meine Fingerspitzen: »Statt mir endlich ein bisschen Liebe zu schenken! Was meinst du, wie sehr ich mich danach sehne? Die andere Frau, die sich einbildet, ein Kind von mir zu bekommen, hat längst nicht deine Klasse!« Er begann, meinen Hals mit Küssen zu bedecken. »Sei doch endlich mal eine richtige Frau … Solange Alina im Kindergarten ist … Du kommst von mir nicht los.« Er begann mich zu befummeln.

»Au! Das tut weh!« Mühsam machte ich mich von ihm los. Mein Gesicht war grün und blau, mein Rücken und meine Hüften waren von Striemen übersät, und er wollte mit mir schlafen?

»Ja! Das brauchst du doch, gib's zu, du willst es doch auch! Und wenn es wehtut, spürst du wenigstens was!«

Pavel tat mir Gewalt an. Ich konnte mich nicht wehren, in der Enge und Anonymität dieser Wohnung. Ich war sogar noch dankbar dafür, dass es in Alinas Abwesenheit passierte.

Pavel wertete diesen Akt als Akt der Versöhnung, und als Alina aus dem Kindergarten zurück war, strahlte er sie an und überreichte ihr ein kleines Geschenk: »Mami und ich haben uns wieder vertragen. Mach dir keine Sorgen, Alina: Wir haben uns wieder lieb, und alles wird gut. Der Papi gibt auch keine Fahrstunden mehr!«

In Wirklichkeit gab Pavel seine Fahrstunden nur vorübergehend auf, um die Pflichtzahlungen für unser Kind zu reduzieren. Der Trick funktionierte: Mit vierhundert Kronen monatlich bekam ich für Alina den niedrigsten Satz Unterhaltszahlungen.

Auch diesen Tipp hatte er von seinem Vater.

31

Prag, in einer schäbigen Anwaltskanzlei, Februar 1965

»Frau Gregorová, wenn Sie wirklich geschieden werden wollen, müssen Sie ein Jahr lang die strikte Trennung von Tisch und Bett einhalten!«

Der etwas schmuddelige Anwalt, der mir wegen meiner finanziellen Misere gratis zustand, hörte sich meine verzweifelten Schilderungen kopfschüttelnd an: »Das ist das gesetzlich vorgeschriebene Trennungsjahr! Da kommen Sie nicht drum rum.«

Als er den Namen meines ehemaligen Schwiegervaters hörte,

wurde der Pflichtanwalt noch kleiner, als er ohnehin schon war. »Das wird David gegen Goliath! Wollen Sie das sich und mir wirklich antun?«

Ich schilderte dem Mann, der kein besonderes Interesse an dem Fall hatte, was alles vorgefallen war:

Aus meinem geliebten Pavel war ein Mensch mit zwei Gesichtern geworden: Schikanen, Liebeserklärungen, Schläge und erzwungene »eheliche Pflichten« wechselten einander ab: Sein Vater hatte ihn dahingehend beraten, dass ein Scheidungsantrag nicht gültig war, solange noch sexuelle Handlungen zwischen den Ehepartnern stattfanden. Und Vergewaltigung in der Ehe war damals weder strafbar noch überhaupt ein Begriff.

»Aber wie soll ich das schaffen, Trennung von Tisch und Bett, in zwei winzigen Zimmern, noch dazu mit Kind?«

Der Anwalt zog ein Schreiben aus dem dünnen Ordner vor ihm, auf dessen Rücken mein Name stand: »Ihr gegnerischer Anwalt hat beantragt, dem Vater vier Wochen Urlaub mit Kind zuzusprechen.«

»Das ist ja lächerlich«, brauste ich auf. »Er hat ja selbst nur drei Urlaubswochen!«

»Ja, dieses Argument habe ich in unserem Schriftverkehr auch schon angeführt. Aber schauen Sie mal, wie die Antwort lautet: ›Die eine Woche soll das Kind beim Großvater des Kindes verbringen.‹«

»WAS?! Bei meinem Schwiegervater?« Ich umkrallte meine Handtasche, um nicht auf den Schreibtisch einzuschlagen. »Dieser Großvater hat in seinem ganzen Leben noch keinen Moment mit seiner Enkelin verbracht! Mein Ex-Mann hatte ja selbst jahrelang keinen Kontakt zu ihm! Es ist ausgeschlossen, dass Alina mit diesem fremden Mann auch nur eine Minute verbringt.«

Der Anwalt kratzte sich mit dem Bleistift am unrasierten

Kinn und machte sich Notizen. »Dann geben wir das so an das Gericht weiter.«

Ich hatte nicht das Gefühl, dass er sich brennend für mich oder meine Notlage interessierte. Er bekam ja auch nur eine winzige Aufwandsentschädigung vom Staat.

Bereits am nächsten Tag stürmte ich schon um acht Uhr früh in seine Kanzlei. Der Anwalt war noch nicht mal richtig angekommen und suchte gerade seine Utensilien zusammen.

»Frau Gregorová! Sie schon wieder? Was ist denn jetzt schon wieder vorgefallen?«

Atemlos berichtete ich, was heute Nacht passiert war.

»Ich habe gegen zehn Uhr abends, als Alina längst schlief, noch den Müll runtergebracht, und als ich wieder raufkam, hat Pavel mich aus unserer Wohnung ausgesperrt, mich einfach im Treppenhaus stehen lassen. Er hat den Schlüssel von innen stecken lassen und die Kette vorgelegt, um dann hämisch zu sagen: ›Ich werde dem Gericht Meldung machen, dass du deine Pflichten gegenüber Alina vernachlässigst!‹«

»Das war natürlich die Retourkutsche für die Ablehnung des Urlaubsantrags.« Der Anwalt hatte endlich meine Akte gefunden. »Und? Wann hat er Sie wieder hineingelassen?«

»Gar nicht!« Ich musste mich zwingen, ruhig zu bleiben. Mit zitternden Fingern suchte ich in meiner Handtasche nach einem Taschentuch. »Also blieb mir nichts anderes übrig, als mitten in der Nacht in Hausschuhen und ohne Mantel zu meinen Freunden Milena und Egon zu laufen. Geld für die Straßenbahn hatte ich ja nicht dabei.«

In Erinnerung an diese entwürdigende Nacht schluckte ich schwer. Wieder hatte ich nachts hilflos und verzweifelt vor deren Wohnungstür gestanden! Bereitwillig hatten Egon und Milena mich auf der Küchenbank übernachten lassen. Am nächsten Morgen lieh mir Milena einen Mantel und das Fahrgeld für die Straßenbahn.

»Als ich vorhin mit Herzklopfen die Wohnung aufschloss, war sie nicht mehr von innen verriegelt.«

»Wann war das?« Der Anwalt kritzelte in meiner Akte herum.

»Gerade eben! Um halb acht!« Atemlos erzählte ich weiter.

»Als Erstes hab ich in Alinas Zimmer gespäht. Sie war nicht da! Und Pavel war schon zur Arbeit wie jeden Morgen.«

»Also hat er sie mitgenommen?« Der Anwalt zündete sich eine Zigarette an.

»Zuerst bin ich natürlich zum Kindergarten gerannt, doch da war sie auch nicht!« Ich konnte ein heftiges Schluchzen nicht unterdrücken.

»Gute Frau! Bitte beruhigen Sie sich.«

»Ich war so in Sorge! Dann hab ich bei Pavel auf der Baustelle angerufen. Ein Genosse hat mir bestätigt, dass Pavel mit seiner Tochter aufgekreuzt ist. Ich habe darauf bestanden, dass er meinen Mann an den Apparat holt. Im Hintergrund war Hämmern und Bohren zu hören. Das Kind auf der Baustelle! Was da alles passieren kann!« Ich musste mir über die Augen wischen.

»Und dann?« Der Anwalt schnippte Asche in einen Aschenbecher und verschränkte die Arme hinterm Kopf. Dabei kippelte er mit seinem Stuhl.

»Pavel ist an den Apparat gekommen. Was ich denn wolle. Weil ich mich die ganze Nacht vom Kind entfernt hätte, würde ich jetzt endgültig mein Sorgerecht verlieren!«

»Das war natürlich wieder ein Trick von seinem Vater.« Der Anwalt kam langsam in Fahrt. »Frau Gregorová, dass er solche Geschütze auffährt, beweist nur, wie wenig Verantwortung er dem Kind gegenüber verspürt.« Ich merkte, dass er jetzt selbst richtig wütend geworden war. »Ich gebe Ihnen einen guten Rat: Sie gehen jetzt auf die Baustelle, in die Höhle des Löwen, und schildern den Vorfall der Revolutionären Gewerkschaftsbewegung ROH. Da hat er sich ins eigene Fleisch geschnitten, denn die werden nie und nimmer zulassen, dass das Kind auf der Baustelle bleibt.«

»Danke, Herr Anwalt.« Ich wollte schon gehen, doch er war noch nicht fertig.

»Ach, Frau Gregorová, wenn Sie wüssten, wie viel ähnlich gelagerte Fälle ich hier vertrete!« Er steckte sich die nächste Zigarette an. »Lassen Sie mich Ihnen noch ein paar Ratschläge geben. Erstens: Ziehen Sie sich mit Ihrer Tochter in eines der beiden Zimmer zurück. Nehmen Sie Ihr Essen dort zu sich, kochen Sie nicht mehr für ihn, waschen Sie nicht mehr für ihn und kaufen Sie nicht mehr für ihn ein. Zweitens: Schließen Sie sich in diesem Zimmer ein.«

Ich presste die Lippen zusammen. Die Hälfte an Wohnraumhölle würde das Doppelte an Hölle werden.

»Und drittens: Sie müssen sich schnellstmöglich wieder eine Arbeit suchen. Sonst können Sie gar nicht geschieden werden.«

»Ich habe noch nicht die Kraft, wieder als Lehrerin zu arbeiten …«

»Aber irgendwas müssen Sie tun. Gehen Sie unter Leute. Wenn Sie mit diesem unberechenbaren Menschen zu Hause rumsitzen, ist die nächste Katastrophe vorprogrammiert.«

»Ja. Danke, Genosse Anwalt.« Ich erhob mich und gab ihm die Hand. Meine Situation war so ausweglos, dass ich nur noch weinen wollte. Er begleitete mich zur Tür.

»Ach so, und letzter Ratschlag: Zeigen Sie Ihre Blessuren einem Arzt.« Er wies mit der Hand auf das Veilchen, das ich hinter einer Sonnenbrille zu verstecken versuchte: »Dieses … Dings da. Bevor es weg ist. Lassen Sie das dokumentieren.«

Und tatsächlich reagierten die Männer von der Gewerkschaftsbewegung genau so, wie der Anwalt es mir vorhergesagt hatte. Sie rückten Alina sofort heraus, und Pavel bekam einen Verweis.

Auch wenn es nur ein winziger Teilsieg war: Von nun an würde ich kämpfen wie eine Löwin und nichts mehr dem Schicksal überlassen.

Tage später saß ich erneut bei meinen Freunden Milena und Egon – auch um neue Blessuren dokumentieren zu lassen. Egon fotografierte und protokollierte nicht nur das Veilchen, sondern auch meine Blutergüsse an Schenkeln und Hüften.

»Erzähl, wie geht es dir inzwischen?«

Wir saßen zusammen in der gemütlichen Wohnküche, und hinter dem Vorhang spielten die Kinder. Ich klammerte mich an die bauchige Tasse Tee, die Milena mir in die Hand gedrückt hatte.

»Er hat mir einen Brief geschrieben. Ich glaube, er bekommt langsam kalte Füße.«

»Lies vor!«

Mit zitternden Fingern holte ich den mehrseitigen Schrieb aus meiner Handtasche.

»Es tut mir wahnsinnig leid, was ich dir alles angetan habe«, las ich mich brüchiger Stimme vor. »Ich weiß, dass es nur wenig Hoffnung gibt, um unsere Beziehung zu reparieren …«

»Mir kommen die Tränen!« Milena blies in ihren Tee.

»Lies weiter. Das können wir alles brauchen.« Egon wies mit seiner Zigarette auf den Brief.

Ich las weiter vor.

»Aber heute ist mir klar geworden, dass ich nur dich liebe und nie eine andere geliebt habe. Wenn ich irgendwann mal etwas anderes gesagt habe, dann war das ein Irrtum.«

»Hervorragend.« Egon blies den Rauch gegen den Vorhang. »Damit gibt er seine Affären zu. Punkt für dich, Ella.«

Ich überflog so einiges, was allzu privat war, und las noch einen letzten Satz vor: »Erst jetzt ist mir das volle Ausmaß der Verwüstung bewusst, das ich in deinem und Alinas Leben verursacht habe.«

»Klasse. Das reicht. – Darf ich?« Egon nahm mir den Brief ab. »Zusammen mit den Fotos haben wir jetzt ganz wunderbare Beweismittel gegen ihn. Und da du sie besser nicht in der Wohnung aufbewahren solltest, sind sie bei uns besser aufgehoben.«

»Ihr seid die Besten!« Ich sah die beiden dankbar an. »Wenn ich jetzt noch eine Arbeit hätte ...«

»Ich wüsste da was für dich ...« Milena stand auf und holte einen Reiseprospekt von der Anrichte. »Schau mal hier. Du sprichst doch perfekt Deutsch.«

Was ich in Händen hielt, war ein erster Prospekt für Reisen ins deutschsprachige Ausland, also in die DDR, herausgegeben vom staatlichen Reisebüro Čedok. Das organisierte auch Fahrten nach Bulgarien, Ungarn, Polen und Rumänien.

»Das ist hier bei uns um die Ecke.« Milena ließ sich wieder auf die Küchenbank fallen.

»Du holst dir Reiseprospekte?« Egon sah sie fragend an. »Gibt es etwas, das du mir sagen willst?«

»Träumen wird doch noch erlaubt sein!« Milena zwinkerte mir zu.

»Aber was wird dann aus meiner Tochter, wenn ich als Reisedolmetscherin unterwegs bin? Ich kann sie unmöglich mit Pavel allein lassen!«

»Könnte deine Mutter nicht herkommen?«, schlug Milena vor.

»Nein, um Gottes willen, die ist solchen Situationen nicht gewachsen.« Ratlos umklammerte ich meine Teetasse. Plötzlich kam mir ein Gedanke. »Wer es dagegen sehr wohl mit Pavel aufnehmen könnte, ist meine Tante Franziska.« Die war einfach die unbeugsamste Frau, die ich kannte. »Trotzdem, das mit den Reisen hab ich noch nie gemacht, ich kann das doch gar nicht.«

»Wieso denn das? Nett siehst du aus, Manieren hast du, gerade gehen kannst du und in ein Mikrofon sprechen kannst du auch!«, konterte Milena gewohnt optimistisch.

»Ihr meint wirklich, ich soll mich da bewerben?«

»Wenn du es nicht machst, mach ich es!«, scherzte Milena und verdrehte die Augen. »Ich kann nur leider kein Deutsch.«

»Auch der Tourismus zwischen DDR und ČSSR ist mittlerweile aus Ruinen auferstanden.« Egon nickte begeistert. »Das ist genau das Richtige für dich: So kannst du deine Deutschkenntnisse verwerten und außerdem verreisen, dein Leben etwas bunter gestalten!«

»Dann versuch ich es. Vielleicht soll es so sein.« Ich atmete tief ein und aus. »Wenn sich eine Tür schließt, öffnet sich vielleicht irgendwo ein Fenster.«

»Bei dir haben sich so viele Türen geschlossen, dass sich jetzt ein ganzes Paradies für dich öffnen wird, wirst schon sehen!« Milena schob mir den Reiseprospekt zu. »Du hast das so was von verdient!«

Egon sah seine Frau liebevoll an: »Weißt du, Milena, es gibt schöne Frauen, kluge Frauen, fleißige Frauen, häusliche Frauen und …«.

Diesen Spruch hatte ich doch schon mal irgendwo gehört? Er schien unter tschechischen Männern weit verbreitet zu sein.

»Und es gibt Frauen, die haben richtig gute Freunde!«, unterbrach ich ihn und fiel den beiden spontan um den Hals. »Danke, Leute, dass es euch gibt!«

32

Prag, März 1965

Auf Anraten meiner Freunde wartete ich, bis das Veilchen vollständig verschwunden war, und bewarb mich dann bei Čedok als Dolmetscherin. Der Chef des staatlichen Reisebüros war begeistert von meiner Erscheinung, meiner Bildung und von meinen Sprachkenntnissen – sofort war ich eingestellt. Mein perfektes Deutsch, das ich jahrelang verleugnen musste, wurde jetzt gebraucht, und der gute Mann fragte nicht mal, woher ich es so gut konnte. Ich bekam das Čedok-Abzeichen ausgehändigt und nähte es mir auf mein ehemaliges hellblaues Hochzeitskostüm. Es wirkte wie eine flotte Uniform. Wer hätte das gedacht, dass ich mein Hochzeitskostüm noch einmal mit solcher Freude anziehen würde!

Meinen ersten Tagesausflug machte ich mit einer dreißigköpfigen Reisegruppe aus Ostberlin, die zum ersten Mal seit dem Krieg Prag besichtigte.

»Meine Damen und Herren, Prag ist die historische Hauptstadt Böhmens und heute Hauptstadt der Tschechoslowakei. Die »goldene Stadt«, wie sie auch genannt wird, zeigt ein von Gotik und Barock geprägtes Stadtbild. Hier befinden wir uns auf der Prager Burg. Der *Pražský hrad*, wie wir Tschechen die Burg nennen, ist das größte geschlossene Burgareal der Welt. Es liegt auf dem Hradschin, so heißt die Burgstadt, die hier oberhalb der Moldau bereits im Mittelalter gegründet wurde. Über die Moldau führen insgesamt dreizehn Brücken, wovon die Karlsbrücke die berühmteste ist. – Wenn Sie mir bitte folgen wollen: Als Nächstes besichtigen wir die mittelalterliche Rathausuhr, bevor Sie dann am Altstädter Ring auch Einkaufsmöglichkeiten haben …«

Staunend fotografierten die Ostdeutschen alles, was ihnen vor die Linse kam. Nur militärische Gebäude und staatliche Einrichtungen waren tabu, da musste ich auch manchmal energisch dazwischengehen.

Es machte großen Spaß. Jetzt, wo ich meine Stadt, die ich wie meine Westentasche kannte, durch die Augen von Touristen sah, erfüllte es mich mit Stolz, sie den ausländischen Gästen vorstellen zu dürfen. Auch wenn alles noch grau und schäbig war: Die Architektur- und Kunstschätze waren alle noch vorhanden. Im Gegensatz zu Dresden und Berlin war Prag ja nicht bombardiert worden. Schon bald übersetzte ich nicht nur, sondern erzählte selbst, was ich vom Geschichtsunterricht wusste.

»Fräulein, woher können Sie so gut Deutsch?«

»Fräulein, Sie sind ja fantastisch! Vielen Dank für die tolle Führung, wir werden Sie weiterempfehlen!«

Die Reiseleiter aus dem Osten liefen mit einem SED-Parteizeichen am Revers herum. Natürlich kamen nur linientreue Parteimitglieder in den Genuss einer Pragreise!

An allen öffentlichen Orten trieben sich Geheimdienstleute herum, aber das wusste ich damals noch nicht: Diese Reisen wurden nämlich auch von West- und Ostdeutschen zu lang ersehnten Wiedersehenstreffen genutzt. Familienmitglieder und Freunde, die nun schon seit Jahren durch den Eisernen Vorhang voneinander getrennt waren, fielen einander schluchzend um den Hals. Ihre Wiedersehensfreude war riesig!

Mit Gänsehaut sah ich mir diese rührenden Szenen an.

»Fräulein, können Sie mal ein Foto von uns machen?«

»Aber natürlich, bitte recht freundlich …«

»Frollein? Kieken Se ma durch den Sucha?« Das war eindeutig Berlinerisch! »Ick hab meene Tante wiedajefunden.«

Die Tante sprach »ooch Baalinarisch«. Sie kam aus dem

Ostteil, der Neffe aus dem Westen, zwischen ihnen die Berliner Mauer. Sie wohnten in unmittelbarer Nachbarschaft, und dennoch trafen sie sich in Prag!

»So, Leute, die Busse stehen bereit, bitte wieder einsteigen ...« Der Reiseleiter aus Ostberlin klatschte in die Hände. »Bitte, Genossin Gregorová! Helfen Sie, unsere Schäfchen wieder einzusammeln.«

Es war ein anstrengender Job, aber er erfüllte mich und öffnete mir ganz neue Horizonte.

Bis die nächste Gewitterwolke über meinem Haupt schwebte!

Als ich eines Tages nach Hause kam, fand ich einen Brief von der Staatssicherheit vor. Er trug keine Briefmarke, sondern war persönlich abgegeben worden. Mit klopfendem Herzen nahm ich ihn mit in mein Zimmer, in dem ich mich mit Alina verschanzt hatte, und riss ihn in banger Vorahnung auf. Die Staatssicherheit! Welchen Vergehens hatte ich mich schuldig gemacht?

»Hiermit werden Sie aufgefordert, sich am heutigen 8. März 1965 um 16 Uhr an der Pforte des Innenministeriums zu melden.« Stempel, unleserliche Unterschrift.

Im Innenministerium wurden Leute verhört, gefoltert und verschwanden oft für immer!

Mir wurde heiß und kalt zugleich, und ich brach in unkontrolliertes Zittern aus.

»Was ist mir dir, Mami?« Alina schaute besorgt von ihrem Zeichenbuch auf. »War Papi wieder böse zu dir?«

»Nein, Liebes, diesmal ist es ...« Ich schluckte. Grauenvolle Bilder tauchten vor meinem inneren Auge auf. »Bitte bleib einen Moment hier, ich komme gleich wieder.« Hastig suchte ich mir einige Münzen zusammen. Meine Not war so groß, dass ich keine andere Lösung wusste, als Pavel um Hilfe zu bitten. Denn was, wenn sie mich da behalten würden? Ausgerechnet jetzt war Tante Franziska für ein paar Tage in Haida! War das alles von langer Hand eingefädelt? Oder sah ich schon Gespenster, wo keine waren? Fast wäre ich vor eine Straßenbahn gelaufen! Ihr gellender Warnton hielt mich gerade noch zurück. In Panik eilte ich über die Gleise zur Telefonzelle und rief Pavel auf dem Bau an. An Milena und Egon konnte ich mich diesmal nicht wenden, Milena unterrichtete wieder, und auch Egon war tagsüber nicht abkömmlich.

Ich kniff die Augen zu und atmete ein paarmal tief durch. Merkwürdigerweise ging Pavel sofort an den Apparat. Zufall?

»Pavel, ich brauche deine Hilfe.«

»Ach, auf einmal?«

»Pavel, hör zu, es ist ein Notfall. Sie haben mich ins Innenministerium bestellt.« Mein Herz polterte so laut, dass er es noch über den Baustellenlärm hinweg hören musste! »Du weißt, was das bedeutet.« Ich schluckte schwer.

Stille in der Leitung.

»Pavel, du hast doch nicht etwa damit zu tun?«

»So etwas traust du mir zu?« Ich hörte ihn nervös rauchen. »Ich liebe dich, Ella. Ich will, dass zwischen uns wieder alles gut ist!«

»Lass uns jetzt nicht darüber diskutieren. Ich muss um vier Uhr da sein. Kannst du auf Alina aufpassen?«

»Ich habe bis acht Uhr abends Dienst auf meiner Baustelle!«

»Pavel, bitte ...« Jetzt musste ich meinen Mann doch tatsächlich anflehen, sich um unsere Tochter zu kümmern.

Erstaunlich schnell lenkte er ein. »Na, wenn es dir so am Herzen liegt. Für dich tue ich doch alles.«

War das eine Finte, eine Falle? Ich vertraute Pavel nicht mehr, hatte aber keine andere Wahl.

Ich rannte wieder nach Hause und fieberte mit Blick auf die

Wanduhr dem Eintreffen meines Mannes entgegen. Nur eine Mutter kann nachempfinden, mit welcher Selbstbeherrschung ich in den nächsten Stunden meinem Kind das Essen zubereitete und ihm dann aus dem *Struwwelpeter* vorlas.

Als Pavel endlich auf der Matte stand, flehte ich ihn an:

»Pavel, kannst du mitkommen?«

Er stieß einen Zischlaut aus. »Ich geh doch nicht freiwillig ins Innenministerium!«

Traumatische Erinnerungen an den Tag, an dem ich meinen Vater dort gesucht hatte, prasselten auf mich ein.

»Nein, aber ... kannst du dich mit Alina ins Café gegenüber setzen, bitte?!«

»Wenn du mir Geld für Kaffee und Kuchen gibst?«

Fassungslos nahm ich sein unverschämtes Grinsen zur Kenntnis. »Wie viel brauchst du?«

»Na so viel, dass Alina und ich uns eine gute Zeit machen können, nicht wahr, Mausi?« Er nahm unsere Tochter an der Hand und sagte neckisch: »Dein Papi lädt dich jetzt auf ein Stück Kuchen ein. Und dann besprechen wir, wie dumm das von der Mami ist, euch beide in das blöde Zimmer einzuschließen.«

Während die beiden Hand in Hand vor mir her hüpften, taumelte ich, meine Handtasche mit der Vorladung umklammernd, hinter ihnen her.

Das Innenministerium. Was hatte ich nur verbrochen, inwiefern hatte ich den Staat beleidigt?

»Wenn ich das Gebäude innerhalb von zwei Stunden nicht verlassen habe, erkundige dich an der Pforte nach mir«, flehte ich Pavel mit belegter Stimme an.

Seine Oberlippe zuckte spöttisch, aber in seinen Augen glomm ebenfalls Panik. Ich straffte die Schultern und betrat pünktlich das Gebäude.

»Ich bin Ella Gregorová. Ich soll mich hier melden.«

»Vorladung?!«

Eine Hand kam durch einen gläsernen Schlitz und verlangte nach dem Schrieb, den ich zitternd hindurchschob.

»Warten Sie hier.« Ich stand im dunklen Foyer. Keine Sitzgelegenheit, nichts. Man wurde einfach stehen gelassen wie ein Schüler, der etwas verbrochen hat und auf sein Donnerwetter wartet. Mein Herz polterte. Damals hatte ich hier mit Tante Irma gestanden. Die Erinnerung drohte mich umzureißen wie eine Flutwelle. Ich fühlte mich wieder wie mit zwölf. Allein gelassen, den unberechenbaren Stürmen des Lebens hilflos ausgeliefert. Pavel würde mich genauso wenig beschützen wie damals Tante Irma.

»Genossin Gregorová?!«

»Ja?« Ich schreckte hoch.

»Kommen Sie bitte hier entlang.«

Ein junger Mann mit glattem Seitenscheitel und in Zivil führte mich durch einen langen schmalen Gang in ein Verhörzimmer, wo er mich höflich bat, Platz zu nehmen. Das Herz hämmerte mir zum Blusenkragen hinaus. Warum war er so nett und zuvorkommend? War das Taktik? Zuckerbrot und Peitsche? Was würde er mir gleich vorwerfen? Oder war er Pavels heimlicher Verbündeter, der mich auf diese Weise einschüchtern sollte? Wem konnte ich auf dieser Welt noch vertrauen?

Ohne sich mir vorzustellen, beugte sich der Mann vor und fragte mich fast verschwörerisch:

»Weiß jemand von Ihrer Vorladung?« Seine Finger waren fein manikürt.

Ich räusperte mir einen riesigen Kloß von der Kehle. Es nutzte ja nichts zu lügen. Sie würden es sowieso herausfinden, wenn sie es nicht längst wussten. Solche Fragen wurden gern als Falle gestellt. »Ja. Mein Mann und meine Tochter sitzen drüben im Café und warten auf mich.«

Der junge Mann lehnte sich zurück und zupfte an seiner Krawatte.

»Nun, wie uns zu Ohren gekommen ist, arbeiten Sie neuerdings für das Reisebüro Čedok.«

»Ja, ganz recht ...« Meine Hände zitterten so, dass ich sie nervös verschränkte.

»Macht es Ihnen Freude?« Seine Augen lächelten nicht mit.

»Ja, natürlich. Also ich meine, unsere Stadt zu zeigen ist eine schöne Aufgabe.«

»Wie mir zu Ohren gekommen ist, machen Sie Ihre Sache ganz ausgezeichnet. Woher können Sie so gut Deutsch?«

Oh Gott, wollte er darauf hinaus? »Meine Mutter ist Deutsche, also ursprünglich. Wir ... Ich bin natürlich in Prag aufgewachsen, habe dort meine pädagogische Ausbildung gemacht und ... bin natürlich Tschechin«, stammelte ich hilflos. »Das steht auch in meinem Pass, Sie können sich davon überzeugen.«

Die Pässe der Bürger dieses Staates waren in diesem Gebäude unter Verschluss. Niemand durfte ihn bei sich zu Hause aufbewahren.

Natürlich wusste er das alles bereits. Auf seinem Schreibtisch lag eine dicke Akte mit meinem Namen darauf! Das ganze Drama mit Vati ... war es ihm bekannt? Wieder schluckte ich trocken.

»Und Sie können sich so gar nicht denken, warum wir Sie einbestellt haben?« Der Typ lächelte immer noch äußerst liebenswürdig, hatte aber etwas Aalglattes an sich.

Ich presste die Lippen aufeinander und zermarterte mir das Hirn. Welchen Fehler konnte ich begangen haben, außer die Scheidung einzureichen? Aber was ging das die Staatssicherheit an?

Der junge Mann holte ein Formular aus seiner Schreibtischschublade und legte es vor mich hin. Es war ein mir bekannter Beurteilungsbogen des Reisebüros Čedok über den Verlauf eines Ausflugs. Als Dolmetscherin hatte ich dort einzutragen, wie er verlaufen war. Ich erkannte meine eigene Schrift. »33 Bustouristen aus Ostberlin, reibungsloser Verlauf der Stadtrundfahrt; alle Sehenswürdigkeiten planmäßig pünktlich absolviert, Mittagessen im Hotel ›Goldene Gans‹, Toiletten in vorschriftsmäßigem Zustand, Weiterfahrt um 14 Uhr, Busfahrer war höflich und half den Gästen beim Einsteigen, ein Ostberliner Witzeerzähler wollte mir das Mikrofon wegnehmen, das habe ich aber nicht zugelassen. Abreise der Gäste wie geplant um 18 Uhr.«

»Haben Sie da nicht was vergessen?«

»Ich weiß nicht?« Angespannt ließ ich diesen Tag Revue passieren. »Nach dem Essen hatten die Gäste etwa eine halbe Stunde Freizeit. Die Leute sind aufgestanden und haben sich unterhalten, waren aber alle pünktlich wieder im Bus.«

»Genossin Gregorová.« Der Aalglatte, der bisher so freundlich mit mir gesprochen hatte wie mit einer debilen Dreijährigen, wurde plötzlich sehr ernst. »Genau das ist der Punkt.«

Fragend sah ich ihn an.

»Die Leute sind aufgestanden und haben sich unterhalten! – Na, fällt denn der Groschen bei Ihnen immer noch nicht?«

»Ich weiß nicht?«

Da wurde sein Ton äußerst scharf, und aus dem Aal wurde ein Haifisch.

»Sie haben Ihre Bürgerpflicht verletzt.«

Ich atmete scharf aus. Das war ein schlimmer Vorwurf, und ich bekam heftige Kopfschmerzen.

Inwiefern hatte ich meine BÜRGERPFLICHT VERLETZT? Das wagte ich natürlich nicht zu sagen. Wenn hier jemand etwas fragte, dann er.

»Es tut mir leid, Genosse …?«

Der Geheimdienstmann verschwieg seinen Namen immer noch. Mit seinen manikürten Fingern tippte er auf das Formular, das ich in meiner Lehrerinnen-Schönschrift säuberlich ausgefüllt hatte.

»Sehen Sie hier die Sparte ›Besondere Vorkommnisse‹?«

»Ja?«

»Da steht nichts.«

»Nein, denn es gab ja auch keine besonderen Vorkommnisse. Alles ist reibungslos verlaufen.«

»Und was ist mit den privaten Treffen ost- und westdeutscher Touristen beim Mittagessen im Hotel ›Goldene Gans‹?«

Ich erstarrte. »Oh. War das ein besonderes Vorkommnis?«

»Allerdings. Wie können Sie unserem Staat verschweigen, dass sich Familien aus Ost- und Westdeutschland in diesem Hotel getroffen haben?«

Er knallte mir die Fotos hin, die ich selbst geschossen hatte.

Mein Herz setzte auf einen Schlag aus. War das nicht ein ganz zufälliges Treffen gewesen? Die Leute hatten sich doch so gefreut!

»Ja, aber ich … Ich dachte, das ist privat.«

»NICHTS ist in diesem Staat privat!«, zischte er. Mit stählernem Blick sagte er ohne laut zu werden: »Sie. Haben. Darüber. Meldung. Zu. Machen!«

In meinen Ohren schrillte ein Alarmsignal.

»Das wusste ich nicht …«

»Jetzt wissen Sie es! Das bedeutet konkret, dass Sie sofort aufstehen, zur Telefonzelle gehen und die hier notierte Telefonnummer anrufen, und zwar unauffällig und diskret!«

»Ich soll also diese Leute … bespitzeln«, dieses Wort rutschte mir glücklicherweise nicht über die Lippen. Harmlose Leute, die nichts taten, als sich zu freuen und zu umarmen, die sich wahrscheinlich jahrelang nach diesem Wiedersehen gesehnt und auf diese Reise gespart hatten, die sollte ich also … melden. Ich kam mir schäbig vor.

Der Mann taxierte mich genüsslich wie ein Kater eine Maus, die den Eingang zu ihrem Loch nicht mehr findet.

Zitternd saß ich vor ihm.

»Ich werde mich bemühen, in Zukunft alles richtig zu machen.«

»Sie haben die Augen offen zu halten, Genossin! Sie haben uns sowohl mündlich als auch schriftlich über solche Vorkommnisse zu informieren.«

Ich räusperte mir einen Kloß von der Kehle. »Selbstverständlich.«

Er blätterte weiter in meiner Akte.

»Sie wollen doch weiter für Čedok arbeiten, oder?« Er lächelte wie ein fieser Junge, der gerade genüsslich einem Insekt jedes Bein einzeln ausreißt.

Ich schluckte. Das Rauschen in meinen Ohren hatte sich zu einem schrillen Dauerton gesteigert. »Ja. Bitte. Geben Sie mir noch eine Chance. Ich werde mich in Zukunft mehr anstrengen.«

»Das will ich Ihnen geraten haben.« Der Kater trommelte mit seinen Krallen auf das Formular. »Denn auch Sie werden beobachtet, und auch über Sie wird Meldung gemacht, ob Sie Ihre Bürgerpflichten erfüllen, haben Sie mich verstanden?«

»Jawohl, Genosse … Entschuldigung, aber ich habe Ihren Namen nicht verstanden«, versuchte ich noch einmal, seine Identität zu erfahren.

»Novotný«, stellte sich mein Vernehmer endlich vor.

Seine Stimme wurde wieder freundlicher. Der Kater schnurrte. »Sie sind doch eine intelligente Frau.«

Ich zog es vor zu schweigen. Was hatte Intelligenz mit Bespitzeln zu tun? Intelligenz bewies man, indem man sich so unauffällig wie möglich verhielt und am besten ahnungslos gab.

Ich hatte meine Lektion für heute gelernt.

»So. Und jetzt unterschreiben Sie hier, dass dieses Treffen niemals stattgefunden hat.«

Wieder schob er mir ein Blatt Papier hin und reichte mir den Kugelschreiber.

Wenn du denkst, sprich nicht.

Wenn du sprichst, schreib nicht.

Wenn du schreibst, unterschreib nicht!, schrillte die Alarmglocke in meinem Kopf.

Doch in meiner grenzenlosen Erleichterung, noch mal mit einem blauen Auge davongekommen zu sein, unterschrieb ich.

Der Mitarbeiter des Geheimdienstes lächelte mich zuvorkommend an.

»Ich würde ja sagen, grüßen Sie Ihren Mann und Ihr Kind von mir, aber Sie waren ja niemals hier.«

»Nein.«

Er erhob sich und wies mir den Weg zur Tür. »Nun, Genossin Gregorová, dann können Sie gehen. Ich freue mich auf weitere Zusammenarbeit.«

33

Prag, März 1965

»Genossin Gregorová, bitte kommen Sie zu einer organisatorischen Besprechung ins Čedok-Büro, wir haben eine mehrtägige Reise in die DDR für Sie!«

Inzwischen hatten wir ein eigenes Telefon.

OH! Mein einziger mehrtägiger Auftrag war bisher eine Reise ins Riesengebirge gewesen. Hastig zog ich mein hellblaues Hochzeitskostüm mit dem Logo des staatlichen Reisebüros an. Wie wundervoll! Vielleicht zur Leipziger Messe? Mein Herz hüpfte vor Freude!

»Tante Franziska, könntest du bei Alina bleiben?«

Meine gute alte Tante Franziska war inzwischen da, meine Bastion im Kampf gegen Pavel!

»Natürlich, Ella. Mach dir keine Sorgen. Ich hole sie nachher von der Schule ab.«

»Und wenn Pavel dir blöd kommt, schließ einfach von innen ab.«

»Der kommt mir nicht blöd. Ich bin eine Waldarbeiterin und habe ein Jahr im Gefängnis gesessen.« Sie tat so, als würde sie zu einem Kinnhaken ausholen. »Wir zwei verstehen uns schon.«

»Aber du darfst nicht für ihn kochen und ihm nicht die Wäsche waschen, sonst gilt das Trennungsjahr nicht.«

Sie lachte. »Ich bin ja nicht mit dem Schönling verheiratet! Keine Angst, Kind, mit dem werde ich schon fertig.« Sie schob mich zur Tür hinaus: »Du siehst übrigens toll aus. Dass dein Hochzeitskostüm noch mal zur Reiseleiteruniform werden würde …«

»Not macht erfinderisch, Tante Franziska!«

Sie winkte mir. »Hab Spaß, Kind!«

Hastig rannte ich auf meinen dunkelblauen Pumps zur Straßenbahn. Im Besprechungszimmer des Reisebüros begrüßte mich mein Chef Waldemar Wanzek wie immer sehr freundlich.

»Da sind Sie ja, Genossin Gregorová.« Er wies mit der Hand auf zwei andere Personen: »Ihre Kollegin, Petra Krasnenková, kennen Sie ja schon, und das hier ist Dr. Milan Berner, der begleitende Arzt für die vorgesehene Reise.«

Ein mittelgroßer Mann mittleren Alters mit mittlerem Aussehen, Trenchcoat und Brille schüttelte mir die Hand. Unauffälliger ging es wohl kaum. Na, den schicken die bestimmt mit, damit er mich beobachtet!, schoss es mir durch den Kopf. Ich lächelte ihn unverbindlich an.

»Genossinnen, Genosse, die nächste Reise geht zur Leipziger Mustermesse. Sie begleiten eine Reisegruppe von vierunddreißig Messebesuchern aus Prag und Umgebung und stehen ihnen als Dolmetscher für Fachfragen zur Verfügung.«

»Selbstverständlich.«

»Natürlich, gern.«

Ich ließ den Typen im Trenchcoat, der sich gerade ein bisschen sehr eifrig in ein Messe-Fachblatt vertiefte, nicht aus den Augen. Dass er es nicht falsch herum hielt, war auch schon alles. Der hatte überhaupt keine Ahnung von unserem Job, so viel war klar! Petra und ich wechselten einen raschen Blick. Auch wenn Petra keine Vertraute war, dürften wir das Gleiche gedacht haben: Eindeutig ein DUHO. Das war ein damals oft benutztes Kürzel für *Důležité hovno*: »Wichtige Scheiße«.

Innerlich zog ich mich sofort in mein übliches Schneckenhaus zurück, während ich äußerlich freundliches Interesse an den Tag legte. Aber ich freute mich auf die Reise! Schließlich konnte ich meiner Ehehölle so für ganze fünf Tage entfliehen – und seit Tante Franziska mit ihrer robusten Art das Zepter schwang, endlich auch mit gutem Gewissen. Fast musste ich grinsen, wenn ich mir ausmalte, wie gewissenhaft die »Trennung von Tisch und Bett« mit Pavel eingehalten werden würde.

»Genossin Gregorová? Haben Sie noch Fragen?«

Am liebsten hätte ich gesagt: »Muss ich wirklich alles melden, was ich sehe, selbst wenn es mich nichts angeht? Wenn zwei Menschen sich vor Wiedersehensfreude umarmen – muss ich dann sofort zum Telefon greifen und dies unter ›Besondere Vorkommnisse‹ zu Protokoll nehmen? Weil es sonst eine Klofrau, ein Kellner, ein Gepäckträger oder ein zufälliger Zeuge sowieso meldet und mich gleich dazu?« Aber das verkniff ich mir natürlich.

»Ähm … nein. Alles klar so weit.«

Waldemar Wanzek referierte lange und ausführlich. Außer der Messe sollten wir unseren Teilnehmern noch das Völkerschlachtdenkmal zeigen, und dann ging es natürlich noch nach Ostberlin ins Pergamonmuseum und zu den üblichen Sehenswürdigkeiten. Leider wohl bei schlechtem Wetter: Es schneite seit Tagen und wollte so gar nicht Frühling werden. Heimlich bewegte ich meine eiskalten Zehen in den nassen Pumps.

»Untergebracht sind Sie jeweils in Studentenwohnheimen.«

Das hörte sich ja nicht gerade gemütlich an. Ich beschloss schon mal, mir eine Wärmflasche mitzunehmen.

Nanu, warum redete der Chef denn nicht weiter? Er sah uns so merkwürdig an … sollten wir jetzt was sagen?

»Wie schön, dass wir einen Arzt dabeihaben«, meinte Petra spitz. Na, die traute sich was! Von unter meinen Wimpern musterte ich den vermutlichen Spitzel, der liebenswürdig zurücklächelte. Er schaute mich einen Moment zu lange an, wie ich fand. Wer von uns beiden würde zuerst den Blick abwenden? Weil ich eine gut erzogene Klosterschülerin war, tat ich ihm den Gefallen.

Der Chef trommelte mit dem Bleistift auf die Unterlagen.

»Ja. Sie, Genosse Dr. Berner, haben sich bei besonderen Vorkommnissen sofort um die betroffenen Reiseteilnehmer – und natürlich bei Bedarf auch um die beiden Reiseleiterinnen zu kümmern und entsprechend Meldung zu machen.«

Bingo. Ging es noch deutlicher?

»Äh … was?« Der Arzt tat, als wäre er gerade aufgewacht. »Ja natürlich. Dafür bin ich ja da.«

Nachtigall ick hör dir trapsen!, dachte ich. Aber diesmal würde ich alles richtig machen. Dem auffällig Unauffälligen würde ich nicht auf den Leim gehen.

Wenige Tage später saßen wir im Zug nach Leipzig.

»Genossin Kollegin, sagen Sie, an welchem Nachmittag haben wir frei?«

Der Trenchcoat-Mann saß neben Petra im Abteil, mir direkt gegenüber. Da er das Wort ebenso liebenswürdig wie freundlich an mich gerichtet hatte, fühlte ich mich bemüßigt, ihm zu antworten.

»Am Dienstag, Genosse Doktor.«

»Ach, nennen Sie mich ruhig beim Namen, ich heiße Berner.«

»Und ich Gregorová.«

»Natürlich.« Nachdem er mich wieder von oben bis unten gemustert hatte, schaute der Mann aus dem Fenster. Seine Art sich zu kleiden hatte etwas rührend Unbeholfenes: Er war so um Korrektheit bemüht, dass ich es schon wieder lustig fand: grau-weiß gestreiftes Hemd mit grau-blau-weiß gestreifter Krawatte, braungraue Hose mit Bügelfalte und ein dazu passendes Jackett, blank geputzte Halbschuhe und besagter Trenchcoat, der wohl sein Markenzeichen war. Heimlich nahm ich ihn noch genauer in Augenschein: ein offenes, fast treuherziges Gesicht, ein klarer Blick aus blauen Augen, ein freundliches Lächeln, das einen Faltenkranz um seine Augen bildete, volle Lippen. Alles in allem eigentlich ein sympathischer Endvierziger. Schade, dass er ein Spitzel war. Aber waren wir das nicht alle irgendwie?

An seinem Finger prangte kein Ehering, und seine dunkelbraunen Haare lichteten sich bereits über der Stirn, sodass man mit gutem Gewissen von »Geheimratsecken« sprechen konnte. Ich unterdrückte ein Lächeln. »Geheimrat« – wenn das nicht passte. Er war kein unangenehmer Typ, ganz im Gegenteil. Umso mehr Vorsicht war geboten.

»Das Wetter wird leider gar nicht besser«, versuchte der Arzt Konversation zu machen. »In diesem Jahr lässt der Frühling auf sich warten.«

Ja, und ich auch!, dachte ich insgeheim: Darauf, einen Fehler zu machen. Ich gehöre zu den Frauen, die schweigen können. Und das tat ich auch.

Der Zug ratterte vor sich hin.

Schon jetzt hatte ich in meinem Formular unter »Besondere Vorkommnisse« eifrig eine Eintragung gemacht:

»Das vorgesehene gemeinsame Mittagessen im Speisewagen konnte nicht stattfinden, weil es keinen Speisewagen gab.« Eigentlich nicht weiter verwunderlich, denn so was kam öfter vor. Dafür umso ärgerlicher: Inzwischen knurrten uns die Mägen hörbar.

»Darf ich Ihnen etwas von meiner Wegzehrung anbieten?« Der Doktor entnahm seinem Koffer eine riesige Jägerwurst und ein Taschenmesser, dazu einen Laib Brot in einem verknoteten rot-weißen Tuch. Das wirkte fast rührend romantisch.

»Jetzt, wo es mit der Organisation nicht so wirklich klappt und wir alle hungern und darben müssen …« Sein Lächeln war herzlich – oder war es verräterisch? Wollte er uns in die Falle locken? Nicht mit mir!

»In einem sozialistischen Staat muss niemand hungern und darben«, parierte ich. So! Eins zu null für mich, Spitzel.

Seine Mundwinkel zuckten. »Natürlich nicht. Ich habe mir erlaubt zu scherzen. Darf ich Sie trotzdem zu einem Wurstzipfel überreden?« Freigiebig schnitt er mundgerechte Stückchen Wurst und Brot ab und reichte sie Petra und mir fast väterlich.

»Die habe ich vor Kurzem in den Beskiden erstanden, wo ich auch herstamme.«

Oh. Er stammte aus den Beskiden? Wo ich den letzten Sommer verbracht hatte? Was für ein Zufall!

Petra mampfte begeistert. Wir hatten wirklich Hunger!

»Köstlich. Echt polnische Jägerwurst …« Ich seufzte vor Wonne. Das schmeckte nach sorglosen Spätsommertagen mit Milena, Egon und den Kindern! Sofort sah ich mich wieder am Lagerfeuer sitzen, meine Strickjacke um die Schultern, im Schutz hoher Fichten, hinter denen der Vollmond stand.

»Du musst unbedingt die Scheidung einreichen … und dir wieder eine Arbeit suchen«, hallte es mir in den Ohren.

Und jetzt hatte ich sie! Plötzlich fühlte ich mich merkwürdig frei!

»Da war ich vor Kurzem in Urlaub«, entfuhr es mir eine Spur begeisterter als geplant.

»Oh, wie nett. Mit Ihrer Familie?« Der Doktor reichte mir das nächste Stück Wurst.

»Mit Freunden.«

Der wollte mich doch nur aushorchen! Schweigend kaute ich weiter und staunte: Der Mann hatte das mit seinen Fingern angefasst, trotzdem aß ich es mit großem Appetit!

»Ich stamme aus Friedek«, sagte er strahlend »Bin also deutschsprachig aufgewachsen – genau wie Sie.«

Woher auch immer er das wusste: Ich beschloss, nicht darauf einzugehen.

Die Vergangenheit lassen wir schön ruhen!, dachte ich. Ich war ja mit Kauen beschäftigt.

»Und wie hat es Ihnen in Schlesien gefallen?«

»Sehr gut. Wunderschöne Gegend.« Ich fand diesen harmlos wirkenden Durchschnittsmenschen mit dem Faltenkranzlächeln erstaunlich nett. »Die waldreichen Hügel haben so etwas Mystisches.« So!, dachte ich. Mehr kriegst du aus mir nicht heraus. Um das Thema zu wechseln, fragte ich schließlich so neutral wie möglich:

»Weshalb haben Sie nach unserem freien Nachmittag gefragt?«

»Ach, da habe ich was vor.«

Geschäftig schnippelte er weiter Wurst und Brot, und eifrig futternd hörten wir Mädels ihm zu.

»Da muss ich unbedingt nach Taucha, das ist eine Kleinstadt in der Nähe von Leipzig, da komme ich hoffentlich mit der Straßenbahn hin.«

»Und was haben Sie dort vor?«, fragte Petra. Wieder wechselten wir einen raschen Blick. In welche Falle wollte er uns locken? Dass eine von uns fragte, ob sie mitkommen dürfe? Bestimmt war es verboten, sich mit der Straßenbahn selbstständig zu machen und aus dem Kollektiv zu entfernen! Vielleicht sollten wir darüber Meldung machen? Weil ER vielleicht sonst im Gegenzug über MICH Meldung machen würde, dass ich nicht über IHN Meldung gemacht hatte?

Der nette Doktor schien nichts von den dunklen Gedanken zu ahnen, die meine Stirn umwölkten. Eifrig plauderte er weiter.

»Da wohnt ein alter Freund von mir. Hoffentlich gibt es ihn noch. Also er ist nicht wirklich ein Freund …« Seine Augen wurden traurig, auch er schien zu überlegen, ob er uns diese Geschichte anvertrauen konnte. »Meister Erhard war damals mein deutscher Vorarbeiter in Taucha, ein Außenkommando von Buchenwald, wo ich als Häftling Panzerfäuste herstellen musste. Ich denke, er hat mir das Leben gerettet.« Sein Blick ruhte wie zufällig auf mir: »Ein Deutscher mit Rückgrat. So etwas hat es auch gegeben – und gibt es natürlich immer noch.«

Ich starrte ihn mit einer Mischung aus Neugierde und Argwohn an.

»Offen gestanden essen wir gerade sein Geschenk auf ...« Der Genosse lächelte.

»Die polnische Jägerwurst war für Ihren Freund in Taucha gedacht?« Ich hielt mit dem Kauen inne.

»Na ja, nachdem es keinen Speisewagen gibt, musste ich umdisponieren.« Der Genosse Berner zwinkerte mir zu: »Schließlich bin ich Arzt, und alles andere wäre unterlassene Hilfeleistung.« Er wirkte wie ein Kavalier alter Schule. Irgendwie rührend. Aber Vorsicht! War er nur freundlich und charmant oder aber ein ausgekochter Fuchs?

»Ich werde in Leipzig bestimmt noch ein passendes Geschenk für ihn finden, vielleicht ein gutes Buch. Kann eine von Ihnen mich da beraten? Was lesen Sie denn so?«

Wieder ein kurzer Blickwechsel zwischen Petra und mir. Vorsicht!

»Können Sie mir da vielleicht eines empfehlen?«

»Nein«, kam es wie aus einem Munde. »Deutsche Literatur kennen wir nicht.«

Dabei liebte ich deutsche Literatur! Nach dem Tod von Onkel Gustav hatte ich seine Bücher geerbt und hütete sie in meinem Zimmer unterm Bett.

Petra schüttelte vehement den Kopf. »Ich lese nur einwandfreie Schriften, die es in Prag in der Staatlichen Bibliothek gibt. Über die Gründung des sozialistischen Staates der DDR, über Wilhelm Pieck zum Beispiel.«

»Ja genau.« Ich nickte eifrig.

»Ich dachte eher an Eugen Roth oder Stefan Zweig. Es muss ja nicht gleich Franz Kafka sein.«

Der wollte uns doch aufs Glatteis führen!

»Stefan Zweigs Biografie über Marie-Antoinette. Kennen Sie die? Es beginnt mit der grenzenlosen Selbstüberschätzung einer kleinen Dame und endete auf dem Schafott.«

Na wenn DAS kein Wink mit dem Zaunpfahl war! Am liebsten hätte ich die Jägerwurst wieder ausgespuckt! Ich spürte, wie mir die Röte ins Gesicht schoss. Und ich hatte angefangen, diesen Mann zu mögen!

»Wir wollen doch hier nicht politisch werden«, ruderte Petra zurück.

»Ja. Wenn ich es so recht bedenke, ist Meister Erhard wahrscheinlich auch keine allzu große Leseratte.« Der Arzt wickelte seinen Proviant wieder in sein altmodisches Wandervogelpaket. »Ein Vorarbeiter in einer Panzerfaustfabrik: Die Wurst hätte ihn bestimmt mehr erfreut.«

Meine Wissbegierde überwog mein Misstrauen.

»Inwiefern hat Meister Erhard Ihnen das Leben gerettet? Jetzt müssen Sie uns schon die ganze Geschichte erzählen«, forderte ich ihn mutig auf.

Er lehnte sich zurück und sah nachdenklich aus dem Fenster. »Ich war 1944 gerade noch dem KZ Auschwitz entkommen und bin ins Außenkommando Buchenwald in Taucher bei Leipzig transportiert worden. Zu stark zum Sterben, zu schwach zum Leben habe ich als Dreher, Bohrer und Maschinenschlosser gearbeitet. Der Meister hat mich eines Tages gefragt, was ich denn ausgefressen habe, dass ich in diesem unmenschlichen Arbeitslager gelandet bin, und da habe ich gesagt: »Nichts. Ich bin Jude.«

Ich schluckte.

»Von da an lag an einer bestimmten Stelle immer ein Margarinebrot in der Werkstatt. Bis Kriegsende. – Ja, das war Meister Erhard. Ohne ihn säße ich wohl jetzt nicht hier.« Er lächelte ein trauriges Lächeln, und um seine Augen bildete sich wieder der Faltenkranz.

Wieder schaute ich mir den Mann genauer an. Ein jüdischer Arzt, der von seiner Kriegsvergangenheit im KZ erzählte? Deutschsprachiger Herkunft? Arbeitslager … Buchenwald … Auschwitz … Der Mann hatte Entsetzliches durchgemacht! Als Mitt- bis Endvierziger musste er um die frühen Zwanziger herum geboren worden sein. In diesem Fall hätte es ihn voll erwischen können. Mich überlief es heiß und kalt. Mit so etwas spaßte man doch nicht!

Vielleicht war er gar kein Spitzel?

Ella, Ella, bremste ich mich innerlich. Du kannst keinem hinter die Stirn gucken.

»Ja, Genossinnen, ich will Sie nicht mit der Vergangenheit eines älteren Herrn langweilen …«

Der rätselhafte Mann stand auf und nahm die Wurst, das Brot und den Abfall mit hinaus. »Ich werde mal nach unseren Reiseteilnehmern schauen und fragen, ob jemand Hunger hat.« Schwungvoll zog er die Abteiltür hinter sich zu.

34

Leipzig, März, während der Leipziger Messe 1965

»Ella, aufwachen! Schau mal aus dem Fenster! Alles tief verschneit.«

Petra, die nassen Haare nach dem Duschen in einen Turban gewickelt, lehnte rauchend am Dachfenster des Zimmers im Leipziger Studentenwohnheim, das ich mit ihr teilte. Im Moment waren die Gemeinschaftsduschen besetzt, und ich schälte mich aus der braunen Wolldecke auf dem Hochbett, meine kalt gewordene Wärmflasche im Arm.

»Gütiger Gott.« Der Ausblick war wirklich trostlos. Lauter schmutzig graue Plattenbauten, die jetzt auch noch in grauem Schneegestöber versanken. Und ich hatte mich so auf die Reise gefreut!

Jemand klopfte an die Tür. »Notfall, Genossinnen! Stromausfall!«

In meinem Trainingsanzug, den ich mir extra für diese Reise gekauft hatte, sprang ich vom Bett und schlüpfte in meine Badeschlappen. Verschlafen öffnete ich die Tür.

Da stand dieser Doktor in grauer Hose, Rollkragenpullover und Pantoffeln! Er sah irgendwie süß aus. Unauffällig musterten wir einander, dabei spürte ich, wie mir die Knie weich wurden. Bestimmt der Kreislauf. Trotz der Kälte wurde mir heiß. »Oh, Genosse Berner. Ich werde mich gleich darum kümmern.«

Er lächelte charmant.

»Entschuldigung, Genossin Gregorová, ich hätte mich nicht in aller Herrgottsfrühe in die heiligen Gemächer der Damen hinaufwagen sollen.« Er zeigte auf meinen Polyesteranzug: »Ich glaube, da ist noch das Preisschild dran.«

Oh, wie peinlich! Mir schoss die Röte umso mehr ins Gesicht.

»Wir sind überraschenderweise total eingeschneit, kein Bäcker kann uns Brötchen ins Studentenwohnheim bringen, kein Bus wird die Truppe durch die Schneeverwehungen zum Völkerschlachtdenkmal bringen! Vermutlich gibt es hier keine Winterreifen.«

Er breitete die Arme aus, um zu demonstrieren, dass er mit seinem Latein am Ende war.

Meine Güte, schon wieder ein schwerer Fall für die Sparte ›Besondere Vorkommnisse‹. Ich raufte mir die Haare. Kein Speisewagen, keine Brötchen, keine Winterreifen, kein Strom?

Sollte ich das alles melden oder in die Hände spucken und Abhilfe schaffen? Testete er mich bereits wieder?

Darüber wollte ich jetzt nicht nachdenken. In sozialistischen Ländern gab es sowohl Brötchen als auch Winterreifen als auch Strom. Nur nicht ausgerechnet heute.

»Und was machen wir jetzt?«, hörte ich mich fragen, um Zeit zu gewinnen.

»Wir sollten uns um unsere Schäfchen kümmern. Dafür sind wir doch da, oder?«

»Gut. Warten Sie hier. Ich mache mich nur schnell etwas frisch.«

»Lassen Sie sich Zeit. Nicht dass Sie sich erkälten!« Mit seinem Faltenkranzlächeln stand er da, steckte die Hände in die Hosentaschen und wandte sich dem Porträt von Genosse Ulbricht zu, das im Flur an der Wand hing.

Kurz darauf standen der Doktor und ich fröstelnd vor dem Studentenwohnheim und traten von einem Bein aufs andere. Mit meinen vorsichtshalber mitgenommenen, aber nicht mehr ganz modischen Winterschuhen stand ich fast bis zum Knöchel in eiskalten Pfützen. Na toll! Wie sollte ich so den ganzen Tag überstehen?

Der Bus kam tatsächlich nicht. Unsere Reisegruppe hatten wir vertröstet: Es würde heute etwas später Frühstück geben. Petra kümmerte sich immerhin um heißen Muckefuck, nachdem sie einen Gasherd aktiviert hatte.

»Da. Da vorne kommt ein Mensch.«

Jemand stapfte mit einem Hund über die Straße. Der Doktor schlitterte auf Halbschuhen zu ihm hinüber und fragte in lupenreinem Deutsch:

»Wissen Sie, wo hier in der Nähe eine Bäckerei ist?«

»Die homa hior nischt.«

»Dann vielleicht ein … Laden, ein Geschäft, ein Konsum?«

»Was däten Se denn brauchn?«

»Was Essbares! Da oben warten dreißig Leute auf ihr Frühstück!«

»Da drieben is ne Gaststädde! Ob die offen hat, weiß isch abor nisch!«

»Danke, und schönen Tag noch!« Der Doktor nahm mich am Arm. »Kommen Sie?«

»Ja, wie jetzt?! Wohin?«

»Na, da drieben is ne Gaststädde! Er zog mich durch den Schneematsch. Meine Füße waren zu Eisblöcken geworden. Die Schneeflocken bissen sich in mein Gesicht. Bestimmt war das ein Test in Sachen Arbeitsmoral. Den würde ich bestehen! Er würde Meldung machen über meine Bereitschaft, auch bei widrigsten Wetterbedingungen ein Frühstück für die Reisegruppe zu organisieren: Auch wenn's regnet oder schneit: Genossin Gregorová allzeit bereit!

In der »Gaststädde« beugte sich ein dicker Mann mit Hosenträgern über den Tresen.

»Wior ham noch zu.«

»Ach bitte, guter Mann, haben Sie nicht irgendwas zu essen? Meine Frau und ich haben so viele Kinder zu ernähren!«

Ich warf ihm einen bösen Blick zu. Seine Späße gingen mir nun doch etwas zu weit!

Der dicke Wirt musterte uns beide, die wir aussahen wie zwei verfrorene Ratten, die frisch aus der Kanalisation gekommen sind, und ließ die Hosenträger über dem Hemd schnappen. »Frigadälln gönnse haben.«

»Das wäre ausgesprochen liebenswürdig.«

Das Faltenkranzlächeln des Doktors hypnotisierte mich. Ich beschloss, die Posse mitzuspielen.

»Also Frigadälln.«

»Wie viele brauchense denn?«

»Dreiunddreißig. Bitte mit viel Senf.«

»Dreiundraischisch? So viele Gindor hamse?«

»Wir sind Reiseleiter, und da oben wartet unsere Reisegruppe …«, versuchte ich eine schwache Erklärung. Dabei bibberte ich vor Kälte.

»Daggi?«, brüllte der dicke Wirt in Richtung Küchenluke. »Machste ma dreiunddreißig Frigadälln gloar?«

»Aber die sind von gestern«, kam es aus der Luke. »Wir hätten 'ne Betriebsfeier gehabt, aber wägen dem Wäddor is geenor gegomm.«

»Wunderbar, was für ein Glück! Was bin ich Ihnen schuldig?!«

»Machenwor geradeaus zehn Moak. Der Senf is gratis.«

Ich sah den Doktor an. Wir hatten zwar Geld für »Notfälle« getauscht, aber eigentlich war es nicht erlaubt, so viel Ostmark dabeizuhaben. Jeder Reiseleiter hatte genau dreißig Ostmark zugeteilt bekommen. Alles andere war strafbar.

»Schon wieder kein Geschenk für meinen Freund in Taucha«, sagte der Doktor mit bedauerndem Lächeln, während wir auf das Einpacken der Frikadellen warteten. »Jetzt habe ich noch nicht mal mehr das Geld für die Straßenbahn!«

Ich gab mir einen Ruck und steckte ihm zwei Mark zu. »Das sollte für die Hin- und Rückfahrt reichen.«

»Dann sag ich herzlich Dankeschön.« Um seine Mundwinkel zuckte es. »Vom Rest lade ich Sie auf ein Eis ein.«

»Bei dem Weddor?«, kokettierte ich.

Wieder dieses Faltenkranzlächeln.

Und in diesem Moment war das Eis endgültig gebrochen.

35

Ostberlin, März 1965

»Na toll, hier ist es ja noch kälter als in Leipzig!«

Zitternd vor Kälte und völlig durchnässt stiegen wir zwei Tage später in Ostberlin aus dem Bus. Die Sparte »Besondere Vorkommnisse« in meinem Reiseprotokoll war schon total vollgekritzelt. Der aalglatte Geheimdienstmensch würde seine helle Freude daran haben: »Kein Speisewagen im Zug von Prag nach Leipzig, kein Frühstück in der Unterkunft, kein Völkerschlachtdenkmal, da der Verkehr in Leipzig zusammengebrochen war, Heizung im Reisebus nach Ostberlin ausgefallen, Schlange vor den Raststättentoiletten so lang, dass wir weiterfahren mussten, Pinkelpause auf freier Strecke an der Leitplanke Transitautobahn, Stimmung jedoch nach wie vor gut, da kleine Fläschchen herumgereicht werden.«

»Hoffentlich haben sie im Pergamonmuseum eine Heizung«, stöhnte Petra. »Ich werde meine Schuhe und Strümpfe drauflegen und mich selbst daneben.«

»Oh, wie verlockend!«, seufzte ich, tapfer durch den Altschnee stapfend. »Das würde ich auch gern tun, aber leider muss ich jetzt stundenlang die Erklärungen des Museumsführers übersetzen.«

»Lass den doch machen.« Sie wies mit dem Kinn auf den Doktor, der sich hinter uns den Weg durch Wetterwidrigkeiten bahnte. »Der kann doch Deutsch!«

Ich gesellte mich zu dem Doktor und sagte: »Sagen Sie, wäre es für Sie denkbar, nachher an meiner Stelle die Übersetzungen vorzunehmen, während ich meine Schuhe und Strümpfe auf der Heizung …« Der Niesreiz war stärker als ich.

Da nahm er meine linke Hand in seine rechte und verstaute beide in seiner Manteltasche. Eine seltsame Vertrautheit erfüllte mich. Schweigend gingen wir im Gleichschritt weiter. Es fühlte sich so richtig an! Noch nie hatte ich ein solches Gefühl von Geborgenheit und Nähe gehabt. Als gehörte meine Hand einfach in seine Manteltasche. Und nirgendwo anders hin. Auf einmal machte mir der Schneeregen gar nichts mehr aus. Von mir aus sollte es für den Rest der Reise weiterschneien, wenn ich nur mit meiner Hand in seiner Tasche neben ihm hergehen durfte …

»Sie sollten gleich in die Unterkunft gehen«, sagte er plötzlich.

Aha. Damit er über mich Meldung machen konnte: »Verweigert den Dienst.«

Ruckartig entzog ich ihm die Hand. »Danke, das geht schon.«

Er schien verletzt zu sein, oder spielte er das nur? »Das war ein ernst gemeinter Rat«, sagte er traurig. »Betrachten Sie es als ärztlichen Rat. Es nutzt der ganzen Reisegruppe nichts, wenn Sie jetzt krank werden.«

Während ich die Eintrittskarten kontrollierte und mit blau gefrorenen Lippen vor dem Drehkreuz stand, fing ich seinen enttäuschten Blick auf. Was war nur los mit ihm?

Und was war los mit mir?

Die Museumsführerin begann, die einzelnen Kunstwerke zu erklären, und ich übersetzte, wobei mir die Zähne aufeinanderschlugen. Petra hatte sich sofort in die Personalräume zurückgezogen und es sich dort gemütlich gemacht. Auch der Busfahrer hielt gemütlich ein Schläfchen. Den Doktor behielt ich unauffällig im Auge. Er kam gerade aus der Telefonzelle in der Eingangshalle. Mich überlief es kalt. Hatte er also bereits Meldung über mich gemacht! Und ich hatte schon Vertrauen zu ihm gefasst!

»Das Markttor von Milet ist ein Fassadenbau aus dem zweiten Jahrhundert …«, übersetzte ich mechanisch und unterdrückte einen Hustenreiz.

Plötzlich fühlte ich seine warme Hand an meiner.

»… aus dem zweiten Jahrhundert vor Christus, der hier fast vollständig ausgestellt wird«, löste er mich ab. »Nun gehen Sie schon!«, flüsterte er mir ins Ohr.

»Gut. Dann würde ich mich nachher noch mit einem Bekannten im Hotel Berolina treffen!«

Mit einem Augenzwinkern ließ ich ihn stehen. Sollte er ruhig glauben, ich hätte einen Liebhaber. In Wirklichkeit hatte ich eine Verabredung mit Karl, einem ostdeutschen Lehrer, der Teil meiner Riesengebirgs-Reisegruppe gewesen war. Ich hatte ihm damals mit Kronen ausgeholfen, und jetzt wollte er mir das Geld in Ostmark zurückgeben. Ein bisschen hatte ich mich auch in Karl verknallt damals, aber was wollte ich denn jetzt noch von Karl?

Verwirrt trippelte ich davon. Ich hatte das Gefühl, mich in den Doktor verliebt zu haben! War der Doktor jetzt fürsorglich oder hinterhältig? Ein pflichtbewusster Arzt oder ein pflichtbewusster Spitzel? Oder vielleicht beides? Ich merkte, dass ich ständig seine Nähe suchte und mich schon vor dem Ende dieser fünftägigen Reise fürchtete. Mit dieser Andeutung über meine Verabredung wollte ich auch ein bisschen seine Gefühle für mich testen.

Doch im Moment wollte ich nur aus meinen durchnässten kalten Klamotten raus. Als ich zwanzig Minuten später im Studentenwohnheim unter der heißen Dusche stand, tauten meine steif gefrorenen Glieder endlich auf, und meine innere Anspannung fiel von mir ab. Ich ertappte mich dabei, wie ich mich noch sorgfältiger zurechtmachte als sonst. Meine Schuhe und

Strümpfe hatte ich ebenfalls mit dem Föhn bearbeitet, und nach einer weiteren Stunde fühlte ich mich wieder so fit, dass ich die Verabredung mit Karl in der Halle des Hotels Berolina wahrnehmen konnte. Ein bisschen nervös war ich schon, als ich an diesem Ort internationaler Begegnungen saß. Hier trafen sich nämlich Ost- und Westdeutsche. Während wir, die Besucher aus sozialistischen Bruderländern, immer nur in Studentenwohnheimen untergebracht waren, residierten die westdeutschen Touristen in einem Hotel wie diesem. Wir tranken hier höchstens Tee.

Da kam er! Karl! Ein bekanntes Gesicht in der Menge.

»Ella?« Jetzt hatte er mich auch entdeckt. »Da bist du ja! Du siehst hinreißend aus!«

Ich errötete. Klar. Ich war frisch geduscht, geföhnt und zurechtgemacht, und ein kleines bisschen verknallt war ich auch. Aber nicht in Karl. Wie verwirrend war das denn!

Er sank neben mich auf die Sitzgruppe und musterte mich mit leuchtenden Augen. »Ich erinnere mich gern an unsere tolle Reise und plane schon jetzt, im Sommer wieder mitzufahren! Habe ich da vielleicht eine Chance?«

Ich nickte.

»Klar. Natürlich nur offiziell über mein Reisebüro Čedok.« Auch Karl konnte schließlich ein Spitzel sein! Damals wurden gern gut aussehende Männer auf hübsche Frauen angesetzt.

»Hier!« Karl rückte noch näher an mich heran und zauberte ein Bündel zusammengerollter Scheine aus der hinteren Hosentasche. Ganz unauffällig drückte er es mir in die Hand. »Was ist los, Ella? Alles in Ordnung?«

»Ich weiß auch nicht …«

Mit zitternden Fingern versteckte ich die Scheine in meiner Handtasche und rückte wieder etwas von ihm ab.

Rasch überflog ich die Leute. Ich glaubte, jede Menge Blicke auf mir zu spüren – oder bildete ich mir das nur ein? Von Männern, die betont unauffällig Zeitung lasen, von Frauen, die mich über ihre Schminkspiegel beobachteten, von Paaren, die so taten, als würden sie flirten, dabei hatten sie mich im Visier. Jetzt stand einer auf und ging zur Telefonzelle.

Oh Gott, das war sicherlich mein Aus. Warum hatte ich mich nur zu diesem Treffen hinreißen lassen?

Eine Schwindelattacke ließ mich schwanken, und ich fächelte mir Luft zu.

»Ella, ist alles in Ordnung? Du bist ja ganz heiß!« Karl legte mir die Hand auf die Stirn.

»Meine Frau hat leichtes Fieber«, ertönte plötzlich eine wohlbekannte Stimme.

Ich erstarrte. Vor uns stand wie aus dem Boden geschossen der Genosse Doktor Berner. »Eigentlich gehört sie ins Bett. Das hatte ich ihr eben auch dringend geraten. Aber sie will ja nicht hören.«

»Dein Mann ist hier?« Karl stand wie ertappt auf.

»Gregor«, stellte sich der Doktor mit falschem Namen vor und schüttelte ihm die Hand. »Ich bin ihr Ehemann.«

Ja, was erlaubte der sich denn? Pavels Namen zu benutzen, ging nun wirklich zu weit!

»Aber das stimmt doch gar nicht!« Ich sprang nun auch auf. »Warum sagen Sie so was?«

»Ich dachte, Sie kennen meinen Humor inzwischen. – Nein, Spaß, ich heiße Berner«, stellte er sich nun mit richtigem Namen vor. »Ich bin der begleitende Arzt in Ellas Reisegruppe, wir sind Kollegen.«

Mich durchzog es heiß. Er hatte mich beim Vornamen genannt. Und seine witzige Ehemann-Nummer zeigte sehr deutlich, dass auch er sich in mich verliebt hatte. Was sollte ich denn jetzt mit Karl machen?

»Was halten Sie davon, wenn ich Sie auf einen Tee einlade?«

Dr. Berner ließ sich wie selbstverständlich in die Sitzgruppe sinken. Schweigend folgte ich einem nichtssagenden Dialog zwischen den beiden. Der Doktor berichtete vom Pergamonmuseum und fragte Karl anschließend nach einem guten Buchladen. »Stefan Zweig oder Eugen Roth, es kann auch Thomas Mann sein, aber am liebsten Erich Kästner.«

Da blühte Karl auf. Deutsche Literatur war sein Lieblingsthema, nicht umsonst unterrichtete er Deutsch am Gymnasium. Da hatten sich zwei gefunden!

Wie zwei Spitzel hörten sie sich jetzt nicht mehr an – und wenn doch, waren es zwei sehr intelligente, belesene Spitzel. Als sie noch eine Runde Rum bestellten und unseren Tee damit bereicherten, wurde es immer gemütlicher. Ich entspannte mich ein bisschen. Karl war mir so sympathisch, der Doktor war mir erst recht sympathisch ... Was war denn bloß los mit mir? Ich war doch noch verheiratet! Und zwar mit einem Mann, dem man nicht trauen konnte! Wie kam ich dazu, diesen beiden fast Fremden zu trauen? Hatte ich etwa einen im Tee? Oh ja! Das hatte ich.

36

Zwei Stunden später, Ostberlin 1965

Ein merkwürdiges Kribbeln überzog mich, als ich zwei Stunden später neben meinem Doktor auf dem Rücksitz eines Wartburg-Taxis saß. Er hielt noch immer meine Hand! Und es fühlte sich immer noch richtig an! Immer noch klatschte der Schneeregen herunter, und die Scheibenwischer hatten Mühe, das zähe Gemisch aus Matsch und Dreck zu beseitigen. Der Taxifahrer schimpfte sich was in den Bart. »Wohin?«

»Können Sie uns eine gemütliche Kneipe empfehlen?« Der Arzt beugte sich erwartungsvoll vor. Sein Tonfall war liebenswürdig, wie immer. »Nichts, wo Touristen hingehen, wenn es geht.«

»Na det sagen die Touristen.« Der Taxifahrer schob seine Mütze in den Nacken und kämpfte sich schimpfend durch den Verkehr.

»Sollten wir nicht … Ich meine, unsere Gäste warten doch sicherlich auf uns?« In mir trugen Vernunft und Wunschdenken einen erbitterten Kampf aus.

»Und werden von Kollegin Petra bestens betreut.« Der warme Händedruck des Doktors verstärkte sich.

»Oh, schau, Ella, da ist das Interhotel Stadt Berlin! Das sieht ja imposant aus, diese Lichter!«

Er hatte mich geduzt!

»Det Hotel Baallin is jenau det, wat Se nich wolln«, mischte sich der Taxifahrer ein. »Wenn Se et jemütlich haben wollen, denn fahr ick Se jetzt zu meena Stammkneipe. Da kocht meene Olle, und die erste Runde jeht uff mich.« Er warf einen wissenden Blick in den Rückspiegel: »Da sieht Se och keena.«

Er hatte die Situation völlig durchschaut! Ich mochte den Taxifahrer: raue Schale, weicher Kern.

»Der ist ja gar nicht so übellaunig wie er tut«, flüsterte mir der Doktor ins Ohr.

Ich verbiss mir ein hysterisches Kichern.

»Na denn, Ihre Stammkneipe. Hoffentlich gibt es da Buletten.«

Der Taxifahrer setzte den Blinker. In einer schäbigen Seitenstraße hielt er an. »Ick sach meene Olle eben Bescheid, det hier zwee hungrige Tschechen uffschlajen.«

Fürwahr, der Mann war ein Goldstück.

Kurz darauf saßen wir völlig inkognito in einer urigen Berliner Eckkneipe. Der Heizofen bollerte.

»Und du hast wirklich gedacht, ich wär ein Spitzel?« Der Doktor saß mir an einem urgemütlichen Holztisch gegenüber. Vor uns stand je ein Glas Rotwein. Wir hatten schon einen köstlichen Hackbraten zur Strecke gebracht. Von wegen Buletten.

»Nur der von meiner Tante Franziska ist besser.« Leicht beschwipst reichte ich der Wirtin die leeren Teller. »Was macht der mit meinem Blutwerten, Herr Doktor?«

»Sag, dass du mich nicht für einen Spitzel hältst.«

Er sah mich so eindringlich an, dass es mir schwerfiel, seinem Blick standzuhalten. Konnte ein Mann sich so verstellen?

Ja!, dachte ich. Pavel konnte das. Und du hast über zehn Jahre mit ihm unter einem Dach gelebt. Vorsicht, Ella!

»Ich weiß nicht … Du tust alles, damit ich dich für einen halte!«

Immerhin duzten wir uns jetzt gegenseitig. Er hieß Milan. Milan Berner – aber das wusste ich ja bereits.

»Was tue ich denn?«

Gott, dieser Blick!

»Du beobachtest mich, du verfolgst mich, du tauchst ganz plötzlich auf, wenn ich verbotene Dinge tue, du machst mich betrunken«, zählte ich an den Fingern auf.

»Verbotene Dinge …?«

»Prost.« Schüchtern und gleichzeitig schockverliebt schaute ich Milan an.

»Prost, Ella. Ja, ich gebe es zu: Ich beobachte dich und verfolge dich. Schuldig im Sinne der Anklage.«

Ich wollte zurückzucken, doch er behielt schon wieder meine Hände in seinen: »Ich habe sofort auf dein Bild getippt, als man mir bei Čedok die Personalakten gezeigt hat.«

»Du hast … was?«

»Der Chef dort hat mich gefragt, welche Reise ich begleiten will. Und obwohl ich am liebsten eine Sommerreise an die bulgarische Schwarzmeerküste gemacht hätte, habe ich mich für die kalte Märzreise nach Leipzig und Berlin entschieden. Weil ich dein Bild gesehen habe.«

»Du nimmst mich doch auf den Arm!«

»Dies Bildnis ist bezaubernd schön …«, pfiff er die Mozart-Melodie. »Wie noch kein Auge je gesehn …«

Mir kroch die Röte bis zu den Haarwurzeln. »Wirklich? Du konntest ja gar nicht wissen, dass es kalt und windig sein würde. Es hätte ja auch herrliches Frühlingswetter sein können.«

»Ich konnte auch nicht wissen, wie bezaubernd die schöne Reiseleiterin wirklich sein würde!« Er drückte mir einen Kuss auf den Handrücken.

Mir verschlug es die Sprache. Er hatte die Reise MEINETWEGEN gemacht? Wieder flüsterte eine hässliche Stimme: »Selbst die charmantesten, gebildetsten Typen sind Spitzel. Ja, gerade sie! Damit sich junge Frauen in sie verlieben und Dinge für sie tun …«

»Ella. Du musst aufhören, mir zu misstrauen. Schau, wenn sich zwei Menschen so sympathisch sind wie wir beide und offensichtlich so gerne zusammen sind, muss man auch mal zu einem Vertrauensvorschuss bereit sein. Sonst sterben wir beide einsam.«

Ich schluckte. »Das würde ich ja gern …«

Aber nach dem, was alles mit Pavel und der Psychiatrie und dann mit dem Mann von der Staatssicherheit gewesen war – wie sollte ich da einem Kerl trauen, den ich kaum kannte?

Und doch fühlte ich mich so zu ihm hingezogen! Gerade wegen meiner ausweglosen Situation zu Hause sehnte ich mich so sehr nach einem Freund. Und er konnte vielleicht einer sein. Ein VÄTERLICHER Freund.

Ich trank einen großen Schluck Rotwein. Irgendwann nahm ich all meinen Mut zusammen.

»Darf ich dir mal eine private Frage stellen?«

Seufzend verstärkte er den Druck seiner Hände. »Wenn du mich jetzt fragen willst, ob ich verheiratet bin, dann … ja. Sie heißt Vera.«

Ich schluckte. Wenigstens in dem Punkt sagte er die Wahrheit. Obwohl er keinen Ehering trug. Ich wollte ebenso wenig über seine Frau sprechen wie über meinen Mann.

Verlegen nahm ich noch einen Schluck Rotwein.

»Das hätte ich nie zu fragen gewagt.« Ich betrachtete ihn lange. »Das ist doch deine Sache.«

Wir sagten lange nichts. Er hätte jetzt auch fragen können, ob ich verheiratet war. Wusste er es vielleicht längst? Auch ich hatte meinen Ehering inzwischen abgelegt.

»Wie lautet deine Frage denn?« Er schaute mich liebevoll an.

Ich holte tief Luft und wusste nicht, wie ich anfangen sollte. Die Geschichte, die er uns im Zug erzählt hatte, bewegte mich immer noch. Schließlich platzte es aus mir heraus:

»Was hast du deinem Meister Erhard in Taucha schließlich geschenkt?«

Seine Augen verdunkelten sich, und der strahlende Faltenkranz um seine Augen verschwand.

»Nichts«, sagte er traurig. »Ich war umsonst da. Er ist schon vor Jahren gestorben.«

37

Prag, Mitte Mai 1965

»Wohin gehst du? Wieso hast du dich so fein gemacht?«

»Das geht dich nichts mehr an, Pavel.«

»Du hast einen Liebhaber, gib's zu!« Pavel stand in unserer winzigen Küche und rührte gerade eine Dose Gulasch in den Topf. Wütend fuhr er zu mir herum. »Für den kochst du bestimmt, und für mich kochst du nicht! Ich muss diesen Fraß hier essen!«

»Pavel, ich koche weder für einen Liebhaber noch für dich.« Ich wollte an ihm vorbei, aber er verstellte mir den Weg. »Wer ist dieser Kerl? Sag es mir!«

»Pavel, bitte, lass uns doch vernünftig sein. Wir leben im Trennungsjahr, lass uns einfach Frieden halten.«

»Das hättest du wohl gern.« Er warf sich das Küchenhandtuch über die Schulter, und in seinen Augen glomm es gefährlich. »Dein deutscher Schäferhund ist aber gerade nicht da!«

Leider war Tante Franziska gerade mit Alina unterwegs, sodass ich genau in die Situation geraten war, die ich eigentlich vermeiden musste: Wir beide waren in der Wohnung allein.

Seit sechs Wochen traf ich mich jetzt schon heimlich mit Milan, und aus unserer anfänglichen Freundschaft war mehr geworden. Viel mehr. Ich war bis über beide Ohren verliebt in diesen feinen, gebildeten und humorvollen Mann. Wir trafen uns so oft wie möglich heimlich in einem kleinen Apartment in der Nähe der Klinik, in der er als Chirurg arbeitete (die Reisebegleitungen machte er nur nebenberuflich). Die erste Verliebtheit entwickelte sich gerade zu etwas Kostbarem, das vorerst nur uns beide etwas anging.

Pavel packte mich harsch am Arm.

»Du tust mir weh, Pavel. Lass mich vorbei!« Schon hatte ich die Türklinke in der Hand. Ich spürte seinen Atem im Nacken, und seine Hand wurde zum Schraubstock.

»Du hörst dir an, was ich dir zu sagen habe. Ich bin immer noch dein Mann!«

Gewaltsam zerrte er mich von der Tür weg und drehte mir den Arm so brutal auf den Rücken, dass ich schmerzverzerrten Gesichtes auf die Knie sank.

»So gefällst du mir. Auf Knien.« Er schnaubte. »So gehört sich das.«

Wimmernd saß ich auf dem Boden und rieb mir das schmerzende Handgelenk.

»Du sagst mir jetzt, wer der Kerl ist, mit dem du dich heimlich triffst.«

Schluchzend schüttelte ich den Kopf.

»Los, sag es. Oder du wirst mich kennenlernen.«

Wieder verneinte ich: Nie im Leben würde mir Milans Name über die Lippen kommen.

»Du willst es nicht anders. Du willst, dass ich dir wehtue. Dabei tue ich das nicht gern …«

Er nahm sich, was er wollte. Und bewies mir damit, welche Macht er immer noch über mich hatte.

Als er anschließend seelenruhig in seinem Gulaschtopf weiterrührte, schlich ich auf Socken zur Tür, die Schuhe in der Hand. Hauptsache raus aus dieser Wohnung! Da fiel mein Blick in den Spiegel.

So konnte ich doch nicht auf die Straße gehen! So durfte mich Milan keinesfalls sehen, ja so traute ich mich nicht mal in die Straßenbahn. Wohin sollte ich denn nur? Ich war so verzweifelt!

»Hm? Keinen Hunger?« Pavel löffelte direkt aus dem Topf. »Köstlich. Fast so gut wie von dir gekocht. Was ist, Liebling, magst du nicht auch ein Häppchen?«

Er wollte mir den Löffel in den Mund zwingen, aber ich presste die Lippen zusammen und drehte den Kopf weg.

Er knallte den Topf auf den Tisch.

»War doch DEINE Idee mit dem getrennten Tisch und Bett! Jetzt siehst du, was du davon hast! Du wirst noch auf Knien zu mir zurückgekrochen kommen!«

»Ach Ella, das tut mir so leid!« Milan hielt mich tröstend in den Armen. »Ich weiß nicht, wie ich dir helfen kann.« Er hatte sich meine Blessuren angesehen, konnte sie aber nicht dokumentieren, da wir unsere Beziehung nicht öffentlich machen konnten.

Kaum hatte sich Pavel in sein Zimmer verzogen, war ich auf schnellstem Wege zu Milans Apartment gerannt. Er hatte sich schon schreckliche Sorgen gemacht, da bei uns in der Wohnung das Telefon zwar abgehoben, aber sofort wieder aufgelegt worden war. Er ahnte schon, dass Pavel mir zu Hause eine Szene machte. Daher mussten wir beide warten, bis die Luft rein war.

»Gott, Ella, was ist passiert? Ich bin fast gestorben vor Sorge um dich!«

»Du kannst mir nicht helfen, Milan. Niemand kann mir helfen!«

Ich weinte bittere Tränen. »Wenn Pavel von dir erfährt, sind wir unseres Lebens nicht mehr sicher! Er hat die schlimmsten Drohungen ausgestoßen: Dass er alles dafür tun wird, das Sorgerecht für Alina zu erhalten, und dass sein Vater sämtliche Mittel und Wege weiß, mich in die Geschlossene einweisen zu lassen!«

»Das wird nicht passieren. Mach dir keine Sorgen, ich beschütze dich, Ella.« Milan hielt mich fest in seinen Armen. »Wir müssen diskret bleiben. Meine Frau darf auch nichts von uns erfahren.«

Immerhin hatte Milan diesen kleinen Unterschlupf.

»Meine Frau kennt diese Wohnung und könnte theoretisch auch hier auftauchen. Wir sollten sie nicht verletzen.«

Milan war immer darum bemüht, niemandem wehzutun.

Er nahm meine Hände und sah mich so durchdringend an, dass ich zerfließen wollte vor lauter Liebe: »Ich liebe dich, Ella. Endlich habe ich die Frau gefunden, die zu mir passt. Ich habe immer gespürt, dass es dich irgendwo auf dieser Welt geben muss, und tatsächlich: Es ist wie ein Wunder.« Er strich mir zärtlich über die Wange. »Ich will dich nie wieder gehen lassen, aber wir müssen für unser Glück kämpfen.«

In seinen Armen fühlte ich mich so geborgen und beschützt, dass ich mich fallen lassen konnte! Und gleichzeitig fuhr ich gefühlsmäßig Achterbahn. Himmelhochjauchzendes Glück wechselte sich mit Angst vor dem Fall ins Bodenlose ab.

»Aber wir sollten uns meine Frau nicht zur Feindin machen.« Milan machte sich sanft wieder los.

»Erzähl mir von ihr, Milan.« Ich kuschelte mich auf sein kleines Sofa, auf dem wir uns schon so oft geliebt hatten.

»Sie hat es auch nicht leicht gehabt.«

Milan ging zum Aktenschrank und kramte ein Fotoalbum heraus. Er zeigte mir ein Bild von ihr. Eine schmallippige Frau blickte mir entgegen. Ihre Gesichtszüge waren verhärmt, ihr Blick verhärtet. Ihr kurzes graues Haar war streng nach hinten gekämmt.

Im Stillen dachte ich: Wie konnte ein so feinsinniger, humorvoller Mann an so eine … Kampfmaschine geraten?

»Wie seid ihr ein Paar geworden?«

Milan seufzte. »Sie ist ein sehr willensstarker Mensch, der schon früh gegen Ungerechtigkeiten gekämpft hat. Ich habe das sehr an ihr bewundert, weißt du.« Milan glitt neben mich auf das Sofa, und wir hielten das Fotoalbum gemeinsam in den Händen. »Wir haben im Krieg geheiratet, und kurz darauf kamen wir beide ins KZ. – Natürlich getrennt.«

Schon betrachtete ich sie mit anderen Augen. »Dass du als Jude interniert warst, wusste ich. Aber warum sie?«

»Sie war – und ist – Jüdin UND Kommunistin.«

»Ach, Pavel, wie fürchterlich …« Ich schlang die Arme um ihn. »Wie grausam können Menschen zu Menschen sein, nur weil sie anders denken? Erzähl mir mehr.«

»Als wir uns nach dem KZ wiedersahen, waren wir beide schwer traumatisiert.« Milan blätterte wieder im Fotoalbum. »Wir waren uns fremd geworden. Aber wir hatten beide überlebt. Aus Angst vor Einsamkeit und Ausgrenzung sind wir zusammengeblieben.«

Ich nickte. Auch ich hatte viel zu früh geheiratet, um nach dem Krieg nicht ganz allein dazustehen.

»Ich fand nie mehr richtig mit meiner Frau zusammen. Es war eine Verbindung, die vorzeitig an den damaligen Umständen, am Krieg und dem Konzentrationslager zerbrochen ist. Hinzu kam, dass sie im Gegensatz zu mir überzeugte Kommunistin geblieben ist: Die Partei wurde ihr Zuhause, sie fand dort Freunde und Bestätigung, ja bekam sogar Auszeichnungen für ihre Linientreue.«

Seine feinen Chirurgenhände lösten vorsichtig ein kleben gebliebenes Trennblatt. Seine Augen füllten sich mit Tränen, und ich sah, wie seine Finger zitterten. Ich sah ihn abwartend an. Milan war vierzehn Jahre älter als ich, also ein reifer Mann von sechsundvierzig Jahren, er hatte den Krieg in voller Härte miterlebt und viel zu erzählen, aber ich wollte ihn nicht drängen.

»Als ich nach vier Jahren aus dem KZ kam, war ich nur noch Haut und Knochen. Alle Mitglieder meiner Familie sind in Auschwitz umgekommen. Sie wurden alle vergast, Ella.«

Er hielt meine Hand, und ich wagte kaum, ihn anzusehen.

»Dreiunddreißig Mitglieder meiner Familie. Ich bin als Einziger mit dem Leben davongekommen.«

Mir fehlten die Worte. So etwas Unermessliches kann man nicht mit ein paar tröstenden Bemerkungen kommentieren. Wie hatte er es nach all dem Grauen geschafft, so ein freundlicher, hilfsbereiter Mann mit so einem warmen Humor zu werden? Gott, wie sehr ich ihn liebte! Ich wollte alles über ihn wissen, gleichzeitig hatte ich Angst davor, von noch mehr Gräueln zu erfahren.

Nach ein paar Minuten fing er sich wieder.

»Liebes, ich wollte dich nicht verstören. Du hast selbst so viele Probleme. Ich sollte dich aufbauen und trösten und nicht von meinem eigenen Kummer erzählen.« Er lächelte ein trauriges Faltenkranzlächeln. Was war er nur für ein altruistischer Mensch! Und ich hatte ihn anfangs für einen Spitzel gehalten.

Die Wanduhr schlug. Ein paar Amseln sangen auf Prager Dachrinnen unverdrossen ihr Abendlied. Milan knipste die Stehlampe an und griff erneut nach dem Fotoalbum, diesmal schlug er es an einer anderen Stelle auf.

»Hier, das bin ich als junger Mann.«

Ganz anders als Pavel, der um sein blendendes Aussehen wusste, schaute Milan auf diesem Foto ernsthaft und bescheiden zur Seite.

»Wie alt warst du da?«

»Achtzehn.«

»Und das sind deine Eltern?«

»Ja. Meine Mutter Hela und mein Vater Johan hatten in Friedek am Ringplatz ein Kolonialwarengeschäft. Ich bin sehr stolz auf meine schöne Heimatstadt. Immer wenn ich eine Landkarte sehe, und Friedek ist nicht darauf vermerkt, weiß ich, dass es eine schlechte Karte ist. Dann hole ich das nach.« Er zeigte mir eine kleine eingeklebte Karte, auf der von Hand ein kleiner roter Kreis eingezeichnet worden war.

»Als ich damals mit meinen Freunden in den Beskiden war, war ich ja auch in Friedek. Der Ringplatz … wie heißt der jetzt?«

»Der Platz hat genauso oft seinen Namen gewechselt, wie die Politik ihr Fähnchen nach dem Wind drehte: Erst hieß er Ringplatz, später Masaryk-Platz, noch später Adolf-Hitler-Platz, und jetzt heißt er Frýdek-Platz.« In Milans Lächeln lag Ironie, aber vor allem Wehmut.

»Wir waren eine gut integrierte, bürgerlich-jüdische Familie, in der Stadt gut bekannt und beliebt. Natürlich haben wir die traditionellen jüdischen Feiertage eingehalten und die Synagoge besucht, waren aber auch nicht übertrieben religiös.«

»Genau wie wir.«

»In Friedek lebte ein Völkergemisch aus Tschechen, Schlesiern, Deutschen, Polen und Juden. Alle haben sich gut vertragen und einander in Frieden leben lassen. Bis zu Hitlers Machtübernahme …«

Er verstummte. Es mussten furchtbare Erinnerungen sein, die ihn jetzt überrollten. Ich ließ ihm Zeit. Er blätterte wieder um.

»Gott! Lauter Adonisse!«, entfuhr es mir. »Welcher von denen bist du?«

Ein Dutzend junger Männer stand mit nacktem Oberkörper auf einem Übungsplatz, daneben ein Trainer mit Trillerpfeife. Sie waren der Größe nach aufgereiht und hatten alle dieselbe Haltung: starrer Blick nach vorn, die Finger an der Hosennaht, Brust raus und Bauch rein. Sie hatten ausnahmslos denselben Kurzhaarschnitt, und alle waren schlank, sehnig und muskulös.

»Rate mal …« In Milans Augen glänzte schon wieder der Schalk.

»Na, also der Erste bist du nicht, der ist ja mindestens zwei Meter groß …«

»Schau mal lieber weiter hinten.«

»Der Letzte bist du auch nicht.« Ich ließ meinen Finger suchend über die Athleten gleiten. »Aber der Vorletzte!«

Ich hatte ihn erkannt. Er schien der Einzige zu sein, dem diese stählerne Männerkörper-Zirkusnummer nicht behagte. Mit leerem Gesichtsausdruck starrte er auf seinen Vordermann.

Er zeigte auf den Zweimeterhünen.

»Der hier war auch Jude, sein Name war Anton.«

»Was ist aus ihm geworden?«

Milan zuckte nur mit den Schultern. »Nicht alle hatten so ein Glück wie ich. Zwei Jahre nachdem dieses Foto entstanden ist, wurden wir aus dem Kader aussortiert. Ob er noch lebt, weiß ich nicht.«

Milan zeigte auf einen weiteren jungen Mann. »Und das hier war mein arischer deutscher Freund Rudolf. Wir waren schon seit dem Kindergarten befreundet. Später bin ich ihm zufällig auf dem Adolf-Hitler-Platz begegnet: Er trug Wehrmachtsuniform und ich bereits den Judenstern. Wie es Vorschrift war, wollte ich dem ehemaligen Freund ausweichen und den Bürgersteig verlassen, damit er ungehindert an mir vorbeigehen konnte. Da blieb der Rudolf stehen und packte mich am Jackenzipfel: ›Milan, altes Haus! Wie geht's ?‹ Eine Unterhaltung mit einem Juden war unerwünscht, und überall standen Leute, die uns beobachteten und über so was Meldung machten. ›Lass gut sein‹, murmelte ich mit gesenktem Kopf und wollte weitergehen. Der Rudolf zog mich zu sich auf den Bürgersteig. ›Milan, ich will mich mit dir unterhalten, du bist auch so schon viel kleiner als ich!‹ Er wollte einen freundschaftlichen Spaß machen. ›Ist aber nicht gut für uns …‹ – ›Weißt du was, Milan? Du bist in Wirklichkeit der Größte. Sollen uns die braunen Arschlöcher doch melden. Ich unterhalte mich hier mit einem Freund in meiner Heimatstadt, das darf jeder sehen. Und jetzt sag mir, wie es dir geht.‹«

Milan lächelte wieder sein Faltenkranzlächeln. »Das war stark von ihm, findest du nicht auch?«

»Und, habt ihr Ärger gekriegt?«

»Nein. Niemand hat uns denunziert.«

»Wie ging es dir wirklich in dieser Zeit? Ich habe das damals ja noch nicht so wahrgenommen.« Nachdenklich drehte ich mein Teeglas in den Händen. »Nur als Richard Stein mitsamt Familie von einem Tag auf den anderen plötzlich weg war, da war ich erstaunt. Aber niemand hat es mir erklärt. Diesen Irrsinn kann man ja auch keinem Kind erklären.«

»Ich hatte gerade angefangen, in Prag Medizin zu studieren, aber die Schlinge zog sich zu. Erst die berüchtigte Reichskristallnacht, in der fast alle Synagogen, jüdischen Geschäfte und Friedhöfe brutal zerstört wurden …«

»Auch das Geschäft deiner Eltern?«

»Ja. Und dann wurde ich der Universität verwiesen. Nach drei Semestern war mein Traum, eines Tages Arzt zu werden, vorbei. Wir Juden wurden zu verachteten Außenseitern, durften nicht mehr Straßenbahn fahren, keine Kinos mehr besuchen, nicht mehr Fahrrad fahren.« Milan seufzte tief auf.

Verstört hing ich an seinen Lippen.

»Es gab nur einen einzigen öffentlichen Ort, an dem wir jungen Leute uns noch treffen durften, das war der Sportplatz Hagibor.«

»Ah, den kenne ich, der ist in der Nähe vom jüdischen Friedhof im Stadtteil Strašnice.«

»Ein Ort der Hoffnung und Zuversicht inmitten des Hasses, der Verzweiflung und Angst. Wir Jugendlichen haben diesen Sportplatz als eine Insel empfunden. Oft saßen wir wie versprengte Spatzen auf dem Geländer und haben uns aneinander gewärmt. Wir hatten ja sonst niemanden mehr.«

»Und hier hast du auch deine Frau Vera kennengelernt?«

»Genau.« Milan nickte. »Ein rebellisches jüdisches Mädchen mit kurzen Haaren und burschikoser Kleidung, das bei den Nazis genauso unerwünscht war wie wir. Das hat uns verbunden. Mir gefiel, dass sie Mut hatte und gegen den Strom geschwommen ist.«

»Ich kann verstehen, dass sie dich fasziniert hat.«

»Unter den verfolgten Jugendlichen brach eine regelrechte Heiratswelle aus: Man wollte die ungewisse Zukunft gemeinsam meistern.«

»Das kann ich so gut verstehen!«

»Wir konnten nach unserer Hochzeit in der Radhošťská-Straße im Stadtteil Vinohrady in eine Art Wohngemeinschaft ziehen, hatten jedoch kein eigenes Zimmer für uns. Aber ich war dankbar, erst mal einen Unterschlupf gefunden zu haben.«

Milan erhob sich und zog die Vorhänge zu. »Hast du Lust auf einen Schluck Wein?«

»Ja gern!« Ich räumte die Teetassen ab und sah zu, wie er mit Korkenzieher und Weinflasche hantierte. Aus seinem Hängeschrank nahm ich zwei Gläser.

Er schenkte ein. »Auf das Leben, Ella. Wir werden es meistern!«

»Ja. Auf das Leben.«

Die Wanduhr tickte, aber ich wollte auf keinen Fall nach Hause.

»Bitte erzähl weiter, Milan.« Ich kuschelte mich wieder neben ihn aufs Sofa.

»Am 15. März 1939, ich war gerade zwanzig Jahre alt, wurde die Tschechoslowakei von Hitlers Truppen besetzt. Es entstand das Reichsprotektorat Böhmen und Mähren. Wie du weißt, war damals Reichsprotektor Reinhard Heydrich auf der Prager Burg, die Hitler zum Regierungssitz ernannt hatte. Man nannte ihn auch den ›Henker von Prag‹. Er war der Hauptverantwortliche für die ›Lösung der Judenfrage‹ und brütete dort die sogenannte ›Endlösung‹ aus.«

Milan schluckte trocken. Sein Blick war nach innen gerichtet. Das Gespräch strengte ihn merklich an.

»Zwei tschechische Widerstandskämpfer haben ihn dann am 27. Mai 1942 in der später berühmten Heydrich-Kurve auf dem Weg zur Burg erschossen. Daraufhin begannen die Vergeltungsschläge.«

»Bevor du weitererzählst, Milan: Daran erinnere ich mich sogar! Ich war acht Jahre alt und mit meiner Freundin Hana in einer Schwimmanstalt unter dem Barrandov-Berg. Als wir zurück in die Stadt wollten, fuhr keine Tram mehr. Wir mussten den ganzen Weg nach Karolinenthal zu Fuß gehen und hatten keine Ahnung, was passiert war! Überall bewaffnetes Militär, Menschen rannten in Panik umher, Läden hatten plötzlich geschlossen, sodass wir spürten, dass etwas Schlimmes passiert sein musste. Unsere Eltern waren halb verrückt vor Sorge um uns und nahmen uns erleichtert in die Arme, als wir endlich unversehrt zu Hause ankamen.«

Milan seufzte. »Du glückliches, ahnungsloses Mädchen du! Damals war ich bereits seit sechs Monaten im KZ. Die Folgen des Attentats waren verheerend.«

»Ich weiß.« Ich räusperte mir einen Kloß von der Kehle. »Zwei Stunden nach dem Attentat hat Hitler die Hinrichtung von zehntausend Tschechen gefordert. Und die Zahl verdoppelt, nachdem Heydrich zwei Tage später an den Folgen des Anschlags gestorben war. Zwei ganze Dörfer, Lidice und Ležáky, wurden dem Erdboden gleichgemacht. Alle Männer wurden erschossen, die Frauen und Kinder verschleppt.«

»Ich glaube, ich möchte für heute mit dem Thema aufhören.«

Milan strich mir über die Wange und lächelte mich um Verständnis bittend an. Ich ließ den Kopf an seine Brust sinken. Sein Herz klopfte heftig. Diesen Stoff aus Lehrbüchern zu erfahren, war doch etwas anderes, als ihn von einem geliebten Menschen persönlich zu hören. Milan drückte mir einen zärtlichen Kuss auf die Stirn, stand auf, steckte die Hände in die Hosentaschen und wanderte in seiner winzigen Wohnung auf und ab. Die Wanduhr schlug zehnmal. Draußen war es finstere Nacht geworden.

»Tut mir leid, Ella. Ich möchte dich nicht belasten. Ich weiß, du hast selbst Probleme, und nun kommt so ein älterer Mann daher und erzählt dir von solchen Grausamkeiten.« Verlegen stellte er das Fotoalbum wieder ins Regal.

»Von wegen älterer Mann! – Lass uns einen Spaziergang machen, Milan. Wir brauchen beide frische Luft und Bewegung.«

»Hoffentlich steht weder dein Mann noch meine Frau unter der Laterne vor dem großen Tor.«

Insgeheim war ich erleichtert, dass Milan schon wieder ein Scherz auf den Lippen lag. Ich wusste, dass ich eines Tages sein ganzes dunkles Geheimnis kennen würde, dass er es dringend brauchte, dass ich ihm zuhörte. Und das habe ich auch immer wieder getan. Aber in diesem Moment war es einfach zu viel auf einmal.

»Komm mein Herz.« Er legte den Arm um mich und schloss seine Wohnung ab. Beide warfen wir einen prüfenden Blick auf die leer gefegte Straße: Niemand schien sich für uns zu interessieren.

Wir wanderten in den milden Sommerabend hinaus. Prag mit all seiner Schönheit lag mondbeschienen vor uns. Nur wenige Straßenlaternen spendeten milchiges Licht. In manchen Gassen war es stockfinster, aber in Milans schützender Umarmung fürchtete ich mich nicht. Wir schlenderten Arm in Arm durch den Seminargarten hinauf zum Kloster Strahov. Wie gut das tat, nach diesen langen bedrückenden Stunden, in denen wir nur über fürchterliche Dinge geredet hatten! Aber eine Frage ließ mich nicht los.

»Wie hast du es nach alldem geschafft, doch noch Arzt zu werden, Milan?«

Er lächelte mich an. »Nur vier Monate nach der Befreiung aus dem KZ bekam ich einen Studienplatz für Medizin. Glaub mir, ich konnte kaum noch einen Griffel halten, geschweige denn mich konzentrieren. Fast hätte ich es aufgegeben.«

»Aber dann hast du es doch abgeschlossen.« Im Schein einer Laterne blieben wir stehen.

»Ja, und ich weiß nicht wie. Es gab fast keine Lehrbücher mehr und fast keine Professoren. Trotzdem habe ich 1950 an der Universität von Prag promoviert. Mit summa cum laude.«

Mit einem Hauch von Stolz lächelte er mich an, und um seine Augen lag wieder dieser schöne Faltenkranz, in den ich mich so restlos verliebt hatte. Ich schmiegte mich an ihn. »Ach, Milan, wie können wir es nur schaffen, mehr Zeit miteinander zu verbringen? Könntest du nicht darauf hinarbeiten, dass wir für eine lange gemeinsame Reise eingeteilt werden? Du hattest doch von einer Sommerreise nach Bulgarien gesprochen?«

»Ich tu, was ich kann. Wir sind schon ganz schön verrückt, oder?«

»Verrückter als verrückt«, sagte er.

Und dann küssten wir uns.

Nach all den Kränkungen und Erniedrigungen durch Pavel war ich wieder glücklich, voller Kraft und Zuversicht, die uns bevorstehenden Schwierigkeiten zu meistern. Doch es sollte schlimmer kommen, als wir es uns je hätten vorstellen können.

38

Prag, Mitte Mai 1965

Am nächsten Morgen hörte ich schon im Treppenhaus das Telefon klingeln. Pavel schien nicht zu Hause zu sein. Mit zitternden Fingern öffnete ich die Wohnungstür und stürzte noch ganz außer Atem zum Apparat.

Ein bisschen hoffte ich, es wäre Milan …

»Gregorová?!«

»Genossin Gregorová, wie geht es Ihnen?«

Mein Herz setzte einen Schlag aus, um dann umso lauter zu klopfen.

»Genossin Gregorová, hier spricht Genosse Novotný. Erinnern Sie sich an mich?«

Leider erinnerte ich mich an ihn!

Der aalglatte Typ aus dem Innenministerium! Automatisch fasste ich mir an den Hals.

»Ich … Natürlich. Mir geht es gut, danke der Nachfrage«, krächzte ich.

Was wollte der Typ von mir?

»Wo waren Sie denn die ganze Nacht? Niemand hat abgehoben!«

Ich räusperte mir einen dicken Kloß von der Kehle. Jetzt bloß keine Rechtfertigungen, denn das waren ja schon Geständnisse. Also war auch Pavel heute Nacht nicht zu Hause gewesen. Ich riss mir den Schal vom Hals, weil mir plötzlich ganz heiß wurde. »Was kann ich für Sie tun?«

»Kommen Sie in einer Stunde ins Hotel Zlatá Husa am Wenzelsplatz.«

Ohne eine Antwort abzuwarten, legte er einfach auf.

Uff. Ich raufte mir die Haare. So ein Mist!

Mein erstes Bedürfnis war, Milan im Krankenhaus anzurufen, aber der stand gerade im OP.

Pavel würde ich nicht noch einmal um Hilfe bitten. Da musste ich jetzt alleine durch!

Nach einer kurzen Dusche zog ich mal wieder mein hellblaues Hochzeitskostüm an und nahm die Straßenbahn zum Wenzelsplatz. Natürlich kannte ich das Zlatá Husa: Es war das berühmte Hotel »Goldene Gans«, in dem wir oft mit unseren Reisegruppen aßen.

Der zuvorkommende Herr wartete bereits auf mich. Er riss die Schwingtür auf und ließ mich eintreten. Als wäre ich eine verwöhnte Grande Dame und träfe mich jetzt hier mit einem Galan!

Der aalglatte Geheimdienstmann wies mir den Weg zu einer Sitzgruppe. Auf dem niedrigen braunen Tisch stand bereits ein Getränk.

»Genossin Gregorová! Wie schön, Sie bei so prächtiger Gesundheit anzutreffen! Was macht Ihr Mann, wie geht es Ihrem Kind?«

»Danke, gut«, sagte ich spitz. Der Kerl wusste doch bestimmt längst, dass ich die Scheidung eingereicht hatte.

»Setzen Sie sich doch. Was darf ich Ihnen zu trinken bestellen?«

»Nichts, danke.«

»Nun seien Sie doch nicht so zimperlich! Es tut Ihnen doch keiner was.«

Ich sah ihn nur mit hochgezogenen Augenbrauen an.

»Herr Ober, die Dame trinkt ein Glas Tee.«

»Sehr wohl, der Herr.«

»Als Erstes möchte ich Sie daran erinnern, dass wir uns nicht kennen.« Der aalglatte Geheimdienstmensch steckte sich eine Zigarette an.

»Sollten wir uns jemals zufällig auf der Straße begegnen, gehen Sie einfach weiter. Wir sind ja sozusagen beide in geheimer Mission unterwegs.«

Erstaunt ließ ich mein Glas Tee sinken. Ich verstand das Ganze nicht!

Er beugte sich vertrauensvoll vor: »Weiß Ihr Mann von Ihrem neuen Verhältnis?«

Mir wurde heiß und kalt. Ich starrte ihn an. Er wusste ALLES! Er wollte mich erpressen!

Hatte er mich gestern Abend bei meinem Spaziergang mit Milan beobachten lassen?

Sekundenlang starrten wir einander schweigend in die Augen. Provozierend blies er mir seinen Rauch ins Gesicht.

Bleib ruhig!, ermahnte ich mich. Ich befand mich schließlich in Scheidung. Offiziell konnte er mich gar nicht erpressen.

»Mein Mann weiß selbstverständlich alles über mich«, log ich.

»Dann hätte ich gern noch den Namen Ihres neuen Freundes.« Der Geheimdienstmann lächelte verbindlich.

»Aber den kennen Sie doch bestimmt längst, so gut wie Sie arbeiten!«

Ich zwinkerte ihm zu und tat so, als hätte ich einen originellen Scherz gemacht.

Er lehnte sich zurück und musterte mich gründlich. »Natürlich. Das war nur ein Test.«

Mechanisch trank ich einen Schluck Tee. Und schenkte ihm einen möglichst koketten Blick:

»Und, habe ich den Test bestanden?«

»Aber ja, Genossin Gregorová. Sie sind zweifelsfrei die perfekte Mitarbeiterin.«

Ich zuckte zusammen. Die wollten mich doch nicht … Ich würde doch niemals …

Klirrend stellte ich das Teeglas ab.

»Kann ich jetzt gehen?«

»Natürlich. Und wie gesagt: Dieses Treffen hat nie stattgefunden. Wenn wir uns auf der Straße begegnen …«

»… Kennen wir uns nicht.« Ich nahm meine Handtasche und stolzierte durch die Schwingtür davon. Niemals würde ich für diese Leute arbeiten. Niemals!

39

Prag, Hauptbahnhof, 2. Juli 1965

»Achtung, Achtung! Der Sonderzug von Čedok nach Bulgarien steht auf Gleis drei zum Einsteigen bereit!«

Am Prager Bahnhof herrschte heilloses Durcheinander. Dreihundert aufgeregte Personen, die das Riesenglück hatten, an einer Reise an die bulgarische Schwarzmeerküste teilnehmen zu dürfen, verabschiedeten sich aufgeregt von ihren Liebsten. Überall standen Koffer und Rucksäcke herum. Menschen fielen einander um den Hals:

»Schreib mir eine Ansichtskarte!«

»Du Glückliche! Wieso nicht ich!«

»Das ist meine erste Reise nach dem Krieg!«

»Hol dir keinen Sonnenbrand!«

»Bring mir einen Seestern mit!«

Doch am aufgeregtesten war ich selbst. Wir machten eine Traumreise! Irgendwie hatte Milan es geschafft, uns beide für diese dreiwöchige Sommerreise einteilen zu lassen.

Mein Herz hüpfte vor Glück. Alina war in den großen Ferien bei Mutter und Tante Franziska in Haida, und Pavel, mit dem ich nach wie vor die Wohnung teilte, hatte mir zum Abschied noch eine schreckliche Szene gemacht. Zum Glück musste ich ihn nun drei Wochen nicht sehen!

»Hallo, auf welcher Liste stehen Sie, ich habe Ihren Namen noch nicht abgehakt?« – »Ja, bitte, gehen Sie zu Wagen 24, Ihr Abteil ist hinter dem Raucherabteil.« – »Kann jemand bitte dieser Dame mit dem Gepäck helfen?« – »Sie wollen am Fenster sitzen, auf meiner Liste ist für Sie ein Gangplatz reserviert, aber das kriegen wir sicher hin …«

Ich rannte auf meinen schwarzen Pumps von einem zum anderen und genoss das pulsierende Treiben. Mein Herz klopfte vor Vorfreude! Milan und ich … Es würde traumhaft werden!

»Wem gehört denn dieses Kind? – He Kleine, nicht weinen, wir finden deine Mama.« – »Milan, ich habe hier ein Kind …« Aufgeregt eilte ich Milan entgegen, der sich seinerseits einer aufgeregten Gruppe von Reisenden kaum erwehren konnte.

»Ich werde eine Durchsage machen lassen. Ich kümmere mich darum.«

Mitten in dem Gewühl drückten Milan und ich uns heimlich die Hände und sandten uns einen innigen Blick. Drei ganze

Wochen. Nur für uns. Mitten im normalen Wahnsinn. Ich schwebte auf Wolke sieben.

»Ach, da ist ja die Mutter …«

»Ich war doch nur noch eine Zeitung kaufen, konntest du nicht eine Sekunde da stehen bleiben?«

Uff. Auch dieses Problem war gelöst. Milan und ich stoben wieder auseinander.

Niemand sollte und durfte sehen, dass wir ein Paar waren.

Hastig sortierte ich den Stapel Reisedokumente. Die Reisenden selbst verfügten nicht darüber. So waren sie gezwungen, stets in meiner Nähe zu bleiben.

Ah, da kam schon das nächste menschliche Drama …

Ein riesiger Rosenstrauß auf zwei Beinen näherte sich und schwankte suchend durch die Menge.

»Oh, wer ist wohl die Glückliche? Da hat aber jemand einen Verehrer!«, hörte ich ein paar Frauen hinter mir kichern. »Wo es doch in der ganzen Tschechoslowakei keine Rosen zu kaufen gibt, nur Nelken!« Ich drehte mich zu ihnen um.

»Bitte einsteigen, der Zug fährt in fünf Minuten ab! Haben Sie Ihre Platzkarten?«

Die Reisenden kletterten in die Abteile und hingen winkend und lachend aus den Fenstern.

Ein letztes Mal schaute ich über den sich leerenden Bahnsteig. Alle eingestiegen? Wo war denn der Mann mit den Blumen hin? Hatte er seine Angebetete gefunden? Ein bisschen neugierig war ich ja schon, wer in der Lage war, einen solchen Traum aus dunkelroten Baccararosen zu organisieren.

Plötzlich hatte ich den Strauß im Gesicht.

Mir schoss die Röte ins Gesicht. Galten die etwa mir?

Milan war ja immer für Überraschungen gut, aber hier vor allen Leuten?

»Ella! Du bist die einzige Frau, die ich je geliebt habe! Es tut mir leid wegen heute Morgen. Ich will mich bessern! Ich werde dir ein guter Ehemann sein! Komm zu mir zurück!«

Ich wischte die Rosen beiseite. Sie stachen. Das war nicht Milan. Das war …

»Pavel!«

»Ella! Gib uns noch eine Chance!«

»Pavel, bitte … Das ist mir peinlich!«

»Draußen steht mein Skoda. Ich habe ihn frisch geputzt. Nur für dich, meine Schönste.«

Ach Pavel!, dachte ich. Wenn du wüsstest, wie ich mich nach diesen Worten gesehnt habe. Wie ich darum gebettelt habe, dass du mich und unser Kind auch mal mitnimmst.

Jahrelang.

Doch jetzt interessiert mich dein Skoda nicht mehr. Und du auch nicht. Ich glaube dir kein Wort.

»Pavel, wir leben seit sechs Monaten in Scheidung!« Ich wandte mich von ihm ab und wollte in den Zug steigen. Er zerrte an meinem Rocksaum.

»Fahren wir nach Haida und besuchen unser Kind!« Diese Szene vor aller Augen war mehr als schlecht gespielt. Unser Kind?!

Völlig perplex stand ich da, meinen wahnsinnigen Noch-Ehemann mitsamt Rosen vor mir.

Er hatte sich seit Monaten nicht um unser Kind geschert! Und jetzt, wo ich schon mit einem Bein auf dem Trittbrett stand, fing er damit an?

Nein. Ich hatte es zwölf Jahre lang mit ihm versucht. Jetzt hatte ich nur noch Verachtung für ihn.

»Achtung, Achtung«, kam es blechern aus dem Lautsprecher. »Alles einsteigen! Der Sonderzug nach Bulgarien fährt ab! Vorsicht an der Bahnsteigkante!«

»Bitte, Ella! Fahr nicht! Nimm deiner Tochter nicht den Vater! Du bist doch selbst vaterlos aufgewachsen, willst du dasselbe deiner Tochter antun?«

Pavel fiel auf die Knie und breitete theatralisch die Arme aus.

Mein Blick glitt Hilfe suchend zu Milan. Auch wenn er nicht offiziell in Erscheinung treten konnte, wollte ich doch wenigstens seelischen Beistand bei ihm suchen.

Milan stand nur eine Wagentür weiter. Er musste sich gerade einer Frau mit kurzen grauen Haaren erwehren. Er schüttelte den Kopf und nahm ihre Hände in seine.

»Bitte lass mich jetzt fahren. Wir reden später in Ruhe darüber, ja?«

Mir stellten sich alle Härchen auf. Wortlos starrte ich zu ihnen hinüber.

Während Pavel unter Tränen weiterflehte: »Ella! Wenn du jetzt in diesen Zug einsteigst, kann ich für nichts mehr garantieren! Ich kann ohne dich nicht leben!«

In diesem Moment legte Milan der anderen beide Hände auf die Schultern. Und jetzt küsste er sie … auf die Stirn! War das etwa seine Frau?! Ja, das musste sie sein! Machte sie ihm gerade auch eine Szene? Hatten unsere Ex-Partner sich abgesprochen?

»Türen schließen! Der Zug fährt ab!«

Der Bahnhofsvorsteher mit der roten Mütze blies in seine Trillerpfeife und hob die grüne Signalkelle. »Türen schließen!«

Ich erwehrte mich Pavel und stieg in den Zug. Milan tat eine Tür weiter dasselbe. Unsere Türen schlossen sich gleichzeitig. Der Zug rollte an. Ungläubig starrte ich auf Pavel, der mit hängenden Schultern dastand. Und drei Meter hinter ihm stand Milans Frau und ballte die Fäuste! Sie verschwanden aus meinem Blickfeld.

Milan kam durch den Gang auf mich zugeschwankt, sichtlich

mit den Nerven fertig. Der Zug ruckelte heftig über die Weichen, die das Leben uns gerade stellte. »Ella, du hast mir so leidgetan. Und ich konnte dir nicht zu Hilfe kommen. Meine Frau war da. Sie wollte mich zurückhalten und meinte, wir sollten es noch einmal miteinander versuchen ...«

»Dasselbe hat Pavel auch gesagt!«

»Zur gleichen Zeit, am gleichen Ort?«

»Vor allen Leuten?«

»Das kann kein Zufall gewesen sein!«

Ich atmete tief durch. Dieser Schock saß tief.

Als sich eine Abteiltür öffnete, fuhr ich nervös herum.

»Fräulein, würden Sie sich vielleicht mal um uns kümmern? Mein Gepäck wurde vertauscht!«

Ein Mann steckte den Kopf aus einem anderen Abteil: »Herr Doktor, mein Sitznachbar hat einen Kreislaufkollaps!«

Wir stoben auseinander und kümmerten uns um die großen und kleinen Probleme unserer Schützlinge.

Endlich kehrte Ruhe ein. Erschöpft suchte ich das Reiseleiterabteil auf, das ganz am Ende des Zuges war. Vor meinem Sitz stand in einem Eimer der riesige Rosenstrauß.

Die slowakische Kollegin saß rauchend davor: »Jemand muss dich sehr lieben.«

In dem Moment kam auch Milan ins Abteil. »Da haben Sie recht, Genossin.« Seine Faltenkranz-Augen strahlten mich an.

Draußen raste die sommerliche Landschaft vorbei.

Die Slowakin bemerkte, dass es zwischen uns knisterte. Sie stand auf und verließ wortlos das Abteil.

»Ist sie koscher?«

»Keine Ahnung. Wir müssen vorsichtig sein.«

»Wie viele Rosen sind das?«

Wir zählten. »Zweiunddreißig! Für jedes Lebensjahr eine!«

Milan verzog das Gesicht und kratzte sich am Kopf. »Der zieht alle Register.«

Die slowakische Reiseleiterin stand draußen auf dem Gang. Sie hatte uns den Rücken zugekehrt und rauchte. Lauschte sie? Oder war sie eine harmlose Kollegin?

Milan wischte sich den Schweiß von der Stirn. »Auf mich wirkt er bipolar. Ich habe nur kurz seine Augen gesehen.«

Er traute sich nicht, meine Hand zu drücken, aber ein leichter Druck seines Beins an meinem Knie ließ mich innerlich erschauern.

Wir sahen uns lange schweigend an.

»Und deine Frau?«

»Die meinte, dass in unserer Reisegruppe gute Parteifreunde von ihr sind. Das war mehr als nur eine Warnung. Das war eine Drohung.« Ein kurzer Seitenblick nach draußen auf den Gang: Die slowakische Kollegin war plötzlich verschwunden.

Ich musste tief durchatmen.

Anblick und Duft der Baccararosen konnte ich nicht länger ertragen. Ich schnappte mir den Eimer und wuchtete ihn ins Dienstabteil der Schaffnerin. Die hatte sich gerade hingesetzt und entnahm ihrer Diensttasche ein Wurstbrot.

»Genossin Schaffnerin, haben Sie Verwendung dafür?«

»Nee, ich bin im Dienst.« Sie biss herzhaft in ihre Stulle.

»Ja, aber es ist doch schade um diese Baccararosen, finden Sie nicht?«

Sie hörte auf zu kauen und taxierte mich.

»Und Sie wollen sie wirklich nicht?«

»Nein.«

»Na, dann geben Sie schon her.« Die Genossin entriss sie mir. »Muss ich aber Meldung drüber machen.«

»Natürlich«, sagte ich. »Sehr freundlich von Ihnen.«

An jedem Grenzübergang – und es waren bekanntlich einige bis Bulgarien – wurde unser Zug angehalten und von bewaffneten Grenzern und Wachhunden kontrolliert. Es waren armselige Szenen zwischen »Bruderländern«, die sich da abspielten, getreu Lenins Parole »Vertrauen ist gut, Kontrolle ist besser«.

Deshalb dauerte unsere Zugreise zwei Tage und zwei Nächte. Aber ich war bei Milan. Das war alles, was zählte.

40

Varna, Bulgarien, Goldstrandküste, Juli 1965

In Bulgarien verlebten Milan und ich eine wunderbare Zeit. Es war, als wären wir auf Hochzeitsreise! Die Slowakin schlief in einem anderen Hotel. Wie Milan erstens das geschafft hatte, und zweitens, dass wir benachbarte Zimmer mit einer Durchgangstür hatten, war mir ein Rätsel! Wir mussten sehr vorsichtig sein, aber es gelang uns immer wieder, wundervolle Nächte miteinander zu verbringen. Alle unsere Probleme schienen meilenweit weg zu sein. Wir kamen uns immer näher und wussten: Es war uns ernst miteinander. Wir hatten uns so viel zu erzählen!

Milan war ein wunderbarer Zuhörer. Er wollte alles über mich wissen.

»Erzähl mir von deiner Kindheit«, bat er eines Morgens. Wir schlenderten nach dem Frühstück barfuß am Strand entlang, unsere Sandalen in der Hand, wobei wir uns unter Sonnenhüten und hinter Sonnenbrillen verschanzt hatten. So hofften wir vor neugierigen Beobachtern geschützt zu sein. Die Slowakin verhielt sich freundlich und neutral, und es fiel mir schwer zu glauben, dass sie auf uns angesetzt sein könnte.

»Meine Kindheit war wunderschön«, begann ich. »Wir lebten in gutbürgerlichen Verhältnissen im Haus des jüdischen Weinhändlers Richard Stein in Prag. Er hatte sein Reich unten, direkt über dem riesigen Weinkeller, und Papa, Mama und ich wohnten im ersten Stock. Von der Wohnung kann ich bis heute nur träumen!«, seufzte ich: »Vier Zimmer mit hohen Stuckdecken in Karolinenthal, heute Karlín …«

»Ach, das Haus kenne ich.« Milan nickte. »Ich weiß, dass da eine jüdische Firma drin war!«

»Mein Vater hat alles für uns getan. Er hat Mama und mich auf Händen getragen.«

»Oh, das hätte ich auch getan …«

Wir blieben stehen, spürten die warmen Wellen und umarmten uns einfach nur. »Ich wünsche mir nichts mehr, als dich eines Tages nie wieder loslassen zu müssen.«

Wir küssten uns, selbstvergessen und glücklich. Mein Sonnenhut rutschte mir vom Kopf, und ich hob ihn wieder auf. Ich erzählte vom letzten Kriegsjahr, in dem mich mein Papa zu Großmutter und Tante Bertl aufs Land gebracht hatte. Von meinen letzten sorglosen Kindheitstagen in Hillemühl, kurz bevor Alex zur Welt kam.

»Von Tante Bertl hast du mir schon erzählt«, unterbrach mich Milan. »Als Arzt interessiert mich: Was war das für eine Behinderung, die sie hatte?«

»Im Dorf hieß es, sie wäre als Baby vom Wickeltisch gefallen. Aber das glaube ich nicht mehr. Sie ist sehr klein geblieben, etwa eins fünfundvierzig groß. Wegen ihrer Behinderung hat sie gehinkt und an schwerem Asthma gelitten. Sie bekam nur mühsam Luft. Am Rücken ist ihr ein großer Buckel gewachsen.«

»Das könnte ein Ullrich-Turner-Syndrom gewesen sein. Deine Tante Bertl ist mit Sicherheit nicht vom Wickeltisch gefallen, der Mangel an Wachstumshormonen dürfte sich schon im Mutterleib bemerkbar gemacht haben. Man spricht von interuterinem Kleinwuchs.«

Ich hörte ihm interessiert zu. Er imponierte mir immer mehr, dieser kluge Mann!

»Es kommen auch Chromosomenanomalien infrage. Auch die Glasknochenkrankheit geht mit Minderwuchs einher. Allerdings, wenn du von einem Buckel sprichst: Bei Morbus Scheuermann kommt es zu einer Krümmung der Brustwirbelsäule, das kann zu einem Rundrücken, der sogenannten Kyphose, im Volksmund Buckel, führen.«

»Sie hat vermutlich schreckliche Schmerzen gehabt.« Betroffen sah ich ihn an.

»Das liegt auf der Hand. Bei jedem Atemzug werden ihre Brustwirbel gegen die Lungenflügel gedrückt haben.«

»Trotzdem hatte sie enorme körperliche und seelische Kräfte«, sagte ich. »Das letzte Mal habe ich sie gesehen, als sie mich bei Bombenalarm im überfüllten Zug von Hillemühl nach Prag zurückgebracht hat. Sie hat alles für mich gegeben, selbst unter Einsatz ihres Lebens.« Ich schaute auf die endlose Weite des Meeres und verlor mich in meinen Erinnerungen. »Diese kleine Person war wie ein Schutzengel für mich, sie hatte seltsame Kräfte, die schwer zu beschreiben sind. Ihr Handauflegen hat mich beruhigt, es linderte Ohrenschmerzen und hat mir beim Einschlafen geholfen. Das konnte nur sie.«

Wir erreichten ein streng abgeschirmtes Militärgebiet. Überall standen Schilder mit Totenköpfen und »Betreten verboten« drauf, hinter dem Stacheldraht hörten wir Hunde bellen.

Schreckliche Erinnerungen kamen in uns beiden hoch. War

das ein Fernglas, das da auf einem Wachturm in der Sonne blitzte?

»Komm, mein Herz. Das brauchen wir jetzt nicht.«

Milan zog mich zurück. Wir rannten regelrecht, um das hässliche Militärgebiet nicht mehr sehen zu müssen.

Dann setzten wir uns in den warmen Sand. Vertrauensvoll lehnte ich mich an ihn. Niemand hatte mir jemals so liebevoll und geduldig zugehört. Niemand hatte mich so zärtlich geküsst.

In einer der Nächte, die wir in trauter Zweisamkeit heimlich in seinem Zimmer verbrachten, erzählte mir Milan wieder von seiner eigenen, schrecklichen Vergangenheit. Es bereitete ihm Qualen, darüber zu sprechen. Ich bekam seine grauenvolle Geschichte nur in erträglichem Ausmaß erzählt.

Wir waren wieder auf das Attentat zu sprechen gekommen, das 1942 von zwei tschechischen Widerstandskämpfern auf Heydrich verübt worden war.

»Längst hatten er und seine Schergen die ehemaligen Bewohner von Theresienstadt »umquartiert«, sie mussten sich woanders ansiedeln, ob sie nun wollten oder nicht. Die ganze Stadt wurde einfach beschlagnahmt.«

»Sie konnten ja nicht ahnen, in was für eine Hölle ihre ehemalige Heimatstadt umgewandelt werden würde.«

»Nein.« Milan hatte mich im Arm. Es war dunkel im Zimmer, und wir flüsterten, immer in Angst, von jemandem belauscht zu werden.

»Diese Stadt wurde mit menschenverachtender Berechnung in ein KZ umgewandelt. Die besseren Häuser wurden von der SS-Kommandantur besetzt, die anderen zu Gefängnisbaracken umfunktioniert. Kennst du Theresienstadt?«

»Nur von Bildern«, murmelte ich. »Terezín. Gehört in jeden Geschichtsunterricht.«

»Nun, die ehemalige Festungs- und Garnisonsstadt verfügte über Schutzwälle und eignete sich deshalb hervorragend für die Pläne der Nazis, hier ein Konzentrationslager für Juden und andere unerwünschte Personen zu errichten. Innerhalb der Kleinen Festung, außerhalb des sogenannten »Ghettos« – das in Wahrheit das Konzentrationslager war –, befand sich das Gestapo-Gefängnis. In dessen nasskalten Kasematten sind unzählige Menschen zugrunde gegangen. Dort fanden auch die Erschießungen der Ghetto-Häftlinge statt.«

»Dass Menschen zu so etwas fähig sind …« Mich überzog eine Gänsehaut. »Warum tun sie einander so etwas an?«

»Zu ihrem Vergnügen hat sich die SS genau dort ein Schwimmbad bauen lassen. Frauen und Kinder der SS-Leute planschten dort vergnügt herum, während in unmittelbarer Nähe Menschen hingerichtet wurden.«

Mein Herz polterte. »Erinnerst du dich noch an den Tag, an dem du abgeholt worden bist?«

»Vera und ich haben erst noch einige Monate mehr oder weniger zivilisiert in der überfüllten Wohnung gelebt, gehofft und gebangt. Es herrschte totale Ausgangssperre! Keiner von uns hatte mehr einen Studienplatz oder sonst eine berufliche Chance, wir waren beide ›Persona non grata‹.«

»Und dann sind sie gekommen und haben euch abgeholt.«

»Im Dezember 1941, da war ich zweiundzwanzig, wurde ich zum ›AK II‹, das war die Abkürzung für ›Aufbau-Kommando II‹ abkommandiert. Treffpunkt war das Ausstellungsareal in Prag 7.«

»Aufbau-Kommando? Was solltet ihr denn da aufbauen?«

»Das Konzentrationslager Theresienstadt!« Milan setzte sich auf und drehte mir den Rücken zu. »Es mussten auf die Schnelle

Tausende dreistöckige Holzpritschen gezimmert werden, damit Zehntausende jüdischer Männer, Frauen und Kinder ohne jegliche Privatsphäre in diesen menschenunwürdigen Unterkünften zusammengepfercht werden konnten. Theresienstadt hatte ursprünglich siebentausend Einwohner, und jetzt wurden sechzigtausend Menschen da reingestopft.«

Milan rang hörbar um Fassung. Ich wagte noch nicht mal, ihm den Rücken zu streicheln.

»In diesen eiskalten Wintern mussten sechzigtausend Juden in unbeschreiblicher Enge und unter unvorstellbaren hygienischen Bedingungen isoliert von der restlichen Welt vor sich hin vegetieren. Männer, Frauen und Kinder wurden voneinander getrennt, und jeder hatte anderthalb Quadratmeter zum Leben oder besser gesagt zum Sterben. Mit eingezogenen Köpfen hockten sie hungernd und frierend auf den Holzpritschen, die wir gebaut hatten.« Sein Kopf sank zwischen die Schulterblätter.

Das war so grauenvoll, dass ich keine Worte hatte.

»Ich kenne Bilder aus dem Unterricht«, flüsterte ich schließlich. »Aber ich konnte das damals kaum begreifen.«

»Man kann es auch gar nicht begreifen, wenn man nicht da war«, sagte Milan mit belegter Stimme. »Die Leute sind reihenweise an Typhus, Hepatitis, Scharlach und Enzephalitis gestorben. An manchen Tagen zweihundert Menschen auf einmal.«

»Oh Gott, das ist so unfassbar … Und du warst die ganze Zeit im Lager?«

»Ja. Inzwischen war das Krematorium fertiggestellt, die Öfen rauchten Tag und Nacht!«

»Wie viele Menschen sind in Theresienstadt gestorben?«

»Fast vierunddreißigtausend. Also deutlich mehr als die Hälfte der Inhaftierten.« Milan atmete schwer. »Bis April 1945 wurden über hundertvierzigtausend Juden aus dem Protektorat

Böhmen und Mähren, aus Mittel- und Westeuropa nach Theresienstadt verschleppt. – Nur etwa sechzehntausend haben überlebt.«

»Darunter du.«

Milan hob den Kopf und drehte sich zu mir um. »Darunter ich.«

»Was hast du gemacht? Wie hast du es geschafft?« Ich stützte mich auf den Ellbogen. Es war eine vertraute, innige, aber auch bedrückende Stimmung. Doch wir wussten beide, dass Milan diese Erinnerungen teilen musste.

»Auf Anordnung der SS wurde eine jüdische Selbstverwaltung gegründet. Wir Häftlinge haben versucht, ein etwas menschlicheres Leben unter unmenschlichen Bedingungen zu organisieren. Organisationstalent war unverzichtbar im täglichen Kampf gegen den Hunger und ums Überleben.«

»Wie habt ihr euch überhaupt ernährt?«

»Das minderwertige Essen wurde in einer Gemeinschaftsküche gekocht.«

»Wo habt ihr das herbekommen? Konnte man denn noch einkaufen?«

»Uns zum Hohn hat die SS wertloses Ghettogeld eingeführt, mit dem in einigen Läden eingekauft werden konnte.«

»Wie soll ich mir das vorstellen?«

»Ein Großteil der Sachen, die zum Verkauf angeboten wurden, stammte von den Deportierten selbst. Allen Gefangenen wurde bei ihrer Ankunft sämtliches Hab und Gut abgenommen und auf einen Haufen geworfen. Darauf lagen auch schon die Kleidungsstücke und Habseligkeiten derjenigen, die bereits gestorben waren.«

»Wie unendlich zynisch …«

»Ja. Von diesen Schreckensdingen durften wir dann mit unserem Gefangenengeld etwas erwerben. Manche kauften ihre eigenen Sachen zurück. In all der Verwahrlosung hat sich eine eigene Sprache, eine Lagersprache entwickelt, ein Ghettojargon.«

»Und was hast du gemacht, nachdem das Lager aufgebaut war?«

»Im Heim für Jungen musste ich als eine Art Hausmeister für Ordnung sorgen. Ich konnte sie aber auch heimlich unterrichten wie einige andere junge Männer, mit denen ich die Unterkunft teilte.«

»Was für ein Glück im Unglück, dass sie ausgerechnet dich erwischt haben …«

»Kinder waren eine ganz besondere Kategorie von Häftlingen im Ghetto. Sie waren wehrloser, empfindsamer und dadurch umso verletzbarer. Wir von der jüdischen Selbstverwaltung haben uns bemüht, ihnen wenigstens etwas bessere Bedingungen in Sachen Unterkunft und Verpflegung zu sichern. Ihnen Fürsorge angedeihen zu lassen. Irgendwie glaubten wir ja doch an das Ende des Krieges und haben gehofft, dass wenigstens diese Kinder es erleben würden. Also haben wir alles getan, um ihnen ein bisschen Sozialverhalten und Bildung mitzugeben. Ich habe den Kindern auch immer wieder eingeschärft, wie wichtig es ist, sich zu waschen und die Zähne zu putzen. ›Alles ist besser als Typhus!‹ Diesen Satz muss ich so oft gesagt haben, dass er als geflügelter Spruch zitiert wurde. Inmitten dieses Grauens ist es uns tatsächlich gelungen, gemeinsam mit den Kindern eine Kinderoper aufzuführen.«

»Wirklich?!«

»Ja, Rudolf Freudenfeld, der Sohn des Prager Waisenhausleiters, hatte den Klavierauszug heimlich mit ins Lager geschmuggelt. Er und die Kinder waren ebenso interniert worden wie Hans Krása, der Komponist dieser Kinderoper. Sie hatten schon im Waisenhaus angefangen zu proben, und jetzt passte Hans Krása das Niveau den Gegebenheiten im Lager an: also kein Orchester mehr, sondern nur noch ein altes Klavier, aber die Kinder waren mit voller Begeisterung dabei.«

»Das kann ich mir vorstellen. Wie hieß die Oper?«

»*Brundibár*. Das Kinderlehrstück verwandelte sich in Theresienstadt in eine politische Oper. Damit brachten wir den Kindern unauffällig Widerstand gegen den bösen Diktator bei: *Brundibár*. Der kollektive Kampf gegen das Böse. Die Kinder mussten auf der Bühne ausnahmsweise nicht den gelben Judenstern tragen, und das machte was mit ihrem Selbstbewusstsein.«

»Ach Milan, du lieber, feiner Mensch …«

»Die Kinder hatten wieder einen Lebensinhalt. Singen kann so erlösend und befreiend sein!« Milan wischte sich über die Augen. »Sie mussten immer wieder ersetzt werden, denn viele wurden in andere Lager oder nach Auschwitz deportiert. Dann haben wir mit den Neuen das Stück wieder eingeübt.«

»Dass ihr das unter diesen Umständen geschafft habt, ist wirklich eine Sensation. Wie stolz ich auf dich bin!«

»Die zweite Sensation, von der ich dir berichten möchte, war dann die spätere Aufführung von Verdis *Requiem*. Da habe ich selbst im Chor mitgesungen.«

»Was? Aber das ist doch ein Riesenwerk mit Orchester!«

»Ja, aber das haben wir geschafft. Note für Note haben wir geübt, Takt für Takt. Dieselben Häftlinge, die tagsüber bis zu zwölf Stunden Leichen vergraben mussten, kamen abends in unseren Übungsraum und sangen die lateinische Totenmesse, die von Erlösung, Trost und Auferstehung handelt. Im Vorzimmer des Todes haben sie sie eingeübt und im Sommer 1943 vor den SS-Schergen und ihren Familien mit hundertfünfzig Sängern aufgeführt.«

»Was für eine Schizophrenie!«, entfuhr es mir. »Aber das passt zur potemkinschen Idee, den Leuten vom Roten Kreuz eine Farce vorzuspielen.«

»Du bist ja recht gut im Bilde!«

»Das bisschen, was ich noch aus dem Geschichtsunterricht weiß …«, wiegelte ich ab. »Aber erzähl doch mal, wie es in Wirklichkeit war!«

»Im Frühjahr 1944 wurde eine Kommission des Internationalen Roten Kreuzes erwartet. Es hatte sich inzwischen weltweit herumgesprochen, dass es Konzentrationslager gab, und man schickte eine internationale Delegation aus ein paar jungen Männern, um sich die Zustände anzusehen. Die waren noch so jung und unwissend, dass sie sich in ihrer schwärzesten Fantasie nicht ausmalen konnten, wie es im KZ wirklich zuging.«

Milan entfuhr ein spöttisches Lachen. »Die Delegation war genauso eine Farce wie das, was wir denen vorspielen mussten! Verschönerungsaktion! Der neue Lagerkommandant Karl Rahm, ein gebürtiger Österreicher, von Beruf Maschinenschlosser, war ein enger Freund Adolf Eichmanns. Also wurde ein Teil von Theresienstadt herausgeputzt: wie eine Filmkulisse.«

»Ich habe darüber gelesen. Ein angebliches Kaffeehaus wurde eingerichtet, ein Biergarten mit Pflanzen, der hässliche Stacheldraht wurde entfernt, ein Musikpavillon wurde aufgestellt, in dem ein paar Geiger Kurhausmusik machten …«

»Ab sofort änderte sich auch die Sprache, das galt auch für die Beschriftungen auf sämtlichen Schildern«, fuhr Milan fort. »Aus ›Ghetto-Wache‹ wurde ›Gemeinde-Wache‹, aus den gebellten ›Tagesbefehlen‹ ›Mitteilungen der jüdischen Selbstverwaltung‹, der ›Lagerkommandant‹ wurde zum ›Leiter der SS-Dienststelle‹.«

»Das klang gleich viel menschlicher und harmloser, alltäglich eben.«

»Theresienstadt war nun offiziell auch kein KZ mehr, sondern ›Jüdisches Siedlungsgebiet‹. Es hatte den Anschein, als wären wir alle freiwillig da und hätten es uns dort gemütlich gemacht.«

»Aber wie konnte man die halb verhungerten und kranken Menschen herausputzen?«

»Als der Besuch der Rotes-Kreuz-Delegation näher rückte und wir schon emsig gestrichen, geputzt, gepflanzt und dekoriert hatten, wurden von der SS-Kommandantur mal eben siebentausendfünfhundert wenig ansehnliche, besonders abgemagerte, kranke oder gebrechliche Lagerinsassen zum Abtransport aussortiert. Ich erinnere mich genau an den Tag, an dem sich diese Menschen auf dem neu gebauten ›Stadtplatz‹ vor dem Musikpavillon versammeln mussten. Die Musiker, die ja selber KZ-Häftlinge waren, spielten auf Befehl des SS-Kommandanten ›Muss i denn zum Städtele hinaus‹!«

Milan unterbrach sich und unterdrückte ein Schluchzen.

»Ich musste mit ansehen, wie sie meine Eltern, meine gerade mal fünfundfünfzigjährige Mutter Hela und meinen Vater Johan, der damals vierundsechzig war, mit auf den Platz trieben. Sie waren so geschwächt und sahen so erbärmlich aus, dass sie den Männern der Delegation sicherlich aufgefallen wären. Also mussten sie weg. Es ging plötzlich alles ganz schnell. Sie wurden auf einen Lastwagen geladen, der geradewegs nach Auschwitz fuhr.«

Milan begann doch zu weinen. »In dem Moment dachte ich: Ich habe meiner Mutter doch noch gar nicht all die Liebe zurückgegeben, die sie mir gegeben hat! Jetzt kann ich es nie mehr nachholen.«

Er konnte nicht mehr weitersprechen und schluchzte verzweifelt in meinen Armen. Dann brach es aus ihm heraus:

»Immer wieder tauchen diese Bilder vor meinem inneren Auge auf: Wie beide nackt unter den Duschköpfen stehen in einem luftdichten Raum ohne Klinken, wie sie sich mit Wildfremden im Todeskampf winden, als statt Wasser das tödliche Gift Zyklon B herausströmt.«

»Pssst«, machte ich »pssst, mein lieber, lieber Milan … Es tut mir so leid, es tut mir so unendlich leid.« Ich wiegte ihn in meinen Armen. Dabei liefen mir selber die Tränen.

Wie soll man einen Menschen, der so viel Grauen erleben musste, trösten?

Ich hatte das Gefühl, dass ich nun seine ganze Liebe abbekam, anstelle seiner toten Mama.

Nach endlosen Minuten beruhigte sich Milan wieder. »Ich habe das noch nie jemandem erzählt, Ella. Es tut so gut, es endlich einmal in Worte zu fassen …«

»Auch nicht deiner Frau?«

»Nein.« Er putzte sich die Nase. »Die wollte das nie hören. Wir haben nie über unsere Jahre in Haft gesprochen. Wir haben alles mit dem Mantel des Schweigens zugedeckt, und niemand hat sich je unserer traumatisierten Seelen angenommen.« Erschöpft legte er sich wieder auf den Rücken und starrte an die dunkle Zimmerdecke. »Wir hätten nach dem Krieg so dringend psychologische Behandlung gebraucht, aber so viele Psychologen hätte es auf der ganzen Welt nicht gegeben. Jeder von uns ist schwer kriegsgeschädigt und traumatisiert.«

Ich schwieg und fragte dann schließlich: »Und wie war er dann, der Besuch der Delegation vom Internationalen Roten Kreuz?«

»Der Leiter, ein junger Schweizer namens Maurice Rossel, und seine noch jüngeren Begleiter aus Schweden und Dänemark ließen sich allzu leicht täuschen. Vielleicht lag es auch an der Autorität der beiden Brüder Rolf und Hans Günther, SS-Sturmbannführer, dass sie nicht zu widersprechen wagten.« Milan seufzte. »Die Delegation wurde in eine Limousine verfrachtet und fuhr dann an dem schön herausgeputzten Platz mit dem Musikpavillon vorbei, wo sich gerade ein paar ausgesuchte, adrett gekleidete Menschen wie Komparsen bewegten. Diese Männer, Frauen und Kinder waren nichts als Kleindarsteller, die vorher für diese Inszenierung geprobt hatten. Sie mussten fröhliche Mienen aufsetzen und Lebensfreude ausstrahlen. Zu diesem Anlass wurde auch ein Restaurant eingerichtet, in dem die drei jungen Männer vom Roten Kreuz zuvorkommend bewirtet wurden – allerdings aus der Küche der SS-Leute, nicht etwa mit unserem Fraß. Keiner von ihnen kam auf die Idee, mal hinter die Kulissen zu schauen. Die drei jungen Männer waren satt und zufrieden, als ein paar ›spielende Kinder‹ mit einem Ball über die Straße rannten. Der SS-Obersturmführer Karl Rahm winkte sie jovial zu sich her: ›Na, ihr Racker? Bestimmt habt ihr schon wieder Hunger! Wer so viel Fußball spielt, muss was Anständiges essen. Hier!‹ Mit diesen Worten drückte er den Kindern Brote mit Ölsardinen in die Hand. Die mussten daraufhin rufen: ›Schon wieder Ölsardinen, Onkel Rahm?!‹«

»Unfassbar!«, murmelte ich erschüttert.

»Die drei jungen Männer gaben daraufhin einen sehr positiven Bericht über das ›jüdische Siedlungsgebiet Theresienstadt‹ beim Internationalen Roten Kreuz ab: Der Führer habe den Juden eine sehr schöne Stadt geschenkt!«

Ich lachte verbittert auf. »So hieß auch der Propagandafilm, der im August 1944 in Theresienstadt gedreht wurde: ›Der Führer schenkt den Juden eine Stadt.‹«

»Ja, damit sollte die Welt beruhigt und geblendet werden. Auch Szenen der Kinderoper *Brundibár* kommen darin vor.«

»Alles nur gestellt.« Ich ballte die Fäuste.

»Fröhlich badende Kinder. Sie wurden aus dem Ghetto zum Ufer der Eger gebracht. Dort bekamen sie Badeanzüge, mussten singen, ins Wasser springen und planschen, tauchen und Fröhlichkeit vortäuschen. Mit vollen Obstkörben mussten sie eine Straße entlanggehen; die Kamera fuhr vor ihnen her. Sie bekamen Margarinebrote in die Hand gedrückt und mussten sie in die Kamera halten. Auf ein Zeichen durften sie hineinbeißen! Ein Augenblick, den sie nie im Leben vergessen werden – wenn sie denn noch leben!«

Milan war inzwischen aufgestanden und stand am Fenster, dessen Vorhänge sich während seiner Erzählungen im Wind bauschten. Es war schon fast wieder Morgen. Er steckte den Kopf nach draußen und musste durchatmen.

»Im Postamt standen Statisten bei der Paketausgabe, beim Metzger und beim Bäcker an. Und in der Bibliothek glänzten herrliche Bücher, kostbar eingebunden, das *Jüdische Lexikon.*« Er hielt das Gesicht ins erste Morgenrot. »In der Geschichte der Menschheit hat es nichts Vergleichbares gegeben.«

»Komm wieder ins Bett, Milan.«

Gedankenverloren setzte sich Milan zu mir auf die Bettkante.

»Ja, und eines Tages, im September 1944, wurde auch ich deportiert. Das einstige Sammellager Theresienstadt war inzwischen ein Durchgangslager. Wir waren alle für Transporte in den Osten, in Vernichtungslager vorgesehen, denn wir wussten zu viel. Viele von uns, so auch ich, kamen nach Auschwitz.«

Mein Herz hämmerte. Ich starrte ihn an.

»Wie hast du Ausschwitz überlebt?«

»Über dieses Kapitel möchte ich jetzt nicht reden.«

»Das verstehe ich.« Ich umarmte ihn von hinten und schmiegte das Gesicht an seine Schultern. »Wir haben Zeit.«

Ganz langsam spürte ich, wie er sich entspannte. Er drehte sich zu mir, nahm meine Hände und küsste sie.

»Das hoffe ich auch, Liebste. Und jetzt lass uns das ganze Grauen vergessen. Wenigstens für den Rest dieser Nacht.«

Ich versiegelte Milans Mund mit einem Kuss. Und wusste, dass ich Milan lieben und ehren und achten würde, bis zu seinem oder meinem letzten Atemzug.

41

Prag, 2. Oktober 1965

»Genossin Gregorová, sofort in das Büro des Direktors!«

Nach unseren wunderschönen Sommerwochen war die Landung in meinem Prager Alltag umso härter. Ich musste nicht nur wieder mit Pavel zusammenleben, auch meine heimliche Beziehung zu Milan gestaltete sich mehr als schwierig. Wenn ich versuchte, ihn anzurufen, stand Pavel hinter mir und knallte den Hörer auf die Gabel. Oder er brüllte hinein: »Lassen Sie meine Frau in Ruhe!« Er ließ mich nicht aus den Augen und terrorisierte mich, wo er nur konnte.

So glücklich und innig Milan und ich in Bulgarien gewesen waren, so kalt empfing uns der graue Herbst. Manchmal war mir, als wäre unser Sommer nur ein Traum gewesen.

Aber es sollte noch viel schlimmer kommen. Ich musste zum Čedok-Direktor. Das verhieß nichts Gutes.

Mit versteinertem Gesicht stöckelte die Sekretärin mir voraus ins Obergeschoss. Sie sah nicht so aus, als würde man mit Blumen auf mich warten. Ich war noch nie beim obersten Direktor gewesen. Ich wusste nur, dass er ein ganz hoher Parteibonze war, und dass unser aller Zukunft und unsere Reisen von seiner Gunst abhingen. Und damit meine Chance, Milan weiterhin zu sehen.

Als die Sekretärin mir die Tür öffnete, sandte sie mir einen Blick, der mich frösteln ließ.

»Genossin Gregorová!«

Der Genosse Direktor, ein drahtiger sozialistischer Typ, winkte mich gebieterisch herein. Der fuhr mit Sicherheit ins westliche Ausland und wurde dort auch noch kostenlos bewirtet! Er war einer der Drahtzieher unseres Staates.

Ich erstarrte. Am anderen Tischende saß Milan. Auf meinen fragenden Blick hin schüttelte er nur unmerklich den Kopf.

»Guten Tag, Genosse Berner«, zwang ich mich zu Neutralität. Nervös reichte ich ihm die Hand.

»Guten Tag, Genossin Gregorová.«

Kühler ging es wohl nicht mehr! Es tat mir weh, dass mein geliebter Milan mich so förmlich behandelte, doch er konnte nicht anders. Verlegen strich ich mir den Kostümrock glatt. Ich wusste nicht wohin mit meinen Händen.

»Setzen Sie sich.« Der Genosse Direktor durchmaß mit großen Schritten den Raum und machte sich dann am Aktenschrank zu schaffen.

Ich wagte nicht, Milan anzusehen.

»Nun, Genossin Gregorová und Genosse Dr. Berner …«

Der Direktor zog diese Worte sarkastisch in die Länge und warf sich schließlich auf den Stuhl am Kopfende des Tisches. »Sie scheinen gute Arbeit geleistet zu haben!«

Innerlich entspannte ich mich ein wenig. Alles halb so schlimm! Uff. Hieß das vielleicht, dass weitere Reisen mit meinem Liebsten in greifbarer Nähe lagen?

Milan und ich sahen einander verlegen an. Die Sekretärin

stöckelte hinaus. Der Genosse Direktor räusperte sich, zog einige Akten zu sich heran und blätterte darin.

»Hier, der ganze Stapel: Beurteilungsbögen über die Reise. Ich habe das mal auswerten lassen: Achtundneunzig von hundert möglichen Punkten.«

Ja, das war doch super! Warum schaute er dann so grimmig? Vielleicht war das sein »Wichtige Scheiße«-Blick, mit dem er sich einfach nur Respekt verschaffen wollte.

Mein Blick fiel auf den Aktenschrank hinter Milan, wo der Chef eben noch beiläufig gestanden hatte. Ich nahm eine winzige Bewegung wahr, einen kleinen braunen Zipfel, der sich drehte. Wie hypnotisiert spitzte ich die Ohren. Und vernahm ein gleichmäßiges Surren, ganz leise, wie wenn irgendwo eine Fliege nach einem Ausgang sucht. Da hinten lief ein Tonband mit! Ich traute mich nicht, auffällig darauf zu starren, versuchte aber, mit den Augen Milan darauf aufmerksam zu machen. Doch um es zu sehen, hätte er sich umdrehen müssen, und das war zu auffällig. Stattdessen drehte ich eine Haarsträhne um meinen Zeigefinger und schaute Milan vielsagend an. Er verstand! Dieses winzige Lächeln, dieses »Wir beide gegen den Rest der Welt«!

Der Genosse Direktor nahm Blatt für Blatt vom Stapel und las vor: »Hilfsbereit, zuverlässig, immer pünktlich, Tag und Nacht erreichbar, mehrsprachig, freundlich, flexibel.«

Ich entspannte mich wieder. Sollte der Finsterling diese Lobeshymnen doch ruhig aufnehmen und im Ministerium für Inneres vorspielen. Wir würden wieder zusammen verreisen dürfen, hurra!

Milan drückte unauffällig sein Bein an meines, und ich erwiderte den Druck in einer Aufwallung von heftiger Freude.

»Großartige Arbeit, perfektes Zusammenspiel.« Der Direktor

trug den Stapel aus Beurteilungsbögen unserer Gäste immer weiter ab.

Ein Glücksgefühl schäumte in mir auf. Milans Mundwinkel zuckten.

Der Genosse Direktor beugte sich vor, lehnte sich auf den neu aufgeschichteten Stapel und sah uns durchdringend an:

»Und hier, von einer Mutter, die mit ihrem Kind unterwegs war: ›Von Anfang an hat sich das Ehepaar Berner aufmerksam um uns gekümmert! Gleich am Prager Hauptbahnhof fand es mein Kind, das ich im Getümmel kurz verloren hatte!‹«

Milan und ich erstarrten. Der Direktor durchbohrte uns mit Blicken, seine Stimme wurde harsch.

»Sie wissen genau, dass ein Ehepaar niemals eine Reisegruppe führen darf?«

»Ja, ja natürlich.«

»Sie SIND kein Ehepaar.«

»Nein.« Leider nicht – noch nicht!, sagten Milans Blicke.

»Nein«, stellte auch ich fest.

»Aber diese Frau hat Sie für eines gehalten. Was muss ich daraus schlussfolgern?«

Der Tonbandzipfel drehte sich mit schöner Regelmäßigkeit im Kreis.

»Ihnen ist doch klar, dass ich Sie nie wieder zusammen auf eine Reise schicken kann?«

Die Worte des Direktors hallten dumpf in meinem Kopf wider, als hätte man mich unter Wasser getaucht.

Mein Herz setzte einen Schlag aus. Eine Reise war die einzige Gelegenheit, wenigstens ab und zu mehr als nur wenige Stunden zusammen zu sein! Wir planten bereits unsere Zukunft …

»Genosse Direktor.« Milan war ganz Herr der Lage. »Wir haben uns absolut professionell verhalten, und niemand aus der

Reisegruppe hat sich von uns vernachlässigt oder übergangen gefühlt, nicht wahr?«

Ich knetete meine Hände im Schoß.

»Dass die junge Mutter uns für ein Ehepaar gehalten hat, muss ein Missverständnis sein. Wir haben uns nichts zuschulden kommen lassen«, sagte er mit fester Stimme.

»Sie haben also nicht im Zimmer vom Genossen Berner gemeinsam die Nächte verbracht? Laut unserer Information waren Sie, Genossin Gregorová, nur höchst selten im eigenen Zimmer.«

Diese Information mussten die Parteifreunde an Vera weitergeleitet haben!

Milan räusperte sich. »Das dürfte unsere Privatsache sein.«

Gott, wie ich ihn für seinen Mut und seine aufrechte Haltung bewunderte! Warum fühlte ich mich schon wieder so schuldig, so klein? Wer sollte denn über unser Glück bestimmen, wenn nicht wir? Wir waren doch erwachsen!

»GAR NICHTS ist Ihre Privatsache! Sie haben sich nicht mehr heimlich zu treffen. Weder in Hotelzimmern noch in irgendwelchen Apartments in Prag.« Der Direktor schlug mit der haarigen Pranke auf den Tisch. »Das zieht Konsequenzen nach sich! Sie sind beide verheiratet, das kann ich nicht zulassen. Unser Reisebüro genießt einen untadeligen Ruf, und ich kann Sie unmöglich so weiterbeschäftigen wie bisher!« Er stemmte sich hoch, lief beiläufig zum Aktenschrank und schaltete das Tonband aus. Wütend wirbelte er zu uns herum: »Seien Sie froh, dass ich Sie nicht beim Innenministerium melde! Das kann noch ganz andere Sanktionen nach sich ziehen.«

Ich fühlte das Nasse unter der Zunge nicht mehr. Čedok und die damit verbundenen Reisen waren mein einziger Hoffnungsschimmer, mein Fenster zur Freiheit, mein Strohhalm! Der kleine Strohhalm, an den ich mich klammerte, wenn Pavel mir zu Hause wieder die Hölle heißmachte, wenn er nachts alle zehn Minuten an meine Zimmertür klopfte oder vor dem Kind Zärtlichkeiten verlangte. Und genau dieser kleine Strohhalm floss nun bei seinen Worten die Moldau hinunter und versank in einem Strudel der Verzweiflung.

»Sie, Genossin Gregorová, werden ab sofort als interne Sachbearbeiterin eingesetzt. Ablage haben wir ja genug.« Süffisant grinsend zeigte er auf die vielen Beurteilungsbögen. »Innendienst sozusagen.« Mir wurde schlecht.

»Und Sie, Genosse Berner …« Der Direktor wühlte in seinen Akten. »Sie werden ab sofort mit anderen Dolmetschern reisen.«

Das Tonband lief nicht mehr, ein typisches Zeichen dafür, dass jetzt mal wieder etwas unter der Hand passierte. Milan war Arzt. Als solcher genoss er Privilegien. Im Gegensatz zu mir, die ich offensichtlich austauschbar war!

In meinen Ohren rauschte das Blut. Nein, Milan, tu mir das nicht an … Bitte sag, dass du nur mit mir reisen willst, und sonst mit keiner!, flehte ich insgeheim. Ich hoffte auf einen Funken Solidarität aus seinem Mund.

Doch Milan musste mitspielen, nach deren Spielregeln. Vom Verstand her wusste ich das, aber mein Herz konnte das alles nicht begreifen.

»Wir haben uns also verstanden. Genossen …« Der Direktor stand auf und bedeutete uns, dass die Besprechung hiermit beendet war.

Wir traten hinaus auf den Gang. Mir zitterten so sehr die Beine, dass ich mich an der Fensterbank festhalten musste. Vor meinen Augen tanzten Sterne. Milan würde in Zukunft ohne mich verreisen! Das überstieg mein Fassungsvermögen.

Die Tage vergingen. Milan konnte ich nur noch ganz selten sehen, irgendwo versteckt in einem abgelegenen Stadtteil, wo wir uns in dunklen Gassen herumdrückten und uns ganz schnell unserer Liebe versicherten. Meist trafen wir uns an der Endhaltestelle einer Straßenbahnlinie, aber immer an einer anderen. In das Apartment unweit seiner Klinik konnten wir nicht mehr, da Milans Frau uns beobachtete und sofort Meldung machte. Wir tauschten hastig die neuesten Vorkommnisse aus, und manchmal sprachen wir auch davon, Prag den Rücken zu kehren und irgendwo in Karlsbad oder in den Beskiden gemeinsam ein neues Leben anzufangen. Aber im Moment konnten wir gar nichts tun. Wir wurden beobachtet.

Anfang November erfuhr ich von Tante Franziska, die mich anrief, Neuigkeiten aus Haida. Tante Franziska hatte kein Telefon. Wenn etwas Wichtiges war, ging sie zum benachbarten Bäcker. Dort durfte sie das Telefon benutzen.

Alex war vom Militärdienst zurück und hatte keinen Job.

In der tschechoslowakischen Planwirtschaft, wo schon die Schule den späteren Ausbildungsplatz zuwies, gab es für Alex nur zwei Möglichkeiten: Kohlegrubenarbeiter oder Maurerlehre. Alex war ein schlechter Schüler gewesen, war oft wochenlang nicht im Unterricht gewesen, da Tante Irma ihn immer wieder abfing, aufmüpfig dazu und als Steigerung auch noch Deutscher. Zur Nationalitätenfrage muss an dieser Stelle gesagt werden, dass sich bereits Mitte der Fünfzigerjahre das Gesetz dahingehend geändert hatte, dass sich bei Minderjährigen die Nationalität nicht mehr nach dem Vater richtete, sondern nach der Mutter.

Während ich als Tschechin galt, weil ich zu diesem Zeitpunkt schon volljährig war, war Alex, der in seinen ersten sechs Lebensjahren im tschechischen Haushalt von Tante Irma aufgewachsen war, fast nur Tschechisch gesprochen hatte und von Tanta Irma gelernt hatte, die Deutschen zu verachten, nun auf dem Papier Deutscher – samt allen damit verbundenen Nachteilen: wenig berufliche Chancen, keine gesellschaftlichen Posten.

Er und seine junge russische Freundin hingen jetzt in Haida rum und ließen sich von Mama und Tante Franziska bedienen.

Das alles erzählte mir Tante Franziska verzweifelt am Telefon.

»Tante Franziska, schrei doch nicht so! Ich kann dich gut hören.«

»Aber es kommt noch viel dicker«, regte sie sich auf. »Ob du es glaubst oder nicht: Tante Irma hat Alex versprochen, ihm ein Auto zu schenken! Jetzt hat sie dem Jungen wieder einen völlig idiotischen Floh ins Ohr gesetzt! Alex spricht ja von nichts anderem mehr, als dass er ein Auto braucht, um glücklich zu sein«, brüllte Tante Franziska ins Telefon. »Genau wie damals dein Pavel!!«

Sie schrie so laut, dass Pavel im Nebenzimmer noch alles mitbekam.

»Der hat dir auch das Blaue vom Himmel versprochen, und als ihr das Auto hattet, ist er mit anderen Frauen darin gefahren und hat dich betrogen!« Ihre Stimme schraubte sich immer höher vor lauter Empörung.

»Ja, Tante Franziska. Und wie ist das Wetter so?«

»Ah, er hört also mit.«

»Bei uns ist das Wetter gleichbleibend schlecht.«

Tante Franziska hatte verstanden. »Ach Kind, du tust mir so leid. Zustände sind das, wie im Krieg.«

»Erzähl mir weiter von Tante Irma.«

»Deine Tante Irma hat immer noch Kontakte. Es würde mich nicht wundern, wenn sie es fertigbringt, ein Auto für Alex zu organisieren.«

»Du meinst, das geht so einfach?«

»Deine Tante Irma weiß alle Tricks und Kniffe!« Tante Franziska stieß einen verächtlichen Laut aus. »Erst recht seit sie im Knast war!«

»Aber das wird Mutter endgültig das Herz brechen! Sie kann Alex kein Auto schenken, im Leben nicht!«

»Genau deswegen macht Tante Irma das ja!«

Welch ein neuerlicher Kampf zwischen Mama und Tante Irma um das Hätschelkind Alex! Und jetzt lockte Tante Irma Alex mit einem Auto nach Prag zurück? Was für ein abgekartetes hässliches Spiel. Das hatte Mama wirklich nicht verdient.

»Deine Mama ist wieder mal völlig verzweifelt, aber eines sage ich dir, Ella: Ich vererbe Alex mein Haus in Haida! Ich vererbe ihm das Haus unter der Bedingung, dass er bleibt.«

»Aber Tante Franziska, du lebst ja noch …«

»Ich überschreibe es ihm. Zu Lebzeiten.«

Ich hörte, wie sich Tante Franziska schnäuzte. »Was Tante Irma kann, das kann ich auch.«

»Aber wo wollt ihr denn dann bleiben, Mama und du?«

»Ich überschreibe Alex und seinem russischen Mädel das Haus, im Gegenzug bekommen Mama und ich lebenslanges Wohnrecht.«

»Und dann werdet ihr bis zum Jüngsten Tag das junge Glück bedienen?« Mir war gar nicht wohl bei dem Gedanken.

»Hauptsache, Alex bleibt. Er ist der einzige Lebensinhalt, den deine Mutter noch hat.«

Mit diesen Worten legte sie auf.

Ich stand da wie erstarrt. Mein Ohr brannte, als hätte ich statt des Hörers ein heißes Bügeleisen daran gehalten. Dass ich auch noch ein Teil des Lebensinhalts meiner Mutter sein könnte – auf die Idee waren sie wohl nicht gekommen.

42

Prag, November 1965

Der Kontakt zu Milan war höchst gefährlich. Wenn es mir endlich einmal gelungen war, Milan an die Strippe zu kriegen (ich konnte ihn nur im Krankenhaus anrufen und musste immer aufpassen, welche Person dort den Hörer abnahm), kam Pavel, um mich zu stören. Dann rannte ich in die Stadt und versuchte es von einer Telefonzelle aus. Ab und zu gelang uns ein kurzes Gespräch, immer von einer anderen Telefonzelle aus. Milans Versuche, mir zu schreiben, scheiterten ebenfalls an Pavel, der sie abfing – und ins Reisebüro konnte ich sie natürlich erst recht nicht schicken lassen. Mein Herz war schwer wie Blei, als ich an diesem trostlosen Nachmittag aus der Arbeit kam. Es regnete in Strömen, und ich hatte noch nicht mal einen Schirm dabei! Während ich durch den Regen zur Tramhaltestelle lief, fiel mir ein, dass Alina heute Nachmittagsunterricht hatte. Und Pavel war die nächsten zwei Tage sowieso weg, auf einer Baustelle außerhalb der Stadt. Ein paar Stunden allein in der Wohnung waren jetzt Balsam für meine Seele. Ich würde mir einen heißen Tee machen und ungestört an Milan schreiben. Vielleicht könnte ich ihn sogar anrufen. Ja, das würde ich tun. Ich brauchte so dringend seinen Trost, wollte unbedingt seine Stimme hören. Ich schlug den Mantelkragen hoch und überquerte die Gleise, um die Straßenbahn nach Hause zu erwischen.

»Genossin Gregorová? Wohin so eilig?« Jemand packte mich am Mantelärmel.

Diese falsch-freundliche Stimme kam mir bekannt vor.

Ich wirbelte herum. Es war der aalglatte Typ vom Geheimdienst! Wie hieß er noch gleich? Durfte ich ihn jetzt kennen oder nicht?

Zu meinem Entsetzen war er nicht allein. Er hatte zwei Riesenkerle dabei, so richtige Schlägertypen in dunklen Lederjacken. Mir fiel das Herz in die Hose.

»Wir werden Sie doch nicht im Regen über die Gleise laufen lassen! Das ist gefährlich!«

»Ich wollte gerade nach Hause. Meine Tochter hat erst später Schulschluss, und da dachte ich …«

»Sie sind ja ganz verwirrt, Genossin! Sie sollten nicht so viel denken.« Der »Aal«, wie ich ihn nun im Stillen nannte, der in seinem nassen schwarzen Regenmantel noch glatter aussah als sonst, zeigte auf einen bereitstehenden Pkw am Straßenrand. Er nahm mich am Arm und führte mich durch den Verkehr.

»Bitte, Genossin. Steigen Sie ein.« Er öffnete die Tür und klappte den Vordersitz vor.

Es war ausgeschlossen, dieser freundlichen, aber bestimmten Aufforderung nicht Folge zu leisten.

Mit heftigem Herzklopfen schob ich mich auf die Rückbank. Mein persönlicher Bewacher nahm neben mir Platz, die beiden Gorillas stiegen vorne ein.

»Wir fahren Sie jetzt nach Hause.« Mit einem wohlwollenden Blick auf meine nassen Beine in den Nylonstrümpfen nannte mein Geheimdienstmensch dem Gorilla vorne meine Adresse.

Natürlich wusste er die!

»Aber warum?« Ich zupfte mir den Rock über den Knien zurecht und schlug den nassen Mantelzipfel darüber. »Das ist doch nicht nötig …«

Meine Beine begannen, unkontrolliert zu zittern.

»Was nötig ist, entscheide immer noch ich.« Der Aal in seinem nassen schwarzen Regenmantel schaute desinteressiert zum Fenster hinaus. Die Gorillas vorne schwiegen auch. Ich betrachtete die stiernackigen Kerle, die wohl schon so manchen Bürger zu Brei geschlagen hatten. Was hatte ich jetzt wieder verbrochen? Mein Herz raste. Was hatten sie mit mir vor? Wer hatte sie geschickt? Warum? War Milan in Gefahr? Hatte das Ganze etwas mit Pavel zu tun? Musste Pavel deswegen heute früh so plötzlich die Stadt verlassen? Oder kam das von Milans Frau? Vielleicht war das ein Test? Wollte der Geheimdienstler mir einfach nur seine Macht demonstrieren?

Auf all die bohrenden Fragen bekam ich keine Antwort.

Es war einfach so in diesem Staat: Von jetzt auf gleich konnte man abgeholt werden, ohne jede Begründung, und für immer in der Nummer Vier oder sonst wo verschwinden. Wieder stiegen grausame Erinnerungen auf. Ich verkrampfte die Hände im Schoß und versuchte, die Bilder von meinem toten Vater zu verscheuchen.

Vor meinem Plattenbau schälten wir uns aus dem Auto. Der Aal streckte fordernd die Hand aus: Schlüssel. Dabei lächelte er mich süffisant an.

Als ich vor ihnen die Treppe hinaufstieg, spürte ich ihre Blicke im Rücken, ihren keuchenden Atem im Nacken. Drei Männer folgten mir in die Wohnung, und auf einmal wünschte ich mir, Pavel wäre zu Hause!

War er aber nicht.

»Sie warten in der Küche.« Der Aal schob mich in den winzigen Raum, und die Gorillas stampften zu Pavels Zimmer.

»Mein Mann hat abgeschlossen ...«

Ich hatte den Satz noch nicht ausgesprochen, als die Gorillas Pavels Zimmertür auch schon lautlos geöffnet hatten. Ich hörte lautes Gepolter. Eine Durchsuchungsaktion! Was hofften sie, dort zu finden?

Der Aal leistete mir derweil in der Küche Gesellschaft.

»Wollten Sie sich nicht einen Tee machen?«

Meine Finger zitterten so sehr, dass ich den Wasserkessel kaum halten konnte.

»Für mich bitte mit Milch und Zucker.« Der Kerl lehnte sich gemütlich an den Tresen und steckte sich eine Zigarette an.

Ich widerstand dem Drang, dem Fiesling das kochende Wasser ins Gesicht zu schütten. Stattdessen schenkte ich ihm Tee ein und stellte ihm Milchkännchen und Zuckerdose hin. Gelassen ließ er vier oder fünf Würfel in seine Tasse fallen und rührte mit abgespreiztem Finger um.

»Nun, Genossin Gregorová, Sie leben ja schon länger in Scheidung …«

»Wie Sie längst wissen.«

»Das ist sicher nicht so einfach, wenn der eigene Mann zum Feind wird …«

Nein!, dachte ich. Allerdings. Tausend Dinge fielen mir ein, die Pavel mir in letzter Zeit angetan hatte, und ich wusste gar nicht wohin mit meinen schrecklichen Gedanken.

»Und mit Ihrem Liebhaber ist nun auch Schluss.« Plötzlich sah mich der Aal mit stechendem Blick an. Diesen plötzlichen Stimmungsumschwung kannte ich von Pavel: Aus Liebenswürdigkeit wurde innerhalb von Sekundenbruchteilen blanker, gefährlicher Hass.

Was hatte er da gerade gesagt? Klirrend stellte ich meine Teetasse ab. Der Schmerz, den mir das kochend heiße, überschwappende Getränk bereitete, war nichts im Vergleich zu dem Schmerz, den mir seine Worte verursachten.

Was sollte das bedeuten, mit Ihrem Liebhaber ist jetzt auch Schluss?

Was für eine Frechheit, schoss es mir durch den Kopf. Wut schäumte in mir hoch, aber meine Angst war größer. Der Aal hatte mich vollständig in der Hand.

»Wie meinen?«

»Sie werden den Berner nicht mehr treffen. Und Ihre Briefe können Sie sich auch sparen.« Er griff in die Küchenschublade und zog einen angefangenen Brief an Milan heraus, den ich dort versteckt hatte. Ohne den Blick von mir zu wenden, zerriss er ihn in tausend kleine Fetzen und warf diese in den Abfalleimer.

Ich stand da wie versteinert, in meinen Ohren rauschte das Blut. So als wäre nichts geschehen, spitzte er die Lippen und schlürfte geräuschvoll den Tee. Einfach nur widerlich!

Starr blickte ich auf den Küchenfußboden.

»Der gute Doktor weilt zurzeit in einem Lungensanatorium im slowakischen Poprad, wussten Sie das?«

Mein Mund wurde ganz trocken. Lungensanatorium! War Milan ernsthaft krank? Und wieso so weit weg? Das war mindestens fünfhundert Kilometer von Prag entfernt!

»Es gibt ja das Ärztegeheimnis, aber es sieht nicht gut aus für den guten Doktor. Er ist ja auch schon alt, nicht wahr? Seine Frau ist bei ihm.«

Vor meinen Augen tanzten Sterne. Hatten Sie ihm etwas angetan? Er war doch nicht alt! Er war siebenundvierzig, und seine Frau neunundvierzig! Ich war allerdings erst dreiunddreißig.

»Sie haben fast seine Ehe zerstört! Die beiden arbeiten hart daran, diese unschöne Sache zu bereinigen, und Sie werden hübsch die Finger von ihm lassen.«

Obwohl mir das Herz bis zum Halse schlug, täuschte ich Gelassenheit vor.

Wie konnte Milan dieses Spiel mitspielen? War er etwa freiwillig ins slowakische Lungensanatorium gefahren? Hatte man ihn mit Gewalt dorthin gebracht? Hatte seine Frau das eingefädelt?

Mir wurde übel. Ich wich einen Schritt zurück, stieß aber schon an den Herd.

Pavel!, dachte ich. Bitte komm!

»Mein Mann kann jeden Moment auftauchen«, stammelte ich in meiner Not.

Wieder zuckten die schmalen Lippen des Geheimdienstlers spöttisch.

Oh Gott, Alina!, schoss es mir in den Sinn. Ich müsste sie jetzt eigentlich abholen! Die stand jetzt gleich alleine im Regen vor der Schule!

Die Küchenuhr tickte unbarmherzig weiter.

Bis die Gorillas an die Tür klopften.

Mein Bewacher schaute in den Flur hinaus: »Was?«

»Nichts, Chef.«

»Dann weg hier.«

Ohne weitere Erklärungen verließen die drei die Wohnung. Ich brauchte einen Moment, um das Geschehene zu verarbeiten. Vorsichtig betrat ich den Flur und drückte die Klinke zu Pavels Zimmer herunter, um das Chaos zu besichtigen. Doch sein Zimmer war wieder abgeschlossen.

Ich schaute in mein Zimmer: tadellos aufgeräumt. Nicht die kleinste Spur einer Verwüstung.

Vorsichtig zog ich die Schubladen auf: alles an seinem Platz. Auch Alinas Sachen schienen unberührt zu sein. Selbst die Puppe saß akkurat auf dem Kopfkissen.

Es war, als wären sie nie hier gewesen.

Plötzlich hörte ich den Schlüssel in der Wohnungstür. Sie hatten den Schlüssel mitgenommen! Sie kamen zurück! Ich fasste mir an den Hals. Panisch stieß ich die Tür mit dem Fuß zu.

»Jemand zu Hause?« Schritte auf dem Flur.

Mein Hals war so ausgedörrt, dass ich kaum sprechen konnte. Ich schluckte einen riesigen Kloß hinunter: »Pavel?«

»Ja, wer denn sonst?«

»Ich bin nur gerade überrascht …«

Pavel riss die Tür zu meinem Zimmer auf, fast als erwartete er einen versteckten Liebhaber.

»Wo ist Alina?«

»Ähm … ich wollte sie gerade holen.«

»Du bist zu spät! Du vernachlässigst deine Mutterpflichten!«

»Ich … ähm … hatte mich einen Moment hingelegt.«

Pavel riss meinen Kleiderschrank auf. Glaubte er im Ernst, ich würde Milan hier verstecken?

Eine innere Stimme warnte mich davor, Pavel von diesem Besuch zu erzählen. Es war gut möglich, dass er dieses Manöver selbst eingefädelt hatte! Um irgendwas gegen mich in der Hand zu haben. Aber warum waren sie dann auch in Pavels Zimmer gewesen? Es war so unheimlich und rätselhaft, dass ich kaum sprechen konnte.

»Wolltest du nicht bis übermorgen fort sein?«, krächzte ich mühsam.

Pavel schloss arglos seine Tür auf, riss sich die Jacke vom Körper und warf sie auf sein Bett.

»Das geht dich doch gar nichts an.« Er zog eine seiner Schubladen auf und legte seine Brieftasche und den Autoschlüssel hinein. Fassungslos stand ich in der Tür. Merkte er denn gar nicht, dass hier vor zwanzig Minuten alles durchwühlt worden war?

»Was ist?« Er fuhr zu mir herum. »Willst du da Wurzeln schlagen?«

Pavel entledigte sich auch noch seiner Hose. »Du kannst auch ein bisschen nett zu mir sein, wenn du das möchtest.« Er stand in Unterhose und Feinripphemd vor mir.

Schnell raffte ich meinen Regenmantel und meine Tasche zusammen, schlüpfte in meine Schuhe und rannte die Treppe hinunter. Alina wartete.

Er hatte wirklich nichts gemerkt.

43

Prag, Dezember 1965

»Pssst! Ella!«

Ich hetzte gerade mit Alina an der Hand durch die bereits dunklen Straßen, als ich Milans vertraute Stimme hörte.

»Liebling! Hier!« Mein geliebter Milan trat hinter einer Litfaßsäule hervor. Er hatte den Kragen hochgeschlagen und den Hut tief ins Gesicht gezogen.

Ich war wie vom Blitz getroffen. Meine Beine begannen unkontrolliert zu zittern.

»Milan!«

»Pssst!«

Er zog uns in den Schatten der Litfaßsäule. »Hallo, kleine Alina. Ich bin Milan.«

»Hallo«, sagte Alina schüchtern. Sie versteckte die Hände hinter ihrem roten Kapuzenmantel.

»Was machst du hier?«, konnte ich nur wispern. »Ich denke, du bist im Lungensanatorium in Poprad?«

»Ja, das war ich auch. Aber ich musste dich sehen! Wie geht es dir? Können wir einen Moment reden?« Er zog uns weiter in einen dunklen Park hinein.

Alina verhielt sich mucksmäuschenstill. Sie hatte schon so

viele unberechenbare Situationen erlebt, dass sie sich intuitiv an meine Hand klammerte. Ein fremder Mann hatte ihre Mama im Dunkeln angesprochen!

»Ich musste in dieses Lungensanatorium«, flüsterte Milan, der uns auf eine kalte nasse Bank gezogen hatte. Umsichtig hatte er vorher eine Zeitung darauf ausgebreitet. »Meine Kollegen haben mir einen Schatten auf dem Röntgenbild gezeigt. Das kam mir spanisch vor, und tatsächlich fragte mich eines Tages ein Kollege, warum ich eigentlich hier wäre. Ob ich ihm zur Hand gehen wollte.«

Ich genoss seine Nähe, seinen Duft und seine Stimme und konnte seinen Ausführungen kaum folgen.

Milan fuhr fort: »›Wieso, bin ich denn nicht krank?‹, habe ich gefragt. ›Ich habe doch mein Röntgenbild mit dem Schatten auf der Lunge mit eigenen Augen gesehen!‹ Daraufhin der Kollege: ›Sie sind kerngesund, Genosse Berner. Was Sie da gesehen haben, war ein fremdes Röntgenbild. Wahrscheinlich eine Verwechslung.‹ Aber es war keine Verwechslung, wie du dir denken kannst.«

Alina schmiegte sich an mich und verhielt sich ganz still.

»Sie haben dich also dorthin gelockt, um uns zu trennen?«

Und der Geheimdienstler und seine Gorillas hatten mich auch nur dahingehend einschüchtern wollen? Die Durchsuchungsaktion in Pavels Zimmer war nur vorgeschoben gewesen? Atemlos starrte ich ihn an. Er nickte und wischte sich mit dem Handrücken über die Augen, eine Geste, die ich oft an ihm gesehen hatte, wenn er emotional überwältigt war.

»Jedenfalls kam Vera und hat sich in Poprad im Hotel einquartiert. Wir haben viel geredet, und ich musste ihr versprechen, dass ich zu ihr zurückkomme … Ella, ich bin gekommen, um dir zu sagen: Sie und ich, wir werden wieder zusammenleben. Die Dienstwohnung muss ich aufgeben.«

Mein Herz setzte aus. Ich wollte sterben.

»Wie, du bist nur gekommen, um mir das zu sagen? Vielen Dank, dass du es nicht am Telefon gemacht hast.« Ich schluckte. »Dann will ich eurem Glück nicht länger im Wege stehen.« Ich zog Alina hoch. »Leb wohl, Milan. Und ›gute Besserung‹ …«

Ich wandte mich zum Gehen.

Das war es also. Das war geblieben von unseren innigen Nächten, von unseren stundenlangen Gesprächen und Plänen, eines Tages zusammenzuleben. Immerhin. Er machte auf anständige Art und Weise Schluss. Er war eben ein Gentleman.

»Ella! Warte!« Er zog mich zurück. »Ella, vertrau mir! Wir trennen uns zum Schein!«

»Wie??« Ich hielt inne. Mein Mund war wie ausgedörrt.

Verwirrt ließ ich mich erneut auf die durchgeweichte Zeitung sinken. Mein armes Kind machte artig mit.

»Hör mir zu. Es ist wichtig. Vertrau mir!« Milan nahm meine eiskalte Hand und steckte sie mit seiner in seine Manteltasche. Wie damals in Berlin, auf dem Weg zum Pergamonmuseum! Ich begann, mich ein wenig zu entspannen.

»Ein Arbeitskollege von mir ist nebenberuflich in einer Wohnungsbaugenossenschaft tätig..«

»Warum erzählst du mir das jetzt?«

Hatten wir nichts Wichtigeres zu besprechen? Wenn er jetzt wieder zu seiner Frau nach Poprad fahren wollte, sollte er es tun! Verunsichert sah ich mich um. Wurden wir nicht längst beobachtet? Hinter uns gähnte der pechschwarze Park, und die Kälte kroch uns immer mehr in die Knochen.

»Ella, sieh mich an. Ich habe eine Wohnung für dich, für euch. In Petřiny! Das Apartment hat nur sechzehn Quadratmeter, aber es liegt in unmittelbarer Nähe der Schule, in die Alina geht!«

Ich war so verwirrt, dass ich nicht sprechen konnte. Hatten sie jetzt wiederum Milan geschickt, um mir eine Falle zu stellen? Musste er als Lockvogel für sie arbeiten? War er in ihrer Gewalt? Meine Hand war in seiner Hand in seiner Manteltasche, und in der anderen hielt ich Alinas kalte Hand.

»Sie kostet fünfzehntausend Kronen, und ich kann dir das Geld zur Verfügung stellen, Ella. Wir könnten uns dort treffen!«

»Aber ich denke, du lebst wieder bei deiner Frau?«

Er drückte nur stumm meine Hand.

Wenn ich Milan nicht mehr vertrauen konnte, konnte ich mir selbst nicht mehr vertrauen. Er hatte eine Wohnung für mich organisiert? Dann liebte er mich doch noch?

»Milan, wie soll ich den Umzug bewältigen? Pavel bewacht mich, er wird das nie zulassen.«

»Pavel wird am Samstag beschäftigt sein. Vertrau mir.«

»Woher weißt du das?«

»Pssst, Ella, hör mir zu! Am Samstag um vierzehn Uhr kommt ein Wagen. Ich schicke dir vier meiner Kollegen.«

»Aber das ist Heiligabend!«

»Umso besser. Da sind die Leute mit sich selbst beschäftigt.«

Milan drückte mir einen Kuss auf den Mund. »Alles wird gut, Ella. Wir müssen nur noch ein bisschen durchhalten! Ich habe einen Plan.«

Er strich Alina über die Wollmütze: »Pass auf deine Mami auf! Ich hoffe, wir lernen uns bald besser kennen.« Mit diesen Worten verschwand er in der Dunkelheit.

44

Prag, Weihnachten 1965

»Pavel, bist du Heiligabend zu Hause?«

»Wieso fragst du?«

Ja, wieso fragte ich das? Wenn er eine zweitägige Abwesenheit ankündigte, stand er am selben Nachmittag wieder auf der Matte. Und wenn er vorgab, Heiligabend zu Hause zu sein, war er wahrscheinlich woanders. Ob er eine Geliebte hatte oder mehrere, ging mich schon lange nichts mehr an, aber diesmal musste ich einfach Bescheid wissen …

Unsere Scheidung war inzwischen ausgesprochen. Wir waren offiziell geschieden, das Sorgerecht war mir zugesprochen worden, und Pavel hatte alle vierzehn Tage ein »Besuchsrecht«, was lächerlich war, da wir weiterhin gemeinsam in dieser engen Wohnung lebten, die ich in Ordnung hielt! Deswegen würde er auch mit allen Mitteln versuchen zu verhindern, dass ich mit Alina auszog.

»Ich dachte nur, du würdest Weihnachten vielleicht gern mit uns zu Hause feiern.«

Mit weiblicher List brachte ich ihn dazu, genau das Gegenteil zu beschließen. »Auch wenn ich euch keinerlei Rechenschaft mehr schuldig bin: An Heiligabend gebe ich bis zum Einbruch der Dunkelheit Fahrstunden, danach gehe ich zu meinem Vater und seiner Frau zum Essen.«

Hoffentlich musste er nicht wieder das Essen bezahlen und kratzte dann doch an der Tür.

Dafür hatte ich wie immer Tante Franziska an meiner Seite. Da Mama Heiligabend unbedingt mit ihrem geliebten Alex und dessen Verlobter verbringen wollte, kam meine rüstige Tante allein nach Prag.

Am Vormittag hetzte ich mit Alina zum Bahnhof, um Tante Franziska abzuholen. Mit Stock, Hut und kleiner Reisetasche stand sie bereits vor dem Bahnhof, als wir aus der Tram sprangen und über den Vorplatz rannten.

»Tante Franziska! Entschuldige, wir haben es nicht pünktlich geschafft …«

»Das macht doch nichts. Ich freue mich, euch zu sehen! Du bist aber groß geworden, Alina!«

»Ich bin ja auch schon fast sieben!« Fröhlich hüpfte das Kind zwischen uns auf und ab. So richtig hatte es das Ausmaß unseres heutigen Vorhabens noch nicht begriffen.

»Heute ist Heiligabend. Was wünschst du dir denn?« Tante Franziska lenkte Alina spielerisch ab, während ich vor lauter Anspannung fast ohnmächtig wurde. »Kennst du schon die Geschichte, als deine Mama mir Schokolade ins Gefängnis geschmuggelt hat? Sie war damals genauso alt wie du …«

In der Straßenbahn erzählte sie Alina die Sache mit der Schürze, in die ich heimlich die mitgebrachte Schokolade gesteckt hatte, damit die Wärterin nichts merkte. So ähnlich fühlte ich mich jetzt wieder: kurz vor einer sehr gefährlichen Heldentat.

Zurück in der Wohnung versicherten wir uns, dass Pavel wirklich nicht da war.

Seine Zimmertür war wie immer abgeschlossen.

»Na dann mal los.« Tante Franziska fischte zahlreiche Einkaufsnetze hervor, die sie extra angeschleppt hatte: »Na, was schaust du? Da kommen eure Siebensachen rein!«

Wir packten meine und Alinas Habseligkeiten. Mein Herz raste wie verrückt: Jeden Moment konnte Pavel unvermittelt auf der Matte stehen! Und dann?

Tante Franziska wirkte gelassen. Alina schaute gespannt aus dem Fenster.

»Schätzchen, bleib du schön da und sag uns Bescheid, wenn unten ein Auto vorfährt!«

»Papas Auto oder irgendein Auto?«

»Beides. Du bist jetzt unser Wachposten.« Mit zitternden Händen rissen wir Kleider und Handtücher aus dem Schrank, klapperten mit Geschirr und Töpfen.

»Auto!«, piepste Alina aufgeregt. Wir stürzten zum Fenster. Ein offenes Lastauto fuhr vor, und vier kräftige Männer stiegen aus. Oh Gott, wenn die jetzt vom Geheimdienst waren … Zu uns hinaufspähend schritten sie zielstrebig auf unser Haus zu. Die Klingel schrillte. Es war Punkt zwei.

»Tante Franziska, wenn das jetzt eine Falle war …« Ich presste die Fäuste an die Lippen. »Ich steh das nicht durch.«

Tante Franziska drückte auf den Türöffner. »Vertraue deinem Milan. Etwas anderes bleibt uns sowieso nicht übrig.«

Während die Männer die vier Treppen hinaufpolterten, sah ich das Geländer wackeln. Dann entspannte ich mich! Es waren Milans Kollegen aus der Klinik! Milan hatte sein Versprechen wahr gemacht! Sie halfen ihm, beziehungsweise mir, seiner heimlichen Geliebten, bei einem Blitzumzug an Heiligabend! Was musste Milan beliebt bei seinen Kollegen sein!

»Gnädige Frau … Guten Tag, Genossin …«

Es waren ein Internist, ein Hals-Nasen-Ohrenarzt, ein Gynäkologe und ein kräftiger Pfleger. Alle stellten sich mit Namen vor und gaben mir, Tante Franziska und sogar Alina die Hand. Schweigend packten die vier Männer unsere spärliche Habe, trugen sie die Treppe hinunter und verluden sie auf den Lastwagen. Tante Franziska unterhielt währenddessen die aufgeregte Alina: »Das Christkind hat gleich vier Engel geschickt … Vielleicht gibt es eine neue Wohnung, nur für Mami und dich?«

»Au ja, au ja!«, hörte ich das Kind begeistert in die Hände klatschen. »Dann streiten sich Mama und Papa nicht mehr!«

Wie in Trance gab ich den Männern Anweisungen, was mitmusste und was hierblieb. Die Hälfte der Küche und die Hälfte der Badezimmereinrichtung überließ ich meinem geschiedenen Mann. Das Zimmer von mir und Alina blieb leer zurück, seines war nach wie vor abgeschlossen.

Nach einer Stunde war alles im Wagen.

Die Bewohner der Mietskaserne spähten durch ihre Türspione oder sahen hinter Gardinen aus den Fenstern.

Für sie sah es bestimmt so aus, als holte mich der Geheimdienst ab. Aber keiner von ihnen hatte den Mumm, mal nachzufragen. Sie hatten uns auch nicht geholfen, wenn wir um Hilfe schrien, als Schläge und Tritte zu hören waren. Als ich nachts an meine Wohnungstür gehämmert hatte, um wieder reingelassen zu werden. Sollten sie doch gucken! Sie sahen mich hier zum allerletzten Mal.

Es tat mir nicht leid um die hart erkämpfte Wohnung, in der so ein erbitterter Rosenkrieg getobt hatte.

Wir schauten nicht zurück.

Keine zwanzig Minuten später bog der Lastwagen in unsere neue Straße ein.

Blitzschnell luden die vier Männer die Möbel ab und trugen sie in die kleine Wohnung. So schnell wie sie gekommen waren, verschwanden sie auch wieder und wünschten uns noch frohe Weihnachten.

Ich hatte gar nicht richtig Gelegenheit, mich bei ihnen zu bedanken.

»Oje. Die liegt ja im Erdgeschoss. Hoffentlich kommt Pavel nicht auf die Idee, hier einzubrechen.« Tante Franziska nahm das Apartment bereits in Augenschein. Es befand sich in einem

Wohnblock mit drei Eingängen zur Straße und – wie Tante Franziska erfreut feststellte – mit drei Hinterausgängen.

»Da kannst du durch den Hof verschwinden«, erklärte sie mir mit Partisanenblick. Sie zog das Augenlid nach unten: »Falls du Herrenbesuch kriegst, natürlich auch der!«

45

Prag, Januar 1966

»Liebling! Nicht erschrecken! Ich bin's!«

Eines Spätnachmittags, als Alina noch in der Schule war, klopfte es von außen leise ans Fenster. Erschrocken fuhr ich herum.

»Milan!«

In Windeseile öffnete ich ihm die Tür. »Oh Liebster! Du bist da!«

Wir fielen uns um den Hals und überschütteten uns mit Küssen. »Oh Milan, ich kann es nicht fassen! Hat dich auch niemand gesehen?«

»Liebste, dass ich dich wiederhabe! Wie geht es dir?« Er hielt mich auf Armeslänge von sich ab und sah mir prüfend ins Gesicht. »Wie habt ihr alles überstanden?«

»Großartig, Milan, wirklich großartig!«

Wieder fiel ich ihm um den Hals, genoss seinen vertrauten Duft und schmiegte mich an ihn.

»Das mit dem Lungensanatorium und dem gefälschten Röntgenbild war doch tatsächlich ein Plan meiner Frau! Sie wird als Vorkriegskommunistin regelmäßig vom Geheimdienst gefragt, ob man etwas für sie tun kann. Und da hat sie sich das ausgedacht, um unsere Ehe zu retten.« Er zog eine Grimasse und machte Gänsefüßchen in die Luft.

»Aber Milan, sie muss dich furchtbar erschreckt haben mit dem gefälschten Röntgenbild!«

Diese Art von weiblicher List ging mir dann doch zu weit!

»Ja, ich hatte wirklich Angst, ernsthaft krank zu sein.« Milan zog mich auf das kleine Küchensofa. »Ich hatte Angst, dich nie wieder erreichen, dir nicht Lebewohl sagen zu können ...«

»Ach Milan, was hat sie dir damit angetan ...«

»Sie wollte erzwingen, dass ich Zeit mit ihr verbringe, ohne dass du in der Nähe bist.«

»Und das hat sie ja auch geschafft.« Kopfschüttelnd sah ich ihm in die müden Augen. Sein Faltenkranzlächeln hatte es schwer.

»Sie hat nur geschafft, dass ich jetzt ebenfalls mit gezinkten Karten spiele. Wir leben wieder zusammen in unserer gemeinsamen Wohnung, ja ...«

Mein Magen zog sich schmerzhaft zusammen.

»Zum Schein tue ich alles, damit sie sich in Sicherheit wiegt. Wir haben es mit einer starken Gegnerin zu tun, Ella.« Milan nahm meine kalten Hände in seine warmen. Wie er das nur immer schaffte, selbst bei dieser Kälte warme Hände zu haben!

»Aber bitte, vertrau mir!«

»Ich vertraue dir, Milan.«

»Egal was passiert. Egal wie es aussieht: Ich liebe dich und werde dich immer lieben. Du musst jetzt noch eine Weile durchhalten, Ella.«

»Ja. Ich werde das schaffen.«

»Egal was man dir erzählt, egal wer hier auftaucht, egal welche Post du bekommst: Wir werden eines Tages zusammenleben.«

»Aber wo, Milan? Wo sind wir vor unseren Verfolgern sicher?«

Wir überlegten hin und her.

»Weißt du, Ella, wir sollten nach den Sternen greifen«, sagte mein Geliebter schließlich.

»Und die wären?«

»Der Westen. Deutschland.«

»Milan, wir kommen doch nie über die Grenze! Und schon gar nicht alle zusammen!!«

Milan erstickte meinen Protest mit einem Kuss.

»Liebste, und für die Osterferien habe ich uns in Leipzig eine private Unterkunft organisiert.«

Das verschlug mir die Sprache. Egal, ab jetzt redeten wir ohnehin nicht mehr viel.

Bevor wir aufs Bett fielen, zog ich gerade noch die Rollos herunter.

Milan war der Mann meines Lebens. Lange hatte ich nicht mehr so ein erfüllendes Glück erlebt.

46

Prag/Haida/Leipzig, Ostern 1966

Anfang der Osterferien brachte ich Alina wieder nach Haida und lernte bei dieser Gelegenheit auch meine neue Schwägerin Olga kennen. Alex' Frau war ein bildhübsches, schlichtes Mädchen russischer Abstammung. Während das junge Paar es sich in Tante Franziskas Haus bequem gemacht hatte, machte Mama ihnen den Haushalt, und Tante Franziska arbeitete im Wald.

Sie hatte dem jungen Paar tatsächlich schon zu Lebzeiten das Haus überschrieben, und das sah in ihr und Mama überwiegend eine Art Gratis-Haushälterin und Putzfrau.

»Alex, wie kannst du die beiden so ausnutzen?«, zischte ich, als ich ihn einmal allein erwischte. »Mama hat ihr Leben lang geschuftet und Tante Franziska auch! Und ihr lasst euch hier verwöhnen und bekochen – Mama wäscht sogar Olgas Wäsche!«

»Sie will es ja nicht anders.« Alex winkte ab. »Sie reißt sich ja förmlich darum!« Er warf sich in den Wohnzimmersessel, in dem früher immer Onkel Gustav gesessen hatte, und schenkte sich einen Schnaps ein. Mein einundzwanzigjähriger Bruder trank tatsächlich schon am Vormittag Spirituosen!

»Ist es dafür nicht etwas früh?«, fragte ich spitz.

»Hör mal, Schwesterchen.« Er legte die Beine auf den Wohnzimmertisch. »Du mischt dich nicht in meine Angelegenheiten ein und ich mich nicht in deine, ja?«

»Willst du denn gar nichts arbeiten?« Ich stand mit verschränkten Armen im Türrahmen.

Draußen hörte ich Mama und Alina Fangen spielen, während Olga sich in der Küche rauchend die Zehennägel lackierte. Auch sie hatte die Füße auf den Tisch gelegt und das Geschirr vom Frühstück einfach mit den Füßen weggeschoben. Ich konnte das kaum mit ansehen. Mama würde gleich alles spülen und saubermachen. Wie damals bei Tante Irma! In mir stieg Wut auf! Wann würde Mama endlich mal auf der Sonnenseite des Lebens stehen?

»Wieso denn arbeiten?« Mein Bruder wackelte mit den Zehen. »Ich habe eine schöne Frau, ein Haus und das Auto von Tante Irma. Die hat mir auch ihr Haus in Kittlitz vererbt, da lebe ich von den Mieteinnahmen, und Mama und Tante Franziska machen uns den Haushalt. – Auch einen kleinen Schnaps, Schwesterherz? Zum Lockerwerden?«

Dieser Mensch war einmal das von mir sehr geliebte Baby Alex gewesen. Ich dachte an seine ersten Lebenswochen in

Zahořany zurück. Und jetzt schenkte er sich in aller Seelenruhe seinen zweiten Schnaps ein.

»Warum soll ich auf dem Bau schuften?«

Fassungslos starrte ich ihn an. »Dann tu wenigstens was für Mama! Du bist ihr Lebensinhalt! Lass sie spüren, dass du sie liebst!«

»Genau«, sagte Alex und ließ seinen Pantoffel zu Boden plumpsen. »Du hast es erfasst, Schwesterchen. Ich tue was für Mama, indem ich hier wohne.«

Das durfte doch nicht wahr sein!

»Was ist nur aus dir geworden, Alex?«

»Lass die moralinsaure Lehrerin gerne stecken, Schwesterchen. Deine Gardinenpredigten sind hier überflüssig.« Er nahm die Beine vom Tisch. »Musst du nicht los? Ich fahr dich gerne zum Bahnhof. Wohin soll es denn gehen?«

»Nach Leipzig.«

Dort würde ich mich mit Milan treffen, ich konnte es kaum mehr erwarten.

»Aber du hast getrunken!«, wandte ich ein.

»Ach, das war doch gar nichts!« Er winkte ab und rappelte sich auf. »Da solltest du mich mal abends erleben!« Er lachte und zog sich die Schuhe an, die Mama ihm auf Hochglanz poliert hatte. »Was wir hier im Dorf an Wodka vertragen, übertrifft das Schluckvermögen meiner russischen Verwandtschaft bei Weitem!«

Er griff nach dem Autoschlüssel und wedelte mir damit vor den Augen herum. »Na komm, Schwesterherz! Oder meinst du, ich fahre gegen einen Baum?«

Ein paar Stunden später lag ich in Milans Armen.

Milan verstand es wie immer, mich zu trösten. Er hatte die Privatunterkunft wie immer durch irgendwelche Beziehungen bekommen, und niemand wusste, wo wir waren.

»Wie herrlich, Milan, eine ganze Woche nur mit dir …«

Draußen war Frühling, es grünte und blühte, die Vögel zwitscherten, und wir genossen unsere hart erkämpfte Zweisamkeit.

Automatisch drehte Milan den Wasserhahn auf und ließ das Wasser laufen. Außerdem stellte er das Radio an. Falls der Feind mithörte.

Nachdem wir uns leidenschaftlich geliebt hatten, flüsterten wir lange miteinander.

»Ach Ella, ich wünschte, wir könnten immer so miteinander leben …«

Wieder und wieder hatten wir unsere Situation durchgekaut.

»Solange wir in diesem Land leben, können wir unseren Bewachern nicht entfliehen«, seufzte ich.

»Nein.« Milan stützte sich auf den Unterarm und blies mir eine Strähne aus dem Gesicht. »Wir haben nur die Möglichkeit, uns mit Alina irgendwo anders niederzulassen.«

Ich hielt seine Hände. »Aber was ist mit deiner Frau?«

Ich hatte ihn nicht mehr auf sie ansprechen wollen.

»Ich konnte ihr nicht länger was vorspielen.«

Milan war für so etwas viel zu ehrlich.

»Sie merkt natürlich, dass ich sie nicht mehr liebe. Ich habe ihr angeboten, mich schuldig scheiden zu lassen, aber sie wird es niemals zulassen. Dazu ist sie zu stolz.«

Ich warf mich frustriert auf den Rücken und starrte an die Decke. »Man müsste einfach abhauen. In ein freies Land.«

Milan flüsterte mir ins Ohr: »Der Gedanke an Republikflucht lässt mich nicht mehr los. Es ist unsere einzige Chance.«

Ich legte ihm den Finger auf die Lippen. »Milan!«, wisperte ich. »Ich wünsche mir das auch. Aber Republikflucht ist eine schwere Straftat!« Ängstlich sah ich mich um, aber das Radio dudelte, das Wasser rauschte.

Ich kroch in seine Armbeuge. »Wenn uns das gelingen würde, wäre das einfach wunderbar!«

Dicht an meinem Ohr flüsterte er: »Egal wohin wir abhauen, solange wir diesseits des Eisernen Vorhangs sind, werden sie uns immer beobachten und erpressen. Sie können uns die Jobs wegnehmen und zur Trennung zwingen, ja sie können dir sogar Alina wegnehmen.«

Mich schauderte es. Natürlich hatte ich ihm von dem Aal erzählt, obwohl der mir das streng verboten hatte. Längst hatte ich das Gefühl, dass er mich wieder beschattete. Ich konnte nur hoffen und beten, dass er mir nicht nach Leipzig gefolgt war oder jemanden geschickt hatte.

»Stell dir vor, wir könnten reisen …«

Das Radio dudelte einen Frühlingsschlager, und plötzlich überkam mich Fernweh.

»Paris sehen, Rom …«

Träumen war ja erlaubt.

»In Westdeutschland könntest du eine eigene Arztpraxis aufmachen, irgendwo, wo es schön ist …«

»Aber wo ist es schön? Weißt du es?«

»Nein!«

Westdeutschland war für uns Tschechen quasi ein weißer Fleck auf der Landkarte.

»Alina ist noch jung. Es wäre ihr so zu gönnen, dort in Freiheit und ohne dieses verlogene System aufzuwachsen.«

Wir küssten uns voller Sehnsucht nach einem besseren Leben.

»Ich denke Tag und Nacht über eine Lösung nach«, versprach Milan im Flüsterton. »Aber ich stehe besonders unter Beobachtung, denn erstens habe ich durch meine Frau den Geheimdienst im Nacken, und zweitens bin ich als Arzt einer Klinik im Visier der Partei. Ein Fluchtversuch in meiner Position ist wie ein Sprung aus dem Fenster.«

Milan hielt mich lange fest. Eine Weile lang hatten wir etwas anderes zu tun, als uns die Köpfe zu zerbrechen, aber dann überkam mich erneut die Angst, dass das mit uns auffliegen würde. Da blitzte nicht zufällig gerade ein Fernglas am Fenster gegenüber auf? Ich sprang auf und zerrte am Rollo, um noch den kleinsten Spalt zu schließen, der womöglich Einblick gewähren könnte.

»Ella, mach dir keine Sorgen, hier sind wir sicher.« Milan zog mich zurück. »In den Sommerferien besorge ich uns eine private Unterkunft in Budapest, und bis dahin wird unser Plan Hand und Fuß haben.«

»Hast du denn schon eine Idee?,« wisperte ich neugierig.

»Wenn wir eines Tages in den Westen ausreisen, dann nur mit offiziellen Ausreisegenehmigungen. Zu unterschiedlichen Zeiten in unterschiedliche Orte. Niemand darf von unserer Verbindung wissen. In deiner neuen Wohnung in Prag sollten wir uns deshalb auch nicht mehr treffen. Offiziell sind wir längst getrennt. Wenn unsere Ausreiseanträge sich zu sehr ähneln, könnte unser Plan doch noch platzen.«

»Das verstehe ich, Milan. Aber mit welchem Argument soll ich denn einen Ausreiseantrag für Alina und mich stellen?«

Auch darüber hatte Milan schon nachgedacht.

»Wie sieht es denn mit deiner Mutter aus? Die könnte doch als Rentnerin in den Westen gehen? Da bekäme sie auch eine viel höhere Rente als hier?«

Als Deutscher stand meiner Mutter in Westdeutschland eine Rente zu, und da der tschechische Staat kein Interesse daran hatte, mittellose Rentner durchzufüttern, war es ab einer bestimmten Altersgrenze für ehemalige Deutsche kein Problem mehr auszureisen.

Auch ich hatte mir diese Möglichkeit schon mehrmals durch den Kopf gehen lassen. Wenn Mutter im Westen wäre, könnte ich einen Antrag auf Besuchserlaubnis stellen.

»Die geht niemals auch nur einen Meter von Alex weg.« Frustriert blickte ich Milan an. »Er ist ihr Ein und Alles, ihr Augapfel.«

»Gut, dann fällt diese Möglichkeit leider weg.«

Milan schien mit sich zu ringen, ob er mir etwas anvertrauen sollte, entschied sich aber dann doch dafür.

»Es ist nämlich so, dass ich schon einen konkreten Termin für eine Reise in den Westen habe …«

»Was?« Vor lauter Überraschung hatte ich ganz vergessen zu flüstern.

Jetzt legte Milan den Finger auf meine Lippen.

»Am 6. August 1967 findet in München ein Medizinerkongress statt«, flüsterte er mir ins Ohr. »Eine Delegation aus Prager Ärzten soll daran teilnehmen. Diese Erlaubnis bekomme ich möglicherweise nur zur Belohnung dafür, dass ich mich von dir getrennt habe. Verstehst du? Als Zeichen der Vertrauensbildung.«

Ich seufzte tief.

»Milan, das ist noch furchtbar lange hin. Und dann wärst du in München, aber Alina und ich?«

»Für euch finden wir auch noch eine Lösung. Die Zeit arbeitet für uns, Ella, glaube mir. Dieser Termin ist unsere Chance!«

In Leipzig erzählte mir Milan auf meinen Wunsch hin auch seine Lebensgeschichte weiter:

Ein halbes Jahr nachdem seine Eltern vom frisch begrünten Stadtplatz in Theresienstadt abgeholt worden waren, wurde auch Milan zusammen mit seinem Freund, dem Regisseur der Kinderoper *Brundibár*, quer durch Deutschland bis nach Polen deportiert.

»Drei Tage und drei Nächte waren wir in den Viehwaggons eingepfercht. Ohne Essen, ohne Wasser. Die Notdurft wurde in einen Eimer verrichtet. Es stank entsetzlich, manche erbrachen sich, manche hatten Durchfall, andere fielen in Ohnmacht, und viele starben bereits im Zug. In Auschwitz wurden wir dann endlich aus dem Viehwaggon gescheucht: ›Raustreten! In einer Reihe aufstellen!‹ Wir fielen wie Steine aus dem Zug. Kaum einer konnte sich noch auf den Beinen halten. Wir wurden noch an der Rampe aussortiert. ›Der kann noch arbeiten, der nicht, der auch nicht, der vielleicht, der sieht noch gut aus …‹«

Milan starrte an die Decke. Er brauchte ein paar Minuten, bevor er weitersprechen konnte.

»›Du da! Vortreten! Beruf?!‹ Mit Gewehren scheuchten die Nazi-Soldaten die jüdischen Gefangenen weiter. Schützend hielten sie die Hände gegen die grelle Sonne. Weit und breit kein Schatten, kein Wasser.«

Ich hörte meinem Geliebten atemlos zu.

Noch bevor Milan antworten konnte, fiel sein Hintermann um. Milan bückte sich reflexartig, um ihm aufzuhelfen, als er auch schon den Gewehrkolben im Gesicht hatte. Es krachte, und er brach blutend zusammen, kniete vor seinen Peinigern und spuckte seine Zähne aus.

»Du verdammter jüdischer Bastard!« Ein gleichaltriger SS-Scherge drosch auf ihn ein. »Beruf, haben wir gefragt!«

»Dreher, Bohrer, Maschinenschlosser«, stammelte Milan. Mit letzter Kraft kam er auf die Beine. Er wusste, das war seine letzte Chance zu überleben. Bliebe er am Boden liegen, wäre das sein Todesurteil.

»Na also. Geht doch!«

Sie rissen ihn an den Haaren hoch: »Tauglich!«

Das war seine Rettung. »Buchenwald«, befahl einer der Männer, die auf ihn eingedroschen hatten. »Der taugt noch für die Waffenschmiede.«

So entkam er der Hölle Auschwitz.

Während die anderen Menschen in endlosen Schlangen in das Vernichtungslager getrieben wurden, wo ohne Unterbrechung die Schornsteine der Verbrennungsöfen rauchten, durfte Milan mit einigen anderen, die das Glück hatten, noch arbeiten zu können, die Weiterreise antreten. Sie wurden wieder in die Viehwaggons gescheucht. In Buchenwald bei Weimar schwankten sie dann dem Arbeitslager entgegen. Viele von ihnen schafften den letzten Fußmarsch nicht und starben an Schlägen mit den Gewehrkolben. Die waren eine beliebte Methode, sie zur Eile anzutreiben. Wer nicht mehr weiterkonnte, wurde kurzerhand erschossen.

Milan war nur kurz in Buchenwald und kam dann nach Taucha bei Leipzig, ein Außenkommando von diesem KZ.

In den HASAG-Werken lief die Panzerfaustproduktion trotz des im Grunde längst verlorenen Krieges auf Hochtouren. Der »Kampf um den Endsieg« musste fortgesetzt werden. In Zwölfstundenschichten musste der geschwächte Milan Tag und Nacht schuften wie ein Tier. Dabei trug er nur noch stinkende Lumpen am ausgemergelten Körper und mitnichten Arbeitskleidung oder gar Handschuhe.

Es wurde Winter. Ein Stück Draht zu besitzen war eine Kostbarkeit: Damit konnte Milan sich seinen schäbigen Wintermantel, an dem schon lange kein einziger Knopf mehr vorhanden war, zuschnüren.

Auf dem Weg vom Lager zur Fabrik und zurück musste immer im Gleichschritt marschiert und dabei laut auf Deutsch gesungen werden. »Ein Lied!«, lautete der Befehl.

Und Milan brüllte mit den anderen im Takt: »Oh du schöner Westerwald …«

»Junge, was hast du ausgefressen, dass du hier sein musst?« Meister Erhard, sein Vorarbeiter aus Taucha bei Leipzig, sah den zerlumpten jungen Mann, der aussah wie ein zahnloser Greis, mitleidig an.

»Nichts, ich bin Jude.«

»Wie alt bist du?«

»Fünfundzwanzig.«

»Dann hast du doch dein Leben eigentlich noch vor dir …« Dem Meister standen die Tränen in den Augen.

Von da an versteckte er bis zum Kriegsende täglich ein Margarinebrot für Milan in der Werkstatt.

Stumm nahm ich meinen geliebten Mann in den Arm.

»Ja, das hast du mir damals im Zug bei unserem Kennenlernen erzählt. Du wolltest ihm zum Dank dic polnische Jägerwurst bringen, die wir dann aufgegessen haben.«

»Genau. Und dann habe ich Meister Erhard in Taucha nicht mehr angetroffen. Er war schon lange gestorben.«

Nun hatte ich fast das Ende von Milans Leidensgeschichte erfahren.

»Am 14. April 1945 wurde das KZ Taucha wegen Vorrückens der US-Armee aufgelöst. Die Amerikaner sollten nichts finden, was den Deutschen so einen Massenmord nachweisen konnte. Deshalb wurden wir aus dem KZ und auf einen der letzten berüchtigten Todesmärsche getrieben. Wieder wurde mit Gewehrkolben auf uns eingeprügelt, und wenn einer nicht mehr konnte, wurde er auf der Stelle erschossen. Die SS-Leute wollten keine lebenden Zeugen zurücklassen. Bestimmt kennst du die Filmszenen, in denen die zu Skeletten abgemagerten, zurückgebliebenen Kranken ihren Befreiern fassungslos entgegenblicken. Sie haben schon kein Leben mehr in den Augen.«

»Ich kenne sie«, flüsterte ich tonlos.

»Am Abend des ersten Tagesmarsches war mir klar, dass ich die Nacht nicht schaffen würde. Meine Schuhe hatten sich aufgelöst, ich lief in zerlöcherten Socken mit blutigen Blasen über Stock und Stein. Ich war so geschwächt, dass ich schon halluzinierte. Jeden Moment konnte auch mein Leben mit einem Gewehrkolbenschlag oder Schuss beendet sein.

Mit dem Mut der Verzweiflung ließ ich mich in einem unbeobachteten Moment in einen Straßengraben fallen. Vor mir wurde gerade wieder jemand zu Tode geprügelt, die Bewacher waren beschäftigt. Ich stellte mich tot und blieb dort im Morast zwischen Leichen, Geröll und Fäkalien liegen. Als der jämmerliche Gefangenenzug am Horizont verschwunden war, wagte ich, mich aufzurichten.

Keiner der Leute im Ort würde mir helfen, denn ich war durch meine Frisur als Häftling gekennzeichnet. Wir nannten das »Reichsautobahn«: ein Streifen abrasierten Kopfhaars, der mitten über unserer Köpfe führte. Doch ich schaffte es, meinen Schädel unter einer Mütze zu verbergen, die ich einer Leiche abnahm.

Ohne groß nachzudenken, trat ich den Rückweg zum KZ an. Dort waren noch genug Hilflose zurückgelassen worden, von denen man hoffte, sie würden diese Nacht nicht überleben. Ich wankte den amerikanischen Befreiern geradewegs entgegen.

Sie fingen mich im letzten Moment auf, gaben mir zu trinken und zu essen und etwas Warmes zum Anziehen. Sie konnten es nicht fassen, in welchem Zustand ich war. Ich brauchte Tage, um ins Leben zurückzukommen. Aber dann half ich den Amerikanern beim »Aufräumen« der Todeshölle. Ich leistete Erste Hilfe, wo es noch Sinn machte, übersetzte, erklärte und organisierte. Ich stand den Sterbenden bei, so gut ich konnte.

Und fand schließlich in dem verlassenen Verwaltungsbüro meine eigenen Akten: Karteikarte des Ghettos Theresienstadt, Häftlingspersonalkarte, Nummernkarte, Effektenkarte, Schreibstubenkarte, Arbeitseinsatzkarte, Veränderungsmeldung und dazu das Zugangsbuch, Zugangslisten und die Liste der Teilnehmer des letzten Todesmarsches. Ja, unsere Peiniger hatten penibel über alles Buch geführt.

Die Amerikaner fügten dem später noch eine Befreiungsliste hinzu. Ich war einer der wenigen, die insgesamt drei KZs überlebt hatten.«

Milan zog mich fest in seine Arme.

»Ella, ich habe mich so sehr in dich verliebt, dass ich jetzt zum ersten Mal alles erzählen konnte. Ich wusste bisher gar nicht, wie sich das anfühlt, so zu lieben und so zu vertrauen.«

47

Prag, Mai 1966

Als das Telefon in meiner neuen Wohnung klingelte, hatte ich sofort Herzrasen. Milan? Oh Gott, wie sehnte ich mich nach seiner Stimme! Oder der schreckliche Aal? Pavel doch wohl hoffentlich nicht? Oder wieder schlimme Nachrichten aus Haida?

»Gregorová?«, meldete ich mich heiser vor Aufregung.

»Ella, ich bin's, Milena! Wie geht es dir!«

»Oh hallo, meine Liebe! Welch eine freudige Überraschung! Ich habe mir schon wieder das Schlimmste ausgemalt …«

Nachdem wir ein bisschen geplaudert hatten, rückte Milena mit ihrem Anliegen heraus:

»Ich möchte so gern über Pfingsten meinen Cousin Otto in Wien besuchen! Er ist Biologe und forscht an einem Institut mit weißen Mäusen …« Sie lachte. »Er hat mich eingeladen, wir haben uns lange nicht mehr gesehen.«

»Und was sagt Egon dazu?«

»Er unterstützt das!« Milena machte eine kleine Pause. »Und nachdem du so gut Deutsch sprichst, findet er, du sollst mitfahren.«

»Das würde ich wirklich gerne machen!« Ich spielte mit der Telefonschnur. »Wurde dir die Westreise denn schon genehmigt?«

»Nein, bis jetzt noch nicht«, druckste Milena herum. »Das ist auch so ein Ding: Egon meint, wenn ich DICH als Reisebegleiterin angebe, klappt es bestimmt!«

»Milena …«

»Ja, weil du doch schon als Dolmetscherin unterwegs warst, so reiseerfahren bist und ja auch deine Beziehungen hast …«

»Aber Milena, ich habe keine Beziehungen! Ich bin ja jetzt im Innendienst.« Mein Ton war vielleicht etwas zu scharf.

Einen Moment herrschte Schweigen zwischen uns.

»Ich dachte nur.«

Wieder sah ich vor mir, wie oft ich schon unangemeldet nachts auf ihrer Matte gestanden, wie Egon und sie mir immer wieder selbstlos aus der Patsche geholfen hatte. Ich schämte mich. Wie konnte ich ihre Bitte abschlagen! Ich musste es wenigstens versuchen.

»Milena, ich reiche sofort einen Reiseantrag ein. Wenn es geht, komme ich natürlich mit!«

»Wirklich?« Ihre Stimme hellte sich auf. »Das wäre … Ich würde mich so wahnsinnig freuen! Du und ich, vier Tage in Wien …«

»Ja, das wäre ein Traum!«

Sie war richtig euphorisch, wir plauderten noch eine Weile, und dann legten wir auf.

Noch am selben Tag stellte ich bei der Polizei den Reiseantrag für vier Tage Wien und bezog mich dabei auf den bereits von Milena eingereichten Antrag. Die Verbindung sollte ja bewusst hergestellt werden.

Nun konnten wir nur noch abwarten.

Ein paar Tage später klingelte es an der Wohnungstür. Milan? Ich sehnte mich so nach ihm. Auch wenn wir beschlossen hatten, uns nicht mehr hier zu treffen – die Hoffnung starb zuletzt! Schnell streifte ich mir eine neue Bluse über und schlüpfte in meinen besten Faltenrock. Aufgeregt und mit glühenden Wangen öffnete ich, bereit, meinem Liebsten um den Hals zu fallen.

Es war nicht Milan. Es war der Aal. Mit diesem falschen Lächeln, das ich gehofft hatte, nie wiederzusehen. Ich erstarrte.

»Guten Morgen, schöne Frau. Darf ich reinkommen?« Der Geheimdienstmann hatte eine dünne Aktentasche bei sich, in der alles Mögliche sein konnte. Auch ein Aufnahmegerät.

»Nein … also ich meine, natürlich doch.« Erschrocken wich ich zurück. Und schon war er drin, in meiner schmucken Einzimmerwohnung. Wohlwollend sah er sich um: »Das ist ja schnuckelig hier.« Wie selbstverständlich ließ er den Zeigefinger übers Bücherregal gleiten. Suchte er etwa nach Staubspuren? Oder wollte er gucken, welche Literatur ich las? Ob irgendein unerwünschtes Buch dabei war?

»Wollen Sie mir keinen Kaffee anbieten, Genossin?«

»Wie bitte? Ich … ähm … natürlich.«

Zufrieden ließ er sich auf den Küchenstuhl gleiten. »Sie

wirken enttäuscht, Genossin. Hatten Sie jemand anderen erwartet?«

»Ich habe gar niemanden erwartet.«

Während ich mit zitternden Händen Kaffee aufgoss, spürte ich seinen begehrlichen Blick auf meinem Hintern. Die Hälfte des Kaffeepulvers fiel mir auf die Anrichte, die Tasse in meiner Hand schepperte. Reiß dich zusammen, Ella! Er stellt überall Fallen. Tappe nicht hinein. Milan hat gesagt, du bist klug. Also sei es auch. Die Zeit arbeitet für uns. Du musst diesen Kerl einfach nur hinhalten und in Sicherheit wiegen.

In die peinliche Stille hinein gurrte der Aal:

»Haben Sie eigentlich schöne Garderobe, schöne Frau?«

»Wie bitte?« Ich fuhr herum.

»Na ja, ich würde gerne mal mit Ihnen ausgehen.« Er war schon aufgestanden und hatte meinen Kleiderschrank geöffnet. Seine Flossen fuhren über die wenigen Kleiderbügel. »Das geht, das geht nicht, das geht vielleicht … Das könnte verdammt sexy aussehen …« Er musterte meinen Körper, als wäre er ein Damenausstatter oder gleich ein Zuhälter. Nein, das ging mir dann doch zu weit. Was bildete der sich ein?

»Bitte, das ist meine Privatsphäre.« Ich knallte die Schranktür vor seiner Nase zu.

Er konnte gerade noch den Arm zurückziehen und rieb sich das Handgelenk. Dann zog er mich zurück an den Küchentisch. »Setzen Sie sich doch, Genossin. Ich möchte Sie gerne dann und wann abends ausführen und zum Essen einladen. Als ungebundene, junge attraktive Genossin haben Sie doch sicherlich nichts dagegen?«

Fassungslos ließ ich mich auf den zweiten Stuhl gleiten. »Milch und Zucker?«

»Vier Stück Zucker, bitte. Ich stehe auf süß und schwarz.«

Er sah mich anzüglich an. Mist. Warum hatte ich nur diese Bluse und den eleganten Rock angezogen? Ich biederte mich ja geradezu an!

»Sie sind genau das, was wir brauchen, Genossin.«

»Wie meinen Sie das? Wer ist wir?«

»Wir ist in diesem Falle ich. Ich bin übrigens Branko.« Der Aal streckte mir seine Flosse hin, und mir blieb nichts anderes übrig, als sie zu schütteln.

»Ich weiß. Trotzdem: Ich möchte lieber beim Sie bleiben«, sagte ich freundlich, aber bestimmt.

»Natürlich. Ganz wie Sie wollen.«

Du liebe Zeit. Hatte ich mich jetzt mit ihm verbündet? War ich jetzt ein Spitzel? Ob per Sie oder per Du, das war doch letztlich das Gleiche! Meine Gehirnzellen arbeiteten auf Hochtouren. »Ella, du bist doch klug!«, hörte ich Milan sagen. »Nutz deine Waffen!«

»Also dürfen wir uns jetzt kennen, wenn wir uns auf der Straße begegnen?«, versuchte ich erst mal Zeit zu gewinnen. Mein Tonfall war leicht kokett.

»Das entscheide ich dann spontan. Sie können meinen Gesichtsausdruck sicherlich deuten, mit Ihrem weiblichen Feingefühl.«

»Machen Sie mal vor! So?« Ich zwinkerte mit einem Auge. »Oder so?« Ich kniff das andere Auge zu. Ich flirtete mit ihm! Schnell zog ich ein paar Grimassen, und dann mussten wir beide lachen.

Milan hatte recht, ich musste ihn unbedingt für unsere Pläne benutzen! Der war offensichtlich verknallt in mich, also warum nutzte ich das nicht zu meinen Gunsten? Milan hatte Vorteile als Arzt und ich als junge schöne Frau! Im Krieg sind alle Register erlaubt!

Die Tatsache, dass er offensichtlich auf mich stand, erleichterte mir den Umgang mit ihm. Ich war kein kleines Mädchen mehr, das sich einschüchtern lässt. Meine Liebe zu Milan und seine Zuverlässigkeit gaben mir die Kraft und das Selbstbewusstsein, Branko denken zu lassen, ich wäre zur Zusammenarbeit bereit.

»So gefällt mir das!«, sagte Branko zufrieden. »Ein schlaues Mädchen, zur Kooperation bereit.«

Wir schlürften unseren Kaffee und taxierten einander.

»Kommt darauf an, was für eine Kooperation Sie meinen.« Ich beugte mich vor und gewährte ihm Einblick in meinen Ausschnitt. Ganz aus Versehen hatte ich den obersten Blusenknopf geöffnet. Auch der Faltenrock war ein bisschen höher gerutscht als nötig.

Dem Aal standen die Schweißperlen auf der Stirn.

»Ich habe viele Möglichkeiten, Sie für unsere Interessen einzusetzen. Sie könnten zum Beispiel mit reichen Westdeutschen zum Bärenschießen in die Slowakei fahren, als Begleiterin und Dolmetscherin.«

Mir blieb das Lachen im Halse stecken.

»Wie? Meinen Sie das ernst?«

»Ja, Genossin. Denn was die Westdeutschen machen und sagen, was sie besitzen, das interessiert uns alles sehr!«

Er sah mich lange durchdringend an.

Ich schwieg. Bärenschießen. Da konnte schnell mal ein kleiner Jagdunfall passieren oder nicht?

Ohne Alina, die zum Glück gerade in der Schule war, wollte ich solch heikle Unternehmungen auf keinen Fall wagen. Und das sagte ich ihm auch.

»Ihr Kind könnte doch eine Weile bei Ihrem Ex-Mann bleiben?!«

»Nein. Auf keinen Fall. Ich würde das schwer erkämpfte Sorgerecht sofort wieder verlieren, aber das wissen Sie ja längst.«

Er schluckte, schien zu überlegen.

»Wie wäre es mit einer Reise nach Wien?«

»Oh«, sagte ich. Er wusste also von meinem Reiseantrag.

»Was soll ich in Wien …« Ich räusperte mich und konzentrierte mich auf ein paar Zuckerkrümel, die ich mit dem Zeigefinger auftupfte … »Was soll ich da denn so für Sie machen?«

»Sie könnten eine bestimmte Kirche im Rennweg aufsuchen, in die viele tschechische Aussiedler gehen. Sie heißt Erlöserkirche. Alles, was Sie dort sehen und hören, wäre für uns von Interesse. Die Menschen unterhalten sich und tauschen Informationen aus.«

Nachdenklich ließ ich den Blick schweifen und blieb an seiner Aktentasche auf dem Sofa hängen. War da meine Reisegenehmigung drin? Und was war mit Milenas Antrag? Noch immer hatte sie keinen Bescheid bekommen!

»Ein kleiner Geheimauftrag.« Der Aal verzog die Lippen zu einem triumphierenden Lächeln und verschränkte die Arme über der Brust. Dem Wetter entsprechend trug er ein wenig modisches, kurzärmliges weißes Hemd. Seine Armhärchen schimmerten rötlich im schräg stehenden Sonnenlicht. »Dazu gehört auch ein Kloster, da finden sicherlich ebenfalls viele vertrauliche Gespräche statt.«

Vorsicht, Falle!, hämmerte es hinter meinen Schläfen. Er will dich testen. Aber ich lächelte tapfer weiter. »Kein Problem. Mit Klöstern kenne ich mich aus.«

Ich wollte Milena so gern begleiten, ihr diese Freude machen! Und wenn ich dafür in irgendwelchen Kirchen und Klöstern ein bisschen die Ohren und Augen aufsperren sollte, würde ich das natürlich völlig unverbindlich tun!

Er grinste. »Wer so eine katholische Vergangenheit hat, hat

sicher Sehnsucht nach der Stille und Abgeschiedenheit eines Klosters.«

Mit zusammengekniffenen Augen taxierte ich ihn. In meinem Gehirn läuteten sämtliche Alarmglocken. Jetzt bloß keine Freude zeigen.

Aber Wien abzulehnen und nicht zu fahren wäre schier unmöglich gewesen. Schon allein wegen Milena!

48

Wien, Pfingsten 1966

Tatsächlich war mein offiziell eingereichter Reiseantrag nach Wien sofort bewilligt worden!

Aber nicht Milenas Antrag. Meine Freundin wurde absichtlich ausgeschaltet, um mir einen Auftrag erteilen zu können. Mein Gedächtnis, meine Intelligenz und meine Loyalität sollten auf die Probe gestellt werden.

Branko hatte mir noch mitgeteilt, dass es für ihn und seinesgleichen doch eher wünschenswert sei, wenn ich allein führe. Ich konnte es mir nicht leisten, ihn zu verärgern! Seine Gewogenheit war wichtig für meine Fluchtpläne.

»Milena, es tut mir so leid …«

»Ella, genieß es und grüß meinen Cousin Otto! Du kannst bei ihm wohnen, auch wenn ich nicht dabei bin!«

»Ich fühle mich wie eine miese Verräterin.«

»Ich weiß, dass du keine bist.«

Voller Freiheitsdrang und gleichzeitig bange stieg ich in Wien aus dem Zug. Ich durfte mich frei bewegen, sollte laut Branko nur diese besagte Erlöserkirche und das dazugehörige Kloster aufsuchen, das war alles. Ein bisschen komisch kam mir das schon vor. Vor dem Hauptbahnhof patrouillierten berittene Polizisten. War das normal? War das hier im freien Westen immer so? Aber niemand schien sich für mich zu interessieren.

Natürlich suchte ich als Erstes diesen Cousin Otto auf, der als Biologe an einem Forschungsprojekt mit weißen Mäusen arbeitete.

»Es tut mir so leid, deine Cousine ist doch verhindert«, stammelte ich und kam mir entsetzlich mies vor. »Ich soll dich aber ganz lieb grüßen, und eines Tages klappt es bestimmt ...«

Er schien nicht weiter verwundert zu sein, stellte mir in seiner kleinen Unterkunft das Sofa zur Verfügung und ward nicht weiter gesehen. »Bedien dich, fühl dich wie zu Hause, ich bin dann mal weg ...«

Da überwog die Freude, zum ersten Mal in meinem Leben die traumhaft schöne Stadt Wien sehen zu dürfen. Um Alina musste ich mir auch keine Sorgen machen: Zum Glück durfte sie das verlängerte Wochenende in Haida verbringen, wo ich sie in guten Händen wusste. Und sie verbesserte dort ganz nebenbei ihr Deutsch, was für unseren Fluchtplan nicht unwichtig war. Natürlich ahnten weder Mutter noch Alina noch Tante Franziska etwas davon. Jeder Mitwisser gefährdete nicht nur unser, sondern auch sein eigenes Leben.

Ach, aber das war jetzt alles so weit weg! Ich genoss Wien bei diesem herrlichen Wetter. Da ich fast kein Geld hatte, hielt ich mich nur draußen auf. Die ersten beiden Tage flanierte ich staunend durch die Altstadt, die mich mit ihren Barockfassaden und prächtigen Gebäuden in vielem an Prag erinnerte, aber viel sauberer und heller war! In den Schaufenstern gab es alles, was das Herz begehrte, was ich mir aber natürlich nicht leisten konnte. Dennoch drückte ich mir die Nase daran platt. Diese Mode! Diese fröhlichen, sorglosen Menschen! Ich saß stundenlang in Parks und Gärten, schlenderte über den Opernring, den Kärntner Ring und saß andächtig im Stephansdom. Auch wenn ich an keinen Gott mehr glaubte, hatte die angenehm kühle Atmosphäre etwas Tröstliches. Wenn es einen Gott gab, dann hatte er mir Milan geschickt. Und dann hatte er mit uns auch noch größere Pläne. Daran musste ich ganz fest glauben. Ich hätte gern für unser Vorhaben eine Kerze angezündet, aber sie kostete zwanzig Schilling, ein Zehntel meines Budgets! Wenn es einen Gott gab, der ausnahmsweise einmal auf unserer Seite war, dann brauchte er die Kerze nicht.

Immer wieder musste ich an den 6. August 1967 denken, an den Ärztekongress in München. Noch ein Jahr! Irgendwie musste ich es schaffen, in einem Jahr wieder im Westen zu sein. Und zwar MIT Alina. Und wenn ich den Aal vorher heiraten musste! Milan würde es mir verzeihen.

Als ich wieder auf den Vorplatz hinaustrat, fröstelte ich trotz der strahlenden Sonne. Die Pferdekutschen klapperten an mir vorbei. Darin saßen entzückte Touristen aus aller Herren Länder. Bald würde ich Milan sehen ... Budapest war nicht mehr weit! Ich konnte es kaum erwarten. Aber erst musste ich hier in Wien die Harmlose spielen. Ich war mir sicher, dass ich beobachtet wurde. Wenn es nicht der Aal war, der im trüben Schlick der Menschenmengen um mich herumschwamm, dann ein anderer kleiner Fisch. Den würde ich zu Tode langweilen mit meinen touristischen Streifzügen!

Auch den Prater erkundete ich zu Fuß und beobachtete das lebhafte Treiben dort, ohne einen einzigen Schilling auszugeben. Wasser trank ich aus dem Brunnen, und zu essen durfte ich mir aus dem Kühlschrank des Cousins nehmen.

Am letzten Tag kam ich endlich meinem ach so wichtigen Geheimdienstauftrag nach und ging in diese Erlöserkirche, wo gerade ein feierlicher Pfingstgottesdienst stattgefunden hatte. Die tschechischen Aussiedler strömten mir entgegen, festlich gekleidet und beseelt. Was sie sagten, konnte ich nur im Vorbeigehen aufschnappen. Ein Knödelrezept hier, der Gesundheitszustand einer Großmutter da. Nichts, was den tschechischen Geheimdienst interessiert hätte! Was sollte ich nur hier?

Gerade leerte sich das Gotteshaus, der Organist kam die Treppe herunter und grüßte mich kurz im Vorbeigehen. Dann stand ich allein in der dämmrigen Kirche. Irgendetwas musste ich doch jetzt tun, um dem Aal zu beweisen, dass ich hier gewesen war! Mein Herz verkrampfte sich vor Scham, dass ich für den tschechischen Geheimdienst spionierte. Was würde erst werden, wenn ich mich weiter einspannen ließ, diesen Leuten immer mehr Macht über mein Leben einräumte? Würde ich diesem hinterhältigen Staatsapparat überhaupt gewachsen sein?

Um meine Eignung erkennen zu lassen, sammelte ich einige ausliegende Kirchenbroschüren ein und stellte fest, dass sie in tschechischer Sprache verfasst waren.

»Liebe Christen in der Diaspora«, stand darauf. »In schweren Zeiten wie diesen erbitten wir Gottes Segen für alle unsere Mitbrüder und -schwestern hinter dem Eisernen Vorhang.«

Oh ja. Das würde den Aal bestimmt interessieren. Ratlos verharrte ich in der dämmrigen Kirche und wusste nicht, was ich sonst noch tun sollte. Trauer umfing mich in Erinnerung an das Erlebnis in der Kirche mit dem unbekannten Mann an meinem dreizehnten Geburtstag. Wieder fühlte ich mich von der ganzen Welt verlassen und ohne Weg und Ziel.

»Kann ich Ihnen helfen?«

Erschrocken zuckte ich zusammen.

Plötzlich stand ein Mann neben mir. Es war der Priester, der sich inzwischen in der Sakristei umgezogen hatte und noch einmal nach dem Rechten schauen wollte.

»Ich habe gehört, wie Sie in der Kirche umhergegangen sind und Broschüren eingesammelt haben.«

Oje. Was sollte ich nur sagen?

»Als Erinnerung«, stieß ich hervor, um dann ganz zu verstummen.

»Das ist schön. Nehmen Sie, so viel Sie wollen. Verteilen Sie sie, wo immer Sie möchten.«

Anscheinend hatte er an meinem Akzent gehört, dass ich aus der Tschechoslowakei stammte.

»Ich wollte sie nicht stehlen, ich …«

»Gottes Wort zu verbreiten kann niemals Diebstahl sein.« Der Geistliche lächelte. »Ich habe Sie gar nicht in der heiligen Messe gesehen?«

»Nein, ich … ich kam zu spät.«

»Haben Sie etwas auf dem Herzen, meine Tochter?«

Oh ja! Ich hatte eine Menge auf dem Herzen! So unsagbar viel! Doch konnte ich diesem Priester vertrauen? Wie gern hätte ich mich einmal ausgesprochen!

Wem außer Milan hatte ich je vertrauen können?

»Kommen Sie, wir gehen in die Sakristei …«

Der schwarz gekleidete Geistliche schritt vor mir her in eine kleine Kammer mit einem vergitterten Fenster. Auf einem Tisch stand eine mit einem bestickten Tuch zugedeckte Monstranz, und in einem Schrank, dessen Tür halb geöffnet war, hingen die priesterlichen Gewänder. »Wir müssen gar nicht in den Beichtstuhl gehen, ich bin auch so an die Schweigepflicht gebunden. Sie können mir alles anvertrauen, was Sie bedrückt.«

Da standen wir, Schulter an Schulter. Mein Herz polterte unrhythmisch.

Längst war ich Atheistin geworden.

»Was führt Sie in dieses Gotteshaus?«

Sein Blick fiel auf die Prospekte, die ich immer noch an mich gedrückt hielt. Wenn er wüsste, dass ich sie für den Geheimdienst an mich genommen hatte, und nicht, um das Christentum im kommunistischen Prag zu verbreiten!

Ich zitterte am ganzen Leib. In mir brodelte das Verlangen, ihm meine ganze Geschichte zu erzählen. Aber auch er konnte ein Spitzel sein, der auf mich angesetzt war. Ein falscher Priester, um mich reinzulegen.

Also schwieg ich.

Nach einer gefühlten Ewigkeit durchbrach er die Stille:

»Ich bete für Sie, meine Tochter. Egal, was Sie bedrückt: Sie sind in Gottes Händen.«

»Ja«, entfuhr es mir heiser. Ich hatte das Gefühl, eine Kettensäge verschluckt zu haben. Das vergitterte Fenster löste ungute Erinnerungen aus.

»Warten Sie, meine Tochter …«

Er verschwand durch eine weitere Tür.

Mein Herz hämmerte. Ich starrte auf das riesige Kreuz mit dem Leichnam Christi an der Wand.

»Da bin ich wieder. Ich musste es erst suchen. Hier, das ist auf Tschechisch …«

Er legte das Gebetbuch, das er wohl aus den Untiefen des Kellers heraufgeholt hatte, vor mir auf den Tisch. »Das schenke ich Ihnen.«

»Danke, Hochwürden …« Gott, wie beschämte er mich!

»Es soll Ihnen immer Kraft geben, auch wenn Ihnen die rechten Worte fehlen.«

»Es ist nur so, dass … Na ja, Hochwürden, ich weiß gar nicht was ich sagen soll.«

Er trat feierlich vor mich und sprach seinen Segen über mir aus.

»Gelobt sei Jesus Christus.«

Mit diesen Worten ließ er mich allein.

49

Prag, einige Tage später, Juni 1966

»Wie ich sehe, haben Sie in Wien fleißig recherchiert.«

Branko war wieder in meiner Wohnung aufgetaucht.

»Was haben Sie denn da Schönes mitgebracht?«

Ich überreichte ihm das Gebetbuch und die Broschüren aus der Kirche.

Er freute sich wie ein kleiner Junge. »Oh, das wird meinen Vorgesetzten gefallen!«

Vergeblich fragte ich mich, warum!

Daraufhin lenkte Branko das Gespräch in ganz andere Bahnen. Er sprach über Filme, Bücher und Nachtclubs. Anscheinend wollte er mich auch in dieser Hinsicht testen. Ob ich mich in solchen Kreisen bewegen könne, als Nachtschattengewächs glaubhaft sei.

»Leider habe ich als alleinerziehende Mutter keine Zeit, ins Kino oder in Nachtclubs zu gehen«, spielte ich die Unschuld vom Lande. »Und meine Bücher haben Sie ja schon gesehen.«

Bis auf den *Struwwelpeter*, den ich aus meiner Hillemühler Kindheit gerettet hatte, war auch keine deutsche Literatur dabei.

Ich räusperte mich. Fast gefiel es mir, ihn zu bezirzen, aber er war vom Geheimdienst, das durfte ich keine Sekunde vergessen.

»Ihre Lebensweise ist sehr lobenswert«, bemerkte der Aal zufrieden. »Eine parteilose Frau ohne Partner wird für solche Kurzreisen immer wieder gebraucht.«

»Gern jederzeit wieder.« Wieder dachte ich an nächstes Jahr, an Milans Ärztekongress in München. Vielleicht würde ich so zeitgleich die Möglichkeit zu einer Reise nach Westdeutschland bekommen?

Während Branko in meiner Wohnung herumsaß und sowohl mich als auch meine Einrichtung musterte, fragte er plötzlich:

»Dann interessiert mich, ob Sie einen neuen Liebhaber haben.« Seine Augen wurden schmal. »Der Genosse Dr. Berner hat sein Heiratsversprechen Ihnen gegenüber ja nicht gehalten.«

War das nicht eine unfassbare Verdrehung der Tatsachen? Man hatte uns gezwungen, unsere Beziehung zu beenden! Mit niederträchtigsten Tricks wie einem gefälschten Röntgenbild hatte man versucht, uns auseinanderzubringen! Und jetzt wollte er mir allen Ernstes auf die Nase binden, mein Milan wäre aus Feigheit abgesprungen?

Am liebsten hätte ich ihm ins Gesicht gelacht: Wäre er ein echt guter Geheimdienstler, hätte er gewusst, dass wir an nichts anderes dachten, als den Rest unseres Lebens zusammen zu verbringen!

Also war er ein schlechter Geheimdienstler. Oder ein ausgezeichneter, der sich prima verstellen konnte. Puh, solches Pokerspiel überforderte mich. Ich war am Ende meiner Nerven.

Auf Milan ließ ich jedenfalls nichts kommen, und so ignorierte ich seine verbale Grätsche.

»Genosse Novotný, ich will Sie nicht aufhalten.« Geschäftig räumte ich die Tassen ab. »Meine kleine Tochter wird jeden

Moment aus der Schule kommen, und es wäre vielleicht nicht so sinnvoll, wenn sie Sie hier sieht. Ich habe nämlich keinen neuen Liebhaber, und dabei soll es auch bleiben.«

Branko stand ebenfalls auf und verstellte mir den Weg zur Spüle. Gott, war der schmierig. Er würde es doch hoffentlich nicht wagen, mich anzufassen? Plötzlich sagte er:

»Wie würde es Ihnen gefallen, sich für zwei Jahre in einem deutschen Spätaussiedlerlager unter die Leute zu mischen? In Neuburg an der Donau zum Beispiel? Anschließend könnten Sie wieder nach Prag zurückkehren.«

Mein Herz machte einen nervösen Hopser. Solche Fälle waren mir aus Haida bekannt. Es gab Leute, die nach zwei Jahren aus westdeutschen Aussiedlerlagern zurückkehrten. Ich hatte immer gedacht, es gefiele ihnen dort nicht und sie vermissten ihre Heimat! Jetzt sah ich diese Rückkehrer mit ganz anderen Augen. Waren das alles Spitzel gewesen, die dort drüben ihre eigenen Landsleute ausspionierten, um dann dem tschechischen Geheimdienst Meldung zu machen?

Mir blieb die Spucke weg. Ich griff nach einem Messer. Verärgere ihn nicht!, schoss es mir durch den Kopf. Er ist wie Wachs in deinen Händen. Spiel mit ihm.

»Ich weiß nicht … Also, das mit dem deutschen Spätaussiedlerlager finde ich nicht verlockend«, gurrte ich. »Wieder in Gemeinschaftsbehausungen leben, wo ich doch endlich eine eigene Dusche habe? Und mein Kind in fremde Hände geben? Nein, das Angebot muss ich dankend ablehnen.«

»Sie könnten auch in Wien an der Komenský-Schule unterrichten.« Er zog ein Päckchen Zigaretten hervor und klopfte eine davon aus der Packung. »Der Möglichkeiten gibt es viele.«

Test, Test, Test!, schrillte bei mir ein Alarm. Letztlich willst du genau das, darfst es ihn aber nicht spüren lassen. Und außerdem gehst du nicht ohne Alina. Du musst ihn weiter hinhalten, Ella. Noch ein Jahr!

»Vielen Dank für das freundliche Angebot, aber ich kann nicht …«

»Einen Job in Österreich, lehnen Sie ab. Hat Ihnen denn Wien nicht gefallen?«

»Doch, Wien war wunderschön …«

»Das ist ein Sechser im Lotto!«, unterbrach er mich ärgerlich. »Seien Sie nicht undankbar!«

»Wenn ich meine Tochter mitnehmen darf, ist er das tatsächlich. Dann werde ich Ihnen sehr dankbar sein.«

»Die können Sie natürlich nicht mitnehmen. Die kann solange bei ihrem Vater bleiben.«

Ich stellte die Tassen ein bisschen zu laut klappernd in die Spüle.

»Das kann sie eben nicht!«

Ich wirbelte zu ihm herum, wobei ich mich zwingen musste, ihm nicht den nassen Lappen um die Ohren zu hauen.

»Dann hätte mein Ex-Mann Pavel alle Argumente, das Sorgerecht für sie einzufordern. Das habe ich Ihnen doch alles schon erklärt.«

Sorgfältig wrang ich den Lappen aus und stellte mir vor, er wäre sein Hals. »Und jetzt entschuldigen Sie mich bitte, ich muss jetzt zur Arbeit!« Ich trocknete mir die Hände am Küchenhandtuch ab.

50

Budapest, 5. August 1966

»Da bin ich! Punktlandung!« Strahlend warf ich mich meinem geliebten Milan in die Arme. Vor lauter Glück musste ich laut lachen. »Wir sind eben ein geniales Team!«

Obwohl ich Tag und Nacht überwacht wurde, war es mir gelungen, dem Aal zu entwischen.

Es war auf den Tag genau ein Jahr vor unserem großen Plan!

Als ich am 5. August 1966 um zehn nach zehn über die Freiheitsbrücke auf ihn zulief, stand er bereits da und breitete die Arme aus, unter einem der beiden Brückentore mit den vier auf goldenen Kugeln sitzenden mythologischen Vögeln.

Nach ausgiebiger Begrüßung und vielen zärtlichen Küssen hielt er mich auf Armeslänge von sich ab. »Liebling, du bist ja ganz aufgelöst!«

»Ich bin meinem Spitzel davongerannt.«

»Kluges Mädchen.«

»Ich bin aber inzwischen selbst ein mieser Spitzel«, stieß ich hervor. »So weit haben die mich schon gekriegt, dass ich Gottesdienstbesucher ausspioniere und in der Kirche Broschüren klaue.« Halb lachend, halb im Ernst erzählte ich ihm, was in letzter Zeit passiert war. Es war so aufregend und romantisch, als wären wir beide sechzehn und vor unseren Eltern weggelaufen.

»Aber Liebling, das ist doch nicht so schlimm! Hauptsache, du warst in Wien! Erzähl mir von dieser traumhaften Stadt!« Milan nahm mich in die Arme und lenkte unsere Schritte in die Innenstadt von Budapest. Gemeinsam schlenderten wir der prächtigen Markthalle entgegen.

»Hast du Hunger?«

»Und wie!«

Dort tauchten wir in der Menge unter und genossen unsere Zweisamkeit. Alle Neuigkeiten strömten nur so aus mir heraus, ich konnte gar nicht aufhören, ihm von meinem Wien-Abenteuer und Brankos überraschenden Besuchen in meiner Wohnung zu erzählen. Als wir begannen, uns unbehaglich zu fühlen, weil wir uns einbildeten, beobachtet zu werden, zog Milan mich aus der Markthalle. »Das erzählst du mir alles, wenn wir alleine sind.«

Wir sprangen auf die nächste Straßenbahn. Milan kannte sich offenbar schon aus und lotste mich in das von ihm organisierte Privatquartier.

Die Vorfreude auf ein paar Tage und Nächte ungestörter Zweisamkeit ließ mir die Knie weich werden. Nach Monaten, die wir uns kaum sehen konnten, hatte auch ich keinen anderen Wunsch, als mit meinem Liebsten endlich ungestört zu sein. Wieder stellten wir das Radio an und drehten den Wasserhahn auf. Sicher war sicher.

Und wieder gaben wir uns ausführlich und zärtlich unserer Lieblingsbeschäftigung hin. Beide waren wir regelrecht ausgehungert danach. Ich hatte noch nie solche Wonnen erlebt und Milan auch nicht. Noch ein Jahr durchhalten!, beschwor mich Milan immer wieder. Diesmal wurden wir konkret: Wir vereinbarten, uns am Vortag seines Ärztekongresses zu treffen, und zwar in Nürnberg. Warum sollte seine Teilnahme nicht genehmigt werden? Und ich hatte gute Karten, Branko eine Westreise abzuringen, hoffentlich mit Alina. Wir wollten alles daransetzen, dass das gelang. Dann würden wir für immer zusammen sein.

51

Prag, Februar 1967

Wieder vergingen trostlose Monate, in denen wir uns kaum sahen. Manchmal gelang es Milan, mir Botschaften zukommen zu lassen, dann trafen wir uns an abgelegenen Plätzen oder dunklen Parks. Seine Wohnung wurde überwacht, meine auch. In Prag ein Hotel zu nehmen, war auch unmöglich.

Während Milan und ich keinen privaten Unterschlupf mehr hatten, hatte Branko inzwischen eine konspirative Wohnung gemietet! Sie lag an der Ecke Dlouhá- und Benediktská-Straße und war ein Apartment im sechsten Stock. Die möblierte Wohnung wurde eindeutig nicht bewohnt. Dennoch stand sein Name, wenn es denn sein Name war, an der Wohnungstür: Novotný.

Immer wenn mich der Aal in diese Wohnung bestellte, ließ auch er als Erstes das Wasser laufen, stellte die Heizung an und drehte das Radio auf. Dann drückte er ein paarmal die Klospülung – alles um vorzutäuschen, dass hier wirklich ein normaler Mensch lebte.

Jedes Mal machte es mich nervös, allein mit ihm in dieser konspirativen Wohnung zu sein. Wenn er mich bei mir heimsuchte, fühlte ich mich sicherer. Aber eines spürte ich zum Glück ganz genau: Er wagte es nicht, mich körperlich zu belästigen. Und er war eben nicht wirklich allein mit mir. Der Staat hörte mit. Vielleicht um diesen Wänden selbst zu entkommen, vielleicht aber auch, um mich heimlich irgendwelchen Verbindungsleuten zur Begutachtung vorzustellen, lud mich Branko in dieser Zeit immer öfter in öffentliche Kaffeehäuser und vornehme Restaurants ein. Das Essen musste ich danach oft erbrechen: Meine Angstzustände ließen sich mit dem Verstand kaum unterdrücken.

Wieder und wieder bedrängte er mich, für den Geheimdienst zu spionieren und weitere Aufträge anzunehmen.

An einem Februartag saßen wir einander in dieser unheimlichen Wohnung gegenüber.

»Genossin Gregorová, Ihr Bericht über die Kirche in Wien war schon sehr interessant, aber leider hat er uns nicht viel weitergebracht.«

»Ich wusste nicht genau, wonach ich suchen sollte.«

Der Aal lehnte sich zurück und taxierte mich mit gekniffenen Augen:

»Genossin, das war ein Test.«

Ich starrte ihn an.

»Die ganze Mission mit Wien und der Kirche war ein TEST?«

Er lachte mich aus. »Ja, was glauben Sie denn, was wir mit so einem christlichen Mist anfangen können? Wir wollten schauen, ob Sie loyal und verschwiegen sind!«

Aha. Dann war der Priester, der mir so vehement eine Aussprache angeboten hatte, wohl auch ein Test gewesen?! Hatte ich es doch geahnt!

Ich atmete scharf aus vor Erleichterung, in diesem Augenblick nicht schwach geworden zu sein. Hätte ich dem falschen Beichtvater mein Herz ausgeschüttet, säße ich jetzt nicht hier, sondern in irgendeinem finsteren Kerker. Wie gut, dass ich gelernt hatte, niemandem zu vertrauen.

Außer Milan, natürlich. Dem vertraute ich mit Haut und Haar.

»Woran denken Sie, Genossin Gregorová? Ihr Blick hat so einen verträumten Schimmer bekommen?!«

»Ich habe an Wien gedacht. Es war Frühling, und alles hat geblüht, der Prater war so herrlich …«

Innerlich musste ich fast grinsen. Ich stellte mir vor, wie der Aal seinem Vorgesetzten das Gebetbuch und die Broschüren überreicht hatte: »Kandidatin Gregorová sauber. Ausbaufähig!«

Aber ich brauchte ihn für meine Pläne und gab mich eifrig und lernwillig.

»Beim nächsten Mal kann ich vielleicht schon an sinnvollere Informationen gelangen.«

»Genossin, Gregorová, kein Problem – Sie sind ja noch eine Auszubildende, sozusagen.«

Mein Feind-Freund lachte gönnerhaft.

»Sie sind auf eine ganz rührende Weise naiv und unbedarft, das gefällt mir.«

Er beugte sich vor, um mir über die Wange zu streichen. Abrupt zuckte ich zurück.

Die Stimmung drohte zu kippen.

»Ohrenentzündung«, murmelte ich.

»Trotzdem: Wir haben möglicherweise sehr wichtige Projekte für Sie vorgesehen.«

Mein Herz schlug wild. »Natürlich«, sagte ich so sachlich wie möglich.

Durchdringend sah er mich an.

»Aber bevor ich mit Ihnen über unsere Pläne spreche …«

»Ja?«

»Genossin Gregorová. Haben Sie mit dem Genossen Berner jemals über unsere Treffen gesprochen?«

Mein Herz polterte heftig. Allerdings hatte ich das! Milan wusste alles über Branko. Wir hatten ihm den lächerlichen Spitznamen »Fischwürstchen« verpasst und uns heimlich über ihn kaputtgelacht! Sofort straffte ich mich.

»Doktor Berner? Den habe ich seit einem Jahr nicht mehr gesehen!« Ich tat richtig empört. »Wir haben uns getrennt, er ist wieder mit seiner Frau zusammen, und ich … Nun ja … Ich bin schließlich hier.«

Oh Mist!, schoss es mir durch den Kopf. Dünnes Eis, ganz dünnes Eis! Hoffentlich fasst er das jetzt nicht als Einladung auf …

»Ich bin eine verantwortungsvolle tschechische Bürgerin«, blähte ich mich künstlich auf. »Und wenn man mir ein Staatsgeheimnis anvertraut, behalte ich es für mich!«

Oh Gott!, hämmerte mein Herz. Lass ihn nicht merken, wie sehr ich lüge. Hoffentlich werde ich jetzt nicht rot!

Doch jetzt fing der Terror in dieser Wohnung erst richtig an.

Brankos inquisitorische Fragen drehten sich permanent im Kreis. Immer wieder wollte er wissen, ob ich Kontakt mit Milan gehabt hatte oder nicht. Und ob Milan von unseren Treffen Kenntnis habe. Abwechselnd redete er jovial und dann wieder scharf auf mich ein.

»Genossin! Ich weiß, dass Sie den Berner wieder getroffen haben.«

»Aber nein! Wo sollte ich ihn getroffen haben?«

»Das wissen Sie genau!«

Hatte er uns in Leipzig oder Budapest bespitzeln lassen? Wusste er von unseren heimlichen Treffen an Straßenbahnendhaltestellen oder in Parks?

Irgendwann beschloss ich, den Stier bei den Hörnern zu packen. Bloß nicht einknicken! Das war bestimmt auch wieder nur ein Test!

»Sie wissen doch sowieso alles über mich. Dann wissen Sie auch, dass ich sauber bin! Ich treffe mich nicht mit Verflossenen!«

»Genossin Gregorová, Sie zwingen mich hoffentlich nicht zu Dingen, die wir beide später schrecklich bereuen würden.«

Branko sprach fast mit Tränen in den Augen. »Geben Sie es doch zu! Das würde uns beiden sehr helfen.«

In diesem Moment war ich mir sicher, dass ich in der Falle saß. Mein Mund war staubtrocken.

»Was soll ich zugeben?«

»Dass Sie immer noch Kontakt zu dem Genossen Berner haben. Bestimmt weiß er von unseren Treffen!«

»Nein! Ich habe ihn weder getroffen noch ihm von unseren Treffen erzählt! Wie oft soll ich das denn noch sagen!«

Es war ein jämmerliches Spiel. Seit Stunden fragte er mich das Gleiche!

»Genossin, Sie haben jetzt noch eine Chance. Wenn Sie es zugeben, weiß ich, dass Sie die Wahrheit sprechen. Dann kann ich weiter mit Ihnen arbeiten.«

Ich schwieg beharrlich. In meinem Kopf drehte sich alles wie das Riesenrad im Prater.

Ich stand kurz davor, es einfach zu sagen. Damit er mich endlich in Ruhe ließ. Doch eine innere Stimme warnte mich: Nein, stark bleiben!

»Es gibt nichts zuzugeben.«

Er trommelte mit den Fingern auf die Tischplatte.

»Haben Sie mir wirklich nichts zu sagen? Sie sind Trägerin eines Staatsgeheimnisses. Unsere Treffen hier sind streng vertraulich.«

»Ich weiß.«

»Also, zum allerletzten Mal. Weiß er davon oder nicht?«

Mein Kopf fühlte sich an wie in einem Schraubstock, als ich ihn erneut vehement schüttelte. Ich verschränkte die Arme vor der Brust. »Kann ich jetzt gehen? Mein Kind kommt gleich aus der Schule. Außerdem habe ich schreckliche Kopfschmerzen.«

»Wenn Sie jetzt gehen, ohne es zugegeben zu haben, kann ich Ihnen auch nicht mehr helfen.«

Er breitete die Arme aus und zeigte auf die Tür. »Bitte. Sie sind ein freier Mensch.«

Mir war schwindelig und schlecht, in mir drehte sich alles. Mit letzter Kraft stand ich auf und taumelte auf die Wohnungstür zu. Vier Stunden immer wieder dieselbe Frage, ob Milan von unseren konspirativen Treffen wisse! Ich war am Ende meiner Nerven.

Wie von Furien gehetzt rannte ich die sechs Etagen im schmuddeligen Treppenhaus hinunter. Vielleicht standen sie bereits draußen, bereit mich in ein Auto zu zerren? Vielleicht war Milan schon in ihrer Gewalt.

Panisch riss ich die Tür auf.

Nein, draußen war niemand, jedenfalls niemand, der mir verdächtig vorkam.

Nur hässliche Mülltonnen standen in einem Torbogen, vor dem Autos durch vereiste Pfützen fuhren. Ich rannte zur Straßenbahn und schaffte es gerade noch, gleichzeitig mit Alina vor unserer Haustür anzukommen. An diesem Abend presste ich meine Tochter Alina lange an mich. Nein, so konnte unser Leben nicht mehr weitergehen.

52

Prag, 18. Februar 1967

Am nächsten Morgen eilte ich zur Telefonzelle, da mein Telefon mit Sicherheit abgehört wurde.

Ich musste Milan warnen! Seine liebe Stimme hören! Ihn ganz kurz sehen! Ich würde sonst wahnsinnig werden.

Die ganze Nacht hatte ich gegrübelt, mich schlaflos hin und her gewälzt: Mein Leben war ein einziges Chaos.

Mit zitternden Fingern klaubte ich ein paar Münzen aus meiner Geldbörse und wählte die Nummer seiner Klinik. Glücklicherweise stellte mich die Schwester an der Pforte durch.

Milans Arbeitskollegen kannten und mochten mich, auch wenn mein Liebster ihnen vor Monaten bedauernd mitgeteilt hatte, dass wir uns getrennt hätten.

»Milan, ich bin's«, keuchte ich außer Atem. »Geht es dir gut?!«

»Hallo«, sagte er mit neutraler Stimme. »Es ist alles in Ordnung.«

Ich hörte, wie er mit sich kämpfte. Er war nicht allein im Raum.

»Und bei dir? Ist alles gut?«

»Milan, nicht am Telefon. Ich muss dich sehen!«

»Das geht leider nicht, ich muss in einer Stunde in den OP!«

»Es ist wichtig, Milan, nur zwei Minuten!«

Er zögerte einen Moment.

»Schwester, ich habe noch einen kurzen Termin. Jemand braucht dringend ein Rezept. – Hotel International. In der Telefonzelle in der Halle. In zehn Minuten.«

Das Hotel im russischen Zuckerbäckerstil erreichte ich ausnahmsweise mit dem Taxi. Mit vor Angst heftig flatternden Lidern rannte ich nervös in die Halle. Mir schlug das Herz bis zum Hals. Geheimdienst überall? Oder bildete ich mir das nur ein?

»Kann ich Ihnen behilflich sein, junge Frau?« Ein Gepäckträger mit einem Koffer auf dem Wagen kam beflissen so nah auf mich zu, dass ich mich zwang, meinen hektischen Stechschritt zu verlangsamen. »Wo ist Ihr Gepäck?«, fragte der Mann.

»Ich habe keines. – Wo gibt es hier eine Telefonzelle?«

Damit hatte ich mich bestimmt schon verdächtig gemacht.

Der Gepäckträger behielt seine geradezu unterwürfige Höflichkeit bei.

»Da drüben, gnädige Frau. Aber sie ist bereits besetzt. Ein Herr telefoniert gerade.«

»Vielen Dank, ich warte.«

Es war ein kleiner Raum am Rande der Halle hinter einer Milchglasscheibe. Ich sah die Umrisse eines Mannes im Trenchcoat darin, hörte aber nichts. Sollte ich einfach eintreten? Und wenn es ein Fremder war?

Vor der Telefonzelle trat ich von einem Bein auf das andere. Dem Mantel und Hut nach zu urteilen, konnte dieser Mann Milan sein, doch was, wenn ich mich täuschte? Vor meinem geistigen Auge sah ich schon vor mir, wie mich Branko mit seinen Flossen packte: »Hab ich Sie, Genossin!«

Der Gepäckmensch mit seinem Kofferwagen musterte mich nach wie vor mit unverhohlener Neugier. Hau ab, hau ab, hau ab!, flehte ich innerlich.

Endlich drehte er ab! Hoffentlich nicht, um mich sofort zu melden!

Als der Dienstbote um die Ecke verschwunden war, schlüpfte ich in die Zelle.

»Milan!«

»Ella, mein Herz, es ist gefährlich, was wir hier machen …«

»Du musst mir eines versprechen, Milan. Bei deinem und meinem Leben.«

»Alles.«

»Du darfst niemals sagen, dass ich dir von meinen konspirativen Treffen mit Branko erzählt habe.«

»Das Fischwürstchen? Du meinst in der Wohnung Ecke Dlouhá- und Benediktská-…«

Ich hielt ihm den Mund zu. »Milan!«

Er machte sich sanft los.

»Und deshalb holst du mich aus dem OP?«

»Milan, sie drohen mir und dir das Schlimmste an, wenn du etwas davon weißt. Ich habe gestern vier Stunden lang geleugnet, dich jemals wiedergesehen zu haben!«

Milan sah mich mit traurigen Augen an. »Dass du mir so wenig vertraust …«

»Oh Milan, ich bin nur so völlig durcheinander. Ich vertraue mir selbst nicht mehr.«

»Halte durch, mein Liebling. Es dauert nicht mehr lang. Vergiss unser Datum nicht.«

»Ich brauchte kurz deine Nähe.«

»Dann gehe ich jetzt zu meinem Blinddarm.« Milan drückte mir einen fahrigen Kuss ins Gesicht und stieß die Tür der Telefonzelle auf.

Zu meinem Entsetzen stand der Gepäckmensch lauernd davor! Bestimmt hatte er wie alle Angestellten dieses Hotels die Weisung, seltsames Verhalten von Gästen sofort zu melden, und wollte sich jetzt ein Fleißkärtchen abholen.

»Die Genossin hat mich um Kleingeld gebeten«, hörte ich Milan sagen.

»Habe den Genossen nur um Kleingeld gebeten«, wiederholte ich, auf den davoneilenden Milan zeigend. Als wenn ich dem Gepäckträger Rechenschaft schuldig gewesen wäre! Aber vermutlich war es leider so.

Dann zog ich die Tür wieder zu.

Und weil der Gepäckmensch immer noch wie angewurzelt vor der Telefonzelle stand, blieb mir nichts anderes übrig, als einen Anruf vorzutäuschen.

»Hallo?«, brüllte ich in das tote Telefon. »Ja, hallo Tante Franziska, mir geht es gut, wie geht es dir?«

Der Mann ging vor der Zelle auf und ab wie ein Kater vor dem Mauseloch. Er lauschte!

Einer plötzlichen Eingebung folgend, murmelte ich »Verbindung unterbrochen, so ein Mist!« Jetzt würde ich wirklich in Haida anrufen! Der merkte sonst noch, dass ich bluffte!

Mit zitternden Fingern stopfte ich ein paar Münzen in den Schlitz und wählte die Nummer der Bäckerei in Haida.

»Entschuldigung, ich bin's wieder, die Nichte von Franziska! Ja! Kann ich sie noch mal haben?«

Ich schauspielerte richtig gut. Der Bäcker, bei dem das Dorftelefon stand, sagte zu meinem Erstaunen dicht an meinem Ohr:

»Woher weißt du es denn schon?«

Im Hintergrund waren ganz merkwürdige Geräusche zu hören. Es klang, als wäre eine Menge Leute im Laden, aber nicht, um Brot zu kaufen. »Es ist doch gerade erst passiert!«

Mein Herz flatterte noch heftiger als zuvor. Ich räusperte mir einen dicken Kloß von der Kehle. Alex!, schoss es mir durch den Kopf. Ich hatte heute Nacht auch immer wieder an ihn denken müssen.

»WAS ist gerade erst passiert? Kann ich Mama sprechen?«

»Deine Mama ist nicht ansprechbar. Die Polizei ist gerade bei ihr.«

»Tante Franziska?«, schrie ich eine Spur zu schrill. »Ich kann dich ganz schlecht verstehen …«

»Ich hole sie.«

»Was ist passiert?«, fragte ich ahnungsvoll, als meine Tante sich kurz darauf meldete. Ihre Stimme klang nicht so robust wie sonst. Mein Herz raste, und ich fasste mir an den Hals.

»Es tut mir leid, Ella. Dein Bruder Alex ist heute Nacht tödlich verunglückt. Er ist betrunken gegen einen Baum gefahren.«

Fassungslos taumelte ich aus der Telefonzelle und rannte meinem Bewacher direkt in die Arme:

Branko! Wie aus dem Boden geschossen stand er in der Hotelhalle und hatte sich gerade erst eine Zigarette angesteckt. Er tat so, als wäre er rein zufällig da. In Wirklichkeit war er sofort aufgetaucht, als ihm gemeldet wurde, dass ich im Hotel International in einer Telefonzelle einen Herrn getroffen hatte. Jetzt hatte er mich!!

Verstört wie ich war, konnte ich diesen Zusammenhang in diesem Moment jedoch gar nicht herstellen. Alex war tot!

»Genosse Novotný, es ist etwas Schreckliches passiert …« Ich war bestimmt so weiß wie die Wand und konnte mich fast nicht auf den Beinen halten. Peinlich berührt, aber sichtlich erschrocken, zog er mich zu einer Sitzecke im Foyer. Sollte er einen Moment geglaubt haben, ich spielte ihm etwas vor, konnte er sich jetzt von der Echtheit meiner Verzweiflung und Fassungslosigkeit überzeugen.

»Mein Bruder ist tödlich verunglückt!« Ich starrte ihn an wie ein Gespenst. »Das überlebt meine arme Mama nicht …«

Ohne mich auch nur im Geringsten verstellen zu müssen, stammelte ich wirres Zeug vor mich hin.

»Das hat meine Mama nicht verdient, dass ihr das Schicksal so grausam mitspielt! Meine Mama hat alles für ihn gegeben, er war ihr Augenstern! Wie soll sie das nur verkraften? Das überlebt sie nicht …«

Branko war sichtlich überfordert. Er hatte mich sicherlich wieder verhören, in die Enge treiben, bedrohen wollen. Jetzt saß er unbeholfen neben mir und tätschelte beruhigend meinen Rücken. Er, der sonst immer im Verborgenen arbeitete und jedes Aufsehen vermied, stand nun unfreiwillig im Mittelpunkt einer privaten Tragödie: Die Leute schauten zu uns herüber, tuschelten und schüttelten die Köpfe.

Ich begann zu weinen. »Oh, das ist so furchtbar, was hat Alex ihr da nur angetan! Er wollte immer ein Auto, und sie konnte ihm keines schenken!«

Branko reichte mir sein großes blau-weiß kariertes Herrentaschentuch, und ich schnäuzte es prustend voll. »Meine arme Mama ist der liebste und sanftmütigste Mensch, immer nur für andere da. Und am Ende hat Tante Irma ihn ihr doch noch genommen!«

Ich schniefte laut und gar nicht damenhaft, aber das war mir jetzt egal. Innerlich gab ich Tante Irma die Schuld an Alex' Tod, denn sie hatte ihm das Auto besorgt – letztlich nur um Mama eins auszuwischen.

Der Genosse Novotný war ehrlich bestürzt. Er mochte mich ja, und das war ein Moment absoluter Ehrlichkeit.

»Kommen Sie hier weg, Genossin Gregorová. Die Leute gucken schon.«

In seinem neuen Skoda brachte mich mein Bewacher nach Hause. Ich musste es Alina sagen.

Nicht dass sie einen besonderen Bezug zu ihrem Onkel Alex gehabt hatte, aber ihre Oma liebte sie zärtlich.

»Wir müssen zur Beerdigung.« Ratlos stand ich vor meinem Kleiderschrank.

Branko stand hilflos daneben.

»Nein, das geht alles nicht, das ist zu dünn, das ist zu unmodern, das ist zu kurz …«

»Genossin, wenn Sie erlauben, fahre ich Sie beide zum Begräbnis.«

Meinen dringenden Wunsch, Milan von diesem Schreckensereignis Mitteilung zu machen, musste ich mir verbeißen. Der stand jetzt ahnungslos im OP und entfernte einen Blinddarm! Und solange Branko hier das Zepter übernahm, war gar nicht daran zu denken, dass ich mich bei Milan meldete.

Von seinem ursprünglichen Vorhaben, mich mit Milan auf frischer Tat zu ertappen, war nichts übrig geblieben.

Mein Anruf in Haida war echt gewesen und meine Reaktion auch.

Dem Gepäckmenschen hatte ich gesagt, der Mann in der Telefonzelle habe mir Kleingeld gegeben, was umso glaubhafter war, da ich ja offensichtlich eine wichtige Familienangelegenheit hatte klären müssen – so wichtig, dass ich zu einem Fremden in die Telefonzelle gestürmt war.

Alex' schrecklicher Tod hatte Milan und mich möglicherweise gerettet.

»Ich fahre Sie beide nach Haida«, beschied Branko. »Ich möchte Ihnen beistehen, und ich möchte, dass Sie mich Ihrer Familie als Ihren Freund vorstellen.«

Verwirrt wie ich war, nickte ich und war sogar dankbar.

Sonst hätte ich Pavel bitten müssen, uns zu fahren, und da war Branko noch das kleinere Übel. Der verlangte wenigstens kein Benzingeld.

53

Haida, 23. Februar 1967

Die Beerdigung war fürchterlich. Mama, die schon 1945 mit Alex im Arm aus Tante Irmas Wohnung im vierten Stock hatte springen wollen, um zu Papa ins Grab zu kommen, wollte jetzt Alex hinterherspringen. Tante Franziska und ich hielten sie mit vereinten Kräften ganz fest. Meine arme, kleine Alina musste nun auch so eine furchtbare Familientragödie erleben.

Der nasskalte Februartag tat sein Übriges. Sturmböen jagten blauschwarze Wolken über Land. Die kahlen Äste bogen sich bis fast zum Boden, gepeitscht wie unsere Seelen.

Endlich war das furchtbare Begräbnis vorbei. Die ganze Zeit über spielte Branko ganz selbstverständlich die Rolle meines Freundes, der sich um uns Frauen kümmerte. Wir nahmen Mama in die Mitte und gingen über die vereiste Straße zurück zu Tante Franziskas Haus. Während Branko meine Mama die glatte Treppe hinaufbegleitete und Alina ihnen gut erzogen die Tür aufhielt, inszenierte ich schnell eine innige Umarmung mit Tante Franziska auf der Fußmatte und flüsterte ihr unauffällig ins Ohr: »Geheimdienst!«

Tante Franziska verstand sofort und verzog keine Miene. Es wirkte so, als hätte ich ihr gestanden, dass ich sehr verliebt in meinen neuen Freund sei, aber dieses Thema gerade nicht offiziell zur Sprache bringen wolle. Sie nickte nur verständig und sagte: »Ja, ja, Kind. Alles zu seiner Zeit.« Wir waren wieder ein genauso eingeschworenes Team wie damals, als ich ihr im Gefängnis die Schokolade in die Schürzenbänder steckte. Nun war sie als Einzige eingeweiht, was gut war, denn ich brauchte einfach eine Verbündete.

Aber eine weitere Katastrophe war eingetreten: Tante Franziskas Haus war nun Olgas Haus! Tante Franziska hatte es Alex ja schon zu Lebzeiten vererbt, damit er bei Mama blieb! Olga als Alex' Witwe gehörte nun das Haus in Haida und Tante Irmas Haus in Kittlitz. Die russische Verwandtschaft freute das sehr. Den russischen Wortfetzen und dem vielen Wodka, der nun herumgereicht wurde, entnahm ich, dass Olga schwanger war.

Ohne es abgesprochen zu haben, versammelten wir anderen uns in der Küche. Mama, Tante Franziska, Alina und … Branko. Es war so ein intimer Moment, dass ich schreien wollte! Eigentlich hatte Branko hier überhaupt nichts zu suchen! Er war aber sichtlich in mich verliebt, was er nun gar nicht mehr zu verbergen versuchte, und gefiel sich in seiner Beschützerrolle und als Hahn im Korb.

Wir saßen beim Kaffee und ergingen uns in Erinnerungen an Alex. Tante Franziska hatte gebacken, und Mama, ganz dienende Hausfrau wie immer, überspielte ihren Schmerz und bediente Branko mit Kaffee und Kuchen. Über ihr schwarzes Trauerkleid hatte sie bereits wieder eine geblümte Schürze gebunden. Typisch Mama. Sie funktionierte einfach.

Dann holten sie und Tante Franziska alte Fotoalben hervor und zeigten Branko und Alina alte Schwarz-Weiß-Fotos von früher. Ich hockte auf der Sofalehne, direkt neben ihm, und tat so, als wären wir ein Paar. Meine Gehirnzellen ratterten. Milan war für ihn so sehr von der Bildfläche verschwunden, dass er offensichtlich gar nicht mehr an ihn dachte. Er rechnete sich offenbar ernsthaft Chancen bei mir aus, und ich beschloss, diese Trumpfkarte für mich zu nutzen. Insofern war es vielleicht gar nicht schlecht, dass er nun sehr private Bilder von uns sah: ich als Vierjährige, wie ich auf Papas Fahrrad auf dem Kindersitz auf dem Lenker sitze, neben uns Mama im kurzen hellen Sommerkleid mit Sandalen, fröhlich an der Moldau entlang radelnd.

»Das war noch vor dem Krieg, da war unsere Welt noch in Ordnung …«

Mama vergaß für einen Moment ihre Verzweiflung.

»Weißt du noch, Ella-Kind, da wohnten wir noch in Žižkov, in der Biskupcova-Straße.«

»Ah«, sagte Branko, mit vollen Backen kauend. »Da haben wir auch ein … Objekt. Fantastischer Kuchen übrigens. Kompliment.«

Bestimmt malte er sich schon aus, als zukünftiger Schwiegersohn häufiger in den Genuss von Mamas und Tante Franziskas Koch- und Backkünsten zu kommen.

»Bei schönem Wetter haben wir am Sonntag mit den Fahrrädern Ausflüge in die Umgebung von Prag gemacht«, lenkte ich ab. »Schau, Alina, bevor ich mein eignes Kinderfahrrad bekam, war mein Sitz an der Stange von Vatis Herrenfahrrad angebracht. Vor und im Krieg war nicht viel Verkehr, weißt du. Ab und zu mal eine Tram, selten ein Automobil und höchstens mal ein Fuhrwerk, das kannst du dir gar nicht mehr vorstellen.«

»Jetzt ist alles voller stinkender Autos«, sagte Branko und hielt sich die Nase zu. Er wollte wohl bei Alina auch gleich gute Karten haben. Insgeheim dachte ich, dass jetzt auch alles voller stinkender Spitzel war, aber das brauchte mein armes Kind wirklich noch nicht zu wissen.

»Oft haben wir in der Berounka, in einem Nebenfluss der Moldau gebadet, wo man sich über die Wasserqualität noch keine Sorgen machte«, verlor sich Mutter in Erinnerungen. »Heute ginge das ja alles nicht mehr.«

Ich freute mich so sehr, dass sie einen Moment von ihrer Trauer abgelenkt war. Wenigstens das konnte ich für sie tun, indem ich weiter in dem Fotoalbum blätterte und für ein paar Minuten ihre längst vergangene, heile Welt heraufbeschwor.

»Weißt du noch, Mama? Auf dem Rückweg haben wir manchmal in der ältesten Prager Kleinbrauerei ›U Fleků‹ in der Stadtmitte haltgemacht und eine Kleinigkeit gegessen. Vati trank das berühmte achtzehnprozentige Schwarzbier, und ich bekam frische knackige Radieschen. Die riesigen Kastanienbäume im Innenhof spendeten an heißen Tagen angenehmen Schatten.«

Ich zeigte auf ein Foto, auf dem wir noch zusammen mit Richard Stein im Gastgarten saßen. »Mama und Tante Bertl unter breitkrempigen Hüten, ich mit Sonnenhütchen und selbst gehäkeltem Spitzenkleid, Papa mit sorglosem jungen Gesicht unter der runden Nickelbrille – und die Haushälterin von Richard

Stein, die später behauptet hat, bei uns wären ständig Wehrmachtssoldaten ein und aus gegangen, weißt du noch, Mama?«

»Nein, das war nicht die Haushälterin von Richard Stein, sondern die Hausmeisterin, die Frau des Lkw-Fahrers«, unterbrach Mutter entrüstet. »Außerdem war es Onkel Gustav, der uns ein einziges Mal in Wehrmachtsuniform besucht hat. Ein einziges Mal!«

Unauffällig sandte ich ihr einen warnenden Blick. Nicht vor Branko!, bat ich sie stumm.

Sie hielt ihn ja für meinen Freund und vergaß daher die durchaus angebrachte Vorsicht.

»Ich erinnere mich noch, dass ich an diesem Nachmittag Škubánky essen durfte«, versuchte ich sie abzulenken. »Dieses tschechische Arme-Leute Gericht, mit Mehl zerstampfte Kartoffeln, mit Zucker und Mohn bestreut und dann mit geschmolzener Butter verfeinert …«

»Jetzt hast du ganz leuchtende Augen«, flüsterte Branko und drückte unter dem Tisch mein Knie. Entsetzt wich ich zurück. »Ja, Prag ist schon eine wunderschöne Stadt …« Branko übernahm nun geschickt die Moderation des Gesprächs. Plötzlich wandte er sich an Mutter. »Frau Vojanová, haben Sie denn schon mal daran gedacht, einen Ausreiseantrag zu stellen?«

Mir klopfte das Herz. Aha, nun köderte er auch sie! Klar, dachte ich. Naheliegender Gedanke, du loyaler Staatsdiener: Einer Deutschen in dem Alter muss der tschechische Staat dann keine Witwenrente mehr zahlen! Genau das hatte Milan doch auch vorgeschlagen. Und jetzt, wo Alex tot war … Mein Herz schlug schneller.

Mutter versank sofort wieder in tiefer Verzweiflung. »Ach, ich habe so oder so kein richtiges Zuhause mehr! Wo soll ich denn bloß hin?«

»Nun, es gibt ein Spätaussiedlerlager in Neuburg an der Donau, und Sie dürfen ja nun rüber. Ihre Tochter würde Sie doch sicher gern für ein, zwei Jahre begleiten, nicht wahr?«

Er schickte mir einen vielsagenden Blick.

Ich musste mich schwer beherrschen, mir nichts anmerken zu lassen. Das wäre … das wäre einfach die Lösung all meiner Probleme! Doch auch ich hatte eine Tochter, die ich nie im Leben zurücklassen würde.

Tante Franziska räusperte sich. »Noch ein Stück, junger Mann?«

Unsere Blicke zuckten wie Blitze hin und her: Sie wusste ja als Einzige, dass er vom Geheimdienst war.

»Ja bitte«, meinte Branko dankbar. »Jetzt nehme ich was von dem Mohnstrudel hier. – Wie wäre es, wenn Sie beide in den Westen gehen würden?«, beharrte er.

»Ja und ich?«, fragte Alina mit großen Augen. »Wo soll ich dann bleiben?«

»Du hast doch einen Papa oder nicht?«

So. Das reichte.

»Können wir mal kurz allein sprechen?« Mit diesen Worten zog ich ihn vor die Tür. Wir mussten erst wieder an der russischen Familie vorbei, die im Wohnzimmer laut lamentierte. Leider trank die schwangere Olga auch mit.

»Selbst wenn meine Mutter jetzt in den Westen ginge …« Ich zog ihn die Treppe hinunter und schob ihn hinters Haus unter die Dachrinne, wo immer noch Reste von Onkel Gustavs Brennholz lagen. Mit Blick auf graubraune Schneereste und das Unfallauto, das uns die Polizei in die Einfahrt gestellt hatte, zischte ich ihm zu: »Sie können unmöglich von mir erwarten, dass ich Alina hierlasse. Entweder sie kommt mit, dann stehe ich dem tschechischen Staat gern zur Verfügung.« Hinter meinem Rücken kreuzte ich zwei Finger. »Oder wir vergessen das Ganze.«

»Aber warum denn?«

Er kapierte es immer noch nicht. »Das ist doch eine wundervolle Chance, sich einmal in Westdeutschland gründlich umzuhören …«

»Nicht ohne meine Tochter«, unterbrach ich ihn. »Zumal ich sie noch nicht mal mehr hier in Haida lassen kann, denn dieses Haus gehört jetzt den Russen da oben!« Ich zeigte in Richtung Wohnzimmerfenster, wo Gläser klirrten.

»Mein Kind kommt mit, oder ich bleibe«, wiederholte ich stur. »Alina braucht stabile Verhältnisse!«

»Ihre Tante Franziska könnte sich doch um sie kümmern?«, startete Branko noch einen letzten Versuch. »Zwei Jahre gehen schnell vorbei …«

Na, der hatte sie doch wohl nicht alle!

Wie auf Knopfdruck öffnete sich das Klofenster über unseren Köpfen, und Tante Franziska rief durch den Spalt: »Ich falle auch aus! Onkel Gustavs Schwester in Zwickau wird langsam dement!«

Ach, Tante Franziska! Mit ihr konnte man einfach Pferde stehlen!

Gegen so viel geballte Frauenpower kam Branko nicht an. Er gab sich geschlagen.

Als wir wieder in die Küche kamen, wirkten wir tatsächlich wie ein Paar, das sich einmal in Ruhe unter vier Augen ausgesprochen hatte.

Mama lächelte schwach. »Seid ihr euch einig geworden? Ihr passt so gut zusammen.«

»Ach Mama. Weißt du, wie lieb ich dich hab?« Ich nahm sie einfach nur in den Arm.

54

Prag, 5. Mai 1967

Die Lage spitzte sich zu, und mein Katz-und-Maus-Spiel mit Branko wurde immer brisanter. Noch drei Monate! Unsere Pässe für Reisen ins westliche Ausland lagen wie die aller Bürger bei der Polizeibehörde unter Verschluss. Nur mit Brankos Hilfe würde ich sie rechtzeitig bekommen.

Der besuchte mich nun mit selbstverständlicher Regelmäßigkeit und warb mal versteckter, mal leidenschaftlicher um meine Gunst. Sein Plan war der, mich so oder so ins deutschsprachige Ausland zu schicken, um an irgendwelche Informationen zu kommen, und ich signalisierte ihm, dass ich bereit sei, für den Geheimdienst zu arbeiten – vorausgesetzt Alina käme mit. Ich ließ ihn sogar glauben, dass ich mich auf eine gemeinsame Zukunft mit ihm freue. Das Einzige, was noch fehlte, war die Ausreisegenehmigung für Alina! Wenn das Vertrauen so weit hergestellt wäre, dass er uns beide in den Westen ließ, dann hätte ich es geschafft.

Noch DREI MONATE!

Wieder musste ich an den Plan, uns in Nürnberg zu treffen, denken – am Tag vor dem Münchner Ärztekongress, zu dem Milan hoffentlich fahren durfte.

Seit er dem Geheimdienst aus der Telefonzelle des Hotel International um ein Haar in die Arme gelaufen wäre, hatte ich keinen Kontakt mehr zu ihm gehabt, ich wollte ihn in keine weitere heikle Situation bringen.

Auch Alina durfte selbstverständlich nichts von unseren Fluchtplänen ahnen. Es gab so viel, was ich für mich behalten musste!

Mutter, die tatsächlich überlegte, endgültig auszureisen, wagte ich auch nicht einzuweihen. Die Trauer um Alex, ja, um ihr ganzes verlorenes Leben holte sie jetzt mit aller Macht ein, die Gewissheit, wieder einmal die Heimat zu verlieren, ließ sie in ein tiefes Loch fallen. Manchmal war sie so verzweifelt, dass sie sogar ihren Ausreisegedanken wieder verwarf.

»Ach, was soll ich denn da! Im Westen kenne ich doch keinen!«

»Aber Mama, dort im Spätaussiedlerlager wirst du ganz schnell Gleichgesinnte kennenlernen!«

Heimlich betete ich, dass sie keinen Rückzieher machen, oder – was mich in meinen schlaflosen Nächten als absolute Horrorvorstellung überkam – sich nun doch noch das Leben nehmen würde. Denn das Spätaussiedlerlager war für mich DER rettende Strohhalm! Nur so konnte ich auf eine Besuchsgenehmigung von der Polizei hoffen! Branko war letztlich auch nicht der Entscheidungsträger. Er konnte die Bewilligung einer Reisegenehmigung nur befürworten. Und damit er das tat, musste ich unsere »Vertrauensbasis« weiter ausbauen.

Tante Franziska, die meinen Plan als Einzige durchschaut hatte, unterstützte Mama in Sachen Ausreise.

»Marie, du bist gerade mal fünfundfünfzig, da ist das Leben noch lange nicht vorbei!«

»Für mich war es an dem Tag vorbei, als sie Jakob totgeprügelt haben. Und jetzt nach Alex' Tod hat es wirklich keinen Sinn mehr! Wieder werde ich aus meiner Heimat vertrieben …«

Stundenlang weinte Mama verzweifelt in Tante Franziskas Armen. »Die Russen kommen« war nun im engsten Familienkreis ein geflügelter Spruch. Tante Franziska hatte mit Olgas Familie vereinbart, dass diese erst im Juli einziehen würden; Ende Oktober wurde die Geburt von Alex' Kind erwartet. Mama würde erneut Großmutter werden, aber sie war bei der russischen

Familie nicht willkommen und würde das Kind wohl nicht mehr kennenlernen.

»Mama, es gibt doch noch uns, Alina und mich!«

Ich beschwor sie in täglichen Briefen, und an den Wochenenden reiste ich mit Alina mit dem Zug nach Haida und nahm meine Mama ganz fest in den Arm. »Wir kommen dich schon in den Sommerferien in Westdeutschland besuchen, du wirst sehen! Und bis dahin hast du längst liebe Landsleute kennengelernt.«

Wir fassten Mama mit Samthandschuhen an und hofften, sie würde die letzten Monate in Haida auch noch überstehen. Und tatsächlich: Sie stellte den Ausreiseantrag! Jetzt konnte ich nur noch hoffen.

Keine vier Wochen später vernahm ich eine vertraute Stimme an der Wohnungstür.

»Hallo? Jemand zu Hause?«

»Mama?«

»Oma!«

Alina riss die Tür auf uns fiel meiner Mutter um den Hals. Mama war nach wie vor ganz in Schwarz gekleidet, und ihr Gesicht von tiefer Trauer gezeichnet. Trotzdem stahl sich ein kleines Lächeln in ihre Augen.

»Da ist mir die Überraschung aber gelungen!«

Ich ließ den Blick über die sonntäglich leere Straße gleiten. »Bist du allein?«

»Ja.«

Mama nahm ihr schwarzes Halstuch ab und stellte eine größere Tasche auf das Sofa.

»Ich wollte mich nur von euch verabschieden.«

»Mama …?«

»Mein Ausreiseantrag wurde bewilligt.«

Sie ließ sich auf das Sofa fallen und seufzte tief auf.

»Aber Mama, das ist doch großartig!« Besser konnte es gar nicht sein – aber sie wusste ja noch nichts von meinen und Milans heimlichen Plänen.

»Großartig ist wirklich etwas anderes.«

Mama nickte Alina zu, die schon eifrig mit dem *Struwwelpeter* wedelte. »Ja, gleich Liebes. Lass mich erst ein paar Worte mit deiner Mama wechseln.«

»Dein ... Freund oder was immer er auch ist ...?«

»Guter Bekannter«, sagte ich schnell mit einem Blick auf Alina, die sich schon in ihr Bilderbuch vertieft hatte.

»Der scheint bei der Behörde ein gutes Wort für mich eingelegt zu haben.«

»Ach was!« Ich hätte mir vor Nervosität am liebsten in die Hand gebissen.

»Es ging jetzt alles ganz schnell, sodass ich nachher den Zug über Nürnberg nach Neuburg an der Donau nehme.«

»Aber Mama, das ist ... doch toll!«

Ich jubelte innerlich: Wenn Mama ausreisen durfte, würden wir sie in den großen Ferien vielleicht tatsächlich besuchen können ... Natürlich würde ich dafür irgendetwas versprechen müssen – Branko hielt die Fäden in der Hand!

»Weißt du, Kind, ich war ja noch nie im Westen und weiß daher gar nicht, wo es schön ist ...«

»Mama, bitte nicht weinen!« Ich umarmte sie ganz fest.

»Alina, schau mal in der Küche nach, damit das Essen nicht anbrennt. Du darfst umrühren, aber ganz vorsichtig!«

»Mama!«, beschwor ich sie, kaum dass Alina außer Hörweite war. »Hör auf zu weinen! Ich habe ganz fest vor, mit Alina in den Sommerferien nachzukommen. Mein ... Bekannter möchte, dass ich im Westen etwas für ihn ... erledige.«

Ich sah sie vielsagend an.

»Kind ...«

»Mama, hör zu. Nimm bitte unsere Unterlagen mit rüber ...« Ich sprang auf und durchwühlte hastig meine Schubladen. »Hier, Alinas Geburtsurkunde, meine Geburtsurkunde, meine Scheidungsurkunde ...« Mein Herz hämmerte. Alina rührte währenddessen eifrig in der Küche im Topf. »Und mein Lehrerinnendiplom.« Hastig drückte ich ihr alle Dokumente in die Hand.

»Du willst tatsächlich endgültig ... Ja, aber wie soll ich die denn ...?« Ratlos sah Mutter mich an. »Wenn ich durchsucht werde, findet man die doch sofort.«

»Hier.«

Ich sprang auf und nahm ein Prager Souvenir von der Wand. Es war ein kleines Bildrelief der Prager Burg, das mir eine Klasse zum Geburtstag geschenkt hatte. Mit zitternden Fingern löste ich den Rahmen und steckte die Dokumente zwischen die Rückseite des Bildes und die Holzverkleidung.

»Aber Kind ...«

»Mama. Ein Prager Souvenir nehmen sie einer älteren Dame nicht ab.« Ich kniete mich vor sie und nahm ihre Hände. »Wenn alles gut geht, sind Alina und ich schon Anfang August in Nürnberg. Du wirst nicht allein in Westdeutschland leben, vertrau mir.«

»Aber wieso ... Seit wann ...?« Ihr schwirrte sichtlich der Kopf.

»Mami, das Essen brennt an!«, schrie Alina aus der Küche.

»Stell den Herd aus, Süße! Eine Minute noch. – Mama, Branko ist nicht der Mann, mit dem ich zusammenleben möchte. Es gibt einen anderen Mann, er heißt Milan. Er ist Arzt. Ich liebe ihn.«

»Aber wieso kenne ich den gar nicht ...?«

»Mama, wir haben jetzt keine Zeit. Versprich mir, mit niemandem darüber zu reden. Wir sitzen auf einem Pulverfass. Ich vertraue diesem Mann, und er vertraut mir. Unser Plan sieht vor, dass wir uns in Nürnberg am Bahnhof treffen, und zwar am 5. August um 19 Uhr.«

Mamas Augen wurden immer größer und runder. Sie sagte nichts mehr.

»Bitte steh dann auch dort auf dem Bahnhof.« Ich stopfte das etwas kitschige Prag-Souvenir in ihre Reisetasche. »Wir werden für immer zusammen sein, Mama, und zwar in Freiheit!«

»Das ist … Das kann ich gar nicht glauben, Kind.« Mutters Augen füllten sich mit Tränen.

»Also Leute, wenn ihr jetzt nicht zum Essen kommt, ist es wirklich angebrannt!« Alina stand mit dem Rührlöffel bewaffnet in der Tür. »Was habt ihr denn da so Wichtiges zu besprechen?«

»Die Rente«, sagte ich schnell. »Deck bitte den Tisch, auch für Oma, die isst heute mit uns …«

Das ließ sich mein Kind nicht zweimal sagen.

»Was ist Rente?«

Als wir kurz darauf zu dritt den leicht verbrannten Eintopf löffelten, stahl sich ein verklärtes Lächeln auf Mutters Gesicht. Sie musste das Gehörte ja erst mal verdauen. Sie freute sich natürlich, durfte sich aber Alina gegenüber nichts anmerken lassen.

»Oma bezieht in Westdeutschland viel mehr Rente als in der Tschechoslowakei!«

»Deshalb reist sie jetzt auch dorthin. Weil da die Rente höher ist«, bestätigte ich die Aussage meiner Mutter.

»Dein Opa hat für die höchste Stufe einbezahlt, aber das wird hier leider nicht anerkannt. Hier bekomme ich nur dreihundert Kronen Rente, das sind umgerechnet gerade mal zwanzig Mark, in Deutschland ist es ganz bestimmt mehr!«

Alina fand das langweilig und nötigte meine Mutter noch

mal, ihr aus dem *Struwwelpeter* vorzulesen, bis wir ihn alle auswendig konnten.

Als Mutter am Nachmittag zum Bahnhof fuhr, begleiteten wir sie bewusst nicht.

Wir wollten nicht riskieren, uns irgendwie verdächtig zu machen.

55

Prag, 31. Juli 1967

»Genossin Gregorová, schließen Sie die Vorhänge und schicken Sie das Kind weg.«

Wie in letzter Zeit häufiger, schlüpfte Branko mal wieder zur Tür herein und tat sehr geheimnisvoll.

Mir schlug das Herz bis zum Hals. Von Mutter wusste ich, dass sie gut rübergekommen war, mitsamt dem Souvenir. Der erste Schritt war geschafft! In wenigen Tagen sollte unsere Flucht stattfinden, und noch immer hatte ich keine Reisepapiere! Mein Bewacher und Beschützer ließ mich zappeln. Wenn er jetzt schlechte Nachrichten hatte, dann war all mein Flirten und Bezirzen umsonst gewesen! Ich hatte ihn natürlich nicht an mich herangelassen, mit weiblicher List ließ auch ich ihn auf meine Art zappeln.

»Hier sind Ihre Reisepapiere.« Nachdem er sich davon überzeugt hatte, dass Alina draußen mit Freundinnen Himmel und Hölle spielte, zog er die Fahrkarten und Pässe aus seiner Jackettasche. »Ich musste hart für Sie kämpfen, Genossin. Sie wollten Alina nicht mitfahren lassen. Aber da es ja nur um die Sommerferien geht …«

Mir blieb die Luft weg.

Da waren sie! Zum Greifen nah! Unsere Pässe! Die Ausreisepapiere für Alina und mich! Mir fiel ein Riesenstein vom Herzen. Das könnte eine glatte Punktlandung werden! Wenn Milan es nun auch geschafft hatte, die Reise nach München zu ergattern …

Doch noch hielt dieser Mensch die ersehnten Unterlagen in der Hand. Wenn er jetzt seine ersehnte Belohnung dafür wollte, musste ich mir etwas einfallen lassen.

»Wollen Sie sich denn gar nicht bei mir bedanken?«

»Oh doch, natürlich.« Ich stellte mich auf die Zehenspitzen und gab ihm einen Kuss auf die Wange. Dabei spürte ich, wie mir die Röte in die Wangen schoss. »Aber lassen Sie uns doch jetzt erst das Formelle besprechen …«

»Na gut.« Er riss sich die Krawatte vom Hals und öffnete den obersten Hemdknopf. »Wenn Sie etwas mit in die BRD nehmen wollen, das verboten ist, dann könnte ich … Also dann würde ich die Zöllner anweisen, Sie nicht zu kontrollieren.«

Ich staunte nicht schlecht. Hatte er wirklich diese Macht? Reichte sein Arm bis zu den Zöllnern an der Grenze?

Hatte ER womöglich auch Mutter ungeschoren durch den Zoll kommen lassen?

Aber vielleicht war das auch ein Test, mit dem er kontrollieren wollte, ob ich wirklich eine korrekte Staatsdienerin war, die bereit war, wiederzukommen und für ihn zu arbeiten.

»Wieso sollte ich was Verbotenes rüberschmuggeln wollen?«, tat ich ganz empört und verschränkte die Arme vor der Brust. »Ich habe es wirklich nicht nötig, etwas Unerlaubtes zu tun!«

Dabei hatte ich seit Wochen auf dem Schwarzmarkt mühsam Kronen gegen Westgeld getauscht. Das war ein Abenteuer, an westliche Währung zu kommen! Aber ich hatte Erfolg: Ein schwarzer Student gab mir amerikanische US-Dollar, weil er

Kronen brauchte, und der umtriebigen Tante Franziska gelang es ebenfalls, mir Westmark zu besorgen. Die zusammengerollten Scheine hatte ich im Innern eines ausgehöhlten Stückes Butter versteckt.

Beim Gedanken daran bekam ich gleich wieder rasendes Herzklopfen. Ich spielte mit ihm wie eine Maus mit der Katze: Ein einziger Prankenhieb, und ich war erledigt. Andererseits schien er viel zu beschäftigt mit seiner Mission zu sein, die er für mich hatte.

»Genossin, Sie müssen nach München fahren und etwas für uns herausfinden.«

»München.« Ausgerechnet! Wusste er von Milans Ärztekongress? Ich kam halb um vor Angst, doch äußerlich behielt ich die Contenance und fragte sachlich interessiert: »Was kann ich für Sie tun?«

»In München ist ein Aussiedleramt, da gehen Sie rein und schreiben von den Türschildern Namen und Funktionen der Beamten ab.«

»Selbstverständlich.« Hauptsache ich durfte Alina mitnehmen. Alles andere würde sich ergeben.

Er sah mich lange prüfend an. »Sie kommen doch sicher zurück?!«

Tapfer hielt ich seinem Blick stand.

»Was denken Sie denn von mir, Genosse Novotný! Ich bin tschechische Staatsbürgerin, meine Tochter ist Tschechin, ich liebe mein Land … und die MENSCHEN hier.« Den Rest sollte er sich denken.

Mit letzter Kraft sandte ich ihm einen Augenaufschlag.

Sofort war er sichtlich beruhigt.

»Sie bekommen für diesen Auftrag einen Decknamen. In unseren Akten sind Sie als ›Vávrová‹ geführt.«

»Ist gut … Das klingt sehr professionell.« Meine Stimme wurde immer wackeliger.

Mit begierigem Blick näherte er sich mir, und ich wich automatisch zurück. Da prallte ich mit dem Hintern an den Tisch, auf dem *Der Struwwelpeter* aufgeschlagen lag. Den sollte er eigentlich gar nicht sehen! Hastig setzte ich mich darauf.

Er kam mir so nahe, dass ich seinen Atem riechen konnte. Seine Augen wurden zu schmalen Schlitzen.

»Sollten Sie nämlich jemals etwas anderes erwogen haben, werde ich eigenhändig dafür sorgen, dass Ihre Tochter früher oder später die Donau hinuntertreibt.«

Mir wurde schlecht. Vor meinen Augen tanzten Sterne, und in meinen Ohren rauschte das Blut. Das war kein Katz-und-Maus-Spiel mehr, das war eine Morddrohung! Ich schnappte nach Luft und rang um Fassung. Mir mit Alinas Tod zu drohen, war mehr, als ich ertragen konnte!

In dem Moment klopften Alinas kleine Hände von außen ans Fenster. »Mami! Wieso ist die Tür zu? Mach auf, ich hab Hunger!«

Sie war meine Rettung! Ich schlüpfte an Branko vorbei und machte ihr auf. In Windeseile stürmte sie erfreut herein. Ich umarmte sie dermaßen innig, dass sie ganz erstaunt fragte: »Ist alles in Ordnung, Mami?«

Nein. Nichts war in Ordnung. Aber ich musste ihr das Gegenteil vorspielen. Und dem Geheimdienstmann auch.

Branko bückte sich nach dem Bilderbuch, das zu Boden gefallen war.

»Ein deutsches Lesebuch?«

»Ja, das lerne ich gerade«, verriet Alina keck. Sie kannte Branko ja von Alex' Beerdigung und hatte stundenlang mit ihm im Auto gesessen. Sie hatte also vollstes Vertrauen zu dem netten Mann, der ihre Mami immer mal wieder besuchte.

»Ich kann schon die ersten vier Geschichten lesen, willst du mal hören?« Arglos begann sie, ihm auf Deutsch vorzulesen.

»Konrad, sprach die Frau Mama, ich geh aus, und du bleibst da!« Sie las es ihm mit erhobenem Zeigefinger vor. »Bleib hübsch ordentlich und fromm, bis nach Haus ich wiederkomm!«

Das war ja genau der passende Text für unser Vorhaben! Mir wurde ganz anders!

»Ach Alina, das kann doch der Genosse Novotný gar nicht verstehen, und er hat auch keine Zeit mehr jetzt …« Ich wollte ihr das Buch entreißen, aber sie war in ihrem Eifer nicht zu bremsen.

»Paulinchen war allein zu Haus, die Eltern waren beide aus …«

Während sie arglos mit dem Finger über die Zeilen fuhr und vor diesem vermeintlich netten Mann prahlte, wie gut sie schon Deutsch konnte, sah ich seinen forschenden Blick auf mir ruhen. Das Herz wollte mir aus dem Leib springen vor Angst!

Er würde auf der Stelle mit den Pässen und den Ausreisedokumenten wieder gehen! Bitte halt doch deinen süßen Mund, Alina!, flehte ich innerlich. Branko stand das Misstrauen deutlich ins Gesicht geschrieben.

»Wieso lernt das Kind Deutsch? Es handelt sich doch nur um eine kurze Besuchsreise?«

»Das Buch hat ihr die Oma halt geschenkt«, sagte ich entschuldigend. »Daraus hat sie mir schon immer vorgelesen, als ich noch ein kleines Mädchen war. Also die Oma.«

»Ich will doch später auch mal Reiseleiterin werden, wie die Mami.« Alina sagte die rettenden Worte! Ob sie spürte, welche Gefahr von Branko ausging, oder ob es Zufall war – ich hätte sie dafür küssen können!

Der Geheimdienstmann schien für den Moment beruhigt zu sein.

»Ja dann, Genossin …«

»Mami, ich hab Hunger.« Alina sprang auf und öffnete den Kühlschrank. »Darf ich mir ein Butterbrot machen?«

Nein, um Gottes willen, fass mir die Butter nicht an!, durchzuckte es mich. Erneut war ich am Rande eines Nervenzusammenbruchs. Mein Blick saugte sich an den Pässen fest. Nur noch wenige Tage. Ich musste durchhalten. Ich würde es schaffen!

»Alina, sei bitte höflich. Wir sagen erst unserem Gast Auf Wiedersehen, und dann machen wir uns ein Butterbrot.« Ich nahm ihre Hand vom Kühlschrankgriff und hielt sie ganz fest.

»Sie können mir übrigens einen Gefallen tun …« Brankos Blick ruhte in meinem Dekolleté.

»Ja …?« Bitte lass ihn jetzt nicht auch ein Butterbrot wollen!, betete ich innerlich. Alles, nur kein Butterbrot. Das stehe ich nicht mehr durch.

»Und mir Anglerzubehör mitbringen.«

Vor Erleichterung knickten mir fast die Beine weg. »Anglerzubehör.«

»Ja, hier habe ich den Katalog mit den Ködern, die ich brauche.« Er wühlte in seiner Aktentasche und drückte mir außer dem blöden Anglerkatalog noch zweihundert Westmark in die Hand. »Der Rest ist für die Fahrt nach München.«

Ich war so perplex, dass ich ihn umarmte. »Das mit den Ködern klappt bestimmt.«

Er sah mich lange an: »Und was aus uns beiden wird, darüber sprechen wir nach Ihrer Rückkehr.«

»Natürlich. Darauf freue ich mich schon.«

Energisch schob ich den sichtlich verwirrten Mann zur Tür hinaus.

Auf dem Tisch lagen die Pässe.

56

Prag, 1. August 1967

»Pavel? Ich bin's, Ella.«

Mit einer Mischung aus Verzweiflung und Widerwillen klopfte ich an unsere ehemalige gemeinsame Wohnungstür, noch immer keuchend von den vier Treppen.

Pavel riss die Tür auf, als ob er mich erwartet hätte. Er hatte nur Unterhosen an, sein braun gebrannter durchtrainierter Körper ließ mich zurückprallen. Wir hatten uns nun schon über ein Jahr nicht mehr gesehen. Die Arbeit auf dem Bau schien ihm nach wie vor gutzutun.

»Ella.« – In seinen Augen glomm ein seltsames Funkeln. War es die Freude, mich zu sehen? Oder womöglich Schadenfreude, weil ich mich gezwungen sah, hier aufzutauchen?

»Ich will dich nicht lange stören, Pavel, aber ich brauche kurz deine Hilfe.«

Sein Blick glitt über meine Erscheinung, und seine Lippen zuckten amüsiert.

»Komm rein.« Bereitwillig ließ er mich eintreten. Sofort konnte ich sehen, dass weibliche Hände in diesem Haushalt für Ordnung sorgten. Es war aufgeräumt und sauber. Auf der Fensterbank stand sogar ein kleiner grüner Kaktus.

»Bist du allein?« Vorsichtig sah ich mich um. Es wäre mir sehr recht gewesen, wenn er NICHT allein gewesen wäre!

»Zufälligerweise.« Pavel verschränkte die Arme vor der Brust. »Was willst du?«

Ich schluckte.

»Es ist so, dass meine Mutter vor Kurzem in den Westen ausgereist ist …«

»Ach so?«

»Und jetzt habe ich die Möglichkeit, im Zuge meiner Reiseleitertätigkeit …« Was sollte ich nur sagen? Pavel wusste doch längst, dass ich nur noch im Innendienst war! Nein, wenn ich mein Ziel erreichen wollte, kam ich mit Lügen nicht weiter.

»Es ist einfach so, dass Alina und ich die Erlaubnis bekommen haben, Mutter während der Sommerferien im Westen zu besuchen.«

»Ach so?«

»Pavel, ich brauche deine schriftliche Einverständniserklärung.«

Gott, wie fiel es mir schwer, meinen ehemaligen Mann um diesen Gefallen zu bitten! Er hatte mich vollständig in der Hand. Und das wusste er.

»Ich soll unterschreiben, dass Alina mit dir nach Westdeutschland reisen darf?«

Ich schluckte. »Ja. Natürlich nur während der Sommerferien.«

»Wie komme ich denn dazu?«

»Ich … ähm … du hast noch nie eine Krone Unterhalt gezahlt und Alina seit einem Jahr nicht mehr gesehen. So gesehen finde ich schon, dass du das für unser gemeinsames Kind tun kannst.«

»Sie kann auch bei mir die Ferien verbringen … Ich habe jetzt wieder eine Frau.«

Mir sank das Herz in die Kniekehlen. »Pavel, ich … bitte dich um alles in der Welt, mich mit Alina zu Mutter fahren zu lassen. Sie liebt und braucht ihre Omi und umgekehrt, und ich möchte sie nicht drei Wochen hier bei dir lassen …«

»Meine neue Frau würde Alina gern kennenlernen.« Seine Augen wurden schmal. »Sie sieht dir übrigens ähnlich …«

In meinen Ohren rauschte das Blut. »Pavel, was willst du? Was kann ich tun, damit du mir die Unterschrift gibst?«

Jetzt musste ich aufs Ganze gehen. Für einen Streit hatte ich keine Zeit mehr. Ich musste ihn dazu kriegen, mit mir aufs Amt zu fahren und dort ein bestimmtes Formular zu unterschreiben.

Ein Kind geschiedener Eltern durfte nur mit Einwilligung des zurückbleibenden Elternteils ausreisen. Das wusste Pavel, und das wusste ich. Die Einzige, die es nicht wusste, war Alina. Die spielte ganz arglos mit ihren Freundinnen auf dem Schulhof. Ich hatte ihr gesagt, ich sei in einer halben Stunde zurück.

Pavel sah mich mit undurchdringlichem Blick an. »Du weißt genau, was du tun kannst.«

Langsam zog er mich in sein Schlafzimmer, das er inzwischen mit einer anderen teilte.

Und während ich tat, was ich tun musste, besah ich mir das Foto von den beiden, das auf dem Nachttisch stand. Sie sah mir wirklich ähnlich.

57

Prag, 4. August 1967

Angespannt von Kopf bis Fuß und mit einem keine Sekunde nachlassenden Angstgefühl verließ ich am frühen Morgen mit Alina unsere Miniwohnung im Stadtteil Petřiny. Wurden wir beobachtet? Stand mein Wachhund irgendwo hechelnd hinter einer Ecke? Alina drückte ihren kleinen Kinderkoffer an sich, in dem der *Struwwelpeter* steckte.

Ich hatte nur einen Koffer und eine Umhängetasche bei mir. Offiziell hatte ich ja nur für die drei genehmigten Wochen gepackt. Alles andere hätte uns verdächtig gemacht. Ein Taxi fuhr uns zum Hauptbahnhof. Ganz bewusst prägte ich mir auf dieser letzten Fahrt die Prager Burg noch mal ein. Ich wurde, um in Freiheit leben zu können, gezwungen, mein geliebtes Prag zu verlassen. Die Stadt, in der ich geboren wurde und erwachsen geworden war. In der ich so viel erlebt und erlitten hatte. In der ich aber auch meinen geliebten Milan getroffen hatte. Es war auch Milans Prag. Würde er morgen in denselben Zug steigen? Würde ich mein geliebtes Prag jemals wiedersehen? Die Stadt der goldenen Türme?

»Komm Alina, wir müssen uns beeilen«, drängte ich nervös, kaum dass wir aus dem Taxi gestiegen waren.

Mein Kind, das seine Puppe im Arm hatte, trippelte vertrauensvoll neben mir her.

Ich kämpfte mich mit dem Koffer, der Umhängetasche und meiner Tochter an der Hand durch das morgendliche Getümmel. Ich spürte, dass Branko hier war und uns beobachtete. Lieber Gott, lass ihn nicht noch in letzter Sekunde seine Meinung ändern!, so mein Stoßgebet. Und sagen, dass alles nur ein Test war!

»Achtung auf Gleis drei! Der internationale Schnellzug Prag – Paris wird bereitgestellt!« Das Herz wollte mir schier zerspringen vor Aufregung.

Milan, Milan, Milan!, hämmerte es zwischen meinen Schläfen. Bitte sei morgen genau zur gleichen Zeit hier und steige ebenfalls in diesen Zug.

Mit schnellen Schritten kämpfte ich mich durch die Unterführung. »Los, Alina!«

»Kann ich Ihnen behilflich sein?« Der Bahnhofsvorsteher mit der roten Mütze wollte meine Platzkarte sehen. »Das ist weiter hinten, hinter der Ersten Klasse. Sie haben noch einen Wagen angehängt.«

Wieder zerrte ich an meinem Kind, und wir rannten am Zug entlang. Der Koffer und die Reisetasche wurden schwer und schwerer. Ich war mit Absicht erst im letzten Moment gekommen, um Branko keine Gelegenheit zu geben, uns in dem Gewühl zu finden.

»Achtung, bitte einsteigen, Türen schließen …«

Alina stolperte und verlor einen Schuh. »Mami!«

Also wieder zurück. Ich bückte mich, hob den Schuh auf und … schaute mitten in Pavels Gesicht.

Diesmal hatte er keine roten Rosen dabei.

»Wohin soll die Reise denn gehen?«

»Aber das weißt du doch, Pavel, wir waren doch zusammen auf dem Amt … «

Alina versteckte sich hinter meinem Rücken.

»Wir fahren über Nürnberg nach Neuburg an der Donau, zu meiner Mutter!«

»Von wegen zu deiner Mutter! – Zu deinem Liebhaber!« Pavel packte Alina am Arm. »Das Kind bleibt aber hier.«

Er zerrte sie hinter mir hervor. Mein Herz wollte aufhören zu schlagen.

»Pavel, bitte sei doch vernünftig, du hast es doch erlaubt!«

»Ich hab's mir anders überlegt.«

»Achtung, bitte einsteigen! Der Zug fährt ab!«, ertönte wieder die Durchsage.

»Papa, lass mich los, du tust mir weh«, wimmerte Alina.

»Pavel, wir kommen doch in drei Wochen zurück.«

»Ja, Papa, wir sind doch in drei Wochen zurück!«

Mit einem Bein stand ich schon im Zug, Pavel zog an Alina, und die Leute schauten gebannt zu. Ich spürte, wie mich alle Kräfte verließen. Ich konnte einfach nicht mehr …

Der Bahnhofsvorsteher pfiff! In Zeitlupe sah ich, wie er die

Kelle hob. Vor meinen Augen verschwamm alles. Ich würde jeden Moment in Ohnmacht fallen vor lauter Angst.

»Halt! Hier ist noch jemand beim Einsteigen«, schrie eine Frau.

»Das Kind bleibt hier!« Pavels Gesicht war wutverzerrt, in seinen Augen stand kalter Hass. »Das hättest du wohl gern, erst mit mir schlafen und dann mit dem Kind abhauen …«

Es war doch seine Bedingung gewesen, wie konnte er denn die Tatsachen schon wieder so verdrehen! Und wie taktlos war das vor Alina!

»Pavel, lass sie los, bitte, wir kommen doch wieder …«

»Schwör es mir! Beim Augenlicht von Alina!«

»Pavel, bitte!«

»Siehst du, du kannst es nicht schwören!«

Es war wie beim *Kaukasischen Kreidekreis*. Wir zogen beide an Alina, die vor Schmerz und Schreck schrie.

Die Leute, die nun aus den Fenstern hingen, schrien auch. »Halt!«

Der Zug fuhr an, ganz langsam setzte er sich millimeterweise in Bewegung. Ich musste mein Kind jetzt loslassen …

In dem Moment sprang ein Mann hinter einer Säule hervor und kam uns zu Hilfe.

»Lassen Sie sofort das Kind los!«

Branko! Er packte Pavel am Kragen und drängte ihn von uns weg.

Der kleine Kinderkoffer, den Alina die ganze Zeit verteidigt hatte, purzelte zwischen Gleise und Bahnsteigkante.

Schwindelig vor Angst zog ich Alina mit letzter Kraft in den Waggon.

»Meine Puppe, meine Puppe!«

Jemand warf uns die Puppe zu und schloss die Tür hinter uns.

Auf dem Bahnsteig stand mein Koffer. Im Hintergrund sah ich Branko auf Pavel einreden. Er schüttelte ihn wie einen nassen Hund.

»Alina, mein Liebling, alles wird gut!« Meine Hände zitterten so, dass ich meine Bewegungen nicht mehr steuern konnte.

Unfähig, einen klaren Gedanken zu fassen, berührten meine Finger den Gurt, der um meinen Oberkörper geschlungen war. Die Reisetasche hing noch dran.

Wie betäubt saß ich mit Alina im Abteil, meine Halsschlagader wummerte noch lange, und mit leerem Blick starrte ich zum Fenster hinaus.

Er hätte unser Kind in Stücke gerissen. Es wäre ihm egal gewesen, wenn es auf die Gleise geraten wäre.

Das war keine Vaterliebe, sondern nur manischer Machthunger und krankhafte Eifersucht, die ihn in letzter Sekunde zum Bahnhof getrieben hatten.

Woher hatte er gewusst, dass ich genau diesen Zug nehmen würde?

Warum hatte er gesagt, dass ich zu meinem »Liebhaber« wolle? Was wusste er?

Wusste er möglicherweise mehr als Branko? Alles war möglich in diesem Land!

Oh Gott, wenn ich sie beide doch nie wiedersehen müsste!

Endlich beruhigte sich meine Atmung. Ich hielt die verstörte Alina fest im Arm.

Meine Gedanken eilten zu Milan, und die nächste Angstattacke drohte mich zu überrollen. Würde es ihm gelingen, uns zu folgen? Am besagten Tag, zu besagtem Treffpunkt, dem wir seit einem Jahr und vier Monaten entgegenfieberten?

Morgen würde er entweder denselben Zug nehmen wie wir:

Prag – Paris. Oder aber er würde daran gehindert werden! Ich konnte ihn nicht warnen.

Während der nächsten vierundzwanzig Stunden trennte uns der Eiserne Vorhang des Kalten Krieges.

Der Zug raste mit meinen Gedanken um die Wette. Draußen flog die sommerliche Landschaft vorbei. Noch waren wir auf tschechischem Gebiet.

Alina saß zitternd neben mir. All ihr Hab und Gut war weg, sie hatte nur noch ihre Puppe, die sie schluchzend an sich presste. Auch ich hatte so gut wie nichts mehr.

Noch zweimal hielt der Zug, in Pilsen und an der Grenze, in Cheb/Eger. Vor meinem inneren Auge sah ich meine Verfolger schon dort stehen, lässig an ihr schnelles Auto gelehnt.

Mein Herz hämmerte wie ein Presslufthammer, als ich mich aus dem Fenster beugte und den Bahnsteig absuchte. Nein, nur fremde Menschen, die ein- und ausstiegen.

Jetzt betraten die Grenzer mit Hunden den Zug. Papiere wurden angefordert, Taschen und Koffer mussten geöffnet werden.

Ich hielt die Luft an, als zwei Grenzer auch unsere Abteiltür aufrissen.

»Papiere und Fahrscheine!«

Meine Umhängetasche barg beides! Sogar die Butter!

»Devisen?«

»Dreißig Westmark, so viel wie erlaubt.« Ich hielt ihrem Blick stand, obwohl sich meine Eingeweide in Panikkrämpfen wanden. Ich musste mich jeden Moment übergeben.

»Gepäck?« Suchend sahen sie sich um.

»Keines.« Ich lächelte schwach.

»Wohin geht die Reise?«

»Nur kurz die Oma besuchen.«

Alina war viel zu verängstigt und immer noch unter Schock. Sie sagte ausnahmsweise einmal nichts.

Da wir kein Gepäck dabeihatten, glaubten sie wohl, es wäre ein Tagesauflug.

»Dann gute Weiterfahrt.« Sie knallten die Abteiltür wieder zu und polterten weiter.

Was sollte ich nur tun? Ich hatte buchstäblich nur das, was ich am Leibe trug!

Ich war gerade völlig fertig mit den Nerven gegen die Rückenlehne gesunken, als ich erneut polternde Schritte hörte.

Nein, bitte nicht! Scheppernd öffnete sich die Abteiltür. Jetzt war alles vorbei!

Der Schaffner stand da. In der Hand hielt er einen Koffer.

»Ist das Ihrer?«

Ich traute meinen Augen nicht. »Ja, aber ich dachte, der ist auf dem Bahnsteig in Prag zurückgeblieben?«

»Er wurde uns von einem aufmerksamen Genossen noch in letzter Sekunde nachgeworfen. Ich habe ihn vom anderen Ende des Zuges bis hierher getragen. Keinem hat er gehört.«

»Aber mir!« Erleichtert nahm ich mein kostbares Gut an mich. Meine Arme zitterten so sehr, dass ich es nicht schaffte, den Koffer ins Gepäcknetz zu stemmen. Es war nur noch Pudding darin.

»Lassen Sie mich mal, junge Frau.«

Ich sackte in mich zusammen. »Danke.«

Als der Zug leise ruckelnd wieder anfuhr, ließ ich mich mit einem Riesenseufzer zurücksinken. »Alina, wir sind drüben. Wir haben es geschafft.«

58

Nürnberg 4. August 1967, 19 Uhr

In Nürnberg stand meine Mutter auf dem Bahnsteig. Ganz in Schwarz, einsam und traurig hielt sie nach uns Ausschau. Sie wusste ja nicht, ob wir wirklich durchkommen würden!

»Mama! Hier sind wir!« Völlig aufgelöst rannten wir ihr entgegen.

Wir fielen uns die Arme und hielten uns lange fest. Drei Generationen von Frauen einer Familie, die das Schicksal gnadenlos gebeutelt und jetzt hierher geweht hatte, ins Land der Freiheit. Aber was würde es mir ohne Milan bedeuten?

»Ach ihr Armen, ihr seid so blass!« Mama sah uns besorgt an. »Geht es euch gut?«

»Ja, hurra, wir haben jetzt Ferien!«

Alina hatte sich von dem Stress mit Pavel bereits wieder erholt – und von dem anderen Stress hatte sie keine Ahnung.

»Wo schlafen wir?«

Alina trippelte aufgeregt zwischen uns her.

»In der Bahnhofsmission.« Mama lächelte gequält. »Wir müssen sehr aufs Geld schauen.«

»Ach Mama, vielleicht wird jetzt alles gut!« Sehnsüchtig klammerte ich mich an den Gedanken, morgen um diese Zeit hier auch Milan in die Arme fallen zu dürfen.

»Vermissen sie dich nicht im Spätaussiedlerlager?«

»Wer soll mich da schon vermissen … Das Lager in Neuburg ist überfüllt.«

Was hätte ich darum gegeben, jetzt in ein schönes sauberes Hotel gehen zu können! Nur einmal im Leben! Aber daran war einfach nicht zu denken.

Die zweihundert Mark, die Branko mir noch in die Hand gedrückt hatte, würde ich nicht anrühren. Das war schmutziges Geld für Spitzeldienste. Meine Moral und mein Stolz verboten es mir, dieses Geld für private Zwecke zu missbrauchen. Außerdem hatte ich entsetzliche Angst, dass man mir noch schweren Diebstahl vorwerfen würde – der Arm des Geheimdiensts reichte sicherlich bis Westdeutschland. Nein, mit diesem Pack wollte ich nichts mehr zu tun haben! Das Geld würde ich zurückschicken.

Wir schoben uns etwas verschämt in den schmucklosen Raum der Bahnhofsmission. Ein paar Obdachlose saßen auf hölzernen Bänken und waren mit sich selbst beschäftigt. Eine Schwester in hellblauer Tracht mit Häubchen und Schürze nahm sich unserer an: »Drei Personen, macht fünfzehn Mark in bar und im Voraus.«

Das war der Preis für drei Stockbetten in einem Raum für neun Personen. Essen war darin nicht enthalten.

Wir bezogen unsere Betten mit der dafür vorgesehenen Bettwäsche, die gefaltet am Fußende lag. Dann setzten wir uns an den kleinen wackeligen Tisch an der Wand.

»Ich habe noch ein paar Butterbrote dabei …«

Schweigend vertilgten wir unseren Proviant.

»Mama, bitte wein doch nicht wieder. Wir bleiben jetzt für immer zusammen!«

»Wirklich?« Sie zerknüllte die Papierserviette in ihren Händen. Meine arme Mama sah mit ihren fünfundfünfzig Jahren tatsächlich schon aus wie fünfundsiebzig. Das Leben hatte alle Freude aus ihr herausgedroschen. Deswegen musste ich ihr jetzt ein kleines bisschen Hoffnung machen.

Auch wenn ich selbst kaum zu hoffen wagte.

»Alina, geh ein bisschen spielen, aber nicht zu weit weg, hörst du? Lass dich von niemandem ansprechen!«

Ich beugte mich zu Mama vor und flüsterte verschwörerisch: »Der Mann in meinem Leben, von dem ich dir erzählt habe: Mit ihm werden wir hier gemeinsam neu anfangen.«

Mit großen Augen sah sie mich an.

»Der Arzt, von dem du gesprochen hast.«

»Ja, Mama, der Arzt. Er heißt Milan.« Mein Herz wummerte vor Sehnsucht.

»Warum hast du ihn mir nie vorgestellt? Warum bist du mit dem anderen Mann auf die Beerdigung deines Bruders gekommen? Ich habe gedacht, ihr seid ein Paar?«

»Alles Tarnung, Mama. Es ging nicht anders. Ich musste ihn täuschen!« Da Alina jederzeit wiederkommen konnte, sagte ich hastig: »Er heißt Milan Berner, ist ein Chirurg aus Prag, und wir lieben uns schon lange inniglich.«

»Na, das ist ja mal eine Überraschung.« Suchend blickte sie sich um. »Und wo ist er denn?«

»Mama, er kommt entweder morgen mit demselben Zug oder …« – ich schluckte – »… oder er kommt nie.«

Mamas Lippen zitterten. »Fährst du dann in drei Wochen zurück?«

Es brach mir fast das Herz, diesen Funken Hoffnung noch einmal im Gesicht meiner Mutter aufflackern und dann wieder verlöschen zu sehen.

»Mama.« Ich legte meine Hand auf ihre. »Wenn er morgen kommt, bleiben wir gemeinsam für immer hier. Du wirst ihn lieben. Und er dich.«

Sie schaute lange schweigend auf den abgewetzten Tisch.

»Und wenn er nicht kommt …?«

»Daran darfst du gar nicht denken.« Ich drückte ihre Hand, bis ihre Knöchel ganz weiß wurden. »Und ich auch nicht.«

»Wenn er nicht kommt, wirst du mich auch wieder verlassen.

Warum sollte ich in meinem Leben ein einziges Mal Glück haben?« Mama entzog mir ihre Hand und starrte an die Wand. »Alle Menschen, die ich im Leben geliebt habe, haben mich verlassen.«

Ich schwieg, denn ich wusste ja selbst nicht, was ich tun würde, wenn Milan morgen nicht käme!

Säße er nicht in diesem Zug, hätten sie ihn geschnappt! Dann käme er in der Tschechoslowakei ins Gefängnis! Und da sollte ich nicht in seiner Nähe sein? Und alles für ihn tun, damit er einen Rechtsbeistand bekam? Hätte er mich je im Stich gelassen? Mein Herz krampfte sich zusammen. Über diese fürchterliche Entscheidung wollte ich jetzt einfach nicht nachdenken.

Verschieben wir es doch auf morgen!

59

Nürnberg, 5. August 1967 – Der Tag der Entscheidung

Die Zeit zog sich grausam hin. Nach unserer Nacht in der Bahnhofsmission nahmen wir ein karges Frühstück ein. Es war erst kurz nach sechs, als die Geschäftigkeit in der Gemeinschaftsunterkunft schon losging. Aber an Schlaf war für Mutter und mich sowieso nicht zu denken gewesen. Bloß Alina schlummerte friedlich im mittleren Bett zwischen uns.

Ohne jeden Appetit knabberte ich an einem Zwieback und starrte ins Leere. Der Zeiger der riesigen Bahnhofsuhr wollte und wollte einfach nicht vorrücken. Irgendwann war es sieben.

In zwölf Stunden!, flehte ich die Uhr an. Wenn es sieben Uhr abends ist, lass Milan unversehrt aus dem Zug steigen.

»Was machen wir heute?« Alina hatte ihren Malzkaffee ausgetrunken und klapperte unternehmungslustig mit der Blechtasse. »Ich denke, wir haben Ferien!«

»Ja, drei Wochen gehen schnell vorbei.« Mutter erhob sich schwerfällig wie eine uralte Frau. »Wir sollten uns etwas die Zeit vertreiben.«

Weil wir kein Geld ausgeben wollten – meine Ersparnisse konnte und wollte ich noch nicht angreifen, und mit dreißig Westmark mussten wir im Zweifelsfall drei Wochen auskommen – verbrachten wir den Vormittag in einer kleinen Grünanlage gegenüber dem Nürnberger Hauptbahnhof. Zum Glück war es heiß, und Alina spielte ausgelassen mit dem Hund eines älteren Mannes, der auf einer Bank saß. Meine Gedanken spielten verrückt. Was, wenn Milan nicht käme? Würde ich wirklich in die Höhle des Löwen zurückkehren und Mutter hier ihrem Schicksal überlassen?

Oder würde ich Milan im Stich lassen und hier ohne ihn ein neues Leben anfangen? Beides schien mir vollkommen unmöglich. Ich war völlig apathisch, zu keiner Entscheidung oder Handlung mehr fähig.

Immer wieder schaute ich rüber zur Bahnhofsuhr und konnte an nichts anderes denken als an Milan. Jetzt musste er einsteigen … Gestern um diese Zeit hatte das Drama mit Pavel am Bahnhof stattgefunden. Welches Drama sich wohl gerade in Prag abspielte? Wer riss Milan aus dem Zug?

Ich kniff die Augen zusammen und beschwor ihn stumm: Bitte steig ein, Milan, schau nicht nach rechts und nicht nach links. Ob seine Frau Verdacht geschöpft hatte? Mir blieb die Luft weg bei der Vorstellung!

Bitte, lieber Gott, holte ich meinen Kinderglauben wieder hervor, bitte mach, dass jetzt nicht Branko hinter einer Säule hervorschießt:

»Dr. Berner? Folgen Sie mir unauffällig. Wir haben Ihre Wohnung durchsucht. Sie haben Ihre Papiere und Wertsachen mitgenommen, und auch Ihre Zeugnisse und Diplome. Das deutet auf Republikflucht hin. Als vereidigter Arzt einer staatlichen Klinik machen Sie sich damit des Hochverrats schuldig. Erregen Sie kein Aufsehen, und kommen Sie mit.«

»Mamaaa!«

Ich zuckte zusammen und starrte zu der Bank hinüber.

Alina war mit dem fremden Mann ins Gespräch gekommen und winkte mir fröhlich zu. Er hielt ihr altes Brot hin, sie sollte wohl damit die Tauben füttern, aber in ihrem kindlichen Hunger stopfte sie es sich selbst in den Mund!

Ein schrecklicher Gedanke durchzuckte mich: Ein Geheimagent?! War das Brot womöglich vergiftet? In meiner manischen Angst vor allem und jedem kamen mir die schlimmsten Szenarien in den Sinn.

»Alina, komm da sofort weg!« Ich sprang auf und zerrte sie zu mir.

»Hast du mit ihm geredet?«

Ich schüttelte sie, voller Stress und Misstrauen.

»Aua, Mama, du tust mir weh! Das war doch ein netter Mann!«

»Du sprichst hier mit niemandem, ist das klar?!«

»Kind, du darfst dich jetzt nicht fertigmachen.« Mutter nahm Alina in den Arm, setzte sich zwischen uns auf die Parkbank und legte ihre Hand auf meine. »Du musst positiv denken.«

Fast hätte ich laut aufgelacht.

»Und das sagst du, Mutter? Ausgerechnet du?«

Alina rannte schon wieder weg.

»Guckt mal, was ich kann!« Alina hängte sich mit dem Kopf nach unten an ein Klettergerüst und fegte mit ihren dunklen Locken den Boden.

»Toll!«, rief ich schwach. Ich musste sie im Auge behalten! Dieser Mann mit Hund sah mir verdächtig aus. Der Hund war bestimmt nur Tarnung!

Plötzlich traf mich eine Erkenntnis mit solcher Wucht, dass eine Migräneattacke einsetzte. Tausend kleine Hämmerchen klopften gegen meine Schläfen: Sie hatten uns nur deshalb durchgelassen, um uns als Lockvögel für Milan zu benutzten! Branko hatte sogar Pavel von mir fortgerissen, damit ich fahren konnte! Wie naiv war ich eigentlich? Mein Herz drohte auszusetzen.

»Wir müssen hier weg!«

»Schaut mal was ich kann«, wiederholte Alina.

»Mach dich nicht schmutzig!«, rief Mama. »Wir haben keine Wäsche zum Wechseln für dich!«

»Ach Mama, wenn das unser größtes Problem wäre!« Ich berichtete ihr von meinen Sorgen. Nervös sprang ich auf. »Kommt. Lasst uns einen Spaziergang machen.« Ich wollte diesen Kerl loswerden, der immer noch auf dieser Bank saß.

Wie Obdachlose streunten wir den ganzen Tag durch die Innenstadt. Als uns der Hunger zu sehr zusetzte, leisteten wir uns ein paar Brezen, die wir auf einem Mäuerchen sitzend verspeisten. Sie kosteten neunzig Pfennige.

Ach, wenn es doch nur schon Abend wäre!, flehte ich immer wieder die Uhren an den Kirchtürmen an. Bitte Zeit, schleich doch nicht so grausam! Lasst es doch sieben Uhr werden! Damit ich endlich weiß, was Sache ist.

Immer wieder drohte mein Herz einen Schlag auszusetzen. Jetzt ist er an der Grenze. WENN er überhaupt im Zug ist. WENN er nicht längst von der Polizei verhört wird. Jetzt werden die Türen aufgerissen. Jetzt finden sie seine verdächtigen Unterlagen. Jetzt schnappen die Handschellen zu. Jetzt zerren sie ihn aus dem Zug. Jetzt drücken sie ihn in ein bereitstehendes Auto …

»Kind!«, sagte Mutter nur. »Du kannst es jetzt so oder so nicht mehr ändern. Du gehst nachher zum Bahnhof und hoffst das Beste.«

Wäre Alina nicht gewesen, die fröhlich herumsprang und neugierig die Stadt erkundete, wäre ich komplett durchgedreht. In der Lorenzkirche blieben wir lange sitzen.

Wir zündeten für Papa, Onkel Gustav und Alex je eine Kerze an. Die drei Zehnpfennigmünzen rissen schon ein gewaltiges Loch in unsere Kasse, aber ich spürte, dass diese drei Menschen uns ihre ganze Energie aus dem Jenseits schickten. Ich klammerte mich förmlich an diese Vorstellung.

Am Spätnachmittag schlenderten wir dem Marktplatz entgegen. Frisches Obst, Fleisch und duftendes Gebäck wurden angepriesen. Der Hunger fraß sich in unsere Eingeweide. Wir hatten keinen Pfennig mehr übrig. Wir würden ja noch eine Nacht in dieser Bahnhofsmission verbringen müssen. Hoffentlich, hoffentlich, hoffentlich zu viert!!!

»Mama, was machen die Leute da?« Alina zerrte an meiner Hand und zeigte auf einen steinernen Brunnen.

»Ich weiß nicht, sie drehen an einem Ring?«

»Da kann man sich was wünschen«, erklärte uns eine freundliche Marktfrau, die neben dem historischen Brunnen Äpfel verkaufte. »Das ist der berühmte Schöne Brunnen! Es bringt Glück, wenn man an seinem goldenen Ring dreht. Dann kann man sich auch was wünschen.«

»Mama, ich will dran drehen! Kannst du mich hochheben?«

»Man darf aber nicht verraten, was man sich gewünscht hat«, erklärte die Marktfrau. Irgendwie spürte ich ihren mitleidigen Blick. Sie schien zu merken, dass wir arme Aussiedler waren.

Ich kämpfte mit mir. Aber als Mama und Alina mit der Marktfrau plauderten, die Alina einen Apfel schenkte, stieg ich verstohlen die Stufen zum »Wunschbrunnen« hoch und nahm den goldenen Ring zwischen die Finger. Er glänzte, so abgegriffen war er. Wie viele verzweifelte Wünsche hier wohl schon ausgesprochen worden waren? Und wie wenige davon waren in Erfüllung gegangen?

Ich schloss die Augen und dachte ganz fest an Milan. Ich sandte ihm all meine Liebe. Lass ihn unversehrt ankommen. Lass uns ein neues Leben beginnen. Lass mich ihm für den Rest unseres Lebens alle Liebe schenken, die ich in mir habe. Milan, Milan, Milan – bitte sei gleich da. Bitte steig heil aus dem Zug.

In diesem Moment begannen dumpf und feierlich die Glocken zu läuten.

»Nun geh!«, sagte Mama. »Es ist sechs Uhr. Mach dich noch ein bisschen nett. Alina und ich schauen, was wir an Lebensmitteln einsammeln können.«

Ich sollte mich NETT machen? Womit denn? Ich fühlte mich blass und blutleer, gleichzeitig klebrig wie eine Schnecke. Trotzdem schleppte ich mich in die Bahnhofsmission zurück, wo ich mir wenigstens etwas kaltes Wasser ins Gesicht schaufelte.

Mein Spiegelbild zeigte eine aschfahle Frau mit abgrundtief traurigen Augen.

Um halb sieben schleppte ich mich wie ferngesteuert und mit einem stechenden Schmerz in der Brust zum Gleis, auf dem der Fernzug Prag – Paris ankommen sollte. Gleis drei. Milan. Mein Mund war ganz trocken. Meine Augen glänzten fiebrig. Mit letzter Kraft stieg ich die Treppen zum Bahnsteig hinauf.

Ich wollte ganz allein hier stehen und auf ihn warten.

Ein heißer Augusttag neigte sich dem Ende zu. Der Bahnhof roch intensiv nach Bahnhof. An einem Bahnhof gibt es so viel Hoffnung und so viel Schmerz!

Ich saß auf einer Bank und stand wieder auf. Starrte auf die

Gleise. Zählte die braunroten Kiesel zwischen den Bahntrassen. Wenn es eine gerade Zahl ist, kommt er. Wenn es eine ungerade Zahl ist, hat er es nicht geschafft. Bei neunundneunzig hörte ich auf. Ich spürte, wie mein Leben, das meiner Mutter und Tochter an einem seidenen Faden hing.

Wer war der Mann in dem Park gewesen?

Warum hatte er Alina das Brot geschenkt?

Waren sie uns schon auf den Fersen? Lauerten sie hinter einer Säule? Oder auf dem Bahnsteig gegenüber?

Was sollte ich tun, wenn Milan nicht käme?

Hierbleiben, im Westen? Alina würde in Freiheit aufwachsen dürfen. Und Mutter, der das Leben so viel schuldig geblieben war, würde vielleicht noch ein paar schöne Jahre verleben dürfen. Wenn wir bei ihr blieben. Das waren wir ihr doch schuldig, oder?

Aber Milan! Ohne ihn wollte ich keinen Tag weiterleben. Auch nicht hier, in der goldenen Freiheit.

Wenn er nicht kam, dann saß er im Gefängnis. Dann hätte er keinen einzigen Menschen mehr auf dieser Welt. Und das, nachdem er mir sein ganzes bisheriges Leben erzählt und zu Füßen gelegt hatte. Er vertraute mir. Er liebte mich.

Nein, ich würde ihn nicht im Stich lassen.

Ich würde nach Prag zurückkehren und ihm helfen. Und wenn ich Branko heiraten musste!

Ich hatte ja auch noch mal mit Pavel geschlafen, um seine Unterschrift für Alinas Ausreise zu kriegen!

Ruhelos lief ich auf dem Bahnsteig hin und her. Der Zeiger der riesigen Uhr sprang wieder eine Minute vor. Zwei Minuten vor sieben!

Der Lautsprecher knackte.

Mein Herz machte einen Rückwärtssalto. Jetzt! Jetzt oder nie!

»Achtung, Achtung, eine Durchsage für Gleis drei: Der Fernzug

Prag – Paris hat wegen eines Zwischenfalls im Grenzbereich zwei Stunden Verspätung, ich wiederhole: Der Fernzug Prag – Nürnberg hat zwei Stunden Verspätung.«

Vor meinen Augen tanzten Punkte. In meinen Ohren rauschte es. Ich wollte schreien, mich am liebsten auf die Schienen werfen, aber nichts dergleichen tat ich. Ich war wie erstarrt.

Wie durch einen Nebelschleier nahm ich wahr, dass die Leute, die mit Koffern gewartet hatten, ärgerlich kopfschüttelnd den Bahnsteig verließen. Manche suchten eine Telefonzelle auf, andere brachten ihr Gepäck in ein Schließfach, wieder andere beschlossen, in einem Biergarten zu warten.

Für mich gab es keine andere Option. Ich war fest davon überzeugt, dass der »Zwischenfall im Grenzbereich« Milans Verhaftung gewesen war. Wie versteinert blieb ich auf dem Bahnsteig stehen. Ich sah alles deutlich vor mir. Sie hatten ihn aus dem Zug geholt. Grenzer mit Spürhunden, Geheimpolizisten. Branko vorneweg. Und Milans Frau.

»Hiergeblieben, Freundchen. So haben wir nicht gewettet.«

»Im Namen des Gesetzes verhaften wir Sie wegen versuchter Republikflucht.«

Sie hatten ihn längst erwischt! Schon vor Stunden, als ich noch auf dem Marktplatz stand und am goldenen Ring drehte, der angeblich Glück bringen sollte. Ich hörte das Klicken der Handschellen, ich sah seinen verzweifelten Blick.

Milan, mein geliebter Milan! Ich komme zurück! Und wenn ich dich nur einmal im Jahr besuchen darf, ich werde es tun!

Das Rauschen in meinen Ohren steigerte sich zu einem schrillen Jaulen. Mit letzter Kraft schleppte ich mich zu der hölzernen Wartebank. Aus. Vorbei. All unsere Träume von Freiheit und Familie, von einem bescheidenen Spätaussiedlerglück. Sie würden Milan wehtun. Sehr weh. Ich schlug die Hände vors Gesicht und wiegte den Oberkörper vor und zurück. Ich wollte mir nicht vorstellen, was sie gerade mit ihm machten …

Gelähmt und nicht in der Lage, noch einen klaren Gedanken zu fassen, fanden mich Mutter und Alina, die aus der Stadt zurückgekommen waren, am Bahnhof vor.

»Wo ist er?«

»Nicht gekommen.«

»Mama, von wem sprichst du?«

»Ach nichts, mein Schatz, wir sollten gehen …« Ich konnte nicht mehr aufstehen. Meine Beine gehorchten mir nicht mehr.

Mutter reichte mir eine Tüte mit Äpfeln. »Die hat uns die nette Marktfrau noch geschenkt …«

»Mutter, ich kann nicht.« Ich kämpfte gegen Übelkeit und Brechreiz.

»Vielleicht warten wir noch einen Moment?«

»Worauf warten wir denn? Ich dachte, wir haben Ferien!«, rief Alina entrüstet.

Wir spielten mit Alina »Ich sehe was, was du nicht siehst«. Es war so grotesk, dass ich schreien wollte. Aber so verging die Zeit.

Ohne dass ich es bemerkt hatte, waren die Leute auf den Bahnsteig zurückgekehrt. Die Uhr zeigte auf neun. Endlose, endlose, endlose hundertzwanzig weitere Minuten waren vergangen!

Ich musste wieder daran denken, wie Milan einmal im Spaß gesagt hatte: »Eine Minute kann unterschiedlich lang sein, es kommt ganz darauf an, auf welcher Seite der Klotür man sich befindet.« Ach, Milan, du mit deinem unverwüstlichen Humor …

»Achtung, bitte von der Bahnsteigkante zurücktreten! Der verspätete Fernzug Prag – Nürnberg fährt ein!«

Wie in Trance hörte ich den kreischenden Bandwurm herannahen. Die Luft vibrierte. Der Duft der Verheißung? Oder der Gestank des Grauens?

Quietschend blieb er stehen. Die Türen öffneten sich. Menschen quollen mit Gepäckstücken heraus. Andere drängten hinein.

»Nürnberg Hauptbahnhof, hier Nürnberg Hauptbahnhof. Sie haben Anschluss an den Nahverkehrszug nach Erlangen und Fürth …« Der Sprecher hatte einen fränkischen Akzent.

Es klang wie »Nörnbärsch« und »Fütt«.

Ich dachte an den Wunschring. Er war so abgegriffen gewesen. Hatte mein Wunsch nach so vielen Wünschen dort überhaupt noch Platz gehabt?

Mit brennenden Augen starrte ich auf die Reisenden.

Er würde nicht dabei sein. Er war längst in der Nummer Vier. Dort, wo sie meinen Vater hingebracht hatten …

»Mami, da ist der Mann aus dem Park!« Alina zeigte aufgeregt in eine Richtung.

Hatte ich es doch gewusst! Jetzt würden sie uns auch noch überführen: »Na, auf wen warten Sie denn? Da können Sie aber lange warten …« – »Wir haben Sie von Anfang an im Visier gehabt. Der Genosse Novotný hat uns gewarnt. und Ihr Ex-Mann Pavel hat Anzeige erstattet. Was glauben Sie denn, mit wem Sie es zu tun haben?«

»Da kommt er, Mami!«

Ich starrte sie an wie im Fieber.

Alina zupfte mich am Arm. »Siehst du ihn denn nicht? Der Mann mit der Aktentasche, der auf uns zuläuft? Das ist der Mann aus dem Park!«

Plötzlich kämpfte sich ein winziger Hoffnungsschimmer aus dem Meer der Verzweiflung.

Eine mir wohlbekannte Gestalt im Trenchcoat schälte sich aus dem Menschenpulk.

»Der Mann aus dem Park in Prag!« Der Mann, der auf uns

zulief, riss sich den Hut vom Kopf und winkte! Und fing an zu rennen, rannte strahlend auf uns zu …

»Milan!«

Plötzlich war ich leicht wie eine Feder. Plötzlich konnte ich fliegen! Jubelnd lief ich ihm entgegen.

Und dann lagen Milan und ich uns in den Armen.

Milan hatte nicht die Erlaubnis bekommen, zum Ärztekongress nach München zu fahren. Natürlich wollten sie ihn hinhalten und ihre Macht demonstrieren. Vielleicht war auch seine Frau mit im Spiel, denn sie hatten ihm wie zum Hohn einen anderen Ärztekongress angeboten.

»Zur Belohnung für seine Vernunft« in Bezug auf unsere Trennung genehmigte die Parteiführung die Teilnahme an einem Medizinerkongress in Lissabon. Aber der war erst vier Wochen NACH unserem ausgemachten Termin!

Milan wagte nicht, Kontakt zu mir aufzunehmen und mir diese Änderung mitzuteilen. Er hatte fest vor, an unserem besagten Termin trotzdem wie vereinbart in Nürnberg zu sein, Hauptbahnhof, 5. August 1967, 19 Uhr! Und das Schicksal spielte ihm eine Trumpfkarte zu.

In der kommunistischen Diktatur durften die Bürger ihre Pässe für Reisen ins westliche Ausland bekanntermaßen nicht zu Hause aufbewahren. Sie lagen bei der Polizei und wurden erst kurz vor Reiseantritt ausgegeben. In Milans Fall war das notgedrungen anders, weil er sich für seine Reise nach Lissabon das deutsche, französische und spanische Transitvisum sowie das portugiesische Aufenthaltsvisum besorgen musste. Das nahm längere Zeit in Anspruch, deshalb bekam er seinen Reisepass bereits zwei Monate vor Reiseantritt. Bingo!

Um am 5. August 1967 unbemerkt den Fernzug Prag – Paris

zu nehmen, wäre es zu gefährlich gewesen, am Prager Hauptbahnhof einzusteigen. Dort wimmelte es von Geheimpolizei, und er wäre mit Sicherheit Branko und seinen Leuten in die Arme gelaufen, wenn nicht gar seiner Frau.

Sein Risiko war die verfrühte Abreise. Hätte man ihn auf dem Prager Bahnhof erwischt, wie er einen Zug nach Nürnberg besteigen wollte, hätte man sofort wieder eine Querverbindung zwischen uns hergestellt. Deshalb nahm Milan einen frühen Nahverkehrszug nach Pilsen, dem ersten und einzigen Halt des Fernzugs auf dem Weg zum Grenzübergang Cheb/Eger.

In Pilsen stand natürlich niemand von der Prager Geheimpolizei. Milan hatte sie ausgetrickst!

Als anonymer Reisender, den in Pilsen niemand kannte oder suchte, stieg er unbehelligt in den Fernzug nach Nürnberg und rollte gemütlich über die Grenze, denn er hatte ja seinen Pass und seine Visa.

Und die zweistündige Verspätung hatte gar nichts mit ihm zu tun gehabt!

Seine erste Umarmung auf dem Nürnberger Bahnhof werde ich nie vergessen. Unsere Euphorie war unbeschreiblich. Wir hatten es geschafft.

Wie viele Überlegungen, Ängste und Zweifel dieser Umarmung vorausgegangen waren, wie oft wir unserer Sehnsucht nacheinander widerstanden hatten statt uns kurz zu treffen, das ist nur schwer in Worte zu fassen.

Jetzt konnten wir endlich anfangen zu leben und zu träumen. Egal was uns erwartete: Wir waren zusammen und durften uns wieder in den Armen halten.

Was Milan in den darauffolgenden sechsunddreißig Jahren täglich tun sollte.

60

Neuburg an der Donau, August 1967

Nach einigen Tagen, die wir mit Mama und Alina im Spätaussiedlerlager verbrachten, um erst mal anzukommen und alle Papiere und Dokumente in Ordnung zu bringen, stellte sich für uns die Frage: Wo sollen wir uns niederlassen?

Alina hatte zuerst tagelang nach ihrer Genossin Lehrerin gejammert und wollte unbedingt zurück nach Prag. Dass ich sie ohne jede Vorwarnung aus ihrer vertrauten Umgebung gerissen hatte, verzieh sie mir lange nicht. Aber hatte ich denn eine Wahl gehabt?

Nun saßen wir in dem kleinen Krankenhaus in Neuburg an der Donau in einem Wartezimmer. Dort blätterte Milan im »Deutschen Ärzteblatt« und studierte die Stellenanzeigen.

Mama, Alina und ich vertrieben uns die Zeit damit, auf einer Deutschlandkarte nach netten Fleckchen zu suchen.

»Da?« Alina zeigte auf Lübeck. »Da ist ein Meer. Ich möchte baden.«

»Das ist die Ostsee. – Lieber nicht, mein Herz, das ist mir zu nahe an der DDR-Grenze.«

»Dann eben da!« Sie ließ den Finger wie eine summende Biene nach Süden fliegen und landete in Passau.

»Das ist uns zu nahe an der tschechischen Grenze, Liebes!«

»Na gut …« Ihr Bienenfinger flog suchend im Kreis. »Da!«

Sie landete auf dem westlichsten Punkt der Deutschlandkarte. »Da ist auch ein Meer.«

Ein dunkelhäutiger Mann mit schwarzem Schnauzer, in Deutschland damals bekannt als »Gastarbeiter« – wir hatten dieses Wort noch nie gehört – schmunzelte. Er saß mit uns im Wartezimmer und hatte unser Gespräch mit angehört.

»Das ist kein Meer, das ist der Bodensee.«

Wir hatten wirklich keine Ahnung von Deutschland. Wir kannten es nicht. Deutschland war unter der kommunistischen Diktatur nach dem Zweiten Weltkrieg mehr oder weniger totgeschwiegen worden. Es fand weder im Unterricht noch in der Presse statt, und wenn, dann nur als feindliches Land.

»Oh, vielen Dank«, sagte ich verlegen. »Wir kennen uns in Deutschland gar nicht aus.«

»Das ging mir am Anfang genauso.« Der freundliche Zeitgenosse lachte. »Deutschland ist ein sehr schönes Land.«

Dann erklärte er uns, dass er aus der Türkei stamme, aber schon seit fünf Jahren in Deutschland lebe. »Meine Familie kommt auch bald nach.«

»Wo ist es denn schön?«, fragte Alina keck. »Hier?« Sie zeigte auf Oberhausen.

»Das da ist alles der Kohlenpott«, erklärte uns der nette Türke. »Wenn ich es mir aussuchen könnte, würde ich da nicht hinziehen.«

»Sondern …?«

»Ja, da wo Ihre Tochter hingezeigt hat, ist es schon super«, beschied er mit Kennermiene.

Nachdem der hilfsbereite Mann uns das Ruhrgebiet und Niedersachsen ausgeredet hatte, und nachdem wir uns nicht in der Nähe der tschechischen oder deutsch-deutschen Grenze ansiedeln wollten, blieben noch zwei Stellenanzeigen übrig, die für uns infrage kamen:

Bodensee und Schwarzwald.

Milan schrieb sie sich ab. Damals konnte man nicht schnell mit dem Handy etwas abfotografieren. Und Milan war einfach viel zu anständig, um den Stellenteil einfach herauszureißen oder das Heft gar mitgehen zu lassen.

Wir bedankten uns bei dem freundlichen Türken, der Deutschland besser kannte als wir.

Wenige Tage später saßen wir mit Mama und Alina im Zug nach Ulm.

Milan hatte keinen internationalen Führerschein und ich, die ehemalige Frau eines Fahrlehrers, konnte gar nicht fahren.

Kaum am Bodensee, lag dort alles in tiefstem Nebel.

»Nein, hier möchte ich nicht bleiben!«, sagte Alina enttäuscht. »Ich kann das Meer ja noch nicht mal sehen!«

»Es gibt noch das Angebot in einem Krankenhaus im Schwarzwald. Gut Ding will Weile haben!«

Ich sandte Milan einen dankbaren Blick. »Wir haben bis jetzt so viel geschafft, das schaffen wir auch noch.«

Das Kleinstädtchen, das wir mit einem weiteren Nahverkehrszug knapp drei Stunden später erreichten, erstrahlte im Sonnenschein. Die traumhaft schöne Schwarzwaldgegend hatte uns schon unterwegs zum Jubeln gebracht: »Das ist ja wie in den Beskiden! Oder wie im Riesengebirge!« Mama fand, es sei fast so schön wie das Lausitzer Gebirge. »Schaut mal, das könnte Hillemühl sein …«

»Na bitte. Das sieht doch gleich viel besser aus.« Milan half uns beim Aussteigen und winkte ein Taxi herbei.

Das kleine moderne, gerade neu eröffnete Kreiskrankenhaus war im Vergleich zu den runtergekommenen tschechischen Krankenhäusern ein Juwel.

Der Chefarzt, der uns mit wehendem Kittel entgegenkam, trug laut Namensschild einen tschechischen Nachnamen.

»Wenn das kein Glücksfall ist«, raunte ich Milan zu. »Er ist ein Deutscher aus Brünn«

Und nachdem die beiden ausführlich gesprochen hatten, hieß es bald: »Lieber Kollege Berner, ich kann Ihren Unterlagen und Zeugnissen entnehmen, dass Sie ja bestens qualifiziert sind. Sie sind ein großer Gewinn für uns. Willkommen in unserem Kollegium!«

Herzlich schüttelte er uns allen die Hand.

»Wollen wir es hier versuchen?« Milan sah Alina fragend an. Um seine Augen lag wieder der von mir so geliebte Faltenkranz.

»Einverstanden.«

Milan hielt ihr seine große väterliche Hand hin, und Alina schlug ein.

Der »Mann aus dem Park« kam schon lange sehr gut an bei ihr. Sie hatte sich genau an ihn erinnert!

Zwischen Pavel, Branko und ihm hätte sie sich ebenfalls für ihn entschieden, hatte sie mir heimlich zugeflüstert. »Der ist zwar der Älteste, aber der Beste!«

Unsere erste Wohnung war bescheiden und klein. Aber wir freuten uns sehr, sie mit Leben zu füllen. Mama bekam ein Zimmer, Alina ein zweites, und für Milan und mich blieb das Wohnzimmer, das wir durch eine Ausziehcouch allabendlich zum Schlafzimmer umfunktionierten. Aber wir hatten wahrlich Schlimmeres erlebt!

Beim Auspacken unserer wenigen Sachen fielen mir die zweihundert Mark von Branko in die Hände, die er mir für »Anglerzubehör« und meine Spitzelreise nach München zugesteckt hatte.

Geld, das ich die ganze Zeit nicht angerührt hatte.

Sofort nahm ich Verbindung zum Verfassungsschutz in Stuttgart auf und gab die zweihundert Mark dort ab.

In meinen Gedanken wurde ich noch lange von der tschechischen Geheimpolizei verfolgt. Viele Jahre verfolgte mich der gleiche Emigrantentraum: Immer wieder sah ich Branko hinter einer Ecke hervorkommen, in meinen Träumen war er allgegenwärtig. Fast jede Nacht hörte ich ihn drohen: »Wenn du nicht wiederkommst, werde ich eigenhändig dafür sorgen, dass Alina früher oder später die Donau hinuntertreibt.« Schweißgebadet wachte ich auf und sah Milan friedlich neben mir schlummern. Immer verstand er es, mich zu beruhigen.

Wir waren entwurzelt, vertrieben aus unserem geliebten Prag. Aber wir waren zusammen. Alles andere würde sich weisen.

61

Paris, Herbst 1967

Schon bald erfüllten wir uns einen absoluten Traum und fuhren doch tatsächlich in die Stadt der Liebe – nach Paris! Nur wir zwei beide, Alina war ja zu Hause bei Mama gut aufgehoben.

Wir begannen unsere neue Welt zu erkunden – eine Welt, über die wir nur sehr wenig wussten. Es war nicht leicht, sich in einem Land mit einer mir unbekannten Sprache zurechtzufinden, aber die Freundlichkeit und Hilfsbereitschaft der Menschen half uns über alle kleinen und großen Widrigkeiten hinweg. Schließlich waren wir professionelle Reiseleiter – nur diesmal ohne Reisegruppe.

Glückstrahlend und immer noch fassungslos standen Milan und ich vor dem Eiffelturm.

Obwohl wir noch lange nicht heiraten konnten – Milan war auf dem Papier immer noch verheiratet und hütete sich, während seiner »Haftstrafe«, zu der er nach der Republikflucht verurteilt worden war, in dem Land, in dem er Persona non grata war, einen Scheidungsantrag zu stellen –, war ich ganz in Weiß gekleidet. Milan trug einen dunklen Anzug und verbarg sein Faltenkranzlächeln hinter einer Sonnenbrille. Er hatte mir einen schmalen goldenen Ring geschenkt, den ich glücklich und stolz am Finger trug.

»Ella, ich werde dir die Welt zu Füßen legen. Wir müssen jetzt nur mit den tragikomischen Widrigkeiten des Exils fertigwerden.«

Wir hatten wieder mal die falsche Metro erwischt, aber dank Milans Humor wusste ich: Wir würden es schaffen.

»Oh Milan, Paris ist ein Traum! Bitte lass uns noch in Notre-Dame die gotischen Spitzbögen bewundern …« Wir wurden nicht müde, die vielen Sehenswürdigkeiten zu bestaunen. Es war uns immer noch unbegreiflich, dass wir nicht verfolgt und beobachtet wurden. Niemand stand heimlich hinter einer Säule, und wenn jemand durch den Sucher eines Fotoapparats schaute, galt sein Interesse nicht uns, sondern der Schönheit von Paris.

»Die meinen nicht uns, Liebling.« Milan legte den Arm um mich und zog mich weiter. »Früher mussten wir vorn und hinten Augen haben, und jetzt dürfen wir einfach nur nach vorn schauen!«

Überwältigt waren wir durch den Louvre spaziert, hatten von den Stufen vor Sacré-Cœur über die Stadt geblickt, waren durch Montmartre geschlendert, hatten im Straßencafé auf den Champs-Élysées ein Croissant genossen und bei den Bouquinistes an der Seine in alten Büchern geblättert. Alles ungestraft, alles unbeobachtet!

Erfüllt von Paris kehrten wir nach Deutschland zurück.

62

Im Schwarzwald, Frühling 1968

Alina ging jetzt in Deutschland zur Schule und hatte sich in ihrer neuen Klasse rasch eingelebt. Sie war lernwillig und zielstrebig, und wir waren sehr stolz auf sie. Über die Naivität ihres Geschichtslehrers, der gedankenlos über die Menschen aus dem »Ostblock« daherredete, staunten wir. Dabei passierte in unserer alten Heimat so einiges. Über die Medien bekamen wir mit, wie ein neuer »Sozialismus mit menschlichem Antlitz« gefeiert wurde.

Eine Gruppe von Reformern, an ihrer Spitze der sympathische und stets warmherzig lächelnde ehemalige Maschinenschlosser Alexander Dubček, versuchte, Lockerungen und mehr Freiheiten für jeden Einzelnen zu erreichen. Als Duzfreund von Leonid Breschnew hatte er auch zunächst noch den Segen seines väterlichen Freundes, des mächtigen Herrschers der Sowjetunion.

»Nicht zu fassen!« Milan und ich starrten in den Fernseher.

»Jetzt sieh dir das Gewimmel auf dem Wenzelsplatz an!«

Die Leute dort rissen sich die Zeitungen aus der Hand und konnten gar nicht glauben, was plötzlich für eine Meinungsfreiheit herrschte.

»Die haben die Pressezensur aufgehoben?« Milan fuhr sich ungläubig durch die Haare.

Neue Bilder prasselten auf uns ein.

Politische Gefangene wurden freigelassen, Missstände aufgedeckt, und die Grenzen zu Westeuropa sollten geöffnet werden!

Die Menschen in unserer ehemaligen Heimat waren völlig berauscht von den positiven Ereignissen, der »Prager Frühling« war in vollem Gange.

»Oh Milan, wenn wir das gewusst hatten …« Mein Heimweh nach Prag machte mich wehmütig.

»Ich halte es für ein ziemlich gewagtes Experiment.«

Mit seiner Lebenserfahrung konnte Milan in den allgemeinen Jubel nicht recht einstimmen. Und sollte leider recht behalten.

Mit Grauen betrachteten wir die Szenen, die sich nur wenige Monate später in unserem geliebten Prag abspielten: In den Morgenstunden des 21. August 1968 rollten sowjetische Panzer ein. Eine halbe Million Soldaten des Warschauer Pakts sollte dem »Sozialismus mit menschlichem Antlitz« ein Ende machen.

Die Prager waren außer sich vor Enttäuschung! Unbewaffnete junge Leute gingen mit weißen Fahnen und Blumen auf die Panzer zu und sprachen mit den sowjetischen Soldaten, die in ihrem Alter waren. Wir sahen, wie junge Frauen ihnen freundschaftlich über den Kopf strichen und sie auf die Wangen küssten. Sie wollten die viel gepriesene »Freundschaft« mit dem Bruderland. Doch die Panzer rollten gnadenlos in die Menschenmengen, es gab Tote und Verletzte. Der Student Jan Palach zündete sich aus Protest gegen die Besatzer an und verbrannte sich vor dem Nationalmuseum auf dem Wenzelsplatz. Dreiundzwanzig Jahre nach Ende des Zweiten Weltkriegs wurde wieder um das Rundfunkgebäude im Stadtteil Vinohrady gekämpft. Dubček, der drei Tage lang in sowjetischer Haft gewesen war, hielt eine Rede im Radio, bei der er Pausen von bis zu dreißig Sekunden machen musste, bevor er weitersprechen konnte. Ob er gefoltert worden war oder nur unendlich traurig über die gescheiterten Reformen? Wer weiß.

Und wieder wurden aus Professoren Fensterputzer, aus Schriftstellern und Journalisten Taxifahrer und Heizer. Kurz nach der Invasion in Prag verließen an die hundertvierzigtausend Tschechen ihre Heimat.

Also hatten wir doch alles richtig gemacht!

63

Innsbruck, Sommer 1969

»Ella! Ella Gregorová?! Sind Sie das?«

Eine Dame meines Alters, die mir verblüffend ähnlich sah, sprang von ihrem Tisch im Garten des Hotels Tyrol in Innsbruck auf. Sie trug einen grauen Hosenanzug und eine Bluse mit goldener Brosche. Sie kam mir überhaupt so bekannt vor … wo hatte ich sie nur schon gesehen?

Irritiert blieb ich stehen. Die Dame hatte nicht nur genau meinen Haarschnitt, sondern auch eine gefärbte graue Strähne über der Schläfe – genau da, wo meine ECHTE graue Strähne war.

»Mein Name ist Zuzana Gregorová.«

Sie war es tatsächlich! Die Frau, deren Foto bei Pavel auf dem Nachttisch gestanden hatte. Seine neue Frau!

Wie gern hätte ich jetzt Milan an meiner Seite gehabt, wir hätten sicherlich schallend gelacht.

Aber Milan besichtigte gerade mit einem Kollegen die Sportklinik in Innsbruck, in der eine Tagung für Orthopäden stattfand.

Pavel hatte damals getobt, als ihm klar geworden war, dass wir wirklich nicht wiederkamen. Er hatte alle Hebel in Bewegung gesetzt, um »sein Kind« zurückzubekommen.

Auch ans Rote Kreuz hatte er geschrieben, um uns im Westen ausfindig zu machen. Und das Rote Kreuz hatte uns angeschrieben mit der Frage, ob es unsere neue Adresse herausgeben dürfe.

»Nein, natürlich nicht!« Panik hatte sich in mir breitgemacht, und ich hatte Milan verzweifelt angesehen. »Er darf niemals wissen, wo wir sind!«

»Aber er hat auch ein Recht darauf, sein Kind zu sehen«, redete Milan damals beruhigend auf mich ein.

»Milan, ich habe Angst vor ihm! Er wird Alina entführen!«

»Ella, beruhige dich. Wir finden eine Lösung.«

Als er dann die Einladung zur Tagung in Innsbruck bekam, schlug er vor: »Wir werden ihn auf neutralem Boden treffen. In Österreich. In einer angenehmen Umgebung, in einem schönen Hotel.«

Der Plan war jetzt Wirklichkeit geworden. Dass ich als Erstes meinem »Zwilling« über den Weg laufen würde, hatte ich natürlich nicht ahnen können.

Zuzana Gregorová, die jetzt auch meinen Nachnamen trug – Milan und ich waren ja noch nicht verheiratet–, drückte mir freundlich, ja fast entschuldigend die Hand.

»Ella, bitte erschrecken Sie nicht. Wir waren ja erst für morgen angekündigt, aber Pavel ist gefahren wie ein Wahnsinniger, immer auf der Überholspur, sodass wir schon da sind.«

Mein Herz raste. Jeden Moment würde er wie ein wilder Stier um die Ecke kommen und mir an den Kragen gehen … Das war mal wieder typisch Pavel!

»Er ist oben in unserem Zimmer.« Sie wies mit dem Kinn auf die Fassade. »Er schläft wie ein Murmeltier.«

Ich blieb erst mal reserviert. Überraschungen hatte ich in meinem Leben bereits genug erlebt. Mit einem Seitenblick auf Alina, die fröhlich mit anderen Kindern im Hotelgarten spielte, versuchte ich mich wieder zu beruhigen.

»Aber kommen Sie doch, setzen wir uns …« Sie zog mich an den Gartentisch, von dem sie gerade aufgestanden war. Ohne Alina aus den Augen zu lassen, setzte ich mich zu ihr.

Sie begann sehr nett zu plaudern, ohne dass ich auch nur ein Wort mitbekam. Ich sah die Frau immer wieder von der Seite an, und konnte die Ähnlichkeit zwischen uns kaum fassen.

Ob sie wusste, auf was für einen Psychopaten sie sich da eingelassen hatte?

Sie lächelte mich herzlich an. »Wenn ich alles glauben würde, was er mir über Sie erzählt hat, hätte ich mich nie getraut, Sie anzusprechen.«

Ich begann, die Frau zu mögen. Sie erzählte mir, dass sie eine Tochter in Alinas Alter mit in die Ehe gebracht habe, an der Pavel aber kein Interesse zeige. »Die Zeit wird es hoffentlich richten«, seufzte sie. »Pavel ist ja nicht so der große Kinderfreund.«

»Was Sie nicht sagen.«

Ich kämpfte mit dem Drang, der neuen Frau Gregorová meine Version unserer Ehe zu erzählen, ließ es aber vernünftigerweise bleiben.

Immer noch hatte ich schreckliche Angst vor diesem unberechenbaren Menschen, der jeden Moment vor uns stehen würde. Ich hoffte und betete, dass Milan bald zurückkehren würde.

Frau Gregorová schüttete mir indessen ihr Herz aus.

»Vor unserer Hochzeit hatte Pavel immer noch heimlich Kontakt zu anderen Frauen. Deshalb habe ich lange gezögert, seinen Heiratsantrag anzunehmen. Er sagte, er würde sofort damit aufhören, wenn wir heiraten. Er bräuchte dringend eine Frau im Haus.«

»Was Sie nicht sagen.« Ich dachte an die aufgeräumte Wohnung, die ich bei meinem letzten Besuch vorgefunden hatte. An den kleinen grünen Kaktus auf der Fensterbank.

»Eines Tages – wir waren schon verheiratet – kam er unerwartet früh von der Fahrschule nach Hause in die kleine Wohnung, die Sie ja kennen.«

Ich nickte. Jeden einzelnen Winkel dieser engen Behausung hatte ich noch vor Augen.

»Er hatte Durchfall«, plauderte sie ganz ungeniert weiter, »und musste ganz schnell auf die Toilette. In der Eile ließ er seine Aktentasche fallen. Ich hob sie auf, und da fielen mir lauter Briefe entgegen. Mit Fotos von verschiedenen Damen, die ihm alle auf eine Heiratsannonce geantwortet hatten. Er hat sich als geschiedener, unabhängiger, kinderloser Mann mit Pkw und Wochenendhaus vorgestellt. Sein Alter hat er fünf Jahre nach unten frisiert. Was sagen Sie dazu?«

»Was soll ich dazu sagen …« Es war so typisch Pavel!

Warum sie ihn trotzdem geheiratet hatte? Bestimmt war sie, genau wie ich früher, auf seinen Charme und seine Blenderqualitäten hereingefallen. Mit dem einzigen Unterschied, dass ich damals gerade neunzehn gewesen war und sie jetzt doppelt so alt. Aber Liebe macht bekanntlich in jedem Alter blind.

Als wir aufschauten, saßen Pavel, Alina und Milan schon nett bei Kaffee und Kuchen beieinander an einem anderen Tisch unter einem großen Sonnenschirm. Alina löffelte aus einem großen Eisbecher mit Sahne und schien Gefallen an der Situation zu finden, zwei Väter zu haben. Mit ihren großen dunklen Augen schaute sie von einem zum anderen wie bei einem Tennismatch.

»Ach, da seid ihr ja! Wir hatten euch gar nicht gesehen!«

Wir »Gregorová-Zwillinge« setzten uns dazu.

Milan strahlte eine solche Freundlichkeit und Würde aus, dass Pavel es nicht wagte, ausfällig zu werden. Und seit ich die Durchfall-Geschichte kannte, war auch meine Angst vor ihm verflogen wie eine Flatulenz. Milan und ich lachten uns noch am selben Abend darüber kaputt, während Alina ahnungslos im Beistellbett schlief.

Wir verbrachten vier recht entspannte Tage miteinander, und Milan schaffte es in jeder Sekunde, den richtigen Ton zu finden, der Heiterkeit und Frische versprühte wie ein gutes Raumspray nach einem üblen Geschäft. Ihm und seinem Fingerspitzengefühl war es zu verdanken, dass er eine Art Versöhnung zwischen uns zustande brachte. An Alina zeigte Pavel nach wie vor kein echtes Interesse. Längst hatte sie sich wieder zu ihren Freunden gesellt.

Nachdem wir uns in Innsbruck verabschiedeten, haben wir Pavel und seine Frau nie wiedergesehen.

64

Im Schwarzwald, Sommer 1971

»Frau Ella Gregorová, wollen Sie den hier anwesenden Dr. Milan Berner …«

»Ja. Ich will.«

»Herr Dr. Milan Berner, wollen Sie die hier anwesende Frau Ella …«

»Ja. Ich will auch.«

»Dann dürfen Sie die Braut jetzt küssen.«

Milan und ich sanken uns auf dem Standesamt erleichtert und glücklich in die Arme.

Ich war inzwischen achtunddreißig und Milan zweiundfünfzig Jahre alt.

Die Leute hatten seit Jahren gedacht, wir wären schon längst verheiratet.

Endlich durfte ich den Namen tragen, mit dem ich sowieso schon lange angesprochen wurde, und unterschrieb stolz mit »Ella Berner«.

In Abwesenheit war Milan von seiner Frau in Prag geschieden worden. Unsere Haftstrafen wegen Republikflucht sollten allerdings erst 1990 durch Václav Havel aufgehoben werden. Milan war zu sechs und ich zu zwei Jahren Haft verurteilt worden. Aber an diesem Glückstag waren diese Schrecken kurz ausgeblendet.

Alina überreichte uns ein Glückwunschschreiben mit folgendem Inhalt:

»Man heiratet mangels Erfahrung, man lässt sich scheiden mangels Geduld, man heiratet wieder mangels Gedächtnis.«

Die Dreizehnjährige erfreute sich sichtlich eines gesunden Selbstbewusstseins! Längst fühlte sie sich im kleinen Schwarzwalddorf pudelwohl und genoss die Sympathie, die man ihr entgegenbrachte. Sie fuhr begeistert Ski, war supersportlich und engagierte sich in vielen Vereinen.

Im Jahr 1973 entschlossen wir uns, eine eigene Arztpraxis zu eröffnen. Wegen meiner sozialistischen Lehrerausbildung, die hier nicht anerkannt wurde, durfte ich im Schuldienst nicht tätig sein. In Milans Arztpraxis konnte ich dagegen mitarbeiten und damit auch meine Altersrente sichern.

Der Jude Berner hatte einen solchen Zulauf an Patienten, dass andere Kollegen nur davon träumen konnten. Auch ehemalige SS-Angehörige ließen sich nichts ahnend von ihm behandeln. Viele Mütter kamen mit ihren kleinen Kindern von weither, weil sich Milans liebevolle Art herumgesprochen hatte. Er arbeitete täglich von acht bis einundzwanzig Uhr und gönnte sich nur eine kurze Mittagspause. Dennoch ließ er es sich nicht nehmen, »seine« Alina frühmorgens mit dem Auto zur Schule zu bringen. Ansonsten führte Mama mit ihrer ausgeglichenen und bescheidenen Art Haushalt und Regiment.

Nach einigen Jahren harter Arbeit konnten wir uns ein Haus bauen, in das auch Mama wieder mit einzog. Sie war nun Mitte sechzig und pflegte es mit der gleichen Liebe und Sorgfalt wie das in Haida. Üppige Blumenkästen zierten die Fenster, und der Vorgarten war eine Augenweide. Spaziergänger blieben stehen, um die Blütenpracht zu bestaunen und oftmals auch zu fotografieren.

War das ein wunderbares Gefühl: Unser Zuhause wurde fotografiert, weil es so schön war, und nicht, weil man uns ausspionierte und bespitzelte.

Nachdem Alina das Abitur in der Tasche hatte, das sie als Beste aller drei Abschlussklassen absolvierte, konnte Milan sie endlich adoptieren: Sie war jetzt volljährig, sodass die Zustimmung des Vaters dafür nicht mehr nötig war. Anschließend ging unsere Tochter nach Freiburg, um dort Medizin zu studieren.

Und Mama wurde es auch nicht langweilig. Die hatte im Heimatverein einen netten Herrn kennengelernt, mit dem sie viele Ausflüge in die Umgebung unternahm.

Unser einziges Hobby war das Reisen. Neues sehen und kennenlernen, die Vergangenheit vergessen: Das war unser gemeinsames Ziel. Wir glaubten an die Macht des Reisens, es gab bei uns nicht einen Tag, an dem wir nicht wussten, wohin unsere nächste Reise führen sollte. Und trotzdem reiste unsere Vergangenheit immer mit.

Und dann kam die Wende. Im November 1989 fiel der Eiserne Vorhang.

Nach weit über zwanzig Jahren gab es für uns zum ersten Mal die Möglichkeit, wieder nach Prag zu reisen!

Wegen der schlechten Erfahrungen mit dem gescheiterten »Prager Frühling« warteten wir vorsichtshalber noch bis 1992. Diesmal konnte die Sowjetunion ihre Bruderstaaten nicht mehr zurückpfeifen. Das kommunistische Großreich war zerfallen.

Ein großartiges Erlebnis stand uns bevor, die Rückkehr in unsere heiß geliebte Heimatstadt, von der wir geglaubt hatten, sie nie wiedersehen zu dürfen!

Hand in Hand bummelten Milan und ich durch die langsam wieder aufblühende Stadt, in der die Leute befreit und beschwingt durch die belebten Straßen spazierten. Touristenmassen schoben sich hinter Reiseleitern zur Burg hinauf. Milan und ich hielten uns an den Händen und dachten an die Zeit, in der wir hier gelebt hatten.

Auf den Pfaden der Erinnerung kamen wir an der Nummer Vier vorbei, vor der zwei uniformierte Polizisten standen. Sofort begannen meine Knie unkontrolliert zu zittern, und ich wurde wieder von den schrecklichen Bildern von damals überrollt.

»Bitte, Milan, lass uns schnell weitergehen …«

Doch Milan grüßte die Polizisten freundlich, und die grüßten genauso freundlich zurück.

»Darf ich mit Ihnen beiden und meiner Frau ein Foto machen?«

»Milan, nein ich …« Meine Beine drohten zu versagen. Die Uniformierten waren bewaffnet und hatten Handschellen!

»Über alte Bilder muss man neue schießen«, sagte Milan auf Deutsch. Er benutzte bewusst das Wort »schießen«, das jetzt eine so harmlose Bedeutung hatte.

Also stellte ich mich, inzwischen eine schlohweiße ältere Dame, für das Foto zwischen die Polizisten.

»Dürfen wir uns kurz die Handschellen ausleihen?«, fragte Milan.

Auf dem Foto halte ich die Handschellen und lache verlegen, aber meine Augen lachen nicht mit.

Ich sah Prag jetzt mit den Augen einer Fremden.

Das mittlerweile gestürzte kommunistische Regime hatte enorme Schäden hinterlassen.

Die Stadt war grau in grau, vernachlässigt und zerstört.

Dennoch kehrten Milan und ich zweimal im Jahr in unser geliebtes Prag zurück.

Prag war die Stadt unserer Jugend. Jedes Mal hatten wir das Gefühl, in Prag jünger zu sein.

Über die Jahre konnten wir beobachten, wie Prag zu einem europäischen Juwel wurde. Die Stadt erstrahlte von Jahr zu Jahr mehr mit restaurierten Häusern, internationalen Geschäften und Firmen – ein Wandel, der seinesgleichen suchte.

Nach kurzer Zeit war wieder die ganze Welt in Prag vertreten. Jetzt war sie wirklich die goldene Stadt mit den hundert Türmen!

65

Prag, Februar 2003

»Ella, ich glaube, ich habe gefunden, wonach wir schon so lange gesucht haben.«

Ich war nun fast siebzig Jahre alt und Milan dreiundachtzig.

Wir hatten die Welt bereist, Alina war Ärztin geworden, hatte geheiratet und einen wunderschönen Sohn bekommen. Mama hingegen war bereits mit Ende sechzig viel zu früh, aber friedlich im Kreis ihrer Familie gestorben. Auch Tante Franziska lebte nicht mehr, hatte uns vor ihrem Tod aber noch oft besuchen können. Ansonsten hatte sie sich wie versprochen um Onkel Gustavs demente Schwester gekümmert.

»Was haben wir denn so lange gesucht?«, fragte ich gedankenverloren.

»Lass dich überraschen.«

Ein wenig keuchte ich schon, als wir mit Blick auf den Hradschin den Berg hinaufwanderten. »Ist die Überraschung, dass wir gleich Tram fahren?«

»Nein, mein Herz.«

Wir überquerten die Straße und einen kleinen Stadtplatz. Die majestätische Prager Burg lag nun hinter uns. Vor uns erstreckten sich wundervoll restaurierte, grün verputzte Gebäude mit grünem Zaun. Ein feines Wohngebiet strahlte uns entgegen, als wollte es uns willkommen heißen.

»Milan, wen besuchen wir denn?«

Er verband mir mit seinem Schal sanft die Augen und führte mich vorsichtig auf das erste Gebäude zu.

»Milan, ich bin zu alt für solche Scherze …«

Ich hörte, wie er leise quietschend das grüne Gartentor öffnete.

»So, Vorsicht, hier kommen Stufen …«

Ich hörte, wie er eine Haustür aufschloss.

»Milan, wieso hast du einen Schlüssel?«

Es roch frisch gestrichen und nach Bohnerwachs.

»Milan, du hast doch nicht …«

»Und wenn doch? Es war doch dein innigster Wunsch all die Jahre!«

»Treppe oder Aufzug?«

»Aufzug natürlich!« Nervös lachte ich. Was hatte mein Mann mit mir vor?

Milan schob mich in den Aufzug. Ich spürte, wie wir langsam nach oben glitten.

»Wo sind wir? Milan, mach mir keine Angst …«

»Du sollst nie wieder Angst haben, Ella. Du hast doch mich und wirst mich immer haben.«

Er schloss eine weitere Tür auf, und der Geruch von poliertem Parkett und neuen Tapeten stieg mir in die Nase.

Mein Herz hüpfte vor Aufregung und Freude. Seit drei Jahren suchten Milan und ich in Prag nach einer Eigentumswohnung! Wir wollten hier gemeinsam noch älter werden, in unserer geliebten Stadt, die sich genauso wunderbar entwickelt hatte wie unser eigenes Leben.

»Augen auf!« Milan nahm den Schal von meinen Augen. Ich blinzelte in ein helles, tadellos renoviertes Dachapartment hinein.

»Milan! Der Hradschin!« Die große Fensterfront gab einen unverbaubaren Blick auf den Park und die Prager Burg frei! Ich wirbelte herum. »Sag bloß das gehört …«

»Uns! Du hast es so verdient, meine geliebte Frau.«

Ich schlug mir die Hände vor den Mund. »Das ist nicht möglich. Das ist die schönste Wohnung, die ich mir je erträumt habe! Im Herzen von Prag!«

»Ich wollte dir die Burg zu Füßen legen, und ich glaube, ich habe es geschafft.«

Milan umarmte mich fest und küsste mir die Freudentränen von den Wangen. Gemeinsam standen wir schweigend am Fenster und genossen die Aussicht auf unser Prag. Jeder Turm, jede Brücke und fast jedes Gebäude bargen ein »Weißt du noch?«. Und alles sah so prächtig und wunderschön aus!

»Jetzt beginnt der Rest unseres Lebens.« Milan lächelte sein Faltenkranzlächeln.

Ich fiel ihm um den Hals und bedeckte sein liebes Gesicht mit Küssen.

Das war das schönste Geschenk, das er mir machen konnte.

Ein Nest hoch über den Dächern von Prag. In der Stadt, in der wir jung gewesen waren.

Nachwort der Protagonistin

Milan starb vierzehn Tage nach unserer Rückkehr aus Prag an den Folgen einer schweren Gehirnblutung.

Im Krankenhaus sprach er, bereits schwer gelähmt, seine letzten drei Sätze:

»Was unternehmen wir morgen?«

»Ich liebe dich.«

»Wohin fahren wir in Urlaub?«

Nach diesen Abschiedsworten verlor ich erneut den Kampf gegen die Tränen.

Sein Hirnödem breitete sich immer weiter aus, sodass wir irgendwann nur noch per Händedruck kommunizieren konnten. Sein Verstand und seine Persönlichkeit hatten ihn bereits verlassen. Deshalb floh ich in die Vergangenheit und schrieb an seinem Sterbebett viele dieser Zeilen, die ich später ordnete. Sie werden mich immer an den Geruch von Desinfektionsmitteln, Medikamenten und wohlriechenden Ölen erinnern. Die Pflege seines hilflosen Körpers in einem Baseler Krankenhaus war bis zu seinem Tode vorbildlich.

Wir hatten das Älterwerden kaum beachtet, waren immer voller Pläne gewesen, bis zum Schluss. Die Vorstellung, dass einer ohne den anderen weiterleben sollte, war uns dermaßen unerträglich, dass wir sie komplett ausblendeten.

Zu seinem Tod schrieben mir gute Freunde:

Er war ein wunderbarer Mensch, und ich bin traurig, dass er nicht mehr da ist. – Selten waren bei einem Menschen Güte, Intelligenz und Humor so vereint wie bei ihm. – Ihr Mann war eine besondere Persönlichkeit, die sicher geprägt war von vielen schlimmen Erfahrungen der Vergangenheit. Das alles war verbunden mit einer von Herzen kommenden Fröhlichkeit und Humor. Sein trockener, ironischer, aber auch melancholischer Humor war seine Waffe. – Zum Tode Ihres Mannes, dem von uns allen geliebten Arzt, sprechen wir Ihnen unser ganzes Mitgefühl aus. Sein Witz, der so vielen Menschen abgeht, seine Fürsorge und auch sein Kämpfertum um unsere Gesundheit werden uns unvergessen bleiben.

In unserer Wohnung herrscht jetzt eine unnatürliche Stille, dennoch ist Milan für mich immer gegenwärtig.

Es fällt mir nicht leicht, mich mit dieser Situation abzufinden, jede Entscheidung nur noch für mich zu treffen und nicht mehr alles, was ich sehe und denke, mit ihm teilen zu können. Es kostet mich sehr viel Kraft, stark zu sein, und wenn meine Gedanken in die Vergangenheit zurückeilen, ist das oft schmerzlich.

Dennoch: Ohne Milan wäre mein Leben unvollständig gewesen. Es war ein Segen, dass es ihn gab, und dass ich achtunddreißig Jahre an seiner Seite leben durfte.

Wie gesagt, 2003, im Todesjahr meines Mannes, habe ich damit begonnen, meine Lebensgeschichte aufzuschreiben. In Form eines langen Briefes an meinen Enkel Jakob, der damals zehn Jahre alt war.

Ich wollte ihm die Geschichte seiner »Babi«, seiner anderen Vorfahren, nahebringen, genauso wie die komplizierte Zeit damals.

Aus dem Archiv des tschechischen Pendants zur Gauck-Behörde habe ich mir folgende Informationen heraussuchen lassen:

Mein Bruder wurde viereinhalb Jahre rund um die Uhr von acht Personen (namentlich genannt) überwacht, inklusive

Wanzen im Haus in Haida. Weil er in den Verdacht geraten war, ein Agent der CIA zu sein. Er lebte über seine Verhältnisse.

Einer meiner »Umzugshelfer«, also einer von Milans damaligen Kollegen, ein Arzt, war zweiunddreißig Jahre IM, also inoffizieller Mitarbeiter der Staatsicherheit. Im Nachhinein war klar, woher sie so vieles wussten.

Auch die Akte meines Bewachers Branko besitze ich. Er wurde nach dem Prager Frühling 1968 unehrenhaft aus dem Dienst der Staatsicherheit entlassen, weil er gegen den Einmarsch der russischen Truppen protestiert hat. Und ich habe noch jahrelang gezittert, dass er seine Drohung in Bezug auf meine Tochter wahrmachen würde. Ist das nicht verrückt?

Liebe Frau Lind, eine so einfühlsame Frau, wie Sie es sind, gibt es selten. Ich möchte Ihnen von ganzem Herzen danken, dass Sie sich meiner Lebensgeschichte angenommen haben – es war ein harter Brocken! Sich in eine Zeit vor achtzig Jahren in einem fremden Land zu versetzen, in dem meine Vorfahren in siebenundzwanzig Jahren zum Teil viermal die Staatsform und damit auch die Amtssprache gewechselt haben – das haben Sie wunderbar gemeistert. Sie waren äußerst geduldig, wenn ich versucht habe, Ihnen einzelne Situationen näherzubringen, um meine Einwände zu begründen. Sie und Ihre Lektorin Britta Hansen haben mich sogar zu Hause besucht. Wir arbeiteten tagelang sehr fleißig, gerade noch kurz vor der Corona-Ausgangssperre. Ihre Fröhlichkeit und Zuversicht sind ansteckend. Danke.

Während der Arbeit an diesem Roman erzählte ich Hera Lind auch, dass Paul Gutmann, der in den Westen geflohene Freund meines Vaters, meines Wissens nach im Salzburger Raum eine Baufirma gegründet hatte. Umso größer war meine Überraschung, als sein Sohn, der fünfundneunzigjährige Peter Gutmann, mich im März 2020 anrief! Wir plauderten fast eine Stunde und verabredeten uns für ein spätes Wiedersehen im Sommer. Dann kam uns die Corona-Krise dazwischen!

»Es ist, wie es ist« – die Abwandlung eines Liebesgedichts von Erich Fried.

Mit diesem Satz, den wir sehr oft benutzen, möchte ich mich bei meinem langjährigen deutschen, viel jüngeren besten Freund Thomas in Prag bedanken. Er half mir in meiner unbeschreiblichen Trauer nach dem Tod meines Mannes am meisten.

Die Mehrzahl meiner Freunde ist schon gestorben: das Schicksal der zu alt Gewordenen …

Ella 1938 auf dem Wenzelsplatz in Prag:
»Da war für mich die Welt noch in Ordnung.«
© Ella Berner

Nachwort der Autorin

Als ich diese Geschichte bereits vor acht Jahren in die Hände bekam, stand ich noch ziemlich am Anfang meiner Tatsachenromane. Dieses vielschichtige, hochdramatische Werk in Romanform zu bringen, traute ich mir zu diesem Zeitpunkt einfach noch nicht zu. Dennoch blieb die Geschichte über Jahre in meinem Herzen.

Der »lange Brief an Jakob«, eine sorgfältig zusammengetragene Lebensgeschichte, liebevoll zwischen zwei dunkelblaue, samtene Buchdeckel gebunden, war an den damals erst zehnjährigen Enkel der Einsenderin gerichtet. Frau Berner erzählte mir später, sie habe ihm den »langen Brief« letztlich zum zwanzigsten Geburtstag geschenkt. Was für ein großartiges, wertvolles Geschenk!

Und nun, da sie es mir geschickt hatte, war ich die Beschenkte!

Die Schreiberin hatte jede Person einzeln mit Geburts- und Sterbedaten, mit vielen sorgfältig ausgesuchten Fotos – angefangen von ihren Großeltern über ihre Eltern bis zu ihrem Bruder, ihren Tanten und Ehemännern – sorgfältig dokumentiert, und sich selbst erst an die letzte Stelle des hundertzwanzigseitigen Buches gesetzt. Es war anspruchsvoll gestaltet und schwer zu lesen. Man musste ständig hin und her blättern, um Zusammenhänge herzustellen und die wechselnden Zeiten in eine chronologische Reihenfolge zu bringen. Insofern kann ich mir gut vorstellen, dass der damals Zwanzigjährige mit der Lektüre überfordert war.

Sicherlich verschwand der »lange Brief an Jakob« damals in

einer Schublade – und das tat er auch in meiner – und zwar lange, viel zu lange!

Bereits vor sieben Jahren habe ich Frau Berner in Prag besucht. Sie empfing mich in ihrer hellen Wohnung oberhalb des Hradschin und entschuldigte sich, kein passendes Porzellan mehr zu haben, da dies ihre letzten Tage in Prag seien! Sie musste aus gesundheitlichen Gründen zurück nach Deutschland in die Nähe ihrer Tochter ziehen.

Ihre Klugheit, ihr bescheidenes Wesen und ihre aufrichtige Freude über mein Interesse beeindruckten mich. Da beschloss ich, dieses Buch zu realisieren. Mehrmals brachte ich meiner Lektorin gegenüber meine »Prag-Geschichte« ins Spiel, doch passend zu »Dreißig Jahre Mauerfall« wurden zeitgleich drei DDR-Schicksale an mich herangetragen: »Über alle Grenzen«, »Vergib uns unsere Schuld« und »Die Hölle war der Preis«. Jedes auf seine Weise fesselnd und stark … und wieder rutschte der »lange Brief an Jakob« in die Schublade, wo er sieben Jahre lag!

Mein schlechtes Gewissen Frau Berner gegenüber drohte mich schier zu erdrücken – zumal ich sie über die Jahre mehrmals bei Lesungen im Publikum entdeckte! In ihrer feinen Art bedrängte sie mich nie, was mich noch mehr beschämte.

Im Jahr 2019 kam von ihr ein liebes Schreiben: Ich möge ihr bitte den »langen Brief an Jakob« zurückschicken. Sie sei jetzt sechsundachtzig Jahre alt, und es gehe ihr gesundheitlich nicht mehr so gut.

Als Erstes ließ ich ihr spontan einen Blumenstrauß zukommen.

Dann schrieb ich ihr einen Brief: Frau Berner, entweder ich mache Ihre Geschichte noch dieses Jahr, oder ich schicke Ihnen Ihr Buch zurück!

Nach ein paar Tagen kam von meiner Lektorin Britta Hansen

grünes Licht. Sofort griff ich zum Telefon und rief sie an. Sie konnte es gar nicht glauben.

Schon am nächsten Tag begann ich zu schreiben. Und konnte einfach nicht mehr damit aufhören!

Wie im Rausch schrieb ich diese Geschichte, war monatelang nicht ansprechbar.

Wie immer habe ich mir erlaubt, Dialoge zu erfinden, um dem Ganzen mehr Lebendigkeit und manchmal auch Leichtigkeit zu verleihen.

Wie immer habe ich Situationen ausgeschmückt und meiner Fantasie freien Lauf gelassen.

Wie immer habe ich mehrere Nebenfiguren zu einer zusammengefügt und Fäden aufgreifen lassen, die ganz andere Figuren ausgeworfen hatten.

Frau Berner selbst schlug uns dann den Titel vor: »Die Frau zwischen den Welten«.

Besser kann man diese Geschichte wohl nicht auf den Punkt bringen.

Dann schickte ich ihr mein Manuskript und hörte wochenlang nichts mehr. Frau Berner hat nämlich kein Internet.

Recht geschah mir, hatte ich sie doch jahrelang warten lassen!

Schließlich bat sie mich, sie noch einmal zu besuchen. Diesmal in ihrer Wohnung in Deutschland.

Tagelang saßen wir an ihrem Wohnzimmertisch, und die ehemalige Lehrerin ging streng mit mir ins Gericht. Von den zweihundert Manuskriptseiten, die ich ihr geschickt hatte, gab sie mir lediglich drei (!) ohne jede Beanstandung zurück.

Der Rest war entweder sachlich falsch oder politisch unkorrekt. Das markierte sie, indem sie immer wieder stoisch »o« an den Rand schrieb.

Hatte ich in meiner überbordenden Fantasie eine Zimmerpflanze, einen Bademantel, einen Lockenwickler, ein Glas Sekt, einen Trecker, ein Moped, eine heiße Dusche im Hotel, einen Swimmingpool oder auch nur ein flauschiges Handtuch eingebaut, stand am Rand eine Null. Sahne: Null. Schaufelbagger: Null. Motorrad: Null. Auto: Null. Bonbons bei der Hochzeit: Null.

Selbst den Koffer musste ich vom Prager Bahnhof wieder in den Zug gelangen lassen.

Geld für Ersatzwäsche: Null.

Während dieser drei Tage wuchs mein Respekt vor und meine Zuneigung zu der inzwischen siebenundachtzigjährigen Dame ins Unermessliche. Nach achtunddreißig veröffentlichten Romanen hielt ich mich für eine gestandene Autorin, aber diese Protagonistin ließ mich meine Meisterin finden.

Wegen der Corona-Krise konnten wir uns beim Abschied noch nicht mal umarmen!

Erneut überarbeitete ich die über zweihundert Seiten, strich ganze Kapitel und fügte auf ihren Wunsch hin neue hinzu. Fast jeden Morgen rief ich sie zu ihrer gewünschten Uhrzeit an.

Ihre Stimme wurde immer erfreuter, bis wir eines Tages herzlich und entspannt zusammen lachten. Sie schickte mir meine bei ihr vergessene Brille und legte eine Tafel Schokolade dazu. Und in mir wuchs die Hoffnung, dass ich am Ende vielleicht doch noch eine Drei plus von ihr bekommen würde. Vielleicht sogar eine Zwei Minus?

Dieser Stoff war wirklich eine Herausforderung. Aber ich hoffe, wir haben die Geschichte am Ende gemeinsam gemeistert. Wenn Sie, liebe Leserin und lieber Leser, mit Spannung bis zum Ende dabei waren, dann haben wir es geschafft!

Ich bedanke mich bei Frau Berner für diesen großartigen Stoff, für ihre sagenhafte Geduld und verneige mich mit tiefem Respekt vor ihrer Lebensleistung. Solch großartige Zeitzeugen haben wir nicht mehr viele. Danke für das Geschenk Ihrer Lebensgeschichte!

Danke auch an Britta Hansen, die wie immer vermittelte, die Wogen glättete, den Text auf ein sachlicheres Niveau brachte, viele Falten herausbügelte und die Nerven behielt.

Wenn Sie, meine lieben Leserinnen und liebe Leser, auch eine außergewöhnliche Lebensgeschichte haben, dann schreiben Sie mir unter heralind@a1.net oder schicken Sie einen »langen Brief« an den Diana Verlag, München. Ich lese alle Einsendungen selbst und bearbeite sie sorgfältig und wertschätzend. Aktuell biete ich in meiner Romanwerkstatt in der Salzburger Altstadt auch Schreibseminare an. Anmeldung ebenfalls unter: heralind@a1.net

Ich bedanke mich für Ihre Treue und bin zuversichtlich, Ihnen auch in Zukunft zwei spannende Tatsachenromane pro Jahr im Diana Verlag anbieten zu können. Die nächsten beiden habe ich schon gefunden …

Hera Lind, Sommer 2020

LESEPROBE

Der Traum vom Westen zerbricht in einer kalten Winternacht

Der neue große Tatsachenroman von Hera Lind über eine starke Frau, die trotz der Schreckensjahre im DDR-Frauengefängnis Hoheneck die Hoffnung und den Glauben an die Liebe zu ihrem Mann nicht verliert.

ISBN 978-3-453-36076-1
Auch als E-Book erhältlich

DIANA

1

Ostberlin, in der Nacht zum 1. April 1973

Nebenan schnarchte mein künftiger Schwiegervater.

»Was ist denn nun mit Eileen?«, flüsterte ich neugierig.

Auch Schwiegermutters gleichmäßige, tiefe Atemzüge drangen durch die dünnen Wände bis zu meinem Verlobten und mir herüber. Bevor mein liebster Ed einschlafen konnte, kuschelte ich mich ganz dicht an ihn. Eds Schnauzbart kitzelte, als ich ihm einen Gutenachtkuss gab. Sofort durchströmte mich sein mir so vertrauter Duft.

»Dein Vater hat beim Abendessen gefragt, wann eure Diplomarbeit endlich fertig ist, und das möchte ich ehrlich gesagt auch mal wissen!«

Neugierig stützte ich mich auf den Ellbogen und blies meinem Liebsten eine widerspenstige Strähne aus der Stirn. Er trug lange Haare, was damals in der DDR nicht allzu gern gesehen wurde, aber Ed war alles andere als staatskonform. Aus Protest lief mein zukünftig Angetrauter in einer amerikanischen Originalkutte aus dem Ami-Shop in Hamburg herum, die ihm seine Tante Irene geschickt hatte. Ed verweigerte das Tragen von FDJ-Hemden, das Schwenken von Fahnen und Transparenten bei verordneten Aufmärschen und Kundgebungen. Er fand alles in der DDR scheiße, verlogen und lächerlich. Ich dachte zwar genauso, aber im Gegensatz zu mir sagte mein mutiger Mann das auch laut.

»Eileen?« Er klang, als hätte er schon geschlafen. »Was soll mit ihr sein?«

»Ach komm, Ed! Mir kannst du es doch sagen! Oder denkst du immer noch, ich bin eifersüchtig?« Ich gab ihm einen zärtlichen Stups. »Bin ich echt schon lange nicht mehr!«

Ed und Eileen waren »nur« gute Freunde, sie studierten beide im letzten Semester Architektur an der Kunsthochschule Berlin-Weißensee und schrieben ihre Diplomarbeit zusammen, aber in jüngster Zeit schienen sie nichts zu tun, was sie in der Hinsicht weiterbrachte. Mein geliebter Freigeist Ed zeichnete sich nicht gerade durch übertriebenes Strebertum aus, was ich umso mehr an ihm liebte. Die wiederholte Frage seines Vaters, was denn nun mit der Diplomarbeit sei, war durchaus berechtigt. Wenn er keine Lust auf das Studium hatte, trampte er durch die DDR mit allem, was fuhr: mit Pferdefuhrwerken, aber auch mit Lastern voller Äpfel oder Kohlköpfe. Dann konnte er stundenlang Landschaften skizzieren, alte Gebäude fotografieren oder Schopenhauer und Kleist lesen und in seiner Traumwelt versinken. Aber WENN er arbeitete, war er brillant. Seine Entwürfe konnten sich durchaus sehen lassen und wiesen ein hohes Maß an Kreativität auf. In der DDR Ende der 60er-, Anfang der 70er-Jahre wurde diese Art Begabung, gepaart mit einer gehörigen Portion Eigensinn zwar gerade noch geduldet, aber dafür umso genauer beäugt. Mein Ed war eben etwas Besonderes.

»Ed, ich will wissen, was mit Eileen ist! Ich hab sie ewig nicht mehr gesehen«, bohrte ich nach. Eileen rebellierte genauso gegen das System wie Ed.

»Psst, Peasy!« Ed legte den Arm unter meinen Kopf und zog mein Ohr ganz dicht an seine Lippen.

»Ich sag's dir, aber flipp jetzt nicht aus, okay?«

In mir zog sich alles zusammen. Da war irgendwas im Busch.

»Ist sie schwanger?« Mein Herz klopfte. Ed zog missbilligend eine Braue hoch. »Das sollte ein Scherz sein!«, setzte ich hastig nach.

Warum war er auf einmal so ernst? Er nahm meine Hand in seine und hielt sie ganz fest. In seinen dunklen Augen lag etwas Geheimnisvolles. Er hatte mich doch nicht … Er würde doch nicht …?

»Peasy, was ich dir jetzt sage, muss absolut unter uns bleiben, versprichst du mir das?« Sein Blick war ernst. Sehr ernst.

Plötzlich durchzog es mich heiß. Etwas wirklich Dramatisches musste passiert sein. Aber doch hoffentlich nicht DAS EINE. Ich liebte meinen Ed vorbehaltlos. Wir hatten doch keine Geheimnisse voreinander?

»Versprochen«, raunte ich tonlos und versuchte tapfer zu sein.

Und dann ließ Ed die Bombe platzen. »Kreisch jetzt nicht los, okay? Sie ist in den Westen abgehauen.«

Mein Herz machte einen dumpfen Schlag. Vor Erleichterung, vor Entsetzen, vor Respekt, vor Überraschung. Ruckartig setzte ich mich auf.

»Sie ist weg? Für immer?«

Die gelbbraun gestrichenen Wände unseres Zimmers kamen auf mich zu. Draußen ratterte eine Straßenbahn vorbei, und der orientalisch anmutende Vorhang, den Ed als »Meisterdekorateur« irgendwo aufgetrieben hatte, um das triste Grau unseres Lebens aufzulockern, wehte wie von Geisterhand vor dem Fenster hin und her.

Ich kreischte nicht. Ich schluckte trocken und würgte an einem Kloß.

Ed gab mir Gelegenheit, die Nachricht zu verdauen, und strich beruhigend über meinen Rücken. Schon immer war ich eifersüchtig auf alle Frauen gewesen, die in Eds Nähe sein durften. Und erst recht auf diese selbstbewusste coole ausgeflippte Eileen!

»Wusstest du davon?«

»Nein, Peasy, natürlich nicht!«

»Aber wie hat sie das hingekriegt?« Meine Stimme wurde schrill.

Ich spürte Eds Hand auf meinem Mund. »Bitte beruhige dich, Peasy. Du weißt, die Wände haben Ohren!« Tatsächlich hatte Schwiegervater Georg aufgehört zu schnarchen.

Kraftlos ließ ich mich nach hinten plumpsen und starrte wie betäubt an die Decke.

Eileen. In den Westen. Abgehauen. Mein Herz klopfte so heftig, dass der Kragen meines Nachthemds über der Halsschlagader hüpfte. Sollte ich mich jetzt für sie freuen? Oder doch eher für mich? Ich wollte auch in den Westen, verdammt! Wer von uns Studenten wollte das nicht?

Aber allein darüber nachzudenken war schon utopisch!

Ed legte sich auf mich, als wollte er mir mit seiner Körperwärme neues Leben einhauchen. Er nahm meine Handgelenke und presste sie ins Laken. »Sie hat mich angerufen«, raunte er mir ins Ohr. »Sie ist in Westberlin. Wenn du zum Fenster rausschaust, kannst du sie fast sehen.«

Lange konnte ich keinen klaren Gedanken fassen. Ich lag einfach da, spürte den Herzschlag meines Liebsten und roch den Duft seiner Haare, die mir ins Gesicht gefallen waren und mich kitzelten.

Endlich hatte ich die Nachricht verdaut. »Wie zum Teufel hat sie das geschafft? Gibt es Hintermänner …?«

»Das konnte sie mir am Telefon natürlich nicht sagen.« Ed stützte sich auf und sah mir ernst in die Augen. »Nur so verschlüsselt: Klaas hat damit zu tun.«

Wieder zuckte ich zusammen. »Klaas? DER Klaas? Der dicke Cousin mit den roten Haaren und dem Methusalem-Bart?«

»Ja, verdammt!« Ed musste sich ein Lachen verkneifen. »Häng doch gleich ein Fahndungsplakat an die Litfaßsäule, Schätzchen!«

»Ich kann's nicht fassen!« Ächzend drehte ich mich auf den Bauch und vergrub das Gesicht im mit Frottee bezogenen Kopfkissen. Der »Vetter aus Dingsda«, wie wir ihn spaßeshalber nannten, schickte Eileen immer Westpakete und kam ab und zu vorbei, um uns vom Schlaraffenland vorzuschwärmen. Er tat immer so cool, und ich wusste gar nicht, ob ich ihn mochte. Aber ihm war das Unfassbare gelungen, was wir beide kaum zu denken, geschweige denn auszusprechen wagten, nämlich Eileen auf welche Weise auch immer in den Westen zu schmuggeln!

»Ich kann dir gar nicht sagen, wie froh ich bin, dass sie sie nicht an der Mauer abgeknallt haben!« Ed strich mir beruhigend über den Rücken. »Oder dass sie nicht im Knast gelandet ist.«

»Die ist ja wahnsinnig«, flüsterte ich halb begeistert, halb neidisch, und hieb auf das Kopfkissen ein. »Dass die sich das getraut hat!«

Wir warteten, bis Georg wieder tief und gleichmäßig schnarchte. Dann wisperte Ed geheimnisvoll: »Sie sagt, sie war am Wochenende zum Skifahren in der Schweiz und hat dabei schon einen tollen Typen kennengelernt.«

Wie von der Tarantel gestochen, schnellte ich hoch. »Du

verarschst mich doch.« Plötzlich musste ich lachen. »Stimmt's, Ed, du bindest mir schon die ganze Zeit einen Bären auf.« Mit einem Blick auf den Radiowecker gluckste ich: »Seit einer Minute ist der erste April!« Ich nahm das Kopfkissen und zog es ihm über den Kopf. »Du Mistkerl, das sieht dir ähnlich, und ich bin drauf reingefallen!«

Ed hielt das Kopfkissen wie einen Schutzschild zwischen uns. Georg hatte wieder aufgehört zu schnarchen, und mir wurde mehr und mehr bewusst, was Ed da gerade kundgetan hatte. Ich geriet ins Zweifeln.

»Sie ist wirklich … Du hast mich nicht …«

»Behalt's um Himmels willen für dich, Peasy.«

Ja, wem sollte ich das wohl erzählen? Selbst an meiner Berufsfachschule für Bekleidung in der Warschauer Straße traute ich niemandem über den Weg. Es wimmelte überall von Spitzeln, die einen aushorchten, und ich war auf der Karriereleiter sowieso schon auf die unterste Stufe verbannt worden. Tiefer fallen konnte ich gar nicht mehr! (Das glaubte ich zumindest. Wie naiv von mir!) Meine Träume hatte ich in diesem Land alle längst begraben müssen.

»Dann schreibst du deine Diplomarbeit jetzt allein zu Ende?« Neugierig musterte ich Ed, der sich inzwischen eine Zigarette angesteckt hatte und unser Zimmer vollpaffte. »Oder gibst du dein Studium etwa auf?«

Ed war wirklich alles zuzutrauen. Er liebte wilde Kellerpartys mit West-Whisky aus Tante Irenes Hamburger Paketen ebenso wie das tagelange Abtauchen irgendwo im Nirgendwo.

»Nee, den Gefallen tue ich denen nicht. Die werden mich jetzt erst recht auf dem Kieker haben.« Im schwachen Schein der Straßenlaterne sah er aus wie eine griechische Statue – so schön, aber auch so zerbrechlich. Trotzdem musste ich ihn das fragen.

»Ed, hast du mit Eileens Flucht irgendwas zu tun? Wusstest du davon?!«

»Nein, ich hatte echt keine Ahnung, das musst du mir glauben. Aber sie wissen, dass Eileen und ich Studienfreunde waren.« Er biss sich auf die Unterlippe. »Sie werden mich von nun an also besonders beobachten. Und dich auch.« Ed legte den Finger auf meine Lippen, weil ich noch etwas erwidern wollte und zwar lauter, als es für uns beide gut war.

»Wir müssen jetzt umso vorsichtiger sein!« Eine Zigarettenlänge lang sagte keiner von uns ein Wort. Durch die Wände drangen immer noch Georgs Atemzüge. Ed stieß eine letzte Rauchwolke aus. »Auch meine Eltern dürfen von Eileens Flucht nichts erfahren. Besonders für Vaters Karriere wäre das Wissen darum nicht ungefährlich. Er müsste es bei seinen obersten Bonzen pflichtgemäß melden!«

Georg war ebenfalls Architekt. Er hatte in unserer Straße am Märkischen Ufer durchgesetzt, dass die schönen Altberliner Bauten an der Spree nicht abgerissen wurden, so wie es die Bonzen gern gehabt hätten. Nach deren sozialistischer Stadtplanung sollten dort seelenlose Plattenbauten entstehen. Stattdessen hatte sich Georg unter großen Anstrengungen für die Sanierung der heruntergekommenen Gebäude eingesetzt. Auch das Haus, in dem wir wohnten, hatte vor dessen Instandsetzung unter dem Zahn der Zeit geächzt. Es fehlte ja an allen Ecken und Enden Geld und Material. Aber mein Schwiegervater hatte es in seiner Funktion als Denkmalpfleger geschafft, diese Wohnungen innen modern zu gestalten, die Fassaden aus dem 18. und 19. Jahrhundert aber stilgetreu zu erhalten.

»Ich sehe mir morgen mal Eileens Bude an«, flüsterte Ed in

die mitternächtliche Stille hinein. »Schließlich liegen unsere Unterlagen noch bei ihr auf dem Schreibtisch.«

»Bitte? Bist du wahnsinnig?« Ich schnellte hoch. »Hast du nicht gerade gesagt, wir müssen vorsichtig sein? Du kannst dich jetzt doch nicht mal in die Nähe ihres Hauses wagen!«

»Pssst!« Ed legte seine warme Hand an meine Wange. »Peasy, du musst mir vertrauen! Wenn mich jemand beobachtet oder sogar anspricht, werde ich sagen, dass ich mit Eileen zum Arbeiten verabredet war und mich wundere, warum ich sie nicht antreffe.«

Eigentlich war das der einzig logische Schachzug, um unverdächtig zu bleiben. Ed war eben immer cool. Dennoch machte ich mir Sorgen.

Ich kannte das alte heruntergekommene Mietshaus, in dem Eileen gewohnt hatte. Sie war, genau wie wir, keine, die sich um eine Plattenbauwohnung gerissen hätte. Abgesehen davon, dass sie auch niemals eine bekommen hätte. Ed hatte immer wieder davon geschwärmt, was er aus diesem einst prächtigen Altbau machen könnte, wenn er zur Sanierung freigegeben wäre. Mit seinen großen, hohen Räumen wäre es ein wahrer Palast geworden.

»Bleib da weg, Ed!« Ich spürte, wie mir heiß wurde. Nicht dass sie meinen wagemutigen Ed wegen dieser Aktion zur Nationalen Volksarmee einziehen würden. »Das ist zu gefährlich! Warte lieber noch ein paar Wochen!«

»Nein, Peasy. Das Gegenteil ist zu gefährlich: Wenn ich mich jetzt nicht mehr bei ihr blicken lasse. Dann denken die, ich weiß Bescheid. Das macht mich erst recht verdächtig.« Wir benutzten beide nie das Wort »Stasi«. Er küsste mich innig und grinste mich verschmitzt an. »Und jetzt lass uns das Thema wechseln, ja? Ich will dich nur noch genießen!«

Seine Hände wanderten über meinen Körper, und ich merkte, wie ich mich endlich entspannte. An Schlafen war sowieso nicht mehr zu denken.

Eileen war weg. Gut für sie und gut für mich.

Ed!, dachte ich, während ich seine zärtlichen und doch zielführenden Berührungen genoss. Du gehörst mir. Nur mir. Du hast gesagt, ich kann dir vertrauen. Und das tue ich.

Anschließend ließ ich mich fallen.

2

Ostberlin, April 1973

»Hilfst du mir in der Küche, Liebes?«

Thea, meine Schwiegermutter, sah mich bittend an, als Georg am nächsten Abend schon wieder mit strenger Stimme das Thema Diplomarbeit ansprach.

»Junge, wann willst du endlich mal zu Potte kommen? Nicht dass ich euch nicht gern bei uns hätte, aber du solltest irgendwann mal auf eigenen Beinen stehen! Ihr wollt doch sicher auch mal Kinder, oder nicht?«

Ed verdrehte die Augen und sandte mir auf meinen fragenden Blick hin nur ein stummes »Es gibt Neuigkeiten, aber später!«

»Peasy steht ja auch bald auf eigenen Beinen, nicht wahr, Liebes?«, sprang meine Schwiegermutter uns bei. »Wann ist noch mal deine Abschlussprüfung an der Modeschule?«

»Nächstes Jahr im Januar.«

Thea stapelte die Teller aufeinander, und ich legte die Servietten zusammen.

»Gehen wir rüber.« Ihr Blick besagte: »Männergespräch!«

Die sanierte Altbauwohnung, in der wir zu viert lebten, war zwar ganz schön eng für uns, aber an eine eigene Wohnung für uns, die noch nicht geheiratet hatten, war erst mal nicht zu denken, so ein Wohnraummangel herrschte in der DDR. Zu meiner Mutter Gerti in die Provinz nach Oranienburg zu ziehen war keine Option für uns. Wir liebten Berlin und ihre kulturellen Möglichkeiten.

Die Schwiegereltern hatten sich gefreut, »so eine liebreizende Tochter« dazuzubekommen. Womöglich hofften sie, ich könnte ihren rebellischen Ed ein bisschen bändigen. Dabei war ich genauso rebellisch wie er. Nur dass mich meine gutbürgerliche Erziehung gelehrt hatte, vieles für mich zu behalten und höflich und bescheiden zu sein, wie es sich für Töchter, die Ende der 40er-Jahre geboren worden waren, auch in der DDR noch gehörte.

Am liebsten hätte ich mit Thea jetzt über banale Dinge geredet – aber welches Thema war eigentlich noch unverfänglich genug, außer vielleicht das Wetter?

»Wie geht es deinem Patenkind?« Thea ließ heißes Wasser in das Spülbecken laufen und krempelte sich die Blusenärmel hoch. Sie hatte sich eine Küchenschürze umgebunden und zog die medizinischen Gummihandschuhe an, die sie heimlich in der Charité hatte mitgehen lassen, wo sie als OP-Schwester arbeitete. Das war eigentlich Diebstahl von Staatseigentum, aber damit nahm es Thea nicht so genau.

Ein süßes Ziehen überkam mich. »Lilli?« Ich schluckte trocken. »Gut, glaube ich.« Ich nahm das alte Tafelsilber vom Tablett und ließ es etwas ungeschickt auf die Spüle klirren.

»Glaubst du?« Thea musterte mich von der Seite. »Ich denke, ihr habt die Kleine vor Kurzem noch bei deiner Schwester besucht?«

Ich wusste nicht, wohin mit meinen Händen. Dieses Thema war alles andere als banal.

»Ihr möchtet bestimmt auch bald Kinder, Ed und du?« Thea warf mir einen aufmunternden Blick zu. »Schließlich seid ihr jetzt beide vierundzwanzig. In eurem Alter haben andere schon mehrere Kinder!« Sie lachte.

»Wir lassen uns noch etwas Zeit«, sagte ich ausweichend.

»Und deine Schwester hat immer noch keinen Mann? Wisst ihr denn, von wem das Kind ist?«

»Nein.« Beklommen begann ich die heißen, noch tropfenden Teller abzutrocknen. »Lilli ist schon mit vier Wochen in die Krippe gekommen. Als ganz kleines Würmchen.« Mir tat das immer noch weh.

Thea verzog das Gesicht zu einer Grimasse. »Wenigstens in der Kinderbetreuung ist unser Staat ›vorbildlich‹. Keine junge Mutter wird von der Werktätigkeit abgehalten. Als was arbeitet deine Schwester noch mal?«

»Kristina?« Ich räusperte mich. »Sie ist Grundschullehrerin.«

Thea stellte mit Schwung neue Teller auf die Spüle. »Ich durfte auch gleich wieder in meinem Beruf als Krankenschwester arbeiten, als Ed vier Wochen alt war. Um die Kinderbetreuung hat man sich ja damals schon mit ideologischer Gründlichkeit gekümmert.« Mit ironischem Unterton fuhr sie fort. »Ich habe ihn jeden Morgen um sechs in der Kinderkrippe abgegeben und genau zwölf Stunden später, um Punkt achtzehn Uhr, an der Tür zurückbekommen. Wie ein Paket. Einfach perfekt organisiert – der ganze Staat, das ganze Leben.«

Sie wies mit dem Kinn in Richtung Esszimmer, in dem immer noch Georgs sonore Stimme zu hören war, der meinem armen Ed bezüglich seines Diploms Druck machte.

»Junge, deine Exzesse müssen doch auch irgendwann mal ein Ende haben«, hörte ich meinen Schwiegervater dröhnen. »Du reizt deine Professoren bis aufs Letzte, wenn du die Diplomarbeit immer noch nicht abgibst! Sei doch froh, dass du überhaupt an der Kunsthochschule Weißensee studieren durftest!«

»Vater, jetzt mach mal halblang«, verteidigte sich Ed. »Dass Eileen nicht mehr im Boot ist, dafür kann ich doch nichts!« Ich spitzte die Ohren, doch Thea plauderte ahnungslos weiter.

»Georg will doch auch endlich Großvater werden, deshalb macht er seinem Sohn jetzt Beine! Ihr wärt bestimmt wunderbare junge Eltern.«

Ich rang mir ein schiefes Lächeln ab. »Wo kommen die Radieschen hin?«

»Ach, die sind nix mehr. Wirf sie weg.« Thea nahm sie mir beherzt aus der Hand und entsorgte sie in dem weißen Treteimer. »Dafür habe ich nach meiner Arbeit eine Stunde Schlange gestanden. Von wegen ›Heute frisches Gemüse‹!«

»Ja, unser toller sozialistischer Staat. Im Prinzip gibt es alles zu kaufen, hat Honecker doch neulich gesagt. Und ich frage mich: Wo ist das Kaufhaus Prinzip?«

Wir lachten. »Das darfst du aber nicht laut sagen«, kicherte Thea und wechselte schnell wieder das Thema. »Wie alt ist deine kleine Lilli gleich wieder? Vier?«

Hatte sie »deine kleine Lilli« gesagt? Nervös legte ich die restlichen Wurst- und Käsescheiben zurück in das Fettpapier und räumte sie in den Kühlschrank. Es tat gut, Thea einen Moment lang den Rücken zuzukehren.

»Du meinst mein Patenkind. Ja, stimmt. Sie plaudert, singt und tanzt …« Ich unterbrach mich. »Sie ist … ziemlich süß.« Ich wischte mir mit dem rechten Ärmel meines Pullovers über die Augen. Ihre Zärtlichkeiten waren so ungestüm, dass ich sie Tage später noch spürte.

»Du magst die Kleine sehr, nicht wahr?« Theas weibliches Gespür ließ mir die Knie weich werden. »Dann solltest du wirklich selbst bald Mutter werden, kleine Peasy. Jetzt, wo es mit dem Tanzen nichts mehr wird.«

Ich schluckte. »Soll ich die Quarkspeise draußen stehen lassen?«

»Nein, die isst heute keiner mehr.« Thea spülte die Reste weg. Ich sah sie in dicken Klecksen im Ausguss versickern. Genauso fühlte sich gerade mein Hals an. Der Kloß wollte einfach nicht weichen. Ich wollte in diesem Land einfach nicht Mutter werden! Die würden mir das Kind ja doch nach vier Wochen wegnehmen und in so eine Krippe stecken wie Lilli! Nachdem sie mir bereits alle meine Träume genommen hatten.

Thea hielt die tropfenden Hände hoch und sah mich prüfend an. »Hier, die kannst du auch schon abtrocknen.« Sie warf mir ein Küchenhandtuch zu. Anscheinend spürte sie, dass ich emotional aufgewühlt war.

Dankbar, meine Hände beschäftigen zu können, griff ich nach dem nassen Teller.

»Kristina macht das toll als alleinerziehende Mutter.« Ich versuchte ein Lächeln. »Als solche wurde ihr eine kleine Plattenbauwohnung zugeteilt. Zwei Zimmer mit Bad, gleich in der Nähe vom Kinderhort. Die Kleine kriegt dort auch zu essen und …« Ich verstummte. »Hast du Ed wirklich jeden Morgen um Punkt sechs an der Tür abgegeben wie ein Paket?«

Thea zuckte nur mit den Schultern. »Sie haben ihn mir förmlich entrissen. Jedes Kind bekam die gleiche Kleidung angezogen, keines sollte besser oder schlechter angezogen sein. Sie haben das Kind dann auch gleich gewogen und gewickelt, das ging zack, zack, da haben wir Mütter überhaupt kein Mitspracherecht gehabt.« Fast entschuldigend verzog sie das Gesicht. »Aber was sollte ich machen? Um Punkt sieben musste ich bei der Arbeit antreten.«

»Ja, in diesem Staat wird nicht lange rumgezärtelt«, murmelte ich. »Bevor ich meine lang ersehnte Ballettausbildung anfangen durfte, musste ich schon als Vierzehnjährige neben dem Schulbesuch jeden Morgen um sechs Uhr in einer Maschinenfabrik arbeiten, um meinen Anteil zum Aufbau des Sozialismus beizutragen. Dafür musste ich um fünf Uhr früh, im Winter bei eisiger Kälte, mit einem Zug, der noch von einer Dampflok gezogen wurde, eine Stunde dorthin fahren und abends wieder nach Hause zurück.«

»Aber du hast es durchgehalten.« Thea schenkte mir einen anerkennenden Blick. »Was uns nicht umhaut, macht uns stark.«

»Vier Jahre lang. Immer in der Hoffnung, endlich tanzen zu dürfen.«

Unwillkürlich schossen mir die Tränen in die Augen. Verärgert wischte ich sie weg.

»Aber deinem kleinen Patenkind wird es bestimmt einmal besser gehen. Die Zeiten ändern sich.« Thea wollte mir etwas Nettes sagen, sie war so lieb!

»Ja.« Ich wollte so gern das Thema wechseln.

Sie schien das zu spüren.

»Woher kommt eigentlich dein Spitzname? Wie wurde aus Gisa Peasy?«

»Im Balletttraining an der Oper haben sie mich ›Easy Peasy‹ genannt«, gab ich bereitwillig Auskunft. »Weil ich für die Tänzer so leicht zu heben war. Wie eine Feder. Ich war schon immer ein Fliegengewicht. Ja, mir war, als könnte ich fliegen.« Meine Stimme wackelte bedenklich.

Thea ließ die Spülbürste sinken.

»Und, fehlt es dir sehr, Liebes, das Leben an der Staatsoper, das Ballett?«

»Das Tanzen war mein Lebenstraum. Und wird es immer bleiben.« Um nicht auf der Stelle loszuheulen, ging ich in die klassische Haltung. Meine Füße nahmen automatisch die fünfte Position ein, und am liebsten hätte ich ein paar leichtfüßige Sprünge gemacht. Aber ich war ja keine Tänzerin mehr. Ich machte jetzt eine Lehre zur Theaterschneiderin, musste nach dem Abitur wieder ganz von vorn anfangen. Wenn ich Glück hatte, würde ich im nächsten Januar meine Gesellenprüfung bestehen. Im Ballettschuhe-Nähen. Zum Tanzen würde ich nie wieder eine Chance bekommen. Nicht in diesem Staat.